Gloria Murphy wird nicht zu Unrecht als Erbin von Mary Higgins Clark bezeichnet. Die Autorin zahlloser Romane lebt heute in Oakland, New Jersey.

Von Gloria Murphy sind außerdem erschienen:

Verlassene Väter (Band 50545)
Sommeralptraum (Band 60547)
Stimme des Blutes (60548)
Tunnellabyrinth (Band 60549)
Ein perfektes Opfer (Band 60550)

Dieses Buch wurde auf chlor- und säurefreiem Papier gedruckt.

Vollständige Taschenbuchausgabe April 1996

Dieses Buch erschien im Knaur Verlag als deutsche Erstausgabe
bereits im Juli 1993 unter der Bandnummer 67015

Titel der Originalausgabe »Whisper in the Attic«

Originalverlag New American Library, New York
Umschlaggestaltung Angela Dobrick, Hamburg
Satz IBV Satz- und Datentechnik GmbH, Berlin
Druck und Bindung Elsnerdruck, Berlin
Printed in Germany
ISBN 3-426-60546-5

2 4 5 3 1

GLORIA MURPHY

Dachbodengeflüster

Psychothriller

Aus dem Amerikanischen von
Gabriele Schönberger-Klar

Knaur

In Erinnerung an
Bruce H. White
1952–1982

Mein Dank gilt:

ALICE MARTELL,
meiner klugen und kämpferischen Agentin ...

AUDREY LEFEHR,
deren verlegerische Kompetenz diesem Buch erst den richtigen »Biß« gab ...

JOE MURPHY,
dem heroischen Anwalt, der mir in der Gerichtsszene als Vorbild diente.

Laurie, Julie, Sheryl, Billy, Danny Gitelman und Kate Murphy, meinen Lesern, Helfern, Kritikern ... meinen Kindern.

Prolog

Für eine Vierjährige wußte sie eine Menge, das sagte jeder. Meistens sperrte sie Augen oder Ohren gerade dann weit auf, wenn sie eigentlich nichts hören oder sehen sollte. Aber manchmal kamen Mommy oder Daddy zu ihr und fingen von sich aus zu erzählen an. Mommy erzählte ihr zum Beispiel bereits von dem Baby, das in ihrem Bauch wuchs, als ihr Bauch noch ganz flach war und niemand geglaubt hätte, daß es überhaupt dort hineinpaßte. Und obwohl sich keiner von ihnen über einen Namen für das Baby Gedanken gemacht hatte, nannte Daddy es von Anfang an nur sein Bübchen.

Doch die bedeutendsten Dinge ergaben den geringsten Sinn – so war es auch mit den Bestrafungen. Nicht, daß Mommy oder Daddy jemals mit ihr darüber gesprochen hätten, das taten sie nicht einmal miteinander. Und natürlich passierten diese Dinge auch nicht alle Tage, nicht einmal jede Woche, aber wenn sie passierten, dann traf es immer Mommy: Sie war die Böse. Und da Daddy der Größte, der Stärkste und der Klügste war, war er es, der ihre Verderbtheit immer als erster entdeckte.

So wie an jenem Tag, als das kleine Mädchen vom Spielen ins Haus zurückkam, er vor dem Fernsehapparat saß, statt draußen einen der alten Wagen zu reparieren, und von Mommy nirgends etwas zu sehen oder zu hören war: da wußte das kleine Mädchen, daß es wieder mal soweit war. Daddys Aufmerksamkeit wandte sich von der lärmenden Spiel-Show ab und der Tür zu, wo sie stehengeblieben war, und er breitete beide Arme weit aus, um sie darin aufzufangen.

»Wie geht's Daddys Liebling?« fragte er und zog sie zu sich auf das Sofa; sie lächelte, umarmte ihn ganz fest, so wie er es gern hatte, und drückte ihm kleine, feuchte Küsse auf Gesicht und Hals. Sie wollte so gern wissen, was mit Mommy war, fragte aber nicht – er würde es ihr schon sagen, wenn er dazu bereit war. Und erst, als sie ein ganzes Marmeladenbrot und ein Glas Milch vertilgt und den Rest von der Show gesehen hatte, da sagte er: »Mommy ist im Schlafzimmer. Willst du ihr was zum Essen bringen?«

Sie nickte. Und er holte einen Teller aus dem Kühlschrank, auf dem bereits dünngeschnittenes Fleisch auf Salatblättern vorbereitet war. Er stellte den Teller auf ein Tablett, dazu Messer, Gabel, eine Serviette und ein niedriges weißes Glas, in dem dieselben Veilchen standen, die hinter dem Haus wuchsen.

»Paß auf, daß sie alles aufißt«, sagte er. »Mein Bübchen braucht es.«

Bereits die Erwähnung des Babys machte sie glücklich – eine richtige lebendige Puppe, die ißt und weint und die ihr ganz allein zum Spielen gehörte. Und vielleicht zum hundertsten Mal, seit sie wußte, daß das Baby unterwegs war, fragte sie: »Darf ich mich um das Baby kümmern, wenn es da ist, Daddy?«

Er lächelte und zeigte seine großen weißen Zähne – damit ich dich besser fressen kann. Aber wie immer gab er ihr das zur Antwort, was sie hören wollte.

»Wer sollte das wohl besser als seine Schwester können?«

Eins, zwei, drei... noch drei Monate, dann würde Bübchen zur Welt kommen, sagte sie sich, als sie das schwere

Tablett in beide Hände nahm und es zum Schlafzimmer ihrer Eltern trug. Vor der Tür blieb sie stehen, holte tief Luft, hielt den Atem an – denn sie wußte nie, welcher Anblick sich ihr bieten würde –, drehte langsam den Türknauf und stieß die Tür auf.

Mommy lag auf dem Bett, ohne Kleider und mit weit gespreizten Armen und Beinen, die mit ihrer zerrissenen Strumpfhose an die Bettpfosten gebunden waren. Sie war ziemlich mager, bis auf den Bauch, der rund und hart wie ein Basketball aufgetrieben war; obwohl sie die Augen geschlossen hielt, schlief sie nicht. Das kleine Mädchen betrachtete sie von oben bis unten – keine blauen oder schwarzen Flecken, keine Beulen, keine Schnitte, kein Blut. Jetzt stieß sie den angehaltenen Atem aus, beugte sich über sie und küßte sie auf die Wange.

»Hi, Mommy.«

Sie schlug die Augen auf und lächelte, als sie ihre Tochter sah.

»Wo ist der Boß?« fragte sie, Daddys Kosenamen benützend.

»Vor dem Fernseher.« Sie zeigte ihr das Tablett. »Er hat dir was zu essen gemacht.«

Die Frau musterte das Essen und schüttelte den Kopf.

»Du mußt was essen. Er wird nur wieder wütend auf dich, wenn du nicht ißt.«

»Ich kann nicht, du weißt doch, daß ich nicht kann. Ich muß mich sonst wieder übergeben.«

Das Mädchen schnitt ein Stück von dem hellen Fleisch ab, spießte es auf die Gabel und hielt es ihrer Mutter an die Lippen.

»Nur ein kleines bißchen«, bettelte sie.

Die Frau preßte die Lippen zusammen und drehte den Kopf zur Seite. »Ich kann nicht, ich will nicht. Bitte, zwing mich nicht dazu.« Als sie sich schließlich wieder ihrer Tochter zuwandte, glitzerten Tränen in ihren großen, veilchenblauen Augen. »Könntest *du* nicht, Baby?«

Das Mädchen stöhnte kurz auf und starrte auf das Essen... sie hatte keinen Appetit, besonders nicht auf *so etwas*. Aber sie schob die Gabel in den Mund, biß in das zähe Fleisch, schluckte es hinunter, nahm noch einen Bissen und noch einen, bis alles weg war und sie glaubte, sie müsse gleich platzen oder sich übergeben, obwohl ihr keines von beiden jemals in ihrem Leben passiert war.

Als sie gehen wollte, streckte Mommy die Finger nach ihrer Hand aus und kitzelte ihre Handfläche.

»Was würde ich nur ohne dich tun, Baby?« flüsterte sie, den Tränen nahe.

»Darf ich Bübchen streicheln?«

Normalerweise mochte sie es nicht, wenn man ihren Bauch anfaßte, aber dieses Mal gestattete sie ihrer Tochter, daß sie ihr die Hand darauf legte und hin- und herfuhr, bis sie die Stelle gefunden hatte, wo die Füße des Babys zu spüren waren. Nachdem sie eine ganze Reihe Tritte abbekommen hatte, zog das kleine Mädchen die Hand zurück und hob das Tablett mit dem nun leeren Teller auf.

»Die Blumen«, sagte die Mutter, »vergiß nicht, dem Boß zu sagen, wie sehr sie mir gefallen haben.«

Schweigen.

»Oh, jetzt komm, sei nicht so. Er macht doch immer so nette kleine Gesten, um mir zu sagen, daß es ihm leid tut. Du kennst ihn doch, wenn es wieder vorbei ist, kauft er uns bestimmt irgendein dummes Geschenk und führt anschließend im Wohnzimmer einen Freudentanz mit uns auf. Außerdem ist es gar nicht so schlimm, wie es aussieht.«

Immer noch Schweigen.

»Er liebt dich... das weißt du doch, oder?«
Das kleine Mädchen nickte.
»Und mich liebt er auch, bei großen Leuten zeigt sich das nur anders.«
Es war schon spät an diesem Abend, als Mommy so laut zu schreien anfing, daß selbst Daddy Angst bekam. Er band ihre Arme und Beine von den Bettpfosten los, trug sie zum Wagen und fuhr sie ins Krankenhaus.
Das kleine Mädchen, das allein im Schlafzimmer zurückgeblieben war, untersuchte den blutigen Klumpen und schaufelte ihn anschließend mit bloßen Händen vom Bettuch in eine grüne Mülltüte, die sie oben zuband und im Wald vergrub.
Und danach sprach keiner mehr von Bübchen...

Kapitel 1

Wäre Paige – im zweiten Monat schwanger – nicht weniger als fünfzig Meter entfernt von ihrer Wohnung in Manhattan überfallen worden, wären sie nie auf die Idee gekommen, den Winter in Briarwood zu verbringen. Das Gebäude, in dem sich ihre Eigentumswohnung befand, war keine drei Straßen östlich vom Central Park gelegen; immer noch eine gute Wohngegend, wie ihre beste Freundin Brooke meinte. Aber für Paige schien es in der ganzen Stadt keinen sicheren Ort mehr zu geben. Und obwohl sie sich nicht zum ersten Mal mit Gewalt und Aggression konfrontiert sah – ihre Tätigkeit als Sonderschullehrerin an fünf Grundschulen im Distrikt erforderte es, daß sie oft in übelbeleumundeten Vierteln unterwegs war –, wurde sie schlagartig von Panik erfaßt, als sie die Stahlklinge aus dem Ärmel des Jungen hervorblitzen sah.

Sie schrie, trat um sich, schlug mit ihrer Handtasche nach ihm und reagierte genau so, wie ein Opfer in ihrer Lage den Ratschlägen der Polizei zufolge nie reagieren sollte. Aber sie überraschte ihn mit ihrem Verhalten immerhin so, daß er davonrannte und sie unverletzt entkam; sie zog sich nur einen oberflächlichen Schnitt an der rechten Schulter und beim Sturz auf den Marmorfußboden des rettenden Hauseingangs ein paar Schürfwunden und Kratzer an den Knien zu.

Doch die richtige Angst kam erst später, als ihr klar wurde, wie nahe daran sie gewesen war, auch dieses Kind zu verlieren; das Ergebnis waren Schlaflosigkeit, Alpträume, viel zu hoher Blutdruck und eine Schreckhaftigkeit, die täglich neue Nahrung erhielt durch die Horrorgeschichten, die sich überall in der Stadt ereigneten. Es war schließlich Dr. Lucas, ihr Frauenarzt, der sie dazu drängte, etwas dagegen zu unternehmen. »Tun Sie, was immer Sie tun müssen, um diese Belastung loszuwerden«, erklärte er ihr. »Aber wenn Sie so weitermachen, riskieren Sie nur eine Fehlgeburt.«

Inzwischen waren mehrere Monate vergangen; an einem Freitag nachmittag saß sie nun im Wagen und schaute aus dem Fenster, als sie gerade auf die Route 9 einbogen, die Straße, die den Hudson River entlang nordwärts zu ihrem Haus auf dem Land führte. Jason hatte es geschafft, sich noch rechtzeitig aus dem Büro davonzumachen, damit sie wenigstens nicht in den dicksten Verkehr kamen. Paige, die bei ihrer Größe von einem Meter siebzig zum Glück nicht sehr viel zugenommen hatte – was Jason zu verdanken war, der sehr darauf achtete, daß sie keine überflüssigen Kalorien zu sich nahm –, ließ sich in den weichen, ledergepolsterten Schalensitz zurücksinken, erleichtert, daß sie der Stadt wenigstens für eine Weile entronnen war.

»Ich fühle mich, als ob mein Blutdruck gerade um zehn Punkte gefallen wäre.«

»Schön... hoffen wir, daß der Arzt das auch bestätigen kann«, sagte Jason und setzte sich eine Kappe mit grünem Schirm auf sein widerspenstiges, kupferrotes Haar. »Du hast dich mit dem Arzt, den Dr. Lucas dir genannt hat, noch nicht in Verbindung gesetzt, oder?«

»Das eilt doch nicht so... aber wenn du willst, mache ich es gleich morgen.« Manchmal neigte Jason schon sehr dazu, sie herumzudirigieren, aber Paige sah stillschweigend darüber hinweg... denn viel wichtiger war es, daß

er einen aufmerksamen, ausgeglichenen, hilfsbereiten und verläßlichen Charakter hatte – alles Qualitäten, auf die Paige während ihrer chaotischen Kindheit verzichten mußte, in der ihre ganze Familie aus einer Mutter bestanden hatte, die sich nur dann um ihre Tochter kümmerte, wenn die Männer in ihrem Leben ihr Zeit dazu ließen.
Jason war zuerst strikt gegen den Umzug gewesen, da er befürchtete, Paige könne außerhalb der Großstadt medizinisch nur unzulänglich versorgt werden. Aber Dr. Lucas' Lobeshymnen auf das Gesundheitszentrum in Poughkeepsie, das nur zwanzig Minuten nördlich von Briarwood lag, ließen Jason schwankend werden. Die Tatsache, daß der hochqualifizierte Chefgynäkologe des Zentrums, Milton Barry, ein früherer Klassenkamerad von Jason war und sich – auf dessen Nachfrage hin – nur allzugern bereit erklärte, Paige als Privatpatientin aufzunehmen, überzeugte ihn schließlich doch. Aber eines machte Jason immer noch Sorgen, nämlich die siebzig Meilen, die er die nächsten fünf Monate nun zweimal täglich zur Arbeit und wieder zurück würde fahren müssen.
»Du wirst ziemlich einsam sein da draußen«, hatte er argumentiert. »Die meiste Zeit werde ich abends nicht vor acht Uhr nach Hause kommen... vielleicht wird es sogar neun werden, kommt ganz auf den Verkehr an.«
Obwohl sie mit ihren Nachbarn kaum Kontakt hatten – schließlich hatten sie sich von ihrem ländlichen Zufluchtsort in erster Linie Abgeschiedenheit und Ruhe ersehnt –, kannten sie vom Sehen ein paar der Leute in dem kleinen Ort. »Da sind immer noch die Beeders«, erinnerte Paige ihn. »Sie scheinen mir ein recht nettes junges Paar zu sein, sehr hilfsbereit... und sie wohnen schließlich nicht mehr als eine Viertelmeile die Straße hinunter. Wir müssen uns natürlich ein Telefon legen lassen, dann können wir noch

einen Wagen für mich mieten, und das Krankenhaus ist ohnehin recht nah. Außerdem kommt es immer nur im Kino vor, daß das erste Kind so überstürzt zur Welt kommt.«
So hatte sie Jason schließlich davon überzeugt, daß dies der richtige Schritt, die einzig logische Entscheidung war. Doch in Wahrheit war sie sich dessen selbst nicht so sicher. Obwohl Paige die Sache herunterspielte, hatte sie es immer gehaßt, allein zu sein, solange sie zurückdenken konnte; ganz im Gegensatz zu Jason, der sehr introvertiert war und, wenn nötig, auf jegliche Gesellschaft verzichten konnte. Es würde nicht leicht werden, in dieser Zeit ohne Brooke zu sein, die ihr eine enge Freundin geworden war, seit sie sich vor fünf Jahren im Haus nebenan eine Wohnung gekauft hatte.
Aber mittlerweile war sie dreiunddreißig und Jason fast siebenunddreißig, und sie wünschten sich nichts sehnlicher, als endlich eine Familie zu gründen. Wenn dieser Schritt also notwendig war, um ihr seelisches Gleichgewicht wiederherzustellen, dann würde sie ihn tun.

Das Haus – zwei Wohnebenen, ein Keller, ein Dachboden und eine Veranda, die sich an drei Seiten des Hauses entlangzog – glich einer trägen alten Kuh mit chronischer Heiserkeit und war die Sorte Haus, an der ein Hobbyschreiner wie Jason ewig herumbasteln konnte. Das Schönste daran war das weitläufige Grundstück – elf Morgen Waldland, die sich bis an die grasbewachsenen Ufer des Hudson erstreckten. In dem Augenblick, als sie in die lange, ungepflasterte Auffahrt einbogen, die in einem Bogen auf das Haus zuführte, wußte Paige, daß dies doch die richtige Therapie für sie war.
»Schau dir nur den Garten an, Jason... dieses Laub«,

sagte sie, als sie aus dem Wagen stieg. Ein plötzlicher Windstoß wirbelte die grellbunten Blätter auf und trug sie mit sich davon, während er gleichzeitig Paiges dickes, kastanienbraunes Haar um ihre Schultern wehte und es schließlich wie eine enge Kappe an ihren Kopf drückte. Mit den Fingerspitzen zupfte sie sich das Haar aus dem Gesicht und strich es sich hinter die Ohren. Obwohl ihr und Jason der Besitz schon fast zwei Jahre gehörte, waren sie bisher immer nur im Frühling und im Sommer hiergewesen – ganz selten im September oder gar im Oktober. Paige verschränkte die Arme vor der Brust, als sie trotz ihres dicken Wollpullovers ein Frösteln überlief.
»Wir hätten vielleicht jemanden wegen der Heizung herschicken sollen«, meinte sie.
Jason warf ihr über den geöffneten Kofferraumdeckel hinweg einen prüfenden Blick zu; seine Augen waren hinter dem glänzenden Schirm seiner Kappe verborgen. Er hob zwei schwere Lederkoffer aus dem Wagen und stellte sie neben sich ab.
»Der Gasmann war erst vor zwei Tagen hier. Die Heizung und der Wasserboiler sind in gutem Zustand. Gleich am Montag wird auch das Telefon angeschlossen. Und der nächste Autohändler unten an der Schnellstraße hat eine große Auswahl an Leihwagen. Wir fahren morgen hin, und du suchst dir aus, was dir gefällt... Was hältst du eigentlich von Eugene? Ein kraftvoller und doch einfacher Name.«
»Ich will ja deinem Vater nicht zu nahe treten, aber mit dieser Unsitte, Kinder nach Verwandten zu benennen, kann ich überhaupt nichts anfangen«, sagte Paige.
Eugene Bennett, ihr Schwiegervater, war noch bemerkenswert agil für seine fünfundsechzig Jahre und lenkte die Geschicke von Familie und Geschäft wie der Kapitän

eines Schiffes. Als bettelarmer junger Mann, der überhaupt nichts vom Geschäft verstand, hatte der mittlerweile allseits respektierte Patriarch angefangen und es geschafft, seine Farm in eine der größten Viehranchen im ganzen südlichen Illinois zu verwandeln.

Gemeinsam mit seiner Frau Callah hatte er außerdem vier Söhne produziert, die, bis auf einen, Farmer wie er geworden waren. Jason, der Jüngste und Kleinste – scherzhaft als Schmächtigster im Wurf bezeichnet –, der im Alter von siebzehn Jahren doch noch zu einer Länge von einem Meter fünfundsiebzig aufgeschossen war, konnte größenmäßig aber noch lange nicht mit seinen Brüdern mithalten. Aber Jason war derjenige gewesen, der der familiären Ranch den Rücken gekehrt hatte und nach Osten gezogen war. Er war auch der einzige Bennett, der jemals über die High-School hinausgekommen war.

»So etwas nennt man Kontinuität«, erwiderte er.

»Was soll das denn sein?«

»Wenn man ein Kind nach den Großeltern benennt. Das ist eine Möglichkeit, die vorhergehende Generation am Leben zu erhalten, wenigstens in der Erinnerung.«

»Da man die Umgebung, in der ich aufgewachsen bin, nicht gerade als Familie bezeichnen kann, ist mir der Wirbel vielleicht etwas fremd, den man um Namen macht. Aber eigentlich war ich immer der Meinung, daß Kontinuität mehr mit der Stärke einer Bindung zu tun hat.«

»Da hast du wahrscheinlich auch recht.«

»Und übrigens hat dein Vater bereits einen Sohn, der seinen Namen trägt, und noch einen Enkel... Außerdem hat man ja noch die Möglichkeit, einen zweiten Vornamen zu geben, oder nicht? Ich habe mir eigentlich vorgestellt, daß wir unserem Kind einen eigenen Namen geben, der seine Psyche nicht von vornherein belastet.«

Jason zuckte mit den Achseln. »Okay, du hast mich überzeugt. Aber soll das heißen, daß auch Jason Junior nicht in Frage kommt?«
Eine schmerzhafte Grimasse verzog ihr Gesicht. »Das meinst du doch nicht im Ernst, oder?«
Er lachte laut auf; sie packte eine Handvoll Blätter und bewarf ihn damit. »Ich hatte übrigens einen Jungen namens Eugene in der Klasse, der die ganze Volksschulzeit über in der Bank vor mir saß.«
Er schüttelte die Blätter aus seinem Haar. »Und?«
»Er hat am liebsten Wörterbücher gelesen und Insekten verspeist.«
»Was für Insekten?«
»Alles, was daherkam.« Sie griff durch das hintere Wagenfenster und holte eine Tüte mit Thunfischsandwiches und Flaschen mit kalter Milch heraus, die sie auf Jasons Drängen hin in dem letzten, noch einigermaßen anständigen Restaurant an der Straße gekauft hatten. »Jason, du hattest völlig recht, etwas zum Essen zu kaufen. Ob du es glaubst oder nicht, aber ich habe schon wieder Hunger. Wann habe ich dir eigentlich zum letzten Mal gesagt, wie intelligent du bist?«
Er überlegte einen Moment, ließ den Kofferraumdeckel zufallen und steckte die Schlüssel in die Tasche.
»Das ist mindestens schon ein paar Wochen her.« Er klemmte sich einen Koffer unter den Arm, nahm die anderen beiden und hob seine beladenen Arme. »Gar nicht so übel für ein schmächtiges Bürschchen, hmm?«
»Du bist doch gar nicht mehr schmächtig, das warst du vielleicht als Kind mal.«
»Aber ich komme mir immer noch so vor; so etwas vergißt man nicht so schnell. Nicht nach dem, was ich mir früher immer alles anhören mußte.«

»Na, dann mußt du dich eben auf deinen Verstand konzentrieren, was außerdem viel mehr bringt.«
»Dann denkst du also auch, daß ich schmächtig bin?«
Sie lief zur Eingangstür voraus, öffnete ihre Tasche und kramte darin herum.
»Du hast mir noch nicht geantwortet«, sagte er, als er hinter ihr die Stufen zur Veranda hochkam, geduldig wartete und ihr schließlich seinen Schlüsselbund gab.
Sie nahm ihn, suchte einen langen, glatten Schlüssel heraus und steckte ihn ins Schloß.
»Was soll's, du bist nun mal kein Hüne.«
»Nein?«
»Aber falls es dir hilft, für mich bist du in Ordnung, wie du bist. Du hast einen perfekten Körper. Ich möchte wetten, wenn deine Beine nur etwas länger wären, wärst du bestimmt einen Meter neunzig groß.«
»Das hast du von mir.«
»So, tatsächlich.« Sie drehte sich um und schaute ihm ins Gesicht. »Hör mal, meinst du, daß du Vaterschaftsurlaub nehmen und die ganze Zeit, bis das Baby kommt, hier oben bei mir bleiben könntest?«
»Was würden wir denn die ganze Zeit über machen?«
»Reden, essen, Scrabble spielen, spazierengehen...«
»Bumsen?«
»Wahrscheinlich auch... wenn du das möchtest«, erwiderte sie, aber ihre Unbeschwertheit war plötzlich wie weggeblasen.
Sie wich seinem Blick aus, öffnete die Eingangstür und trat in eine Art Vorraum, hinter dem ein Raum lag, der die doppelte Größe ihres Wohnzimmers in der Stadt hatte. Mehr als fünfundfünfzig Quadratmeter Platz, und als Blickfang des Ganzen ein wunderbarer, hoch gemauerter Kamin, der eine ganze Wand einnahm.

Zur Linken lag eine Eßküche, von der aus man in den Keller und zur Hintertür gelangte. Obwohl es in der Küche zu wenig Arbeitsfläche und noch weniger Stauraum gab, liebte Paige den Eßbereich mit dem Erkerfenster, das hinaus in die Wälder hinter dem Haus blickte.
Das Haus war mit einer Mischung aus den verschiedensten Stilen eingerichtet, die größtenteils einer späten Speicher- beziehungsweise einer frühen Flohmarktperiode entstammten. Sehr viel Rohrmöbel, Messing und alte Bücher ohne Schutzumschläge, die auf Bücherregalen standen, die Jason selbst gebastelt hatte. Paige machte ein paar Schritte ins Wohnzimmer, bückte sich über den farbenprächtig gemusterten Teppich, hob etwas auf, machte einen weiteren Schritt und bückte sich wieder.
»Das gefällt mir aber gar nicht«, sagte sie.
»Was?« fragte er, als er das Gepäck abstellte.
Sie streckte eine Faust in die Höhe und öffnete sie, um Jason die Eicheln darin zu zeigen. »Eichhörnchen?«

Ihre Schlaflosigkeit blieb ihr auch in dieser Nacht noch erhalten; der Gedanke an trippelnde kleine Tiere, die frei in ihrem Haus herumliefen, ließ sie kein Auge zutun.
»Geh die Sache doch mal logisch an«, sagte Jason, sobald sie im Bett lagen. »Du magst Eichhörnchen doch, oder?«
»Sicher, aber draußen in der freien Natur«, antwortete Paige. »Ich mag auch Ameisen, solange sie draußen bleiben; da habe ich überhaupt nichts gegen sie. Aber laß sie ins Haus, und sie verursachen mir Alpträume. Das gleiche gilt für Mäuse, Eidechsen, Spinnen und so weiter.«
»Was macht das für einen Unterschied, wo diese Viecher sind, wenn du sie siehst? Wichtig ist doch nur das Tier selbst. Solange du es nicht in die Enge treibst – und das tust du bestimmt nicht, wie ich dich kenne –, wird es sich

einfach umdrehen und schnurstracks davonlaufen. Und außerdem, wenn diese Eicheln tatsächlich von einem Eichhörnchen stammen sollten, dann ist das Tierchen inzwischen bestimmt schon längst aus dem Haus.«

Sie drehte sich zu ihm um und betrachtete ihn mißtrauisch. »Das sagst du doch nur, um mich zu beruhigen.«

»Nein, ganz bestimmt nicht.«

»Wie kommst du überhaupt auf die Idee?«

»Wegen des Lärms. Eichhörnchen haben – mehr als alle anderen Nagetiere – ein sehr gut ausgeprägtes Gehör. Sobald sie Stimmen oder Schritte hören, ergreifen sie die Flucht und laufen davon ... In dem Moment, in dem wir im Vorraum das Licht angeschaltet haben, ist das Tierchen wahrscheinlich schon mit neunzig Sachen aus dem Haus geflitzt.«

»Wie ist es denn hinausgekommen?«

»So wie es auch hereingekommen ist. Diese Tiere haben so eine Art eingebauten Radar, der sie genau wieder dorthin zurückführt –«

»Das hast du doch alles nur erfunden, stimmt's, Jason?«

»Wenn du willst, dann bestellen wir für morgen einen Kammerjäger, der sich mal umschauen soll. Und falls es irgendwelche Öffnungen in den Grundmauern gibt, mach' ich sie zu. In der Zwischenzeit solltest du aber trotzdem etwas schlafen. Soll ich dir den Rücken massieren?«

»Danke, nein.«

Jason drehte ihr den Rücken zu, und so konnte sie nicht sehen, ob er wirklich gekränkt war, aber sie hätte wetten können, daß er es war. Und irgendwie war das auch verständlich. Noch vor ein paar Monaten wäre es ihr nicht in den Sinn gekommen, eine seiner köstlichen Rückenmassagen abzulehnen ... Aber seit diesem schrecklichen Zwischenfall ... Sie sah immer noch dieses verächtliche Grin-

sen, den dünnen, schwarzen Schnurrbart, die verfaulten Zähne vor sich; einer der unteren Schneidezähne fehlte ... Weshalb bekam sie dieses Gesicht nicht mehr aus dem Kopf?
Eindreiviertel Stunden später lag sie immer noch grübelnd wach, aber inzwischen war es ihr wenigstens gelungen, an etwas Erfreulicheres zu denken: an das Baby. Jason, der bisher friedlich neben ihr geschlafen hatte, drehte sich plötzlich um, und ein Teil der Steppdecke glitt zu Boden. Sie griff über ihn hinweg, packte einen Zipfel der Decke, deckte ihn und sich wieder damit zu und gab ihm einen Kuß auf die Wange.
Auch wenn es bei ihren momentanen Stimmungsschwankungen nicht so auffiel – sie liebte ihn sehr ... hatte es immer getan, seit sie in ihrem zweiten Jahr am City College irrtümlich in einen Kursus über Bürgerrechte geraten und ihr dabei der frischgebackene Anwalt aufgefallen war, der das Fach unterrichtete. Er war schlank und drahtig, nur wenige Zentimeter größer als sie, aber seine klugen blauen Augen und sein schiefes Grinsen erregten dermaßen ihr Interesse, daß sie seinen Kurs sofort in ihren Stundenplan aufnahm. Und seitdem war er Teil ihres Lebens.
Den Rest der Nacht brachte sie damit zu, immer wieder kurz einzunicken, um gleich darauf von einem Alptraum geweckt zu werden, der noch im Augenblick des Aufwachens bereits wieder aus ihrem Bewußtsein verschwunden war ... und von einem Kratzgeräusch, das vom Dachboden kam.

»Ich bin absolut sicher, daß ich dort oben etwas gehört habe«, rief Paige am nächsten Morgen über den Lärm ihres Haartrockners hinweg. Nachdem sie ihre Morgengymnastik absolviert hatten – Jason joggte, sie spazierte –,

wollten sie in einem Café im Ort frühstücken und anschließend im Dorfladen Lebensmittel einkaufen.
»Wenn du Angst hattest, dann hättest du mich wecken sollen«, sagte Jason.
»Was?«
»Wenn du Angst hattest –«
Sie schaltete den Fön aus. »Kein Grund, mich so anzuschreien.«
Er zögerte kurz und meinte dann ruhig: »Ich habe dich nur gefragt, warum du mich nicht geweckt hast.«
»Damit du mir das Gehirn wieder mit einem neuen Märchen aus dem Königreich der Tiere zukleisterst?«
»Wenn das eine Anspielung auf gestern abend sein soll –«
»Ist es.«
»Ich habe doch nur versucht –«
»Ich unterstelle dir ja nichts Böses, Jason.«
»Was ist es dann?«
Ein Seufzer, schließlich: »Es gefällt mir einfach nicht, wenn du mich wie ein schwachsinniges Kind behandelst.«
»Das habe ich doch gar nicht getan.«
»Doch, hast du.«
Jason nahm sich ein wetterfestes Sweatshirt aus der Kommodenschublade, zog es an und schlüpfte in ein Paar Trainingshosen. »Zieh dich jetzt besser an«, sagte er und ging zur Tür.
»Wo gehst du hin?«
»Hinaus.«
»Warte.«
»Warum? Ich will doch nur –«
»Verdammt. Warte doch mal 'ne Sekunde. Jason, was hältst du von Alexandra, abgekürzt Alie?«

Während sie auf ihre Honigmelone und die Vollkornwaffeln warteten, rief Jason bei den Kammerjägern in Klondike und Paige bei Barrys Sekretärin an, um einen Termin für Montag nachmittag auszumachen. Im Supermarkt des Dorfes erkannte Otis Brown, ein eckiger Mann mit einem flaumigen grauen Haarkranz um den Schädel, sie sofort wieder.

»Ihr seid heuer ja ziemlich spät dran, hab' ich recht?« meinte er, machte einen der Einkaufswagen los und schob ihn zu Paige hinüber.

»Na, eigentlich nicht«, erwiderte sie. »Wir wollen nämlich den ganzen Winter über hierbleiben. Wir haben gedacht, es wäre vielleicht schön, das Baby hier zu bekommen.« Himmel, dabei grinste sie wie ein dummes Schulmädchen und konnte gar nicht mehr aufhören.

Aber Otis ignorierte ihr Grinsen. »Brauchen Sie vielleicht eine Hebamme, Mrs. Bennett? Meine Frau ist wirklich große Klasse – die hat in den letzten Jahren schon jeder Menge Kinder auf die Welt geholfen... da ist eines gesünder als das andere. Wenn Sie möchten, dann frage ich sie mal –«

»Vielen Dank, sehr freundlich von Ihnen«, mischte Jason sich schließlich ein. »Aber meine Frau wird in das Gesundheitszentrum nach Poughkeepsie gehen.«

Otis preßte nickend die Lippen zusammen.

»Das ist ein gutes Krankenhaus, wenn man krank ist, aber um ein Kind auf die Welt zu bringen... ich weiß nicht. Es ist ziemlich weit weg von hier.«

»Zwanzig Minuten mit dem Auto«, meinte Jason.

»Na ja, wenn Sie volle Pulle fahren, und das auch nur bei gutem Wetter. Aber ich weiß nicht, wie das wird, wenn es schneit.«

»Aber die Straßen hier oben werden doch geräumt, oder

nicht?« fragte Jason, dessen Stimme eine Mischung aus Besorgnis und Verärgerung verriet.
»Aber natürlich werden sie das.«
»Wo liegt dann das Problem?«
»Komm schon, Jason«, sagte Paige und zog ihn auf die Seite. »Hilf mir beim Einkaufen.« Als sie im ersten Gang zwischen den Regalen mit Lebensmitteln standen, sagte sie: »Du hast ja ein Gesicht gemacht, als wolltest du ihn gleich verprügeln. Was ist bloß los mit dir?«
»Nichts. Ich habe nur versucht, hinter den tieferen Sinn dieser Unterhaltung zu kommen. Das klang ja so, als ob sie hier keine Schneepflüge hätten.«
»Jetzt beruhig dich wieder, Jason. Der alte Mann hat doch nur versucht, seiner Frau ein Geschäft zu vermitteln.«

Beim Autohändler schloß Paige einen sportlichen Mazda-RX7-Zweisitzer ins Herz, aber Jason bestand auf einem Nissan-Geländewagen.
»Hast du mir nicht erklärt, ich könne mir den Wagen selbst aussuchen?«
»Das war, bevor ich von dem Schnee hier wußte. Das ist ein Wagen mit Vierradantrieb, der ist genau das Richtige.«
Paige betrachtete stirnrunzelnd den Nissan. »Ich weiß nicht recht, er ist so groß und klobig.«
Jason legte von hinten den Arm um sie und drückte sein Gesicht in ihr Haar, so daß seine Lippen sie am Haaransatz kitzelten. »Du aber auch, Liebling«, flüsterte er. »Habe ich dich deshalb weniger lieb?«
Jetzt doppelt verärgert, entzog sie sich seiner Umarmung und unterdrückte den Impuls, über seine witzige Bemerkung zu lachen.
»Entschuldige, tut mir leid, ich konnte einfach nicht wi-

derstehen. Paige, wie wär's mit Robert? Ich weiß, den Namen habe ich schon mal genannt, aber –«
»Ich habe dir doch gesagt, daß ich diesen Namen hasse.« Sie verschränkte die Arme fest vor der Brust und vermied es, ihn dabei anzusehen. »Und außerdem tut es dir gar nicht leid.«
»Ich begreife es einfach nicht – wie kannst du einen Namen wie Robert nur hassen?«
Keine Antwort.
»Paige, ich habe dich doch nur aufgezogen. Warum bist du bloß so empfindlich? Hör mal, wenn ich dich gekränkt habe, dann tut mir das leid, ich schwöre es bei Gott. Außerdem siehst du einfach phantastisch aus, schwanger hin oder her.« Dann warf er einen Blick auf seine Uhr und meinte: »Wenn wir aber jetzt nicht bald nach Hause fahren, verpassen wir noch den Kammerjäger. Ich glaube nicht, daß wir ihn dann vor Montag noch mal erreichen, wenn er wieder wegfährt. Wer weiß, vielleicht wird es sogar Dienstag. Würdest du also jetzt bitte diesen verdammten Geländewagen nehmen?«
Sie warf erst einen Blick auf den einen, dann auf den anderen Wagen und schaute schließlich Jason an. »Und wenn nicht?«
Mit einem tiefen Seufzer fragte er: »Warum tust du mir das an?«

Jason fuhr hinter Paige her, um sich zu vergewissern, daß sie auch keine Probleme mit der Handhabung des Geländewagens hatte. »Also, was meinst du?« fragte er, als er die Wagentür öffnete und ihr beim Aussteigen half.
Sie zeigte mit beiden Daumen nach unten. »Und, wo ist jetzt dein Kammerjäger?«
»Der muß jede Minute kommen. Er hat mir versprochen,

um zwei Uhr hier zu sein. Sollen wir einen kleinen Spaziergang machen?«

»Und riskieren, daß wir ihn verpassen?«

Clyde, der Kammerjäger, sah zwar nicht älter aus als neunzehn, benahm sich aber, als würde er diese Arbeit schon seit Jahren machen. Er brauchte eine Viertelstunde, um das Haus gründlich zu durchsuchen – als er wieder in die Küche kam, schüttelte er nur den Kopf.

»Ich habe ein paar Mäuseköttel im Keller gefunden.«

»Oh, großartig«, meinte Paige.

Clyde steckte einen schmutzstarrenden Finger in sein langes, fettiges Haar und kratzte sich am Kopf.

»Ich habe ein paar Tüten mit Gift unten gelassen, in einer Woche sind die Mäuse bestimmt verschwunden. Wenn Sie dann noch welche sehen, geben Sie mir Bescheid.«

»Und das Eichhörnchen?«

Er zuckte seine schmalen Schultern. »Nichts zu sehen.«

»Ich habe Ihnen doch von den Eicheln erzählt.«

»Klar, ich kann mir das nicht erklären. Ich kann Ihnen nur sagen, was ich gefunden, beziehungsweise nicht gefunden habe.«

»Okay, vielleicht war es kein Eichhörnchen. Aber da war ganz eindeutig etwas auf dem Dachboden, ich habe es doch gehört.«

»Ich habe da oben ganz besonders sorgfältig nachgesehen, Ma'am. Wenn dort irgendein Tier gewesen wäre, dann hätte ich irgendwelche Kotspuren entdeckt. Ich kann nur wiederholen, da oben ist nichts.«

»Wollen Sie damit behaupten, ich hätte mir das nur eingebildet?«

Er machte eine beschwichtigende Geste und schüttelte den Kopf. »Hören Sie, ich sage doch nur, da oben ist kein Anzeichen –«

»Äh, hören Sie«, unterbrach ihn Jason, »da Sie nun schon mal da sind, könnten Sie doch auch auf dem Speicher etwas Gift auslegen. Falls da oben wirklich etwas sein sollte, wird es –«
»O nein, das geht nicht, Sir.«
»Wieso nicht?«
»Wissen Sie, eigentlich dürfen wir gar keine Eichhörnchen töten.«
»Aber Sie sagten doch, da oben ist kein Eichhörnchen.«
»Sicher, und dabei bleibe ich auch. Aber Sie verlangen von mir, daß ich da oben Gift auslege, um etwas zu töten, was ich nicht töten darf.«
Paige neigte den Kopf zur Seite und schüttelte ihn ungläubig.
»Das darf doch nicht wahr sein«, sagte sie.
Jason hob beschwichtigend die Hand.
»Nun mal ganz langsam, Clyde. Einmal angenommen, nur einmal angenommen, da oben wäre ein Eichhörnchen.«
Clyde nickte.
»Wollen Sie dann sagen, daß ich in Zukunft damit leben muß?«
»Nein, Sir, das will ich nicht.«
»Okay, wie sollen wir es dann loswerden?«
»Wir stellen eine Falle auf und fangen es. Dann nehme ich das Tier mit und lasse es im Wald draußen wieder frei.«
Schritt für Schritt tastete Jason sich vorwärts. »Okay. Haben Sie vielleicht eine dieser Fallen dabei?«
»Sicher, draußen im Lieferwagen. Aber die brauchen Sie nicht, weil Sie ja kein Eichhörnchen haben.«
»Ich fange gleich zu schreien an«, sagte Paige.
»Hören Sie, Clyde, ich möchte Sie trotzdem darum bitten, auf dem Dachboden eine dieser Fallen aufzustellen. Falls

dort oben wirklich ein Eichhörnchen ist, werden wir es damit fangen. Und falls keines da oben sein sollte, haben wir doch nichts verloren, oder?«

»Na, zum einen, Geld. Das wird Sie 'ne Menge kosten.«

»Hören Sie, Clyde, ich zahle – Sie machen Ihre Arbeit.«

Clyde brauchte ungefähr zehn Minuten, um den Drahtkäfig aufzustellen – als Köder mußte Erdnußbutter auf italienischem Weißbrot herhalten.

»Wenn das Tier die Erdnußbutter riecht«, erklärte Clyde, »dann schlüpft es in den Käfig. Dabei muß es auf diese Wippe treten, die die Türaufhängung auslöst. Und päng – knallt die Tür zu!«

Clydes Handkante knallte krachend auf die Tischplatte und ließ Paige zusammenfahren. »Das ist alles«, sagte er, »es sitzt in der Falle. Dann brauchen Sie mich nur noch anzurufen. Aber ich glaube nicht, daß Sie mich anrufen werden. Wahrscheinlich wird es so sein, daß ich in ein paar Wochen, vielleicht auch in einem Monat oder zwei mal kurz vorbeischaue und den Käfig wieder mitnehme.«

Mit dem Gift für die Mäuse und dem Käfig für das Eichhörnchen belief sich die Rechnung auf einhundertfünfundsiebzig Dollar.

»Das war ein ganz gerissener Gauner«, sagte Paige später, als sie im Bett saß und ungesalzenes, ungebuttertes Popcorn verschlang.

Jason legte den Schriftsatz beiseite, in dem er gerade las, und gähnte.

»Ich vermute auch, daß er uns ein paar Dollar extra als Buße aufgebrummt hat, weil wir seinen Sachverstand angezweifelt haben.«

»Wir Stadtmenschen haben mit Sicherheit an allem etwas auszusetzen. Aber ich weigere mich, mich deswegen schuldig zu fühlen. Er hat es doch herausgefordert. *Du* glaubst mir doch, daß ich dort oben etwas gehört habe, nicht wahr, Jason?«

»Da oben ist jetzt eine Falle, das genügt doch, oder?«

»Du weichst meiner Frage aus.«

»Ich sehe nicht, was das für einen Unterschied –«

»Jason!«

»Natürlich glaube ich dir.«

Sie richtete sich mit einer so heftigen Bewegung im Bett auf, daß sie die Schüssel umstieß und sich das Popcorn über die Bettdecke verteilte. »Das tust du nicht. Verdammt, ich hasse es, wenn du so etwas nur sagst, damit ich endlich den Mund halte!«

Er hörte noch, wie ihre Füße die Treppe hinunter, hinaus auf die Veranda tappten. Seufzend zog er seine Jeans an, nahm ihren Morgenmantel, der an der Innenseite der Schranktür hing, und folgte ihr nach draußen.

»Bist du verrückt – du wirst dich noch erkälten«, sagte er vorwurfsvoll und hängte ihr den Morgenmantel um die Schultern.

Sie schüttelte ihn ab und ließ ihn auf den Boden der Veranda fallen. »Laß mich in Ruhe«, sagte sie.

Er lehnte sich an einen der Pfosten und steckte die Hände in die Hosentaschen.

»Ich kann nur verlieren, oder?«

Schweigen.

»Wir kommen hierher, damit du dein Gleichgewicht wiederfindest, und was passiert – du drehst bereits durch, weil du irgendein Geräusch auf dem Speicher hörst. Und wir beide können keine fünf Minuten zusammensein, ohne daß du mich gleich angiftest. Wenn ich mit einer Manisch-Depressiven zusammenleben will, dann kann ich das in der Stadt viel bequemer haben. Dazu muß ich mir nicht auch noch die zusätzliche Last aufhalsen, täglich hin und her zu pendeln.«

Es war die Sache mit dem Hinundherpendeln, die schließlich die Spannung löste, so daß sie – zu ihrer eigenen Überraschung – in schallendes Gelächter ausbrach. Sie konnte gar nicht mehr aufhören, und Jason stimmte mit ein.

»Ich hasse dieses Auto... diesen Lastzug, oder was immer das sein soll«, sagte sie, als sie schließlich wieder sprechen konnte.

Er nahm sie in die Arme, und sie ließ ihn gewähren, wie es in der letzten Zeit nicht oft der Fall gewesen war...

»Dann fahre ich eben damit, bis es anfängt zu schneien. Und du nimmst solange den Volvo.«

Sie legte ihren Kopf an seine Brust. Früher hatte sie keinen Gedanken an die Autos verschwendet, die sie benutzte; sie stellte keine großen Ansprüche, Hauptsache, sie brachten sie dorthin, wo sie hinwollte. Weshalb jetzt dieser Lärm um nichts? »Es ist wirklich nicht so wichtig«, meinte sie schließlich.

»Bist du ganz sicher?«

Sie nickte, aber als er ihr ins Gesicht sah, entdeckte er Tränenspuren auf ihren Wangen. Er legte ihr die Hand unter das Kinn und zwang sie, ihn anzusehen.

»Jetzt komm schon, Paige, raus damit.«

Sie holte tief Luft. »Ich habe Angst, Jason.«

»Wovor?«

»Daß ich das Kind verliere.«

»Aber das wirst du nicht.« Er beugte sich über sie, küßte sie...

Sie erwiderte seinen Kuß, aber sobald seine Hand tiefer wanderte und seine Finger tastend ihren Weg suchten, entzog sie sich ihm.

»Nein, Jason, bitte nicht.«
»Warum nicht?«
»Das Baby... Wir könnten den Fötus verletzen.«
»Aber der Arzt hat uns doch versichert –«
»Jason, ich bin fett, ich bin plump.«
»Das bist du nicht, und das weißt du auch ganz genau, nicht wahr?« Er machte einen Schritt in Richtung Haustür.
»Na gut, wenn du unbedingt willst...«
Er öffnete die Fliegengittertür, blieb kurz stehen und wandte sich dann zu ihr um. »Mache ich wirklich einen so verzweifelten Eindruck?«

Ihre Angst war völlig irrational... sie dachte darüber nach, als sie später wach im Bett lag. Auch wenn sie im Jahr zuvor eine Fehlgeburt erlitten hatte, so war das im ersten Schwangerschaftsdrittel geschehen, in einer Zeit, in der der Fötus am gefährdetsten ist. Jetzt war sie Ende des sechsten Monats, und aufgrund ihrer Amniozentese und der Ultraschall-Diagnose gab es nicht die geringsten Probleme; sie trug einen gesunden, gutentwickelten Fötus.
Und wenn das immer noch nicht Beruhigung genug war: Jetzt kam noch dazu, daß sie und Jason an einem Ort lebten, in dem es – einmal abgesehen von einer gelegentlichen Schlägerei, Alkohol am Steuer oder einem harmlosen Diebstahl – in den letzten zwölf Jahren nicht ein Kapitalverbrechen gegeben hatte. Doch trotz Jasons ständiger Beteuerung und ihres eigenen gesunden Menschenverstandes, die Angst war da – wie ein dunkler Fleck, der immer wieder auftaucht, gleichgültig, wie oft man auch reiben mag. Der Trick bestand darin, nicht daran zu denken, beschloß sie...

Ihre Gedanken wurden von einem schwachen Schaben über ihrem Kopf unterbrochen. Sie setzte sich auf und schaute zu Jason hinüber: Er schlief tief und fest. Nein, sie würde ihn nicht wecken, nicht deswegen. Morgen früh würde dieses Ding – was immer es auch sein mochte – in der Falle sitzen.

Päng...

Kapitel 2

Da sie wieder die halbe Nacht wachgelegen hatte, hörte Paige nicht, wie Jason sich am Sonntag morgen anzog und das Haus verließ. Aber als sie um neun Uhr aufwachte, fand sie einen Zettel auf seinem Kopfkissen: *8:00 Uhr, schlaf ruhig weiter – bin beim Joggen, bringe hinterher die Zeitung und ein paar Brötchen mit.* Die Bäckerei war in Kingston – also schätzte sie, daß es mindestens noch eine halbe Stunde dauern würde, bis er zurückkam.

Sie rollte sich auf den Rücken, richtete sich aber abrupt wieder auf, als ihr das Geräusch vom Dachboden einfiel. Vielleicht sollte sie mal nach oben gehen und sich selbst umsehen – nein, es war besser, auf Jason zu warten. Wenn dort *wirklich* etwas in der Falle saß, dann war es besser, wenn sie nicht allein war. Statt dessen ging sie auf die Toilette und konzentrierte sich darauf, wie schön es sein würde, wenn sie eines Tages nicht mehr zu jeder passenden und unpassenden Gelegenheit aufs Klo rennen müßte. Mein Gott, in der vergangenen Nacht hatte sie mindestens fünfmal laufen müssen. Sicher, das Ganze war etwas lästig, aber doch ein beruhigendes Indiz dafür, daß das Baby lebte und... nun ja, auf ihrer Blase herumtrampelte.

Sie sehen also, Paige – dem Baby geht es gut, und das wird auch so bleiben... Sie und Jason werden schon dafür sorgen. Wieder verzogen sich ihre Lippen zu diesem albernen Grinsen, und sie beugte sich zu dem Spiegel vor, der über dem Waschbecken im Bad hing. Ihr Gesicht war in der letzten Zeit etwas voller geworden, die zarten Züge – wie sie in ih-

rem High-School-Jahrbuch beschrieben waren – wirkten aufgeschwemmt. Und ihre dunklen Augen waren von tiefen Ringen unterlegt.
Wenn sie ein kleines Mädchen bekam, würde es dann wie sie aussehen? Nicht unbedingt... sie hatte ihrer Mutter überhaupt nicht geähnelt. Sie stellte sich lieber einen kleinen Jungen vor, der Jasons dünne Lippen, sein breites Kinn hatte. Obwohl das Geschlecht des Kindes bereits mit Tests ermittelt war, hatten sie und Jason beschlossen, es lieber nicht wissen zu wollen. Was natürlich bedeutete, daß sie sich auf zwei Namen zu einigen hatten – obwohl sie sich bisher noch nicht einmal auf einen einigen konnten.
»Bist du wach, Paige?«
Sie lief nach unten – mehr denn je war sie sich der Tatsache bewußt, wie ungraziös ihre Bewegungen waren – und fiel ihm direkt in die Arme.
»Hey«, meinte er und ließ dabei fast die Zeitungen und die Tüten fallen, die er in der Hand hatte. »Womit habe ich das bloß verdient?«
»Du hast dir den Oscar dafür verdient, daß du der geduldigste Mensch bist, den ich kenne. Wie hältst du es zur Zeit nur mit mir aus?«
Er ging ihr in die Küche voraus, und während sie sich an den Tisch setzte und ihm zusah, fing er an, das Frühstück zusammenzustellen.
»Schwangere Frauen sind ja berüchtigt für ihre Stimmungsschwankungen«, sagte er. »Es geht rauf, runter, die ganze Zeit über. Als meine Mutter mit mir schwanger war, weinte sie jeden Morgen, wenn mein Vater zur Arbeit das Haus verließ. Sie hatte Angst, sie würde mit den anderen Kindern nicht fertig werden, während er weg war.«

»Na ja, sie war schwanger und hatte noch zwei Kleine in den Windeln stecken, da ist das kein Wunder.«
»Aber sie ist mit allem fertig geworden, jedenfalls bis er heimkam.« Jason stellte eine halbe Grapefruit, ein Glas mit fettarmer Milch und ein getoastetes Brötchen mit etwas Frischkäse vor Paige hin.
»Hier, iß das.«
Sie betrachtete ihn nachdenklich, als er sich über sein eigenes Frühstück hermachte. »Hast du jemals Mutter sein wollen?«
»Seltsame Frage.«
»Ich will mich ja nicht davor drücken, aber du machst das verdammt gut.«
»Du wirst das auch gut machen.«
»Ich kann in meiner Arbeit gut mit Kindern umgehen, aber das ist vermutlich nicht dasselbe, oder?«
»Iß deine Grapefruit.«
»Ich weiß einfach nicht, wie man Kinder richtig bemuttert. Vielleicht bin ich zu egoistisch ... Jason, glaubst du, daß ich zu egoistisch bin, um eine gute Mutter zu sein?«
»Nein, das glaube ich nicht.« Er nahm den Wirtschaftsteil der NEW YORK TIMES und gab ihr eine dünne Wochenzeitschrift. »Hier, ich dachte, vielleicht interessierst du dich für die Lokalnachrichten.«
Sie nahm die Zeitung, schlug sie auf der zweiten Seite auf und überflog flüchtig einige Artikel.
»Was soll das, versuchst du vielleicht, mir nur harmlose Nachrichten zuzuschieben? So aufregende Dinge wie Kirchenbasare, Straßenreparaturen, Verleihung von Verdienstorden an Wölflinge, die Zusammenstellung von Schulmittagessen?«
»Du bist endlich raus aus der Stadt, weg von den ganzen Verbrechen. Warum sollst du das jetzt lesen?«

»Was ist mit Buchbesprechungen, Reise –«

Wortlos sammelte er mehrere lose Seiten der Times ein, legte sie vor sie hin und griff wieder nach seinem Brötchen.

»Oh, das hätte ich fast vergessen – die Falle, Jason. Ich habe heute nacht wieder Geräusche am Dachboden gehört...«

Jason betrachtete das Brötchen in seiner Hand. »Könnte das vielleicht noch etwas warten?« Aber als er ihre angespannte Miene sah, legte er das Brötchen auf den Tisch und schob seinen Stuhl zurück. »Okay, bringen wir es hinter uns.«

Bis zur Speichertür blieb sie dicht hinter ihm, hielt sich dann aber zurück.

»Siehst du etwas?«

»Nein. Die Falle ist leer.«

Paige machte nun doch einen vorsichtigen Schritt in den stickigen Raum: Luft kam hier nur durch zwei kleine Fenster herein; beide waren geschlossen. Sie ging an dem Gerümpel vorbei – alte Möbel und Werkzeuge, die die Vorbesitzer zurückgelassen hatten – und trat näher an den Käfig heran; entsetzt schlug sie die Hand vor die Brust.

»Das gibt es doch nicht.«

Jason beugte sich näher vor. »Was ist?«

»Der Köder, Jason... wo ist er hin?«

Clyde, der auf Jasons Anruf aus der Telefonzelle vor Otis' Supermarkt hin sofort zu den Bennetts hinauskam, meinte nur: »Es ist völlig unmöglich, daß ein Eichhörnchen an den Köder rankommt, ohne auf den Hebel zu treten.«

»Ist Ihnen schon mal der Gedanke gekommen, daß die

Falle vielleicht defekt ist?« fragte Jason, als sie nebeneinander über den Käfig gebeugt standen.
»Sicher, aber das ist sie nicht. Hier, ich zeige es Ihnen.« Er tippte mit der Spitze eines Bleistiftes auf den Hebel und konnte gerade noch die Hand wegziehen, bevor die Käfigtür heruntersauste, den Bleistift verschluckte und zuschnappte.
»Was dann?« fragte Jason.
»War vielleicht irgend jemand hier oben und hat an dem Käfig herumgespielt?«
Jasons Augen folgten Paiges Blick zu der schweren Tür, die zu einer schmiedeeisernen Feuerleiter führte.
»Das können Sie vergessen«, sagte er und ging zu der Tür. »Das ist völlig unmöglich. Schauen Sie selbst, sie ist von innen verriegelt.« Er versuchte den großen, rostigen Riegel zur Seite zu schieben, aber der bewegte sich nicht. »Und außerdem ist der Riegel ganz verrostet. Ich hatte eigentlich vor, irgendwann mal in nächster Zeit das Schloß hier auszutauschen...«
»Das ist doch albern«, sagte Paige zu Clyde. »Natürlich hat irgendein Tier den Köder genommen. Ich glaube kaum, daß ein Einbrecher sich die Mühe machen würde.«
»Sicher, aber –«
»Jedenfalls hat die Falle nicht funktioniert«, schnitt Jason ihm das Wort ab. »Oder wir haben es mit einem superintelligenten Tier zu tun.«
Paige warf ihm einen fragenden Blick zu.
Er zuckte mit den Achseln und fing an, Wand und Dachpappe nach Öffnungen abzusuchen.
»Na, offensichtlich hat es einen Weg gefunden, den Hebel zu umgehen.«
Bevor Paige den Speicher verließ, schaute sie sich selbst

noch flüchtig um – in einem Blumentopf entdeckte sie noch mal ein halbes Dutzend Eicheln. Dann legten sie ein weiteres Brotstück mit Erdnußbutter als Köder aus, und Clyde stopfte zusätzlich noch feste Drahtwolle zwischen die Gitterstäbe des Käfigs.

Dieses Mal gab es kein Entrinnen.

Es war schon fast neun Uhr, als Paige am Montag aufstand und wieder einen Zettel neben sich fand: *Die Telefongesellschaft kommt heute und schließt das Telefon an. Habe nach der Falle gesehen – immer noch leer, sehe heute abend noch mal nach. Wie wäre es mit Richard... kurz Richie. Was meinst du?*

Die leere Falle war keine Überraschung für sie: Da sie die ganze Nacht über nicht gut geschlafen hatte, hatte sie auf mögliche Geräusche gelauscht, aber keine gehört. Dabei war ihr ein Film eingefallen, den sie einmal im Fernsehen gesehen hatte: Er hatte von einer Ratte gehandelt, die so intelligent gewesen war, daß sie alle Versuche des Hausbesitzers, sie zu töten, vereitelt hatte. Und natürlich hatte diese Erinnerung nur dazu geführt, daß Paige sich ähnliche, schreckliche Szenen vorgestellt hatte... Und kaum eine Viertelstunde, nachdem das Telefon angeschlossen war, wurde es von ihr auch schon mit einem Anruf bei Brooke eingeweiht.

»Klingt ja nicht gerade so, als würdest du endlich zur Ruhe kommen, wie du es dir vorgestellt hast«, meinte Brooke.

»Oh, das kommt schon noch. Zuerst müssen wir uns eben diese Intelligenzbestie von Nagetier vom Hals schaffen. Aber es ist wirklich traumhaft schön, warte nur ab, bis du selbst diese herbstliche Landschaft hier siehst. Wann kommst du denn mit Gary?«

»Als wir uns das letzte Mal darüber unterhalten haben, war das übernächste Wochenende im Gespräch.«

»Höre ich da einen düsteren Unterton heraus?«

»Ich habe seit zwei Tagen nicht mehr mit ihm gesprochen.«

»Darf ich fragen, warum?«

»Die Eintrittskarten für *Phantom*...«

»Oh, richtig, du warst ja am Samstag im Theater. Wie hat es dir gefallen?«

»Wahnsinnig gut. Selbstverständlich ist Gary erst in der Pause erschienen. Das ist jetzt das dritte Mal in zwei Wochen, daß er zu spät kommt.«

»Er ist Arzt.«

»Das erzählt er mir auch dauernd... Soll ich vielleicht ständig meine Staffelei mit mir herumschleppen?«

»Warum nicht«, sagte Paige und ging bereitwillig auf diesen Themenwechsel ein. »Hey, wie wäre es, wenn du Gary am Sonntagabend allein in die Stadt zurückschickst? Du könntest doch noch ein paar Tage bleiben. Nur du und ich – Jason kann dich ja wieder in die Stadt zurückfahren, wann immer du willst. Du kannst nach Herzenslust malen... ich werde dich bestimmt nicht stören.« Paige wußte Brookes strikten Stundenplan zu respektieren, die täglich von zehn bis drei Uhr arbeitete; und seit sie ihre eigene Arbeit an den städtischen Schulen aufgegeben hatte, hatte sie sich auch immer bemüht, ihr in dieser Zeit nicht in die Quere zu kommen.

»Soso«, schnurrte Brooke, und Paige sah deutlich ihren roten Schmollmund vor sich, der keinen Mann kalt ließ – das heißt, Gary bildete da gelegentlich eine Ausnahme. Dieser Schmollmund war sogar Paige aufgefallen, als sie – auf der Jagd nach einem Taxi – an jenem düsteren, verregneten Morgen Brooke über den Haufen gerannt hatte, die an eben diesem Tag in das Haus nebenan zog. Was zur Folge hatte, daß Bild und Malerin mit dem Gesicht, beziehungsweise mit der Vorderseite voran im Dreck landeten. Und wie sehr Paige sich auch bemühte, die Leinwand zu retten, während ihre neue, in Tränen aufgelöste Nachbarin im Badezimmer unter der Dusche stand – das Bild war ruiniert. Trotz des stürmischen Anfangs wurden Paige und Brooke bald enge Freundinnen.

»Das klingt ja wirklich sehr verlockend«, sagte Brooke schließlich, »aber ich habe eine Auftragsarbeit – ein Porträt, das in drei Wochen fertig sein muß. Darf ich vielleicht später noch mal auf dein Angebot zurückkommen?«

»Darüber läßt sich reden.«

Als Paige den Hörer auf die Gabel legte, lächelte sie in freudiger Erwartung des Besuchs. Bis dahin war dieses verdammte Eichhörnchen aber besser verschwunden. Es geschah, als sie den Sicherheitsgurt des Nissan um ihren Bauch legte und sich für die Fahrt zum Arzt fertig machte, bei dem sie um vier Uhr einen Termin hatte... da sah sie es, das heißt, sie sah ein unbestimmtes Etwas. Es bewegte sich sehr schnell – wie ein Blitz oder ein Schatten; was man eben so wahrnimmt, wenn man blinzelt.

Sie starrte noch lange auf denselben Fleck, auf den Fuß der Feuerleiter, wo jetzt nur noch ein Streifen trockenen Grases zu sehen war, der vom Haus weg in den Wald führte. Dann ließ sie ihren Blick hinauf in den ersten Stock zu dem schmiedeeisernen Balkon vor ihrer verschlossenen Schlafzimmertür wandern, um gleich darauf ihre Aufmerksamkeit dem Dachboden im zweiten Stock zuzuwenden: Die Tür war von innen verriegelt und so zugerostet, daß man sie nicht mehr aufbekam... das hatte sie mit eigenen Augen gesehen.

Das mußte das Eichhörnchen gewesen sein. Natürlich.

Erst kletterte es die Feuerleiter hinauf und kroch dann durch ein von außen nicht sichtbares Loch in den Dachboden. Sie und Jason würden gleich heute abend noch einmal alles nach irgendwelchen Öffnungen untersuchen.

Dr. Milton Barry trug eine billige Hornbrille, die Art von Fassung, wie man sie normalerweise im Ausverkauf findet: Kaufe zwei, bezahle eine. Seine glänzenden, ausgebeulten Hosen unter dem kurzen, zerknitterten Kittel spiegelten seine absolute Achtlosigkeit modischen Ansprüchen gegenüber wider.

Als die Untersuchung vorüber und Paige wieder in Straßenkleidung war, nahm sie in seinem Sprechzimmer Platz. Er gab ihr eine Lamaze-Broschüre – sie schaute nur flüchtig darauf und steckte sie in ihre Handtasche. Dabei fiel ein rosa Zettel heraus.

»Was ist das?«

»Die Einladung zu einem geselligen Treffen, glaube ich. Meine Sprechstundenhilfe Lenore – sie leitet den Kurs – organisiert mit ein paar Frauen aus jeder neuen Gruppe immer ein Treffen für die ganze Familie. Normalerweise findet alle paar Monate eines statt. Sie werden sehen, die Leute hier sind sehr freundlich.«

Sie lächelte. »Schön. Oh, bevor Sie anfangen, möchte ich Sie bitten, mir das Geschlecht unseres Kindes nicht zu verraten. Jason und ich wollen uns lieber überraschen lassen.«

»Einverstanden. Nun, dem Baby geht es gut, Sie haben ja selbst seine Herztöne gehört.«

Sie nickte.

»Und was Sie betrifft... nun, Ihr Blutdruck ist wirklich höher, als es mir gefällt. Außerdem sehen Sie aus, als könnten Sie etwas mehr Schlaf vertragen.«

»Deswegen bin ich ja aufs Land gezogen.«
»So?«
Sie zuckte mit den Achseln. »Geben Sie mir etwas Zeit.«
»Okay, aber wenn Sie mit jemandem darüber reden möchten... Manchmal hilft das.«
»Da gibt es nichts zu reden, wirklich. Ich bin nur der Typ Mensch, der sich ständig über alles mögliche Sorgen macht.«
»Ja, worüber denn?«
»Worüber machen sich schwangere Frauen wohl Sorgen?«
»Nein, nein, hier stelle ich die Fragen.«
Sie machte eine kurze Pause: »Ob das Baby gesund ist.«
»Das habe ich Ihnen doch bereits bestätigt.«
»Aber es kann doch alles mögliche passieren, Sie sind schließlich nicht Gott.«
»Wollen Sie, daß Gott das Kind entbindet?«
»Arbeitet er hier im Krankenhaus?«
Er lächelte; sie mochte sein Lächeln... und ihn auch.
»Hören Sie, ich möchte mich nicht beklagen«, sagte sie schließlich. »Es ist nur so, daß... Haben Sie sich schon jemals so auf eine Sache gefreut, daß Sie glaubten, das könne unmöglich gutgehen? Das wäre zu schön, um wahr zu sein, als daß es tatsächlich passieren könnte?«
»Haben Sie das Gefühl, daß mit dem Kind etwas schiefgehen könnte?«
»Mit ihm oder mit mir. Sie haben ja meinen Krankenbericht gelesen – ich hatte eine Fehlgeburt, und vor ein paar Monaten bin ich von einem Jungen überfallen worden, der völlig zugedröhnt war und mich mit einem Messer bedroht hat. Das Baby hätte getötet werden können.«
»Wurde es aber nicht.«
»Aber es hätte passieren können. Alles hing an einem seidenen Faden. Woher wollen Sie wissen –«

»Sie wissen es auch nicht. Und das war Ihnen schon vor dem Überfall klar.«
»Ja, sicher, natürlich.« Sie lachte, seufzte. »Ich muß ja ziemlich einfältig klingen.«
Er schüttelte nur den Kopf und stützte sein Kinn auf die Hand.
»Der Mensch ist nun mal so, aber wir neigen dazu, bestimmte Dinge zu verdrängen. Jedenfalls, solange nichts auf dem Spiel steht.«
»Meine Ehe steht auf dem Spiel.« Wie aus heiterem Himmel war sie mit dieser Feststellung herausgeplatzt, die nicht im geringsten Zusammenhang zu ihrem Gespräch stand. Er machte eine ermutigende Geste, daß sie doch fortfahren möge.
»Ich meine damit unser Sexualleben«, sagte sie, nachdem sie beschlossen hatte, daß sie es ebensogut aussprechen konnte. »Ich habe zur Zeit einfach nicht dieselben Bedürfnisse, und ich weiß nicht einmal genau, warum das so ist. Außerdem habe ich Angst, Angst um das Baby und irgendwie auch um mich, glaube ich. Jedesmal, wenn mir seine Berührungen zu weit gehen, ziehe ich mich zurück.«
»Bei diesem Überfall, hat der Junge versucht –«
»Nein, nichts dergleichen. Außerdem hatte er keine Gelegenheit, überhaupt etwas zu tun. Ich habe ihn nur gesehen und bin auch schon ausgeflippt... habe um mich getreten und geboxt wie eine Verrückte, bin davongelaufen; ich kann mich kaum noch daran erinnern. Warum reagiere ich dann aber jetzt so ablehnend? Normalerweise«, fuhr sie lächelnd fort, »nun, früher hat Jason mich immer eine Rakete genannt.«
»Ich könnte Ihnen jede Menge Gründe für Ihr plötzliches Desinteresse nennen, der wahrscheinlichste dürfte Ihre

Schwangerschaft sein. Während die meisten Frauen keine Probleme damit haben, den Verkehr weiterhin zu genießen, während sie ein Kind austragen, finden andere es unmöglich – und das aus den unterschiedlichsten Gründen. Einigen scheint ihr schwangerer Körper einfach nicht sexy genug zu sein, und eine Frau hat mir mal erzählt, daß in ihren Augen der sexuelle Akt die Reinheit des Gefäßes verletzt, das den Fötus trägt.«

»Ich kann mir nicht vorstellen, daß in meinem Unterbewußtsein so ein Unsinn ablaufen sollte, aber... Glauben Sie, ich brauche einen Therapeuten?«

»Nun, vielleicht würde ich Ihnen sogar dazu raten, wenn es nicht noch ein paar Monate bis zur Entbindung wären. Mir scheint«, sagte er, und dabei umspielte ein Lächeln seine Lippen, »da wir es hier mit einer anscheinend besonders ausgeprägten Libido zu tun haben – da sollte doch alles wieder von selbst ins Lot kommen.«

Als sie die Praxis des Arztes verließ, war es grau und regnerisch, und trotzdem glühten ihre Wangen. *Oh, was habe ich nur für ein loses Maul.* Was war nur in sie gefahren, als sie ihm sagte, daß Jason sie immer eine Rakete nannte? Versuchte sie vielleicht allen Ernstes, ihre momentane Unzulänglichkeit mit großartigen Worten wieder auszugleichen?

Auf dem Weg nach Hause hielt sie am Supermarkt an und kaufte sich ein Taschenbuch von Jackie Collins, eine Schachtel mit gezuckerten Doughnuts, ein Pfund Hershy-Schokoladenküsse und eine Packung Kartoffelchips.

Jason war schließlich nicht da, um ihre Diät zu überwachen. Und was war schon dabei, wenn sie und das Baby Lust hatten, mal über die Stränge zu schlagen?

Der Besen ist ja lebendig, und wie! Ein langer, kräftiger, knorriger Körper und ein rundes, gelbes Gesicht, das die Dielenbretter küßt. »Hör auf mit dem Krach, steh auf und stell dich auf die Hinterbeine«, rief sie, aber er wollte, konnte nicht mit dem Fegen aufhören. Das war doch nichts, worüber man sich Sorgen machen mußte, oder? Das ist albern, Paige... albern und dumm, vielleicht sogar bloß ein Traum. Sie strengte sich mit dem Denken an und bemühte sich, ihr Gehirn auf Trab zu bringen, aber es klappte nicht so recht.

Sie beugte sich vor, versuchte den Besenstiel in die Hand zu bekommen, wollte dem Unfug ein Ende bereiten, aber das Gesicht aus Stroh verwandelte sich in sein häßliches Gesicht, und seine heiße Zunge schnappte nach ihren Knöcheln, leckte sie, verbrannte sie. Sie wollte schreien, aber ihre Stimme blieb irgendwo tief in ihrem Hals stecken. Sie wurde nach hinten gefegt, immer weiter und weiter... sie schwankte, stolperte über ihre Füße. O Gott, paß auf das Baby auf, laß mich nicht stürzen!

Ihre Hände breiteten sich schützend über ihren Bauch, ihre Augen bemühten sich, die totale Dunkelheit zu durchdringen. Aber sie bewegte sich nicht, sondern konzentrierte sich auf die fegenden Geräusche, die von oben kamen... vom Dachboden. Ihr Herz hämmerte, sie setzte sich auf, suchte tastend die Lampe, schaltete sie an. Dann sah sie sich um: leeres Schokoladenpapier und Doughnuts-Krümel auf der Matratze, auf dem Nachttisch die Packung mit den Kartoffelchips und das Taschenbuch, die Uhr... Es war erst halb sieben abends – es würde noch eine Weile dauern, bis Jason nach Hause kam.

Schließlich hob sie langsam die Augen und starrte an die Decke. Irgend etwas war da oben... sollte sie hier unten bleiben und warten, ohne je zu erfahren, was es war? Oder sollte sie wie eine vernünftige Erwachsene nach oben gehen, die Tür aufmachen und nachschauen? Wenn

sie sich dann noch bedroht fühlte – nun, das Telefon funktionierte –, dann konnte sie immer noch Clyde anrufen.
Mit einer Taschenlampe bewaffnet, stieg sie die Stufen hinauf, verharrte kurz auf dem Treppenabsatz und riß schließlich, an ihrer Unterlippe nagend, die Tür auf. Obwohl der Lichtstrahl voll auf den Käfig gerichtet war, konnte sie nicht hineinsehen... Sie machte ein paar Schritte näher heran: leer, und wieder war der Köder fort.
Erschrocken wirbelte sie herum, und ihre bebenden Hände schickten den hellen Lichtstrahl unsicher zitternd über die Wände und in alle Ecken. Nichts... Und das merkwürdig fegende Geräusch – war es möglich, daß es auch aufgehört hatte?
Langsam und zögernd durchsuchte sie den Raum. Als das Licht auf einen Tisch neben der Innenwand fiel, hörte sie eine Bewegung. Erschrocken fuhr sie zurück und verlor kurz das Gleichgewicht. Als sie sich wieder gefangen hatte, versuchte sie mit fahrigen Bewegungen, die Ursache des Geräusches mit der Taschenlampe aufzuspüren. Plötzlich sprang etwas Großes unter dem Tisch hervor, flog durch die Luft und landete mit einem dumpfen Aufprall auf dem Boden. Dann hüpfte es hoch und rannte quer durch den Raum. Obwohl Paige den schnellen Bewegungen mit dem Lichtstrahl zu folgen versuchte, gelang es ihr erst, als das Ding vor dem winzigen Fenster ohne Gitter stehenblieb, es so weit wie möglich aufstieß und verschwand. Paige rannte zu dem Fenster, beugte sich hinaus und leuchtete mit der Taschenlampe nach unten.
Mittlerweile war das Ding schon fast die Feuerleiter hinuntergeklettert, und Paige war überzeugt, daß es ein Kind war.

Sie nahm sich gerade noch die Zeit, die Packung mit den Kartoffelchips in die Tasche ihres gelben Regenmantels zu stecken, und lief dann mit der Taschenlampe in der Hand in die Dunkelheit hinaus. Der heftige Schauer war zwar mittlerweile in einen dünnen Nieselregen übergegangen, aber es war ein Wind aufgekommen, der das nasse Laub gegen ihre Knöchel klatschen ließ und ihr Efeuranken ins Gesicht schlug, wenn sie sich zu bücken vergaß. Sie hatte keine Ahnung, wohin sie sich wenden sollte, aber einem plötzlichen Impuls folgend, ging sie Richtung Fluß.
Paige glaubte zweimal, das Kind gesehen zu haben, aber gleich einem Tier, das sich in seiner eigenen Umgebung mit absoluter Leichtigkeit bewegt, tauchte es in Sekundenschnelle hinter einen Baum oder einen Busch und war verschwunden. Vernünftiger wäre es gewesen, die Polizei anzurufen und ihr die Suche zu überlassen. Als sie sich eben zu diesem Entschluß durchgerungen hatte und schnell wieder Richtung Haus zurücklaufen wollte, spürte sie, wie sie ein harter Gegenstand am Kopf traf. Sie sank zu Boden...
»Paige, Paige, hörst du mich, Paige?« Jedes Wort klang näher und lauter als das andere und brachte sie schnell wieder auf den nassen Waldboden zurück. Sie schlug die Augen auf und sah Jason, der sich mit einer Laterne über sie beugte.
»Bist du in Ordnung? Was ist denn eigentlich passiert?« fragte er.
»Ich weiß es nicht genau.« Sie faßte sich mit der Hand an den Kopf und fühlte eine Beule, so groß wie eine Kastanie. »Ich habe einen Schlag auf den Kopf bekommen, glaube ich.« Sie deutete auf den Baum neben ihr. »Es war wahrscheinlich ein Ast.«
»Was treibst du überhaupt hier draußen?« Sie wollte sich

aufsetzen, aber er hielt sie zurück. »Warte, vielleicht sollte ich –«

»Nein, mir geht es gut, ehrlich. Hier, hilf mir hoch.« Sie stützte sich auf seinem Arm ab, zögerte einen Moment und stand dann mit der Taschenlampe in der Hand auf. »Jason, hier draußen ist ein Kind.«

»Was für ein Kind?«

»Ich weiß es nicht, das vom Speicher.«

Er warf ihr einen merkwürdigen Blick zu. »Vielleicht solltest du zum Arzt gehen.«

»Ich brauche keinen...« Sie steckte eine Hand in die Tasche, und als sie sie leer wieder herauszog, leuchtete sie mit der Lampe die Stelle auf dem Boden ab, wo sie gelegen hatte. »Die Chips sind weg, Jason.«

»Du redest wirres Zeug.«

»Nein, tue ich nicht, du kannst mir bloß nicht folgen. Ich meine Kartoffelchips. Ich habe sie eingesteckt, weil ich mir dachte, daß ich es damit vielleicht anlocken kann.«

»Ist hier wirklich ein Kind?«

»Das versuche ich dir doch die ganze Zeit zu erklären.«

»Wenn hier wirklich ein Kind in der Nähe ist, warum ist es dann nicht stehengeblieben und hat dir geholfen?« Ohne eine Antwort abzuwarten, legte er ihr den Arm fest um die Schultern und führte sie Richtung Haus. »Komm, du bist ja völlig durchnäßt und voller Dreck, gehen wir zurück.«

»Aber was ist mit –«

»Wir rufen die Polizei an.«

Jason rief zuerst bei der Polizeistation in Briarwood an, die aus einem Sheriff und einem Hilfssheriff bestand. Dann erklärte er Paige: »Schätzchen, du solltest diese Beule besser einem Arzt zeigen. Warum springen wir nicht ins Auto, fahren kurz hinunter zum –«

»Ich habe dir doch gesagt, daß es mir gutgeht und daß ich nirgends hingehen werde. Das heißt, vielleicht unter die Dusche.«

»Du hast mir aber immer noch nicht erklärt, was du da draußen getan hast.«

»Ich habe das Kind aus dem Dachboden davonlaufen sehen.«

»Und das war der Grund, warum du mitten in der Nacht und bei diesem Wetter aus dem Haus bist?«

»Was hätte ich denn deiner Meinung nach tun sollen? Einfach ignorieren, daß ich etwas gesehen habe?«

»Nein, es wäre mir nur lieber, wenn du zuerst an dein Wohlergehen denkst. Du hättest telefonisch Hilfe holen können.«

»Das schien mir nicht nötig.«

»Na, wunderbar. Du machst dir doch sonst solche Sorgen um dein Baby, oder?«

»Was soll das heißen?«

»Ich will dir damit nur klarmachen, wie unvernünftig es war, mitten in der Nacht und bei diesem miserablen Wetter in den Wald zu laufen. Du hättest dir irgend etwas holen oder dich ernstlich verletzen können, vielleicht hätte dich sogar ein Tier angefallen... Ganz zu schweigen von der Heidenangst, die du mir eingejagt hast: Ich komme fix und fertig heim, finde das Haus hell erleuchtet wie einen Christbaum vor, die Türen stehen sperrangelweit offen, das Bett liegt voller Süßigkeiten, und meine schwangere Frau ist nirgends zu finden. Was soll ich denn da denken?«

»Okay, was ist es?«

»Bitte?«

»Für welche Sünde soll ich Buße tun – dafür, daß ich mich im Regen herumgetrieben, Energie verschwendet oder

Junkfood gegessen habe? Wer weiß, vielleicht hängt das ja alles zusammen. Weißt du was, ich gehe jetzt unter die Dusche. Wenn der Sheriff kommt, dann ruf mich. Ich begleite ihn besser.«

»Wozu?«

»Ich weiß nicht, vielleicht kann ich helfen. Jason, da draußen ist ein kleines Kind ganz allein.«

»Junge oder Mädchen?«

»Das habe ich nicht gesehen, aber ist das wichtig?«

»Nein, ich bin nur neugierig. Es ist kaum zu glauben, daß sich ein Kind auf unserem Speicher aufgehalten hat und wir keine Ahnung davon hatten. Soviel zum Thema Eichhörnchen.« Ohne eine Antwort abzuwarten, schüttelte er nur den Kopf und hob einlenkend die Hand: »Paige, ich werde jetzt deinen Gynäkologen anrufen. Soll er entscheiden, ob er dich sehen will oder nicht.«

Sie stieß einen tiefen Seufzer aus. »In Ordnung, wenn du unbedingt willst. Aber dann sag ihm auch, daß ich mich gut fühle... ich habe weder Schmerzen, noch fühle ich mich benommen oder schläfrig, und schlecht ist mir auch nicht.«

Dr. Barry traf eine diplomatische Entscheidung – obwohl er es nicht für nötig hielt, daß Paige gleich zu ihm kam, sollte sie doch sofort anrufen, falls irgend etwas Ungewöhnliches eintrat, falls ihr übel wurde oder falls Blutungen auftreten sollten. Auf jeden Fall hielt er es für vernünftig, wenn Paige den Rest des Abends im Bett verbrachte.

Aber es war gar nicht nötig, dieses Thema noch länger auszuführen – als Paige aus der Dusche kam, war sie selbst schon von Zweifeln befallen: War es vielleicht *möglich*, daß dem Baby bei ihrem Sturz etwas passiert war? Sie war zwar nicht sehr fest gestürzt – das Laub hatte ihren

Sturz abgefedert, und die Beule an ihrem Kopf, die zwar definitiv von einem harten Gegenstand stammte, war nur unbedeutend...

Die eigentliche Frage war jedoch, wie das geschehen konnte. War ein niedrighängender Ast gegen sie geschnellt? Nein, das bezweifelte sie. Hatte das Kind sie vielleicht niedergeschlagen? Was für ein Kind würde... *Dumme Frage, Paige – ein verängstigtes Kind natürlich.*

Und dennoch überlief sie ein leichtes Frösteln. Wenn das Kind sie einmal angegriffen hatte, würde es das auch ein zweites Mal tun? Der zweite Überfall in wenigen Monaten, obwohl man diesen Vorfall kaum mit dem anderen vergleichen konnte: Dieses Mal war sie die Verfolgerin gewesen, und das Kind war davongerannt in dem Versuch, einer fremden Erwachsenen zu entkommen. Hätte sie als Kind nicht ebenso reagiert? Doch zunächst einmal hatte sie nichts dagegen einzuwenden, daß Jason ihren Pyjama holte, die Krümel aus dem Bett wischte, das Laken und die Steppdecke glattstrich und ihr eine Schüssel voll dampfender Hühnerbrühe brachte.

Sheriff Bulldoon kam tatsächlich, aber ohne seinen Deputy. Nachdem er sich angehört hatte, wie Paige das Kind aus dem Speicher hatte davonlaufen sehen, brachte er fast den ganzen restlichen Abend damit zu, das Grundstück zu durchsuchen, und läutete erst gegen halb zwölf wieder an ihrer Tür. Jason ließ ihn herein, bestand aber darauf, daß Paige im Bett blieb.

»Und?« fragte sie, als Jason wieder zurückkam.

»Er hat die ganze Gegend durchgekämmt, den Weg bis zum Fluß und wieder zurück, hat aber nicht das geringste entdeckt. Er vermutet, daß du das Kind verjagt hast und daß es woandershin ist.«

»Aber was ist das für ein Kind?«

»Er hat nicht die leiseste Vermutung.«

»Ich begreife das nicht – wie kann ein kleines Kind vermißt werden und die Polizei nichts davon wissen? Ich meine, wenn wir hier in der Stadt wären, okay, dann ja... Aber hier draußen?«

Er zuckte mit den Achseln, schaltete die Lampe aus, legte sich ins Bett und zog die Decke über sie.

»Hast du über den Namen nachgedacht – Richard?« fragte er.

»Ja, aber ich mag ihn nicht.«

»Wieso?«

»Ich weiß nicht, aber das war jemand, den ich nicht mochte. Ich glaube, er hieß Richie, nein Rich. Aber ich kann mich nicht mehr erinnern, wer das war oder woher ich ihn kannte. Schau, selbst jetzt macht es mich noch ganz nervös, wenn ich versuche, mich daran zu erinnern.«

In der Nacht stand Paige mehrmals auf, trat ans Fenster und spähte in die Dunkelheit hinaus. Nicht, daß sie etwa erwartete, etwas zu sehen... oder etwas zu hören. Bestimmt kein Kratzen oder Fegen mehr... Das Kind war irgendwo da draußen, fror sicherlich, hatte Hunger und schreckliche Angst; nicht einmal in den Schutz eines warmen Dachbodens konnte es sich flüchten.

Sie dachte auch noch mal über den Namen nach – Rich... Sie konnte sich an zwei Jungen namens Richard von der High-School erinnern, keinen von beiden hatte sie gut gekannt. Und dann war da noch der Supermarktverkäufer in der Stadt. Aber keiner von denen hätte so ein ungutes Gefühl in ihr auslösen können...

Kapitel 3

Als sie die Brottüte leer vorfand, entschied sich Paige für Bran Buds und Milch. Während sie aß, schaute sie zum Küchenfenster hinaus, dachte an den vergangenen Abend zurück und fand es aufs neue erstaunlich, daß tatsächlich ein Kind bei ihnen auf dem Dachboden gewohnt hatte; ein Kind, das sich freiwillig für Unbequemlichkeit, Einsamkeit, Staub und Spinnweben entschieden hatte, statt bei dem zu bleiben, was er oder sie zurückgelassen hatte. Wie lange war das Kind wohl dort oben gewesen, und wo würde es hingehen, jetzt, da Paige es verscheucht hatte? Obwohl der Sheriff es nicht hatte finden können, wäre Paige bereitwillig jede Wette eingegangen, daß es noch in der Gegend war.

Wenigstens hatte es zu regnen aufgehört; es war zwar noch kühl, aber die Sonne würde bald etwas Wärme spenden... Laut Wetterbericht vom Vorabend würden die Temperaturen dann am späten Nachmittag wieder sinken. Seltsam, gestern waren noch drei Brötchen in der Brottüte gewesen, das war ihr aufgefallen, als sie die Küche aufräumte, bevor sie zu ihrem Termin beim Arzt fuhr. Hatte Jason die alle gegessen?

Sie ging zur Hintertür und drehte am Knauf – es war abgeschlossen. Nicht, daß eine verschlossene Tür schon ein Beweis gewesen wäre: dieses Kind schien sich besser im Haus auszukennen als sie und Jason. Paige wanderte suchend umher: Sie schaute auf dem Speicher, im Keller, in den Schränken, Regalen, in jedem Spalt und selbst unter den Betten nach... Froh, daß sich niemand im Haus versteckt hielt, drehte sie eine zweite Runde und verriegelte dieses Mal alle Türen und Fenster.

Schließlich holte sie die Kühltasche aus der Armeekiste in einem der oberen Schlafzimmer und trug sie in die Küche. *Na, Paige, wie wär's mit einem einsamen Barbecue mitten im Oktober? Zieh dich warm an und nimm dir was zum Lesen mit.* Sie hielt einen Moment inne, als ihr die Beule auf ihrem Kopf einfiel, ging dann entschlossen zum Wandschrank auf dem Gang und holte ihren Tennisschläger heraus. Eine kleine Schutzmaßnahme wäre vielleicht nicht so schlecht.

Sie wartete noch bis ein Uhr, verließ dann das Haus und bezog Posten unter einer Trauerweide, die ungefähr fünfunddreißig Meter vom Fluß entfernt stand, an einer Stelle, wo die Bäume und Büsche noch genügend Sonne durchließen. Und obwohl sie nur eine mittelmäßige bis schreckliche Köchin war – Jason war auf dem Gebiet viel besser als sie –, hatte sie sich die Mühe gemacht, einen Kartoffelsalat zuzubereiten. Als jetzt die Kohlen auf dem kleinen tragbaren Grill, den sie mitgebracht hatte, weiß zu glühen begannen, legte Paige zwei Frankfurter Würstchen auf den Rost.

Sie schob ihre Sonnenbrille auf den Nasenrücken, legte sich auf die Decke und schlug ihr Taschenbuch auf...

Erschrocken fuhr sie hoch, weil sie nicht einmal das leiseste Rascheln der Blätter gehört hatte... nur eine flüchtige Bewegung, die einen Schatten auf ihr Buch warf, hatte sie aufmerken lassen. Sie drehte sich gerade noch rechtzeitig um, um die bloße rechte Hand zu sehen, die erst das eine, dann das andere Frankfurter Würstchen vom Rost holte.

»Paß auf!« rief Paige noch im Aufstehen.

Das Mädchen lief wieder in den Wald zurück, und obwohl

Paige ihm instinktiv hinterherlaufen wollte, blieb sie nach wenigen Schritten wieder stehen: das würde ihr nur noch mehr Angst einjagen. Unter einem Baum stehend, lauschte sie in den Wald hinein: Es war nichts zu hören. Das Mädchen – groß, mager, vielleicht zehn, elf Jahre alt – war auch stehengeblieben und spitzte mit Sicherheit ebenfalls die Ohren.

»Ich heiße Paige«, sagte sie schließlich. »Paige Bennett. Und ich wollte dich nicht erschrecken. Du hast mich nur überrascht, und ich hatte Angst, daß du dich an dem Grill verbrennen könntest.« Nach einer Weile fragte sie: »Hast du dich verbrannt?«

Sie wartete: nichts.

»Die Hot Dogs waren ohnehin für dich gedacht, wenigstens einer davon. Aber wenn du beide willst, kein Problem. Ich kann mir vorstellen, daß du ziemlich hungrig sein mußt, wenn du hier draußen lebst.«

Es war immer noch nichts zu hören. Paige wartete weiter, wurde aber plötzlich von einem unheimlichen Gefühl beschlichen und kehrte deshalb wieder auf ihre Decke zurück. Ihre Kehle war ausgetrocknet – sie mußte sich räuspern, als sie die Hand ausstreckte und sie fest um den Griff des Tennisschlägers schloß.

»Ich hatte eigentlich die Absicht, ein kleines Picknick zu veranstalten. Hast du schon mal an einem teilgenommen? Ich dachte mir, das ist vielleicht eine ganz gute Gelegenheit, sich näher kennenzulernen, weißt du – alles mögliche zu essen und ein kleines Schwätzchen von Frau zu Frau.« Sie ließ den Tennisschläger los, griff statt dessen nach der Kühltasche und machte den Reißverschluß auf. »Mal sehen, ich habe Kartoffelsalat, kaltes Root Beer, Obst und jede Menge Erdnußbuttersandwiches mitgebracht.«

Nach einer längeren Pause fuhr sie fort: »Du denkst jetzt

bestimmt, daß ich aufdringlich bin, hmm? Das liegt wahrscheinlich daran, daß ich wirklich ein bißchen verzweifelt bin. Du mußt nämlich wissen, daß ich neu hier in der Gegend bin und noch keine Freunde habe – das heißt, bis auf Jason natürlich. Aber das ist mein Mann, und er ist fast jeden Tag in der Stadt, so daß ich dauernd allein bin. Außerdem hatte ich mir eher eine richtige Freundin vorgestellt, ich habe nämlich keine.«

Paige seufzte. »Jetzt denkst du bestimmt: ›Du meine Güte, was redet die denn alles daher!‹ Habe ich recht?«

Sie blieb noch eine Viertelstunde ruhig sitzen. Schließlich stand sie auf, leerte den Grill, häufte Erde über die noch glimmende Glut und trat sie zusätzlich mit den Sohlen ihrer Turnschuhe aus.

»Ich wünschte, du würdest mir ein wenig vertrauen«, sagte Paige, als sie die Decke zusammenlegte und sich die Henkel der Kühltasche über einen Arm hängte. »Sicher, ich bin eine Fremde für dich, vielleicht ist es noch zu früh und zuviel verlangt... Aber wenn du aus deinem Versteck kommen und mit mir reden würdest, dann verspreche ich dir, daß ich dich zu nichts drängen werde, was du nicht tun willst.«

Immer noch nichts. »Na ja, dann lasse ich dich jetzt wieder allein und gehe ins Haus zurück... aber falls du deine Meinung doch noch ändern solltest, dann weißt du ja, wo du mich findest. Ich meine, du kannst jederzeit vorbeikommen. Klopf einfach an die Tür oder läute...«

Beide Arme schwer beladen, schlug Paige den Rückweg zum Haus ein; sie war erst ein paar Schritte weit gekommen, als sie fühlte, wie von hinten jemand an der Tasche mit dem Essen zerrte und wie sich zwei starke Arme um ihre Knöchel legten... Sie stolperte – Grill, Decke, Tennisschläger und Tasche fielen ihr herunter, als sie die Arme nach vorn riß, um sich irgendwo abzustützen. Ihre Hände fanden schließlich Halt an einem Baum, der einen Sturz verhinderte.

Sie drehte sich gerade noch rechtzeitig um, um zu sehen, wie das Mädchen die Tasche hochheben wollte. Ohne lange zu überlegen, beugte Paige sich vor, schnappte sich die Tasche, riß sie dem Kind aus der Hand und schleuderte sie in den Wald. Dann packte sie das Mädchen am Arm und zog sie zu sich her: Zwei blaue Augen starrten sie an, die so dunkel waren, daß Paige völlig fasziniert das Mädchen beinahe wieder losgelassen hätte.

Aber sie ließ die Kleine nicht los, sondern erwiderte fest ihren Blick und betrachtete dabei das übrige Gesicht des Mädchens – seine feingeschnittenen Züge waren so verzerrt, daß die angespannte Haut jeden Augenblick wie Pergament zu zerreißen schien. Und dann dieser Schmutz. Paige hatte noch nie ein so verdrecktes Wesen gesehen, selbst die geschwungenen Augenbrauen des Kindes starrten vor Schmutz, auch sein langes Haar, das mit einem Gummiband zurückgebunden war und in einem verfilzten Zopf über seinen Rücken fiel.

»Was soll das«, sagte Paige. »Warum hast du das getan, ich hätte hinfallen können. Ich hätte dir doch etwas zu essen gegeben, wenn du mich darum gebeten hättest!«

Schweigend wurde sie angestarrt.

»Sag doch etwas.«

Die Kleine riß sich los und trat wild um sich – ihr zerfetzter Turnschuh traf zweimal Paiges Bein –, aber Paige wich den Tritten und Boxhieben aus, schaffte es sogar, hinter das Mädchen zu kommen, und umklammerte mit aller Kraft ihre kleinen Hände. Sie ließ die Picknickausrüstung liegen, wo sie war, und steuerte das Haus an,

wobei sie weiterhin ihre ganze Kraft aufbringen mußte, damit die Kleine sich nicht wieder losriß.
Fünfzehn Minuten später und keine sechs Meter von der Hintertür entfernt, blieb sie völlig außer Atem stehen und schaute das Mädchen an.
»Ich habe jetzt schon mein Wort gebrochen, stimmt's?«
Keine Antwort.
»Ich habe gesagt, ich würde dich zu nichts zwingen, und jetzt schleppe ich dich wie eine Jagdbeute hinter mir her. So bitter nötig werde ich es ja wohl kaum haben, eine Freundin zu finden, oder? Außerdem hast du gewonnen, mir reicht es. Du bist so stark wie eine Wildkatze, und ich bin müde. Kaum zu glauben, nicht wahr? Ich bin richtig erschöpft. Na gut, wenn du Hunger bekommst, das Essen liegt dort, wo ich es hingeworfen habe. Das findest du bestimmt wieder – das heißt, falls du nicht lieber mit mir ins Haus kommen und an einem Tisch essen willst.«
Paige ließ die kleinen Hände los – das Kind blieb stehen und schaute ihr hinterher, als sie sich umdrehte und ins Haus ging.

Sie hatte nicht übertrieben, als sie sagte, daß sie müde sei. Obwohl ihr eigentlich klar war, daß sie den Sheriff anrufen und ihn bitten mußte, zu ihr zu kommen, das Kind zu suchen und es in seine Obhut zu nehmen, ließ sie es sein. Was konnten ein paar Stunden mehr oder weniger schon schaden? Paige stieg die Stufen zum Schlafzimmer hinauf und ließ sich auf das Bett fallen. Aber irgendwann mußte sie es melden, da blieb ihr gar nichts anderes übrig. Sollte sie vielleicht weiter Katz und Maus mit einem verängstigten kleinen Mädchen spielen, das draußen auf ihrem Grundstück herumlief?
Bald würde es kalt werden, viel zu kalt, und solange die

Kleine nicht wieder einen Weg ins Haus fand... Außerdem mußte das Mädchen ja irgendwo hingehören, irgend jemand mußte sie doch vermissen... *Ganz ruhig, Paige, was ist nur in dich gefahren? Warum machst du dir solche Sorgen, du mußt doch nur die Behörden informieren?* Bald würde sie alle Hände voll zu tun haben, sich um ihr eigenes Kind zu kümmern... Und wenn sie etwas bei ihrer Arbeit mit Kindern gelernt hatte, dann, wie schwierig sie manchmal sein konnten. War sie selbst nicht einmal von zu Hause weggerannt? Aber damals war sie viel jünger gewesen, wahrscheinlich war sie einfach zu weit weggelaufen... und wie üblich hatte ihre Mutter nicht auf sie aufgepaßt.

Sie mußte schon länger wachgelegen haben, aber ihre Augen waren noch geschlossen, und in ihrem Kopf spukten unzusammenhängende Gedankenfetzen umher, als sie plötzlich etwas spürte oder hörte – sie war sich ihrer Wahrnehmungen nicht sicher. Paige schlug die Augen auf: Da stand das Kind, mit dem Rücken zur Schlafzimmerwand, und beobachtete sie... Wie lange hatte es schon dagestanden? Und alle Türen und Fenster waren verriegelt, wie war es nur ins Haus gekommen? *Langsam, ganz langsam, beweg dich nicht zu schnell, sag nichts Falsches oder sprich nicht zu laut. Mach ihr keine Angst.*

Langsam und geräuschlos richtete sie sich im Bett auf, zog die Beine an den Körper und überkreuzte sie im Schneidersitz, was ihr allmählich große Schwierigkeiten bereitete.

»Es wird immer schwieriger für mich«, sagte sie und deutete auf ihren gewölbten Bauch. »Der kleine Mensch hier drin scheint mir allmählich in die Quere zu kommen.«

Paige bekam keine Antwort, als sie auf die Uhr und dann wieder auf das Mädchen schaute.

»Ich muß wirklich müde gewesen sein, ich habe fast zwei Stunden geschlafen. Wie lange bist du denn schon hier?«
Paige stand auf, ging ins Badezimmer und auf die Toilette, wusch sich die Hände und kam wieder heraus. Das Kind stand immer noch auf demselben Fleck. »Ich gehe jetzt nach unten und mache das Abendessen«, sagte Paige. »Möchtest du mitkommen?« Sie wartete nicht lange eine Antwort ab, sondern ging einfach voraus; dabei bemerkte sie, daß ihre verängstigte Besucherin ihr im Abstand von zehn Sekunden folgte.
In der Küche ging sie zum Kühlschrank, holte frisches Gemüse heraus, ging damit zum Spülbecken und wusch sich noch mal die Hände.
»Möchtest du dir auch die Hände waschen?«
Statt einer Antwort rannte das Kind zu ihr und griff sich eine rohe Karotte von der Küchentheke. Paige packte das Mädchen an der Hand, als es wieder zurückweichen wollte.
»Warte, die Karotte ist doch noch voller Erde, ich will sie erst abschaben.« Behutsam löste sie die Finger, die um das Gemüse verkrampft waren, und in dem Augenblick fielen ihr die Blasen am rechten Daumen und auf der Handfläche auf.
Oh, Mist...

Nachdem Paige das Mädchen lange bedrängt hatte, erlaubte es ihr, daß sie seine Hand wusch, die Brandblasen mit einer antibiotischen Salbe bestrich und einen Verband anlegte. Obwohl sie sich weigerte, sich weiter säubern zu lassen, trottete sie Paige jedoch ins Bad hinterher, setzte sich dort auf den Deckel der Toilette und schaute ihr beim Duschen zu.
»Als ich noch klein war«, erzählte Paige hinter der Glastür

der Duschkabine, »noch viel jünger, als du jetzt bist, habe ich immer gerne zugesehen, wenn meine Mutter sich zum Ausgehen fein gemacht hat – wenn sie sich geduscht, Make-up aufgelegt, die Fingernägel lackiert und sich angezogen hat, das ganze Drum und Dran eben. Ich habe es zwar gehaßt, wenn sie mich allein ließ, aber irgendwie habe ich verstanden, daß sie sich schick machen und an schicke Orte gehen wollte. Wir waren arm, so arm, daß unser Bauch oft leer war und vor Hunger weh tat.«

Paige trat aus der Dusche, schlang ein Handtuch um ihren Körper und wickelte ein zweites wie einen Turban um ihren Kopf.

»Ich vertraue dir so viele Dinge über mich an, und dabei hast du mir noch nicht einmal deinen Namen genannt. Ich will mich ja nicht beschweren...« Sie zuckte die Schultern. »Du hast bestimmt gleich gemerkt, daß das gelogen war. Okay, ein bißchen will ich mich schon beschweren, du mußt ja nicht hinhören.«

Zum Abendessen gab es Salat und Spaghetti mit einer Fertigsauce. Es war schon nach sechs Uhr, als das Mädchen zu Ende aß, den Teller in die Hand nahm und ihn sauber ableckte – nichts als Effekthascherei in Paiges Augen; doch immerhin ließ sie sich auf ihr heftiges Drängen dazu überreden, sich mit einer Serviette wenigstens Mund und Kinn zu säubern. Schließlich zog Paige ihren Stuhl näher heran und beugte sich zu dem Mädchen vor.

»Um dir die Wahrheit zu sagen, ich muß herausfinden, wer du bist. Ich meine, *ich* muß das nicht unbedingt wissen, aber die Polizei. Weißt du, es wäre einfach falsch, wenn ich gar nichts machte. Es gibt bestimmt Leute, die verzweifelt überall nach dir suchen – deine Mom, dein Dad?«

Das Kind preßte die Augen fest zusammen, hielt sich die

Ohren zu und weigerte sich, ihr zuzuhören. Paige ließ ein paar Minuten verstreichen, ehe sie ihre Hände löste.
»Na, dann eben irgend jemand anders. Du mußt doch zu jemandem gehören. Hör mal, du brauchst dir keine Sorgen zu machen – natürlich müssen wir deine Familie finden, aber das heißt noch lange nicht, daß du auch wieder dorthin zurück mußt. Nicht, wenn irgendwelche Gründe dagegen sprechen. Es gibt Gesetze zum Schutz von Kindern, man wird dir die Entscheidung überlassen. Bitte, vertrau mir.« Das Kind, das startbereit ganz vorn auf der Stuhlkante saß, sah zu, wie Paige aufstand und zu dem Telefon an der Küchenwand ging. Würde die Kleine davonlaufen? War es dumm gewesen, sie zu warnen? Vielleicht... aber Paige war trotzdem nicht auf das vorbereitet, was geschah, als sie zum Telefonhörer griff. Das Kind sprang vom Stuhl hoch, warf sich auf den Boden und umklammerte mit beiden Armen fest Paiges Beine.
Paige ließ den Hörer fallen, sank auf die Knie und versuchte, die Hände des Kindes unter Kontrolle zu bringen, die wie wild um sich schlugen und sich mindestens verdoppelt zu haben schienen.
»Hör auf! Ich sagte, hör auf damit!«
Als es des Spielchens überdrüssig wurde, ließ das Mädchen los.
»Ich kann dich nicht hierbehalten, das ist nicht so einfach, es gibt Gesetze, und ich muß mich nach ihnen richten.«
Die Augen des Mädchens füllten sich mit Tränen, und obwohl sich Paige noch nie zuvor von den Problemen oder Tränen eines ihrer Schüler emotional hatte einfangen lassen, fühlte sie dieses Mal ein so schmerzhaftes Ziehen in der Brust, daß sie es kaum ertragen konnte. Sie streckte die Arme aus, und das Mädchen schmiegte sich an sie, vergrub seinen Kopf an Paiges Brust, fester und fester, als

versuchte es, in Paige hineinzukriechen. Dabei murmelte es etwas vor sich hin... Nach ein paar Minuten ließ Paige die Kleine los, holte ein Frotteetuch und wischte mit einem Zipfel die Tränen und den Schmutz aus dem Gesicht des Kindes.

»Und jetzt sag das noch mal, damit ich es auch verstehen kann.«

»Wer etwas findet, darf es behalten«, sagte das Mädchen.

Wer etwas findet, darf es behalten; der Verlierer hat das Nachsehen: Paige fiel der kleine Spottvers aus ihrer eigenen Kindheit wieder ein. Die Kleine meinte damit, daß Paige sie gefunden hatte und deshalb auch behalten durfte. Sie schaute in diese weitaufgerissenen blauen Augen, und ihr Herz schmerzte.

»Hallo, hier Vermittlung, kann ich Ihnen helfen?«

Paige betrachtete seufzend den Telefonhörer, der an einer gedrehten Schnur hing und hin und her baumelte; im Aufstehen nahm sie ihn hoch und legte ihn wieder auf die Gabel.

Paige stellte dem Mädchen einige Fragen, die sie alle nicht beantwortete, nur ihren Namen nannte sie – Lily. Als Jason gegen neun Uhr nach Hause kam, hatte Paige das leere Schlafzimmer neben dem ihren hergerichtet, Lily ein Nachthemd gegeben und sie ins Bett gebracht. Aber erst als Jason zu Abend gegessen hatte, rückte sie mit ihrer Neuigkeit heraus.

»Es gibt etwas –«

»Hey, was hältst du davon, wenn ich an einem der kommenden Wochenenden ein paar Tomaten kaufe, ganz frisch vom Stock, dazu etwas frischen Knoblauch, und einen ganzen Topf Spaghettisauce koche«, sagte er. »Vielleicht an dem Wochenende, wenn Brooke und Gary kommen –«

»Okay.«

»Nicht, daß das hier nicht gut geschmeckt hätte, aber –«

»Bitte, Jason, Fertigsaucen machen nun mal keine großen Umstände, und hausgemacht klingt wirklich sehr verlokkend, aber würdest du mir jetzt bitte mal zuhören?«

»Entschuldige, rede weiter.«

»Sie ist hier, Jason. Sie ist von sich aus gekommen. Natürlich bin ich heute nachmittag in den Wald, um sie zu suchen – ich dachte eigentlich, sie würde freiwillig mitkommen –, aber sie hat sich zuerst gewehrt, und so habe ich –«

Er ließ die Gabel sinken und hob die Hände.

»Hey, warte, ganz langsam. Redest du von dem Kind auf dem Dachboden?«

Paige nickte. »Genau von dem. Es ist ein Mädchen und heißt Lily und hat die dunkelblausten Augen, die ich je gesehen habe. Und sie hat etwas an sich, Jason, etwas so Verletzliches.«

Er schaute sich suchend in der Küche um, wippte mit dem Stuhl und warf einen Blick ins Wohnzimmer.

»Okay, ich gebe es auf. Wo ist sie?«

»Momentan schläft sie in dem leeren Zimmer neben dem unseren. Ich hätte ja gerne gehabt, daß du sie noch siehst, aber sie konnte kaum mehr die Augen offenhalten. Da dachte ich mir, daß du sie morgen auch noch kennenlernen kannst.«

Er schüttelte den Kopf, als wollte er seine Gedanken zurechtrücken.

»Fang noch mal von vorn an. Wie ist das alles passiert?«

»Nun, das ist etwas kompliziert. Man könnte sagen, wir sind schnell Freunde geworden.«

»Woher kommt sie?«
»Das weiß ich nicht.«
Er nahm seine Serviette vom Schoß und warf sie auf den Teller. »So übereilt getroffene Freundschaften sind oft nicht die besten. Und was hat der Sheriff gesagt?«
»Nichts.«
»Wie, nichts?«
»Nun, wie ich schon sagte, die Sache ist etwas kompliziert. Ich hatte den Eindruck, daß die Kleine nicht unbedingt gefunden werden will, falls jemand nach ihr sucht. Es könnte sich eventuell um einen Fall von Kindesmißhandlung handeln. Ich halte das sogar für sehr wahrscheinlich.«
Feine Linien huschten über Jasons Stirn, um gleich darauf wieder zu verschwinden. »Du hast den Sheriff gar nicht angerufen, habe ich recht?«
Sie nickte.
Er stand auf, ging zum Telefon und nahm den Hörer; sie folgte ihm, griff über seine Schulter hinweg und legte den Hörer wieder auf die Gabel.
»Warte damit noch, bitte. Was kann ein einziger Tag schon ausmachen? Außerdem ist mir nicht aufgefallen, daß der Sheriff sich besonders besorgt gezeigt hätte; er hätte ja auch von sich aus heute zurückkommen und sich erkundigen können, ob sie wieder aufgetaucht ist.« Paige nahm Jason bei der Hand. »Komm mit nach oben und schau sie dir an.«
»Was gibt es da groß zu sehen?«
»Bitte, komm doch mit.«
Sie hatte ein kleines Licht brennen lassen, und so sahen sie sofort, daß das Bett leer war.
»Großartig«, meinte er und wollte wieder hinausgehen.
»Warte, psst«, sagte sie und legte ihre Finger auf die Lip-

pen. »Schau.« Sie deutete in die Ecke, aus der sie ein Geräusch gehört hatte. Lily hatte sich dort zu einer Kugel zusammengerollt – das heißt, nur ein dünnes Bein ragte aus dem Knäuel heraus und wischte wie der Zeiger einer Uhr über den Boden.

Leise gingen sie näher heran – Paige nahm die Steppdecke vom Bett und deckte das Kind damit zu. Sie erinnerte sich vage, daß sie als Kind auch mal auf dem Boden geschlafen hatte. In einem winzigen Zimmer und auf einem sehr harten Fußboden ... Das war alles, woran sie sich noch erinnern konnte.

»Was ist mit ihrer Hand?« flüsterte Jason.

»Sie hat sich verbrannt.«

»Wie ist das passiert?«

»Bei dem Picknick. Sie hat die Hot Dogs vom Grill genommen.«

»Mit der bloßen Hand?«

Seufzend nickte sie.

»Himmel, ist sie schmutzig.«

»Morgen.«

»Was –«

»Psst.«

Sie nahm ihn am Arm und führte ihn wieder aus dem Zimmer.

»Was ist mit morgen?« wollte er wissen, sobald sie im Gang draußen waren.

»Nichts. Aber vielleicht hat sie dann genügend Vertrauen zu mir, daß ich sie baden kann.«

»Und wenn nicht?«

»Ich weiß nicht, dann wird sie eben noch einen Tag so schmutzig bleiben.«

»Stammt diese Therapie aus einem deiner alten Lehrbücher über Wasserphobien?«

»Haha, ich sterbe vor Lachen.« Sie ging in ihr Schlafzimmer, und Jason folgte ihr.

»Was geht hier eigentlich vor? Täusche ich mich, oder willst du mir jetzt gleich vorschlagen, daß wir dieses Kind behalten sollen?«

»Ich will nichts dergleichen vorschlagen. Aber was können ein paar Tage schon –«

»Halt, warte. Morgen werde ich den Sheriff anrufen, ohne jedes Wenn und Aber. Denn wenn wir es nicht tun, machen wir uns eventuell zu Komplizen eines jugendlichen Straffälligen, das ist ein Vergehen.«

Sie schaltete das Licht im Schlafzimmer an.

»Damit habe ich kein Problem, so weit kann ich auch noch denken.« Sie legte die Hände in einer beschützenden Geste über ihren Bauch. »Schließlich haben wir bald ein eigenes Kind. Aber wer weiß, vielleicht brauchen sie ja jemanden, der eine Zeitlang auf sie aufpaßt, während die Polizei versucht, ihre Eltern oder einen Vormund aufzutreiben.«

»Aus diesem Grund gibt es doch Kinderheime. Warum sollten unsere schwerverdienten Dollars für etwas verpulvert werden, das dann nie zum Einsatz kommt?«

Sie drehte sich um, zog ihre Bluse, ihren Büstenhalter aus und durchwühlte die Schublade ihrer Wäschekommode, bis sie einen Pyjama gefunden hatte. Jason stellte sich hinter sie und streichelte über ihre nackten Schultern und ihren Nacken.

»Na gut, Paige, dann hast du eben eine Schwäche für das Kind, das ist doch kein Problem. Aber du darfst auf keinen Fall vergessen, wie wichtig es ist, daß du dich nicht aufregst, damit dein Blutdruck nicht wieder steigt.«

Sie nickte. »Du hast ja recht, das weiß ich. Vor ein paar Minuten habe ich selbst noch darüber nachgedacht, wie

schwierig Kinder oft sein können, besonders in ihrem Alter.«
»Und besonders solche, die aus einer kaputten Umgebung stammen, aus einer Welt, die sie dazu zwingt, davonzulaufen, sich etwas zu essen zu stehlen, in fremde Häuser einzubrechen und auf Fußböden zu schlafen.«
»Das mußt du mir gar nicht erst sagen. Mir ist schon klar, um was für ein emotional gestörtes Kind es sich hier handelt.«
»Sicher, du hast an der Schule mit solchen Kindern zu tun gehabt, aber nur in deiner Eigenschaft als Lehrerin und nur in einer Umgebung, die darauf spezialisiert war, unterstützt von einem ausgeklügelten System, das nur dazu da war, das Kind im Gleichgewicht zu halten. Und wenn die Stunde aus war und es geläutet hat, konntest du gehen. Du solltest dir jetzt nicht auch noch diese Last zumuten, Liebling, vor allem nicht in deinem momentanen Zustand, der nicht sehr stabil ist. Deine erste Sorge muß unserem eigenen Kind gelten. Komm, laß mich mit ihm reden.« Er legte die Arme um sie und fuhr mit den Händen liebevoll über ihren Bauch.
Sie konnte spüren, wie sie allmählich lockerer wurde.
»Hör auf, es immer als *er* zu bezeichnen«, sagte sie schließlich.
»Er, sie, egal. Aber leg das da weg, ja?« Er nahm ihr den Pyjama aus der Hand, warf ihn zu Boden, drehte sie zu sich herum und wollte gerade ihre Brust streicheln, als er abrupt innehielt.
»Was ist das?« fragte er.
Sie schaute an sich hinab und entdeckte ein großes dunkelrotes Mal auf ihrer Brust. »Sieht aus, als ob ich mich gestoßen hätte.«
»War ich das?«

»Nein, natürlich nicht.«
»Wie ist das dann –«
»Ich weiß nicht.« Bevor er noch mehr sagen oder tun konnte, bückte sie sich nach dem Pyjamaoberteil, zog es an und stellte sich ein paar Schritte weiter weg. »Ich war gestern übrigens beim Arzt. Bei der ganzen Aufregung gestern abend bin ich noch gar nicht dazu gekommen, dir davon zu erzählen.«
Er reagierte nicht gleich darauf, sondern ging erst zum Schrank, wo er mit einer Hand das Hemd aufknöpfte und seine Krawatte lockerte.
»Ach ja, das habe ich selbst ganz vergessen. Und, was hat er gesagt?«
»Es ist alles in Ordnung, nur mein Blutdruck ist noch etwas zu hoch. Jason, ich habe mit ihm über unser... über mein Problem gesprochen.«
Jason zerrte an seiner Krawatte, bis sie unter seinem Hemdkragen hervorschlüpfte; er hängte sie an ihren Platz innen an der Schranktür, drehte sich um und schaute sie fragend an.
Sie hob entschuldigend die Hände. »Du weißt schon. Mein plötzliches Desinteresse an Sex.«
»Du hast mit ihm über *uns* gesprochen?«
»Eigentlich habe ich über mich, nicht über dich gesprochen. Der Arzt meinte, daß es nicht ungewöhnlich für schwangere Frauen ist, so eine Phase durchzumachen, in der sie sich nicht gerade sexy fühlen.«
»Und was hat das zu bedeuten?«
»Daß alles wieder normal werden wird, sobald ich das Kind bekommen habe.«
»Ich verstehe. Na, wenn er das sagt...«
»Was soll das, glaubst du das etwa nicht?«
»Ich weiß nicht, was ich zur Zeit noch glauben soll, Paige.

Ich weiß nur, daß du erst seit diesem Überfall so bist.« Er musterte sie einen Augenblick und sagte dann: »Paige, hat dir dieser Mistkerl mehr angetan, als du mir erzählt hast?«
»Nein, Jason! Wie kommst du nur darauf, daß ich dich deswegen anlügen könnte?«
Er schüttelte den Kopf. »Vergiß, was ich gesagt habe.«

»Scheiße, Pisse, Abschaum, Arschloch, Scheißkerl, Nutte... Scheiße, Pisse, Abschaum, Scheißkerl, Nutte –« Die zarte Stimme des kleinen Mädchens drang unter der Bettdecke hervor; offensichtlich waren diese Worte nur für ihre Ohren bestimmt. Paige schlich auf Zehenspitzen leise von der Tür weg; Lily mußte ja nicht unbedingt wissen, daß sie das gehört hatte.
Sie war wieder auf der Toilette gewesen, das zweite Mal in dieser Nacht. Als sie ins Schlafzimmer zurückkam, hatte Jason das ganze Bett mit Beschlag belegt. Vorsichtig schob sie erst seinen Arm, dann sein Bein zur Seite – er grunzte freundlich, als sie seine Gliedmaßen dazu zwang, auf seiner Seite der Matratze zu bleiben – und legte sich neben ihn. Als sie den Kopf auf das Kissen bettete, spürte sie einen schmerzhaften Stich in ihrer Brust.
Ihre Brüste waren extrem empfindlich, wie es während einer Schwangerschaft normal war. Lily hatte es ganz bestimmt nicht böse gemeint, als sie Paige so heftig umarmt und ihren Kopf so fest gegen sie gedrückt hatte, daß sie ihr einen blauen Fleck gemacht hatte. Aber angesichts Jasons Einstellung Lilys Anwesenheit im Haus gegenüber bezweifelte sie, daß er die Sache so leicht nehmen würde.
Doch im Grunde genommen hatte Jason recht. Selbst für kurze Zeit – und mehr stellte Paige sich auch nicht vor –

würde Lily viel Zeit und Geduld erfordern, vielleicht mehr, als sie zu geben bereit war. Kinder, die große emotionale Probleme hatten, konnten oft sehr besitzergreifend sein; man mußte seine ganze Energie aufbringen, und selbst dann drang man manchmal immer noch nicht zu ihnen durch... Ihrem Vokabular nach zu urteilen mußte Lily sehr viel Wut mit sich herumschleppen.

Kapitel 4

Paige wachte von dem Geruch von Spiegeleiern auf, und als sie aus dem Bad zurückkam, stellte Lily gerade vorsichtig ein Frühstückstablett auf ihren Nachttisch. Sie drehte sich zu Paige um und streckte ihr die Hände entgegen, um ihr zu zeigen, daß sie sie gewaschen hatte. Paige schmunzelte und schaute sich an, was Lily ihr gebracht hatte.

»Donnerwetter, ich bin beeindruckt von diesem fürstlichen Mahl. Wer hat dir solche Sachen beigebracht?«

Lily zuckte nur mit den Achseln, nahm eine Gabel und hielt sie Paige hin, während sie sie gleichzeitig ins Bett zurückdrückte.

»Diese Spiegeleier sehen toll aus und riechen auch so. Normalerweise versuche ich ja, nichts Fettes zu essen –«

Lilys Mundwinkel fielen nach unten, und Paige nahm ihr die Gabel aus der Hand. »Na, einmal wird es mir schon nicht schaden.«

Lily zog sich an die Wand zurück und glitt dort zu Boden, wobei sie Paige nicht aus den Augen ließ.

»Was ist mit dir, willst du nichts essen?«

»Ich habe schon gegessen.«

»Aha.« Paige nickte; sie freute sich, daß das Kind endlich auf sie reagierte und ihr eine Antwort gab. Sie aß einen Bissen, noch einen Bissen, und dann fiel ihr ein, daß Jason den Sheriff anrufen wollte, es wahrscheinlich schon getan hatte. Sie warf erst einen Blick auf die Uhr, dann auf Lily. Sie würde es ihr sagen müssen, bevor der Sheriff kam, bevor… Da läutete das Telefon.

Erschrocken sprang Lily auf die Beine, und Paige packte den Hörer. »Hallo.«
»Paige, Liebling... ich bin es.«
»Das war ja Gedankenübertragung.«
»Was?«
»Nichts. Hast du schon?«
»Ja, ich habe«, erwiderte Jason. »Der Sheriff überprüft bereits seinen Computer nach vermißten Kindern aus dieser Gegend. Er wird bald bei euch sein, um mit ihr zu reden.«
»Ich bezweifle, daß sie –«
»Daß sie was?«
»Du weißt schon... reden.«
»Ist sie da, hört sie uns zu?«
»Das könnte man sagen.«
»Nun, auch wenn sie sich weigert, ihm zu helfen, so kann er sie doch immerhin beschreiben und ein Foto von ihr machen, um es dann weiterzuleiten. Übrigens, ob du es glaubst oder nicht, aber diese Gemeinde hier hat nicht einmal ein zuständiges Kinderheim.«
»So?«
»Na ja, normalerweise – wobei so etwas natürlich nicht so oft vorkommt – versuchen sie, eine Art Übergangszuhause für so ein Kind zu finden. Der Sheriff ist überzeugt, daß sich bestimmt eine der Frauen aus dem Ort dazu bereit erklären wird. Falls es aber zu lange dauert, dann wird der Staat –«
»Wenn es eine der Frauen aus dem Ort machen kann, warum dann nicht ich? Das wird mich auf Trab halten, und ich höre vielleicht auf, mir ständig Sorgen um das Baby zu machen. Und außerdem bin ich dann auch nicht die ganze Zeit über allein.«
Erst eine Pause, ein tiefer Seufzer und schließlich: »Ich bin

nicht gerade begeistert von der Idee, aber das weißt du ja. Hör zu, Paige, wenn du es unbedingt machen willst, dann los, mach es. Es sieht ohnehin so aus, als würde meine einzige Hoffnung darin bestehen, daß der Sheriff weiß, wo das Kind hingehört. In diesem Fall wäre unsere ganze Diskussion natürlich rein hypothetisch.«

Paige legte den Hörer auf; sie hatte versucht, vorsichtig mit ihren Worten zu sein, da sie wußte, daß Lily ihr zuhörte. Doch offensichtlich war sie nicht vorsichtig genug gewesen, denn Lily stürzte auf sie zu, packte sie bei der Hand, zog sie vom Bett hoch und zerrte sie verzweifelt Richtung Tür.

»Hey, warte, hör auf damit«, rief Paige, aber Lily ließ sich nicht beirren. »Was treibst du da?« Schließlich gelang es Paige doch, sich von ihr loszureißen; sie nahm das Mädchen fest bei den Schultern, drückte es aufs Bett und zwang es, ihr in die Augen zu schauen. »Hör mir zu, Lily, ich will, daß du dich entspannst. Ich will, daß du jetzt tief Luft holst... hörst du mich, du sollst tief und fest Luft holen.«

Lily tat, wie ihr geheißen.

»Braves Mädchen, und jetzt noch mal...«

Nach einer Weile konnte Paige sehen, wie sich Ruhe auf dem Gesicht des Mädchens ausbreitete. Konnte sie wissen, daß der Sheriff auf dem Weg zu ihnen war? Paige hatte nichts gesagt, was darauf hingedeutet hätte... Aber trotzdem mußte sie es ihr sagen, bevor... Wieder läutete das Telefon, und Lily sprang auf.

»Ist schon in Ordnung, Lily.«

Paige nahm den Hörer und meldete sich... Jemand wollte mit einer Susan Lewis sprechen... Sie ertappte sich dabei, wie erleichtert sie war, daß jemand eine falsche Nummer gewählt hatte. Sie wollte Lily jetzt noch nicht gehen las-

sen, nicht jetzt, da sie gerade anfingen, Fortschritte zu machen.
Es war schon merkwürdig – ehe sie Jason vorhin am Telefon den Vorschlag gemacht hatte, das Kind doch eine Weile bei sich zu behalten, war sie sich dessen gar nicht so sicher gewesen. Natürlich, die Idee stimmte ihn nicht gerade froh. Aber er konnte murren, soviel er wollte, wenn sie bei ihrem Entschluß blieb, dann würde er schon wieder zurückstecken; das war normalerweise immer so. Und dieses Mal würde sie hart bleiben. Was war schließlich so falsch daran, das Mädchen eine Zeitlang bei sich zu behalten?
Sie hätte gern jemanden um sich, für den sie sorgen konnte, jemanden, der ihr die Einsamkeit vertrieb und sie davon abhielt, ihren eigenen düsteren Gedanken nachzuhängen. Und sie hatte schließlich viel Erfahrung mit Kindern, wahrscheinlich mehr als jede andere Frau am Ort... Außerdem, was waren schon ein paar Tage, im Höchstfall eine Woche? Ganz bestimmt würden die Nachforschungen der Polizei rasch etwas über ein Kind dieses Alters ergeben.

Sheriff Frank Bulldoon war ungefähr fünfzig, hatte einen breiten Brustkorb und einen kurzen, dicken Hals, der unsichtbar irgendwo in seiner braunen Wildlederjacke steckte. Paige fragte sich, ob der »Bulle« in seinem Namen wohl an Ochsenfrosch erinnern sollte, denn genau so sah er aus.
Er folgte ihr ins Wohnzimmer und schaute sich forschend um.
»Wo ist sie?«
»Oben. Ich wollte zuerst mit Ihnen allein reden.«
»Nun, Ihr Mann hat mir gesagt –«

»Sheriff, ich würde sie gern hierbehalten. Ich meine, nur für eine Weile natürlich, bis Sie herausgefunden haben, wo sie hingehört.«

»Das klingt aber ganz anders als das, was Ihr Mann mir heute morgen erklärt hat.«

»Jason neigt nun mal dazu, sich Sorgen um mich zu machen, was in diesem Fall gänzlich unbegründet ist. Da ich schwanger bin, hat er Angst, ich könnte mich dabei überanstrengen, wenn ich mich um das Mädchen kümmere.«

»Ich bin auch eher seiner Ansicht. Das kleine Mädchen ist wahrscheinlich eine Ausreißerin, und die sind normalerweise rotzfrech; manchmal werden selbst die eigenen Eltern nicht mehr mit ihnen fertig, was wahrscheinlich auch der Grund dafür ist, warum sie überhaupt weg ist. Auf jeden Fall nicht gerade die Art von Kind, die eine Dame sich als Hausgast wünscht.«

»Ich bin Sonderschullehrerin, das heißt, daß ich Kinder unterrichte, die Lernschwierigkeiten haben, Kinder, die körperlich oder geistig behindert sind. Aber was viel wichtiger ist, Lily und ich sind bereits auf dem besten Weg, Freunde zu werden.«

»Lily, soso?« Er nahm ein Notizbuch heraus und schrieb sich den Namen auf. »Kennen Sie ihren Familiennamen?«

»Nein, aber wenn Sie mir noch mehr Zeit lassen, wird sie ihn mir bestimmt sagen. Das ist auch der Grund, warum ich erst mit Ihnen reden wollte. Ich halte es für besser, wenn Sie nicht versuchen, sie mit Fragen zu bombardieren. Sie ist verängstigt, und in diesem Zustand neigt sie zu extremen Reaktionen. Aber eines ist sicher: Auf Ihre Fragen wird sie Ihnen keine Antwort geben.«

»Wollen Sie damit vorschlagen, daß *Sie* diese Befragung durchführen?«

»Ganz genau. Sobald ich etwas erfahre, werde ich Sie selbstverständlich sofort benachrichtigen.«
»Wie wäre es dann wenigstens mit einer Beschreibung? Die bräuchte ich dringend. Und ein Foto von ihr wäre auch sehr hilfreich.«
»Im Augenblick ist sie ziemlich unansehnlich, das heißt, total verdreckt. Ich werde ihr einen Handel vorschlagen – ich schicke Sie wieder weg, und sie steigt dafür in eine heiße Badewanne. Wenn sie erst einmal abgeschrubbt ist und saubere Wäsche anhat, bin ich sicher, daß sie nichts dagegen hat, wenn ich ein paar Fotos von ihr mache. Ich verspreche Ihnen auch, daß ich Ihnen noch heute nachmittag eines davon im Büro vorbeibringe.«
Er strich sich nachdenklich übers Kinn, nickte aber dann.
»Okay, sieht so aus, als würden Sie tatsächlich ziemlich viel von Kindern verstehen. Wenn Sie glauben, daß es so besser geht, dann probieren wir es aus. Besorgen Sie mir auch noch ihr ungefähres Gewicht, ihre Größe, besondere Kennzeichen und so weiter.«
»Das dürfte kein Problem sein.«
»Ich hoffe nur, daß es auch Ihrem Mann recht ist, ich meine, nach dem, was er heute früh am Telefon gesagt hat... Aber es ist Ihr Mann, Sie kennen ihn wahrscheinlich am besten.«
Paige begleitete den Sheriff hinaus und ging dann nach oben. Dort versuchte sie Jason anzurufen, um ihm Bescheid zu geben, aber laut Auskunft seiner Sekretärin Pat war er noch beim Mittagessen. Also hinterließ sie nur eine Nachricht, daß er sie zurückrufen solle, und ging dann ins Bad, um ein Schaumbad vorzubereiten; sie war sich ganz sicher, daß noch etwas von dem Erdbeerbad im Wäscheschrank sein mußte.
Freu dich, Lily, das macht dir bestimmt Spaß.

Es war die Akte Bernstein, und er war überzeugt, sie irgendwo in ihrer Stadtwohnung gelassen zu haben – nur wo, das wußte er nicht mehr. Ohnehin schon genervt von der Aussicht, daß das Kind länger bei ihnen bleiben würde, stimmte es ihn auch nicht gerade heiterer, als er sich jetzt durch das Chaos in ihrer Wohnung kämpfte – das Produkt von Paiges dubiosen hausfraulichen Fähigkeiten.

Er durchforstete Dutzende von Zeitschriften und losen Blättern auf Paiges Kommode, dann die auf seiner Kommode und schließlich das Bücherregal im Arbeitszimmer. Es war das erste Mal, daß er eine Akte verlegt hatte. Kein Wunder, erst der Umzug, dann die Ereignisse dieser Woche, genauer gesagt, der ganzen letzten schrecklichen Monate... Verdammt, das war einfach nicht fair.

Als sie frisch verheiratet gewesen waren, hatte Paige noch keine Kinder gewollt – und obwohl er gern welche gehabt hätte, hatte er verstanden, daß sie noch etwas Zeit brauchte. Sie hatte ja erst mit dreiundzwanzig mit dem Studium am College begonnen – ganz zu schweigen von einem richtigen Beruf – und hatte gerade mal ein paar Dollar auf die hohe Kante gelegt.

Im Gegensatz zu Jason hatte Paige als Kind um alles kämpfen müssen; nicht einmal ein simples Fahrrad hatte sie gehabt. Als diese aufregende Studentin aus seinem Bürgerrechtskursus ihm das bei ihrer ersten Verabredung bei einer Tasse Kaffee anvertraut hatte, war er schockiert gewesen. In Springfield, Illinois, hatten selbst die Kinder aus dem ärmsten Viertel ein Fahrrad. Es war vielleicht etwas übertrieben von ihm, ihr gleich bei ihrer zweiten Verabredung ein Zehn-Gang-Rad zu schenken, aber er hätte einen Handstand mitten auf der Fifth Avenue gemacht, nur um noch einmal jenes reizende, verführerische Lächeln auf ihr Gesicht zu zaubern, das ihm seitdem nicht mehr aus dem Kopf ging...

Als Jason endlich das Geräusch an der Wohnungstür bemerkte, war aus dem leisen Klopfen bereits ein lautes Hämmern geworden. Er eilte zur Tür und riß sie auf. Draußen stand Brooke, einen Henkelkorb am Arm. Sie trug ausgebleichte Jeans und ein schwarzes Bustier unter einem offenen Baumwollhemd... ihre langen, glatten blonden Haare fielen offen über ihren Rücken. Sie rauschte an ihm vorbei in die Wohnung und stellte den Korb auf dem Boden ab.

»Hey, was soll das?«

»Bekomme ich keinen Begrüßungskuß?«

»Aber natürlich.« Er lächelte, beugte sich vor, küßte sie auf die Wange und fragte: »Wie geht's, wie steht's, Nachbarin, wie geht es Gary? Und woher wußtest du überhaupt, daß ich hier bin?«

»Fragen, nichts als Fragen... Ich habe dich vom Fenster aus gesehen und mir gedacht, daß du mich vielleicht besuchen wolltest. Aber als ich dann vor deiner Tür stand und mir die Finger wundgeklopft habe, kam mir der Verdacht, du hättest dich vielleicht schon wieder durch die Hintertür verdrückt.«

»Arbeitest du nicht normalerweise um diese Zeit?«

»Schon, aber ich halte mich nicht immer so streng an meinen Stundenplan, schließlich gibt es ja so etwas wie mildernde Umstände.«

»Nun, wie du selbst siehst, ist Paige nicht da. Ich bin eigentlich nur auf einen Sprung vorbeigekommen, um eine Akte zu holen, die ich bis jetzt allerdings noch nicht gefunden habe.«

Sie ließ sich wie ein Kind auf den Boden sinken, packte ihn an den Händen und zog vorsichtig daran. »Komm, setz dich.«

»Was tust du da?«
»Wir zwei machen jetzt ein Picknick.« Mit diesen Worten deutete sie auf den Korb.
»Das ist doch nicht dein Ernst, oder?«
»Würde ich dich wohl je nicht ernst nehmen? Schau her...« Sie klappte den Deckel des Korbs zurück, holte eine kleine, rotweißkarierte Tischdecke heraus, die sie auf dem Fußboden ausbreitete, dann eine Schachtel mit Hähnchenkeulen, zwei Frühlingsrollen, kaltem Reis mit Schweinefleisch, süß-saurer Sauce, scharfem Senf...
»Chinesisch esse ich am liebsten.«
»Aha. Gibt es bei euch auf dem Land überhaupt ein chinesisches Restaurant?«
»Nicht daß ich wüßte.«
Sie lächelte und packte weiter eine Flasche Wein und zwei Kristallgläser aus. »Na dann, nimm Platz –«
»Wein! Nein, ich glaube nicht – da passe ich lieber. Ich muß schließlich wieder ins Büro zurück.«
Sie zog ihren berühmten Schmollmund... »Mußt du denn so entsetzlich steif sein?« Sie stemmte die Arme nach hinten und verlagerte ihr Gewicht. »Was du brauchst, mein Junge, das ist ein kleines Feuer, das dich anheizt.«
Pause, dann: »Was ich brauche, ist diese Akte.«
»Jason, es ist doch nur ein Lunch. Iß, und ich verspreche dir, hinterher diese Akte mit zu suchen.«
»Im Ernst? Ich werde dich daran erinnern.«
Mit dem Finger zeichnete sie ein Kreuz auf ihre Brust. »Großes Ehrenwort... Aber jetzt komm.«
»Muß das eigentlich unbedingt auf dem Fußboden sein? Ich meine, wir haben doch auch einen recht passablen Tisch –«
»Jason, wirst du dich jetzt wohl endlich hierhersetzen!«

Jason schlüpfte aus seiner Anzugjacke, lockerte seine Krawatte und rollte seine Hemdsärmel zurück... »Na gut, aber nur ein Glas Wein.«
Sie aßen und unterhielten sich, in erster Linie darüber, wie hart diese letzten Monate für ihn gewesen waren: Ausgerechnet jetzt, wo er und Paige endlich auf dem Land waren, mußte ihnen dieses Kind ins Haus schneien und noch mehr Unruhe in ihr Leben bringen. Als sie ihr drittes Glas Wein geleert hatten, fuhr sich Brooke mit der Zunge über die Lippen und schlüpfte aus ihrem Hemd; und als wäre es die natürlichste Sache der Welt, legte sie ihr Bustier ab und warf es zur Seite.

Erst jetzt, als Paige sie aus der Wanne holte und ihr das Haar trocknete, hatte sie Gelegenheit, sie richtig zu betrachten. Natürlich war sie ein hübsches kleines Ding – das war sogar schon durch die zentimeterdicke Schmutzschicht zu sehen gewesen... Aber frisch gewaschen, wie sie jetzt war, fielen ihre natürlich schimmernden rosigen Wangen und Lippen auf, die im starken Kontrast zu ihrer weißen Haut standen... und ihr Haar war nicht einfach blond, sondern von jenem Goldton, der sich selten länger als bis zum dritten Lebensjahr hält.
»Du riechst so gut«, sagte Paige, während sie die Schubladen durchwühlte, um etwas zum Anziehen zu finden, das Lily in etwa passen würde. Sie war zwar recht groß, aber Paige war doch noch etwas größer... Also suchte sie in ihrer normalen Garderobe nach einem Stück, das für alle Größen paßte. Da fielen ihr Jasons Trainingsanzüge ein. Obwohl er ein paar Zentimeter größer als sie war, hatte er kürzere Beine. Und wenn sie sich recht erinnerte, dann hatten seine Trainingshosen verstellbare Kordeln in der Taille und um die Knöchel.

»Und, wie gefällt es dir?« fragte Paige später, als Lily vor einem mannshohen Spiegel stand: von Jason hatte sie die Trainingshosen an, von Paige ein Hemd. Lily betrachtete ihr Spiegelbild, als ob sie es noch nie zuvor gesehen hätte oder sich nicht mehr daran erinnern konnte.

»Na ja, etwas zu schlabbrig, um richtig schick zu sein, hmm? Da muß ich dir recht geben. Ich würde vorschlagen, sobald wir die Fotos gemacht haben, kaufen wir dir etwas Richtiges zum Anziehen.«

Lily machte einen ziemlich nervösen Eindruck, als Paige sie fotografierte, so, als ob auch das eine völlig fremde Erfahrung für sie wäre. Ein Foto steckte Paige in einen Umschlag, den sie auf ihrem Weg zum Einkaufen beim Sheriff vorbeibringen wollte.

Paige hatte eigentlich nicht vorgehabt, auf eine Peperonipizza Halt zu machen, aber nachdem sie so lange herumgelaufen waren, mußten sie sich unbedingt irgendwohin setzen und ihre Beine ausruhen, und der Duft, der aus der Pizzeria drang, war noch bis in den entferntesten Winkel des Einkaufszentrums zu riechen. Als sie mit mindestens einem Dutzend Tüten beladen zu Hause ankamen, war es bereits sieben Uhr, und Jasons Wagen stand schon in der Auffahrt.

»Wo warst du?« fragte er, und seiner Stimme war die Verärgerung deutlich anzuhören.

Paige stellte ihre Tüten auf die Anrichte im Wohnzimmer, nahm Lily den Rest ab und stellte ihn ebenfalls dorthin.

»Ich habe dich noch nicht so früh zurückerwartet.«

»Trotzdem dachte ich, daß du hier sein würdest.«

»Es ist doch erst sieben Uhr, Jason, nicht Mitternacht.«

»Du hättest wenigstens eine Nachricht hinterlassen können.«

»Ich dachte eigentlich, daß ich noch vor dir wieder zu Hause bin. Wie wär's, wenn ich dir etwas zum Abendessen herrichte?«

»Nein, nicht jetzt. Ich würde erst gern mit dir reden, deswegen bin ich auch eher heimgekommen.« Er warf Lily einen Blick zu, die sich in die Küche verdrückt hatte und ihn von dort aus mißtrauisch anstarrte.

Paiges Augen wanderten zwischen ihr und der Anrichte hin und her.

»Lily, warum bringst du die Tüten nicht hinauf in dein Zimmer? Vielleicht möchtest du deine neuen Kleider ja schon mal anprobieren, bevor du sie weghängst.«

Sie mußte zweimal gehen, und Jason wartete, bis Lily das zweite Mal oben verschwunden war, ehe er sagte: »Waren das meine Trainingshosen?«

Sie zuckte nur mit den Achseln.

»Sieht ja aus, als hättest du den ganzen Laden aufgekauft.«

»Wahrscheinlich habe ich etwas übertrieben. Aber es hat mir soviel Spaß gemacht, Jason. Weißt du, ich hatte noch nie Gelegenheit, in einem Geschäft für Mädchenkleidung einzukaufen, nur so darin herumzuwandern und auszusuchen, was mir gefällt.«

»Nie?«

»Die paar Dinge, die ich hatte, hat meine Mutter immer in irgendeinem Second-hand-Laden im Village gekauft. Sie sahen fürchterlich aus und paßten nie.« Paige hatte sich tatsächlich nie selbst etwas zum Anziehen kaufen können; erst als sie alt genug war, um zu arbeiten und eigenes Geld zu verdienen, hatte sie dazu Gelegenheit gehabt. Zu der Zeit aber war sie bereits den Kindergrößen entwachsen und kaufte selbst in Discount-Läden ein.

Er nickte begreifend. »Ich möchte deiner guten Laune

wirklich keinen Dämpfer versetzen, aber je mehr ich darüber nachdenke, desto mehr komme ich zu dem Schluß, daß es keine so gute Idee ist, das Mädchen hierzubehalten. Ich weiß nicht, ob das nicht gefährlich ist.«

»Gefährlich? Sie ist diejenige, der man weh getan hat.«

»Du vergißt, sie hat dir schon mal weh getan... an diesem ersten Abend im Wald, als sie dich auf den Kopf geschlagen hat.«

»Aber das wissen wir doch nicht sicher.«

»Doch, wir beide wissen es. Nicht wahr?«

Paige nickte. »Okay, aber da hatte sie Angst.«

»Das ist noch lange keine Entschuldigung.«

»Natürlich ist es das, die beste Entschuldigung überhaupt. Wenn man Angst hat, handelt man irrational, manchmal tut man Dinge, die einem normalerweise nicht im Traum einfallen würden.«

Sie bemerkte, wie er leicht die Stirn runzelte. Also war er nicht ihrer Meinung – trotzdem war sie nicht in der Stimmung für eine Diskussion. Sie setzte sich neben ihm auf das Sofa.

»Genug über Lily. Worüber wolltest du mit mir reden?«

»Was?«

»Du wolltest doch mit mir reden.«

Er schüttelte den Kopf. »Nein, das ist jetzt nicht mehr so wichtig.«

»Bist du sicher?«

Er war sich sicher. Was hätte er denn schon sagen sollen: daß er sie an diesem Nachmittag betrogen, daß er in ihrer eigenen Wohnung mit ihrer besten Freundin geschlafen hatte? Das heißt, eigentlich sogar zweimal, um die Enthaltsamkeit der letzten drei Monate wieder wettzumachen. Und jetzt quälten ihn jede Menge Gewissensbisse ... Und deswegen suchte er einen Anlaß, ihr etwas von seinem Kummer aufzuladen ...

Eine Viertelstunde später stellte sie eine Schüssel mit Salat vor ihn auf den Tisch.
»Was ist los?« fragte sie.
»Nichts, warum?«
»Ich weiß nicht. Du machst so einen nachdenklichen Eindruck.«
Er schüttelte nur den Kopf und breitete eine Serviette über seinen Schoß. Dann nahm er die Flasche mit dem Dressing, schraubte den Verschluß ab und schüttete etwas davon über den Salat. »Sieht gut aus«, meinte er und warf einen fragenden Blick auf ihr leeres Set. »Was ist mit dir und dem Kind?«
»Wir haben unterwegs schon gegessen.« Sie zog sich einen Stuhl heran und setzte sich. Er mochte es vielleicht nicht zugeben, aber irgend etwas machte ihm ganz eindeutig Sorgen. Konnte das immer noch mit Lilys Anwesenheit zu tun haben? Sie beugte sich vor und legte ihre Hand auf die seine. »Du hättest ihr Gesicht im Restaurant sehen sollen, Jason«, sagte sie, »und erst im Geschäft. Ich glaube, es war das erste Mal für sie.«
»Wie ich sehe, hast du sie in die Badewanne bekommen, sie sieht wirklich viel besser aus. War sie heute etwas gesprächiger, ist sie vielleicht aufgetaut und hat dir ihren Familiennamen verraten oder woher sie kommt?«
»Ich habe erfahren, daß sie elf Jahre alt ist. Sie hatte am sechsten September Geburtstag. Sie ist recht groß für ihr Alter, findest du nicht?«
»Tatsächlich?«
»Ich bitte dich. Es kann doch nicht so schrecklich sein für dich, ein bißchen entgegenkommender zu sein. Du hast

ihr gerade einen richtigen Schrecken eingejagt. Und wenn du es nur aus Höflichkeit tust – sie ist schließlich *Gast* in unserem Haus.«

»Ich habe doch gar nichts zu ihr gesagt.«

»Das ist ja das Problem. Sie ist sehr sensibel, sie hat sofort begriffen, daß du etwas gegen sie hast. Sie sieht in dir wahrscheinlich eine Bedrohung.«

»Ich bedrohe sie?«

»Sie ist doch noch ein Kind. Sie faßt deine Haltung eben so auf.«

»Okay, okay, ich habe begriffen. Ich werde darauf achten.«

Das Baby bewegte sich – Paige lächelte, ergriff schnell seine Hand und legte sie auf ihren Bauch. »Fühl mal. Nein, warte«, sie fuhr schnell mit seiner Hand über ihren Bauch, um die Stelle zu finden, wo die Beinchen des Babys verschwunden waren... »Genau hier.«

Er wartete einen Moment und strahlte dann über das ganze Gesicht, als er eine Bewegung spürte.

»Mensch, das hat ja ganz schön gestrampelt. Irgendwie ist das Ganze schon recht mysteriös, findest du nicht auch? Ich meine, daß er da in dir drin ist.«

Obwohl sie bereits seit einiger Zeit die Bewegungen des Kindes spürte – jedesmal, wenn das Baby um sich trat oder seine Lage veränderte –, war sie doch immer wieder aufs neue überrascht und erstaunt. Sie lächelte. »Falls es übrigens ein Mädchen sein sollte, mein lieber Jason, dann kann ich keine Garantie dafür übernehmen, daß es nicht mit einer Mordswut auf dich auf die Welt kommen wird. Ich meine, wie oft hast du von unserem wunderbaren ungeborenen Kind als einem ›Er‹ gesprochen? Und immer sind dir nur Jungennamen eingefallen.«

»Seltsam, daß ausgerechnet du das sagst. Mir ist nämlich

aufgefallen, daß du bisher nur Mädchennamen vorgeschlagen hast.«

»Ich habe doch nur versucht, ein gewisses Gleichgewicht zu erhalten.«

»Aha, ich verstehe. Nun, falls ich unser Kind gekränkt haben sollte, dann keinesfalls mit Absicht. Vielleicht fällt es mir tatsächlich leichter, mir einen Jungen vorzustellen. Unser ganzes Haus war immer voll davon. Mädchen dagegen waren diese fremden Wesen, die wir nur in der Schule zu Gesicht bekamen: zerbrechlich, gefühlvoll, verschwörerisch und sehr, sehr kompliziert.« Er beugte sich vor, küßte Paige, stand auf, nahm sie bei der Hand und zog sie neben sich. »Komm mit und leiste mir Gesellschaft, wenn ich die Kleine anständig bei uns willkommen heiße.«

»Meinst du das im Ernst?«

»Wofür hältst du mich bloß, für unhöflich?«

Als sie oben auf dem Treppenabsatz standen, legte er den Arm um sie und hielt sie zurück. »Hör doch.«

»Ficken, Scheiße, Nutte, Arschloch, Pisse –«

»Das ist sie«, sagte er.

»Ich weiß.«

»Dann hast du das schon mal gehört?«

»Sie ist wütend, verängstigt, sie tut es nur, wenn sie allein ist oder glaubt, allein zu sein. Kinder fluchen oft, das ist nichts Ungewöhnliches.«

»Aber nicht so, und nicht normale Kinder.«

Das stimmte zwar so nicht ganz, aber wieder wollte sie vermeiden, daß deswegen eine Diskussion zwischen ihnen entbrannte.

»Bitte, Jason«, sagte sie deshalb.

»Okay, okay.«

Lily saß auf dem nackten Fußboden neben der Schranktür, und die Tüten standen ungeöffnet auf der Kommode. Als sie unter die Tür traten, richtete sie sich auf und schaute von einem zum anderen.

»Hi, ich bin Jason«, sagte er. »Paige hat mir erzählt, daß du eine Weile bei uns bleiben wirst, zumindest, bis wir deine Familie ausfindig gemacht haben.«

Schweigen.

»Kennst du irgendwelche Spiele?«

Schweigen.

»Na ja, ich auch nicht.«

»Wie steht's mit Scrabble?« meinte Paige.

Jason nickte. »Sie hat recht, Scrabble kann ich spielen.«

Das Telefon läutete – Lily schoß in die Höhe.

»Ich gehe schon ran«, sagte Jason und zog sich in das Schlafzimmer zurück.

Paige überredete Lily, ihr dabei zu helfen, die Tüten auszupacken, die Preisschilder daran zu entfernen und die neugekauften Kleider in die leeren Schubladen einer Kommode einzuräumen. Als Jason nach fünf Minuten immer noch nicht zurück war, ging Paige ihm nach. Er saß auf dem Bett und telefonierte nicht mehr.

»Wer war das? Warum bist du nicht wieder zurückgekommen?«

»Setz dich«, sagte er.

»Ist irgend etwas passiert, mit deinem Vater?«

»Nein, es geht um sie.« Er deutete mit dem Daumen auf das Zimmer nebenan. »Es war der Sheriff. Er weiß, wer sie ist.«

»So schnell schon?«

»Offensichtlich hat sie ungefähr hundertfünfzig Meilen nordwestlich von hier gewohnt, in Laurel Canyon. Ihr Verschwinden hat ziemlich viel Aufsehen in der Öffentlichkeit erregt.«

»Wieso hat er dann nicht gleich gewußt, wer sie ist?«
Er zuckte mit den Achseln. »Er hat nicht gleich den entsprechenden Schluß gezogen. Inzwischen haben nämlich alle angenommen, daß sie tot ist.«
Eine plötzliche Kälte überzog sie, und sie verschränkte beide Arme fest vor der Brust. »Wie sind sie bloß auf die Idee gekommen?«
»Ihr Vater war Maynard Parks. Sagt dir das nichts?«
»Nein, sollte es?«
»Die Times hat die Geschichte damals gebracht; ich kann mich erinnern, sie gelesen zu haben. Den Nachbarn zufolge muß der Vater so eine Art Monster gewesen sein, der die Mutter regelmäßig grün und blau geschlagen hat. Anna Parks hatte keine Freunde, aber die Leute, die sie vom Sehen kannten, mochten sie offensichtlich. Außer daß sie unfähig war, ihren Mann zu verlassen, hatte niemand etwas Negatives gegen sie vorzubringen. Den Krankenblättern im Krankenhaus war zu entnehmen, daß die Frau in dreizehn Jahren fünfzehn Knochenbrüche erlitten hatte. Na, wahrscheinlich hat sie dann irgendwann beschlossen, endlich zurückzuschlagen, vermute ich. Sie hat ihm etwas Gutes zum Essen gekocht... und während er aß, hat sie ihn umgebracht.«
Paige hielt den Atem an.
»Auf ziemlich scheußliche Art und Weise übrigens.«
»Wie scheußlich?«
»Sie hat dazu eine Sichel benutzt. Sie hat ihm den Kopf abgesäbelt, Arme und Beine abgetrennt –«
»Das reicht. O mein Gott. Und Lily hat das mit angesehen?«
»Es scheint so.«
»Wann war das?«
»Willst du das wirklich wissen? Das war vor fast einem

Jahr. Es geschah während eines heftigen Schneesturms, und das Kind rannte in die Nacht hinaus davon, ehe noch Hilfe eintreffen konnte. Die ganze Stadt hat tage-, wochenlang nach ihm gesucht, erst als die Schneeschmelze einsetzte, hat man die Suche eingestellt... In der Zwischenzeit ist die Mutter zu einer Gefängnisstrafe von fünfundzwanzig Jahren verurteilt worden.«

»Das scheint mir übertrieben viel angesichts dieser besonderen Umstände.«

Er zuckte mit den Achseln. »Soweit ich mich erinnern kann, hatte sie irgend so einen jungen Schnösel als Verteidiger – so einen Pflichtverteidiger für Mittellose, der wahrscheinlich geradewegs von der Uni kam. Er plädierte von vornherein auf ›schuldig‹ und lieferte sie damit voll dem Ermessen des Gerichts aus; außerdem hat er sich nicht einmal die Mühe gemacht, alle rechtlich zulässigen Mittel auszuschöpfen – sie bekam keine Verhandlung, geschweige denn eine Verhandlung vor einem Geschworenengericht.«

Paige schüttelte den Kopf; es dauerte eine Weile, bis ihre Stimme ihr wieder gehorchte. »Jason, wo, glaubst du, ist Lily gewesen? Meinst du, sie war die ganze Zeit über auf unserem Speicher?«

Er zuckte nur mit den Achseln.

»Und dieses Ungeheuer, Jason, was hat er *ihr* angetan? Sie war damals ja noch keine zehn Jahre alt.«

Es war schon spät, als sie endlich schlafen gingen. Sie hatten erst Lily ins Bett gebracht, und dann hatten sie und Jason sich noch lange unterhalten... Obwohl ihr der Entschluß nicht leid tat, Lily eine Weile bei sich aufzunehmen und alles für sie zu tun, was in ihrer Macht stand, hatte die Neuigkeit des Sheriffs sie wirklich erschüttert. Und obwohl Jason wesentlich mehr gegen Lilys Anwesenheit im

Haus einzuwenden hatte, mußte zu seinen Gunsten gesagt werden, daß er seine Bedenken nicht äußerte. An diesem Abend tat sie den beiden nur unendlich leid.
Ihr nächster Schritt würde eine Fahrt ins Frauengefängnis in Albany sein: Gleich am nächsten Morgen würde Jason Anna Parks besuchen, ihr von Lily erzählen und sich nach eventuellen Freunden oder den nächsten Verwandten erkundigen. Nach einem Menschen, dem sie ihre Tochter anvertrauen konnte.
Die Aussicht, die nächsten fünfundzwanzig Jahre im Gefängnis zu verbringen – was mußte das bloß für ein Gefühl sein? Vielleicht war es ja gar nicht so schlimm, da sie annehmen mußte, daß ihr Kind tot war. Aber jetzt würde es bestimmt schlimm werden – zu wissen, daß Lily heranwuchs, ohne daß sie es miterleben durfte. Aber das Ungeheuer würde es auch nicht miterleben... das würde Anna Parks als Genugtuung reichen müssen.
Fünfzehn Knochenbrüche in dreizehn Jahren... *Was geschah an jenem Abend, Anna? Was unterschied diesen Abend von den anderen?*

Kapitel 5

Wie es ihm seit ihrem Umzug nach Briarwood zur Gewohnheit geworden war, lief Jason drei Meilen, duschte sich und verließ dann kurz vor sechs das Haus; doch an diesem Morgen fuhr er in die entgegengesetzte Richtung nach Albany. Gegen halb neun hatte er unterwegs bereits gefrühstückt und in seinem Büro angerufen, um seine Termine verlegen zu lassen; dann hatte er über Sheriff Bulldoons Büro alle nötigen Arrangements getroffen, um noch vor den üblichen Besuchszeiten mit Anna Parks reden zu können.

Da er kein Strafverteidiger war, hatte er noch nicht viele Gefängnisse von innen gesehen, aber die paar, in denen er bisher gewesen war, hatten klaustrophobische Anfälle bei ihm ausgelöst. Dieses hier schien nicht sehr viel anders zu sein, und das trotz seines guten Rufes als beste Frauenvollzugsanstalt im Staat. Die Wachbeamtin führte ihn durch einen tunnelartigen Gang in ein kleines Zimmer mit einem einzigen Fenster, in dem ein einzelner Holztisch und zwei unbequeme Stühle standen. Anna Parks saß bereits wartend da. Die Wächterin zog sich zurück und verließ das Zimmer.

Jason betrachtete aufmerksam die Frau, während er auf sie zuging und ihr gegenüber Platz nahm. Sie hatte blondes, krauses Haar und gewöhnliche Gesichtszüge. Er schaute sich ihre Hände an; sie sahen rauh und grob aus, unschöne Hände, die oft genug fest zugepackt hatten. Da er die Zeitungsberichte über den Fall im Kopf hatte, wußte er, daß diese abgearbeiteten Hände eine große Menge Kraft entwickeln konnten, die ausreichte, einen Mann von der Größe Maynards zu töten.

Obwohl sie nicht viel älter als Paige sein konnte, strahlte sie eine Erschöpfung aus, die sie doppelt so alt erscheinen ließ. Jason fragte sich, wie sie wohl früher ausgesehen hatte, bevor sich diese haarfeinen Linien um ihren dünnlippigen Mund eingefressen hatten. Bevor sie eines Morgens aufwachte und beschloß, ihren Mann zu töten...

»Mein Name ist Jason Bennett«, sagte er schließlich. »Ich weiß nicht, was man Ihnen schon erzählt hat.«

Sie schüttelte den Kopf. »Eigentlich nichts. Sind Sie ein Anwalt?«

»Das bin ich, aber ich bin nicht in dieser Eigenschaft hier.«

Sie wartete ab.

»Meine Frau und ich leben in Manhattan, aber wir besitzen noch ein Haus in Briarwood – das ist ungefähr zwei Autostunden von Ihrem ehemaligen Wohnort in Laurel Canyon entfernt. Vor nicht allzulanger Zeit sind wir für den Winter in unser Landhaus gezogen. Nun, um es kurz zu machen, dabei haben wir entdeckt, daß Ihre Tochter bei uns auf dem Dachboden haust.«

Sie hielt den Atem an, und ihre Augen weiteten sich – sie hatten dieselbe dunkelblaue Farbe wie Lilys Augen, nur ohne deren strahlenden Glanz. Erregt beugte sie sich vor und legte ihm eine Hand auf den Arm.

»Wie geht es meinem Baby?«

»Als wir sie fanden, war sie ziemlich verdreckt und verängstigt... Sie hat immer noch Angst, und sie redet nicht sehr viel. Aber wenn man bedenkt, was sie durchgemacht hat, hat sie sich bewundernswert gut gehalten. Wir haben in diesem Sommer zwar viele Wochenenden in dem Haus verbracht, aber sie hat ihre Spuren immer geschickt zu verwischen gewußt. Ich könnte mir vorstellen, daß sie ab und zu etwas hungern mußte, aber im großen und ganzen hat sie sich relativ gut durchgeschlagen.«

»Oh, ich wußte doch, daß sie es schaffen würde. Sie ist wirklich zäh, ganz anders als ihre Mommy.«

Er wußte nicht, was er darauf antworten sollte – offensichtlich hatte Annas Zähigkeit jahrelang brachgelegen, um dann in einem Akt der Gewalt hervorzubrechen.

»Meine Frau ... nun, wir kümmern uns um sie. Das ist natürlich nur für eine Übergangszeit möglich, wir wollten zuerst herausfinden, wohin sie gehört.«

»Und jetzt glauben Sie, ich kann ...«

»Nun, nicht Sie, aber Familienangehörige vielleicht. Schwestern, Brüder, Cousins, Großeltern?«

»Es gibt niemanden.«

»Nicht einen einzigen Verwandten oder vielleicht einen guten Freund? Ich meine, wenn Sie sich wegen der Entfernung Sorgen machen, das braucht Sie nicht zu belasten. Wir würden gerne jeden Flug –«

»Es gibt niemanden, Mr. Bennett. Ich würde es Ihnen wirklich sagen –«

Er lehnte sich zurück und fragte sich, wie, zum Teufel, er nur in diese Sache hatte hineinschlittern können – wie, das wußte er, er sollte sich besser fragen, warum? Offensichtlich konnte sie seine Gedanken nicht lesen, denn sie fragte ihn: »Gibt es nicht eine Möglichkeit, daß Sie und Ihre Frau sie behalten? Mein Baby ist ein starkes Mädchen – sie putzt, kocht, kann sogar Schnee schaufeln. Außerdem ist sie klug, ein klügeres Mädchen finden Sie nirgends.«

»Warten Sie, mal ganz langsam.« Er schüttelte den Kopf. »Ich bin überzeugt, daß das alles auf sie zutrifft, wahr-

scheinlich kann sie sogar noch mehr, aber das kommt überhaupt nicht in Frage. Wir erwarten selbst in ein paar Monaten ein Kind. Und entschuldigen Sie bitte«, fuhr er fort, »aber ich finde es irgendwie unglaublich, wie schnell Sie bereit sind, Ihre Tochter fremden Menschen zu überlassen. Ich meine, Sie kennen mich doch gar nicht... oder meine Frau, und Sie haben auch nicht die leiseste Ahnung, wie Lily über die Sache denkt.«
»Oh, sie will bestimmt bei Ihnen bleiben, oder ist es Ihre Frau, bei der sie bleiben möchte? Einer von Ihnen beiden, vielleicht Sie beide.«
»Wie kommen Sie darauf, so etwas zu sagen?«
»Weil sie bei Ihnen ist. Sie hätten sie nie entdeckt und erwischt, wenn Lily es nicht gewollt hätte.«
Jason musterte die Frau ein paar Sekunden lang, ein bißchen erstaunt, welch großes Vertrauen sie in ihr Kind hatte. Aber trotzdem, warum bot sie ihm Lily so direkt an?
Er fragte sie nicht. Statt dessen sagte er: »Ich werde mich nach anderen Möglichkeiten für sie umsehen. Wenn eine Entscheidung getroffen ist, wo sie bleiben soll, werde ich dafür sorgen, daß Sie verständigt werden.«
Sie nickte mit Tränen in den Augen: »Sagen Sie ihr, sie soll sich keine Sorgen um mich machen, es macht mir gar nichts aus, hier zu sein. Einige der Frauen sind ziemlich böse, auch gemein, genauso böse und gemein wie viele Männer, die ich gekannt habe, aber wenn man sich um seine eigenen Angelegenheiten kümmert, kommt man ganz gut durch.«
»Möchten Sie sie sehen?«
Sie holte tief Luft und meinte dann: »Nein, das will ich nicht. Was kann schon Gutes dabei herauskommen, wenn sie mich hier eingesperrt sieht?«

Jason stand auf, ging zur Tür, kam aber noch mal zurück. »Wieso hat Ihr Verteidiger auf ›schuldig‹ plädiert?«
»Weil ich schuldig bin.«

Paige war Lily gegenüber nicht ganz ehrlich gewesen – obwohl die Kleine wußte, daß der Sheriff ins Haus gekommen war, wußte sie nicht, daß das Polaroidbild, das Paige von ihr gemacht hatte, für ihn bestimmt gewesen war. Wie sollte Paige ihr nun erklären, daß polizeiliche Nachforschungen ergeben hatten, wer sie war? Vielleicht war es besser, damit zu warten, bis Jason mit ihrer Mutter gesprochen hatte, bis Paige ihr Konkreteres sagen konnte...
Diese Gedanken gingen ihr durch den Kopf, als das Aroma von frisch gebrühtem Kaffee sie nach unten lockte. Sie schaute auf die Uhr – es war schon elf Uhr. Seit sie verheiratet war, hatte sie nicht mehr so lange geschlafen, und wenn sie es sich recht überlegte, fühlte sie sich ausgeruht wie seit Wochen nicht mehr.
Lily sah sie nicht die Treppe herunterkommen, sie war viel zu sehr beschäftigt, mit einem kurzen Staubsaugeraufsatz über den Bezug des Sofas zu fahren. Paige – eine jener Hausfrauen, die immer nur oberflächlich über alles hinweghuschen – konnte sich nicht daran erinnern, dieses besondere Staubsaugerteil überhaupt jemals benutzt zu haben. Als Lily bemerkte, daß sie ihr zusah, trat sie mit der Ferse auf den Knopf und schaltete den Staubsauger aus.
»Das Wohnzimmer sieht ja großartig aus«, sagte Paige und schaute sich lächelnd in dem großen Raum um. »Ich weiß deine Hilfe wirklich zu schätzen... aber du mußt das nicht machen.«
Schweigen.

»Rieche ich hier vielleicht Kaffee?« Sie wollte Richtung Küche gehen, aber Lily rannte ihr voraus, holte einen Teller, der mit Folie abgedeckt war, aus dem warmen Herd, nahm die Folie ab und stellte den Teller auf den Tisch.
»Würdest du bitte damit aufhören? Du verwöhnst mich ja nach Strich und Faden. Ehe du dich's versiehst, werde ich mich in eine dicke, fette Faulenzerin verwandeln, die den lieben langen Tag nur herumsitzt und auf ihr Essen wartet.«
»Hat *sie* dir auch was zum Essen gebracht?«
Das war Lilys erster Versuch, eine Unterhaltung in Gang zu setzen, eigentlich ihre erste Frage. »Sie ... wer?« fragte Paige.
»Du hast doch gesagt, deine Mutter ist abends immer ausgegangen und hat dich hungrig zurückgelassen, richtig? Und, hat sie dir hinterher etwas zum Essen mit heimgebracht?«
»Nun, eigentlich nicht.«
»Warum nicht?«
Paige zuckte mit den Schultern. »Wahrscheinlich hat sie nicht daran gedacht.« Paiges Gedanken wanderten zu ihrer Mutter zurück, was sie gar nicht gern hatte. Adele Adler, die vor vier Jahren an der Alzheimerschen Krankheit erkrankt war, lebte in einem Pflegeheim in Hyde Park. Obwohl Paige für ihre Pflege aufkam und sie zweimal im Jahr besuchte, geschah das nur aus reinem Pflichtgefühl. Außerdem erkannte ihre Mutter sie nicht mehr; nicht ein einziges Mal während all dieser Besuche war das geschehen.
»Was ist mit deinem Vater?« wollte Lily wissen.
»Wie bitte?«
»Wieso hat er dir nichts zu essen gegeben?«
»Das konnte er nicht, er war nicht da. Er ist abgehauen, als

ich noch sehr klein war, vielleicht drei oder vier. Ich kann mich auch gar nicht mehr an ihn erinnern.«
Drei, vier – noch vor dem Kindergarten ... Sie konnte sich an die alte Dame auf der anderen Straßenseite erinnern, die ihr immer Kräcker mit Erdnußbutter in einer Zellophantüte geschenkt hatte. Sie konnte sich an das puertorikanische Mädchen weiter unten in der Straße erinnern, das immer so lustige Gesichter geschnitten und sie zum Lachen gebracht hatte, wenn sie an ihrer Veranda vorbeikam ...
Aber an ihren Vater, an den konnte sie sich nicht mehr erinnern ...

Jason überraschte die beiden in der Küche. Lily reagierte wie üblich, zuckte zusammen, lief ein paar Schritte weg von ihm und zog sich schnell zurück, dieses Mal auf den Gang.
»Lily«, rief Paige ihr nach, aber da war sie schon die Treppe hinaufgelaufen und nicht mehr zu sehen.
»Ich dachte mir, ich erzähle dir schnell, was ich erfahren habe«, sagte er. Als er den Teller mit Essen vor ihr stehen sah, meinte er: »Himmel, Paige, warum machst du es dir nicht einfach und pumpst dir das Cholesterin direkt in die Arterien?«
Paige warf einen Blick auf die Reste aus Eiern und Kartoffeln und schob den fettigen Teller zur Seite.
»Ich gebe es ja zu, ich war unartig. Aber ab morgen heißt es wieder Getreideflocken, Obst und all die anderen gesunden Sachen. Jason, du solltest sehen, wie Lily sich um mich bemüht. Sie kocht, hilft im Haushalt ... Glaubst du, daß sie das macht, weil ich schwanger bin?«
»Ich weiß es nicht, vielleicht. Hör zu, ich habe nicht viel Zeit, möchtest du hören, was ich erfahren habe?«

Nach einer kurzen Pause: »Natürlich. Wie ist ihre Mutter?«
»Niedergeschlagen, allein, sie wirkt, als hätte sie nicht viel gehabt von ihrem Leben. Ihrer Aussage nach hat sie keine Familie, keine Freunde. Aber ich nehme ihr das nicht ganz ab. Die meisten Leute haben irgend jemanden.«
»Vermutlich.« Sie klang aber so zweifelnd, daß Jason sich fragte, ob sie dabei nicht an ihre eigene, nicht existierende Familie denken mußte.
»Auf jeden Fall«, fuhr er fort, »dachte ich mir, daß ich das überprüfen werde.«
»Weshalb sollte sie dich deswegen anlügen?«
»Vielleicht hat sie ja tatsächlich das Gefühl, daß sie niemand mehr kennen will. Ich habe Pat bereits gebeten, sich bei den entsprechenden staatlichen Stellen zu erkundigen, welche Alternativen es für Lily gibt, falls wirklich niemand dasein sollte. Der Sheriff meint, daß nichts dagegen spricht, wenn ich mich darum kümmere.«
»Und was ist mit ihr, mit Lilys Mutter?«
»Ihrer Meinung nach hat Lily sich uns gezielt ausgesucht. Oder zumindest dich.«
»Tatsächlich, wieso das?«
»Wenn sie nicht hätte gefunden werden wollen, wäre sie auch nicht gefunden worden.«
Paige schüttelte den Kopf. »Das ist aber merkwürdig, daß sie so etwas sagt. Außerdem stimmt es nicht. Wir haben sie nur deshalb gefunden, weil sie ihr Bein im Schlaf immer ausstreckt. Und wegen dieser dummen Eicheln.«
Sicher, die Stelle, an der sie geschlafen hatte, befand sich direkt über ihrem Bett. Das dürfte Lily eigentlich nicht entgangen sein, wenn sie sich tatsächlich schon so lange auf dem Dachboden aufgehalten hatte, wie er annahm.

An diesen langen Wochenenden im Sommer – war es möglich, daß sie sie da belauscht hatte?
Was soll dieser Verfolgungswahn, Jason?

Noch an diesem Nachmittag erhielt Paige vier Anrufe von verschiedenen Zeitungen, darunter auch von der NEW YORK TIMES. Es schien so, als erregte Lilys unerwartetes Auftauchen in Briarwood großes Interesse bei ihren Mitmenschen. Trotzdem weigerte Paige sich, irgendwelche Erklärungen, Fotos oder Interviews zu liefern, die Lily betrafen, da sie der Meinung war, daß großes Aufsehen Lily nur schaden könnte.
Um den ständigen Störungen zu entkommen, machten Paige und Lily schließlich einen Spaziergang im Wald. Als sie fast am Fluß angekommen waren, nahm Paige Lily fest bei den Händen – die verbrannte Hand war immer noch voller Blasen, aber nicht mehr bandagiert – und sagte: »Jason hat heute morgen deine Mutter besucht.«
Sie riß den Mund auf, ihr Körper verkrampfte sich.
»Bevor du dich gleich fürchterlich aufregst, laß mich erst mal erzählen.«
Lily legte ihre Hand auf die Brust. »Wie denn?«
»Ich habe dem Sheriff eines deiner Fotos gegeben; ich habe das getan, weil es sein mußte. Natürlich hat er damit nicht lange gebraucht, herauszufinden, wer du bist. Offensichtlich haben sich eine Menge Leute Sorgen um dich gemacht und dich auch lange gesucht. Deine Mutter –«
»Sie hat ihn umgebracht, Paige, ich hasse sie!« Sie schlug beide Hände vor den Mund.
Paige legte den Arm um sie, zog sie an sich und ließ sie erst nach einiger Zeit wieder los.
»Ich weiß, daß du das nicht so meinst, Lily. Das, was du in dir drin fühlst, das sind Wut, Schmerz, vielleicht auch

Entsetzen, jede Menge schlimmer und wirrer Gefühle. Deine Mutter hat der Polizei bereits gestanden, was sie getan hat.«

»Tatsächlich?«

Paige nickte.

Nach einem langen, peinigenden Schweigen fragte Lily: »Was haben sie mit ihr gemacht?«

»Sie ist im Gefängnis von Albany. Das ist gar kein so schlimmer Ort, verglichen mit anderen Gefängnissen.«

Sie schluckte hart. »Wie lange werden sie sie dort drin behalten?«

»Du meinst, das Urteil? Eine Weile, Lily, eine ziemliche Weile.«

Ihre Augen füllten sich mit Tränen, und sie preßte die Lippen fest zusammen.

»Was ist mit mir?«

»Komm her, setz dich, und dann reden wir darüber.« Sie setzten sich unter einen Baum, und Paige legte den Arm um das Mädchen. »Jason und ich, wir werden ein Zuhause für dich suchen, Lily. Ein wunderschönes Zuhause bei Leuten, die sich um dich kümmern werden.«

»Nein, das will ich nicht, ich will bei euch bleiben.« Ein paar vereinzelte Tränen liefen über ihr Gesicht, aber Lily drehte den Kopf zur Seite und rieb sie mit der Faust weg.

Paige mußte selbst mit dem Ärmel über ihre Augen wischen.

»Schau mich bitte an, ja? Jetzt muß ich auch schon weinen. Lily, es tut mir wirklich leid, aber wir können dich leider nicht bei uns behalten.« Sie legte eine Hand auf ihren Bauch und holte tief Luft. »Das Baby kommt in knapp drei Monaten zur Welt.«

»Ich würde ihm doch nichts tun.«

»Oh, nein, natürlich würdest du ihm nicht weh tun, das

habe ich damit auch nicht gemeint. Was hältst du davon, wenn wir einfach nicht daran denken, daß du uns wieder verlassen mußt? Es wird sowieso eine Weile dauern, bis wir das richtige Zuhause für dich gefunden haben. Also denken wir nicht daran und freuen uns, daß wir zusammen sind. Apropos Spaß, als ich in der Zeitung vom Sonntag geblättert habe, ist mir aufgefallen, daß ein Film mit Goldie Hawn im Kino am Highway läuft. Ich weiß ja nicht, wie es dir geht, aber ich muß immer über sie lachen. Aber allein lachen, das ist nur halb so schön. Wie wär's, wenn du und ich –«

»Paige?«

»Ja, Schätzchen?«

»Wieso kann Jason mich nicht leiden?«

»Was gibt es eigentlich noch für mögliche Alternativen, Jason?« fragte Paige an diesem Abend während des Essens, nachdem sie sich bei ihm über die aufdringliche Presse beschwert hatte – inzwischen hatte sie noch weitere Anrufe bekommen, und ein Reporter war sogar vor ihrer Haustür aufgetaucht. Lily hatte schon früher gegessen und war mit drei Comicheften, die Paige nach dem Kino für sie gekauft hatte, nach oben verschwunden.

»Ich weiß es wirklich nicht, aber morgen dürfte Pat schon ein paar Informationen für uns haben. Hast du Lily von meinem Besuch bei ihrer Mutter erzählt?«

»Ja, heute nachmittag. Eigentlich wollte ich damit noch etwas warten, aber dann habe ich mich nicht getraut, dieses Risiko einzugehen. Denn es würde mich überhaupt nicht wundern, wenn sie im Fernsehen darüber berichteten.«

»Wie hat sie darauf reagiert?«

»Sie ist wütend auf ihre Mutter, aber das ist nur verständlich – so schlimm die Dinge auch stehen mögen, ein Kind wird es sich nie wünschen, daß seine Familie auseinanderbricht. Und obwohl Lily weiß, daß letztendlich ihr Vater an den Ereignissen schuld war, war es doch ihre Mutter, die schließlich die Initiative ergriffen hat.« Paige schüttelte den Kopf. »Lily sagt, wenn sie nicht bei ihrer Mutter leben kann, dann will sie bei uns bleiben.«

»Das überrascht mich nicht.«

»Oh, Jason, du kannst ihr doch keinen Vorwurf daraus machen, daß sie so fühlt. Aber du kannst beruhigt sein, ich habe ihr gesagt, daß das nicht möglich ist. Ist sie nicht sehr aufgeweckt für ihre elf Jahre, Jason? Sie ist auch so verständig.«

»Vermutlich. Aber was willst du mir damit sagen? Daß du froh bist, daß sie hier ist, daß du dir wünschst, sie könnte für immer bleiben? Nun, du mußt mir schon verzeihen, aber so sehe ich das ganz und gar nicht. Wir haben bald selbst ein Kind, unser erstes, auf das wir jetzt schon seit fünf Jahren hinarbeiten. Ist es denn so falsch, daß ich die Zeit der Vorfreude auf unser Kind in vollen Zügen genießen will?«

»Lily nimmt dir doch nichts weg.«

»Selbst wenn sie nur zeitweilig bei uns bleibt, wird sie sehr viel Aufmerksamkeit erfordern. Bist du dazu bereit?«

»Okay, du hast recht, sie hat die Hölle auf Erden erlebt, das will ich gar nicht bestreiten. Aber wenn man bedenkt, was sie durchgemacht hat, dann ist sie gar nicht so verkorkst, wie man vielleicht erwarten könnte.«

»Aber sicher doch, jedes Kind flucht wie ein Lastwagenfahrer.«

»Jetzt mach aber mal halblang, wir werden sie doch nicht deswegen verurteilen, weil sie so viele Schimpfwörter kennt, oder? Ich meine, bis jetzt hat sie noch keines gebraucht, das ich nicht auch kennen würde. Aber bei dei-

ner gewählten Ausdrucksweise ist das natürlich etwas anderes!«
»Na gut, vergiß es. Aber trotzdem, Paige, du brauchst doch nur einen Blick in deine alten Lehrbücher zu werfen, und dann weißt du, daß kein Kind so ein traumatisches Erlebnis ohne ernstliche Adhäsionsprobleme übersteht. Sie hat mit angesehen, wie ihre Mutter immer wieder verprügelt wurde. Und schließlich ist sie Zeugin geworden, wie diese Mutter den eigenen Vater mehr oder weniger zerstückelt hat. Außerdem hast du es selbst gesagt – was mag dieses charakterlose Ungeheuer *ihr* alles angetan haben, seiner eigenen Tochter?«
Ja, Jason, das ist alles gut und schön, aber um so mehr Gründe, warum wir sie nicht einfach allein lassen können. Aber das sprach sie nicht laut aus – statt dessen sagte sie: »Ich weiß ja, daß du recht hast. Aber Tausende von Kindern werden mißbraucht und mißhandelt, und nicht alle laufen mit einem Schild auf der Brust herum. Wenn du schon so weit gehen willst, dann habe auch ich eine ziemlich erbärmliche Kindheit hinter mir. Und hat es mit mir vielleicht ein tragisches Ende genommen?«
»Du kannst dich doch nicht mit ihr vergleichen.«
»Das Komische daran ist, daß ich im Augenblick überhaupt niemanden habe, mit dem ich mich vergleichen kann. Was schlägst du denn vor, was wir mit ihr tun sollen. Sie aus dem Haus werfen?«
»Nein, selbstverständlich nicht. Ich habe nur laut ausgesprochen –«
»Das kannst du dir sparen, Jason. Ich bin nicht taub, und Lily ist es auch nicht.«

»Bin ich daran schuld, daß Jason so wütend ist?« fragte Lily offen heraus am nächsten Morgen, als sie im Wald spazierengingen. Es war tatsächlich so, daß Paige seit dem Streit beim Abendessen kein Wort mehr mit ihm gesprochen hatte.

»Wieso fragst du das?«

Lily zuckte nur mit den Achseln, blieb stehen, kniete sich hin und hob eine Handvoll trockene Blätter auf.

»Wenn Jason und ich miteinander streiten, dann betrifft das nur uns, nicht dich. Es bedeutet, daß *wir* uns nicht einigen können. Worüber wir uns nicht einigen können, ist dabei nicht so wichtig, das ist nur unser Problem.«

»Wirst du ihn wegwerfen?«

Paige blieb stehen und schaute sie ungläubig an. »Menschen werfen einander nicht weg, besonders nicht diejenigen, die sie mögen.«

»Magst du mich?«

Sie nickte. »Aber natürlich.«

Lily schloß die Hand um die Blätter, zermalmte sie und ließ die winzigen Partikel davonfliegen.

»Dann kannst du mich auch nicht wegwerfen, richtig?«

»Richtig.«

Sie blieben lange Zeit so stehen, bis Paige sagte: »Lily, ich weiß, daß dein Vater deine Mutter viele Jahre lang mißhandelt hat... Was ist mit dir? Hat er dir jemals irgend etwas –«

Lily drehte den Kopf weg. »Ich will nicht darüber reden. Bitte, zwing mich nicht.«

Paige nahm die Hand des Mädchens in die ihre, und so gingen sie weiter.

»Ich würde dich nie zwingen, darüber zu reden, Schätzchen. Aber falls du deine Meinung ändern solltest und von dir aus reden möchtest, dann denk daran, daß ich immer für dich da bin.«

Paige hatte an diesem Abend nicht einmal gemeinsam mit ihm gegessen. Jetzt, da sie beide in ihrem Bett lagen, hatte sich jeder so weit wie möglich von der Mitte der großen Matratze weg an den Rand seiner Seite zurückgezogen. Nie zuvor während ihrer Ehe war es soweit gekommen, daß sie nach einem Streit nicht mehr miteinander gesprochen hatten; sie wußte zwar nicht, wie es in ihm aussah, aber sie fühlte sich ausgesprochen schlecht.

Entschlossen rollte sie sich auf die andere Seite, aber er drehte sein Gesicht von ihr weg. Sie streckte die Hand nach ihm aus und streichelte seinen Nacken.

»Jason, wir müssen miteinander reden.«

Schweigen.

»Mir ist da etwas eingefallen. Eigentlich gestern schon, und seitdem geht es mir nicht mehr aus dem Kopf.«

Er drehte sich zu ihr, stemmte den Ellenbogen ins Kissen und stützte seinen Kopf auf der Handfläche ab. »Nur zu, ich höre«, sagte er.

»Was wäre, wenn wir ihr ein Zuhause, ein gutes Zuhause suchten?«

»Aber das versuchen wir doch, oder nicht?«

»Eigentlich nicht. Pat wird nur das herausfinden – wenn sie es nicht bereits getan hat –, was wir beide schon längst wissen. Lily ist nicht adoptierbar, jedenfalls so lange nicht, solange ihre Mutter nicht auf ihre Rechte verzichtet. Aber selbst wenn das nicht so wäre, so ist eine Elfjährige keine sehr geeignete Kandidatin für eine Adoption. Die Leute wollen lieber Babys, kleine Kinder, die sie nach ihren eigenen Vorstellungen formen können. Sie wollen kein Kind mit einer Vergangenheit, besonders nicht mit so einer, wie Lily sie hat.«

Er schüttelte den Kopf. »Ich will ja gar nicht behaupten, daß es einfach ist, einen Platz für ein älteres Kind zu finden, das ist es ganz bestimmt nicht. Aber ab und zu gelingt es doch. Außerdem gibt es immer noch die Möglichkeit, sie zu Pflegeeltern zu geben.«

»Ach ja, die guten alten Pflegeeltern. Das ist ein System, bei dem die Kinder wie Kleiderbügel von einer Stelle zur anderen herumgereicht werden. Weißt du eigentlich, wie viele Leute das nur wegen des Geldes machen? Oder aus noch perverseren Gründen, die ich hier wohl nicht extra erwähnen muß?«

»Na, jetzt wirst du aber ziemlich unfair.«

Er hatte recht, sie *war* unfair. Durch ihre Lehrtätigkeit hatte sie jede Menge Kontakt mit dem Sozialamt, inklusive der Abteilung für Pflegestellen, und wußte, daß die meisten Leute, die sich als Pflegeeltern zur Verfügung stellten, alles versuchten, aus schier ausweglosen Situationen das Beste zu machen. Trotzdem würde sie ihre Meinung, die sie sich als Kind gebildet hatte, nicht so schnell ändern.

»Als ich noch klein war, hatte ich eine Freundin, die bei Pflegeeltern lebte«, sagte sie. »Sie lebte nur ein paar Häuser weiter. Die Leute waren Vollalkoholiker. Es wird mir immer ein Rätsel bleiben, wie sie sich jemals als Vormund für eine Siebenjährige hatten qualifizieren können. Marie lief jeden Tag nach der Schule gleich nach Hause, um das Haus sauberzumachen; entweder das, oder es setzte Schläge.«

»Du hast bisher noch nie von ihr erzählt.«

»Was gibt es da schon groß zu erzählen? Sie ist nur ein knappes Jahr dort geblieben. Nachdem sie einmal besonders schlimm verprügelt wurde, ist sie im Krankenhaus gelandet. Dann ist sie an irgendeine andere Stelle weitergereicht worden, und ich habe sie nie mehr gesehen.«

»Das ist ziemlich übel, Paige. Aber das heißt doch noch

lange nicht, daß es nicht auch anständige Leute gibt, die Kinder bei sich aufnehmen.«
»Da hast du bestimmt recht, es gibt sie mit Sicherheit. Aber da ist immer noch die Frage, wie geeignet sie sind, einem Kind die leiblichen Eltern zu ersetzen? Besonders bei einem Kind wie Lily, die es mehr als nötig hat.«
Schweigen, dann: »Du sagtest, du hättest eine Idee.«
»Wie wäre es, wenn sie bei Anna leben würde?«
»Bei ihrer Mutter?«
»Nun, wer käme wohl besser in Frage? Die Leute sagten doch, daß sie in Ordnung sei und daß ihr einziger Fehler der war, daß sie sich nicht von Anfang an gegen dieses Ungeheuer zur Wehr gesetzt hat. Und außerdem ist sie Lilys Mutter. Sicher, Lily ist wütend auf sie, aber tief in ihrem Innern liebt sie sie.«
»Die Sache hat nur einen Haken. Ihre Mutter ist zu vierundzwanzig Jahren Gefängnis verurteilt; auch wenn sie vorzeitig entlassen werden sollte, bleiben immer noch zwölf. Lily ist bis dahin zweiundzwanzig Jahre alt.«
»Ich hasse es, wenn du so tust, als würdest du mich nicht verstehen. Ich will darauf hinaus, daß du Berufung einlegen und Annas Fall erneut vor Gericht bringen sollst. Hast du nicht selbst gesagt, daß ihre Verteidigung mehr als schlecht war? Es gibt doch jede Menge guter Gründe für das, was sie getan hat, oder?«
Jason nickte. »Den besten und ältesten aller Gründe – Notwehr. Dazu kommt noch, daß sich die Gesetzgebung im Falle von Gewaltanwendung in der Ehe zugunsten der Frauen geändert hat, die von ihren Männern mißhandelt werden.«
»Wie sieht das jetzt aus?«
»In der Theorie sieht das so aus, daß eine Frau, die regelmäßig von ihrem Mann geschlagen wird, keine akute Miß-

handlung mehr nachweisen muß; sie muß lediglich beweisen, daß sie mißhandelt wird und daß ihr Leben sich in konstanter Gefahr befindet. Außerdem braucht das Hindernis, das sie davon abhält, dieser Situation zu entfliehen, nicht unbedingt mehr in physischer Gewaltanwendung bestehen, es genügt schon, wenn psychologischer Druck auf sie ausgeübt wird.«

»Wenn Anna Parks auf Notwehr plädiert hätte, wäre sie also durchgekommen, richtig?«

»Das ist möglich, genau kann das natürlich keiner sagen.«

»Wenn sie einen guten Anwalt gehabt hätte, einen, der wenigstens gekämpft hätte... Aber das hat er ja nicht... Ist das nicht allein schon Grund genug für eine Berufung?«

»Damit so etwas von einem Gericht als Grund für eine Berufung anerkannt wird, müßte ein Anwalt schon einen schwerwiegenden Fehler gemacht haben oder nicht zurechnungsfähig gewesen sein... Und dann ist da immer noch die Frage, ob der Ausgang des Falles ein anderer gewesen wäre, wenn der Fehler nicht gemacht worden wäre. In diesem Fall, wer weiß? Wichtig ist allein, daß sie ihren Mann getötet hat.« Er überlegte einen Moment und fuhr dann fort: »Außerdem tut das ein Anwalt einem anderen nicht gern an.«

»Das kann ich mir denken, aber was ist mit Anna? Sie ist jahrelang geschlagen worden, man hat ihr die Knochen und ihren Widerstand gebrochen, hat sie ihrer Würde beraubt, und sie hat nicht einmal die Gelegenheit bekommen, ihre Geschichte vor Gericht zu erzählen. Wo bleiben ihre Rechte?«

»Sie hat sie verspielt, indem sie sich schuldig bekannt hat. Es sei denn... hör mal, ich bin kein Strafverteidiger.

Ich habe seit dem Studium nichts mehr in dieser Richtung gemacht, und damals habe ich auch nur zweimal sechs Monate als Praktikant beim Staatsanwalt gearbeitet.«
Paige schob sich neben ihn und legte ihre flache Hand an seine Wange. »Das ist doch völlig egal, du bist einer der klügsten Menschen, die ich kenne... und wenn es darum geht, bei Gericht Berufung einzulegen, dann weißt du besser als jeder andere Anwalt in der Stadt, wie man das macht. Wenn jemand ein Haar in der Suppe findet, dann du.«
»Hast du das von mir?«
Sie beugte sich über ihn und küßte ihn. »Nun ja... aber auch aus anderen Quellen. Jason, du hast vorher gesagt, sie habe ihre Rechte verspielt, weil sie sich schuldig bekannt hat. Dann hast du weiter gesagt, es sei denn... Es sei denn, was?«
»Ich wollte sagen, es sei denn, sie war gar nicht in der Lage, so eine Entscheidung zu treffen.«
»Du meinst, daß sie unzurechnungsfähig war?«
»›Unzurechnungsfähig‹ wird wohl herhalten müssen, solange uns kein besserer Ausdruck einfällt.«
»Aber das war sie nicht, oder?«
Er schüttelte den Kopf und zuckte mit den Schultern. »Ich weiß es nicht. Wie viele geistig gesunde Menschen würden eine Leiche wohl so zurichten?«
»Ich glaube, daß Menschen im Zustand extremster Angst zeitweilig völlig ausrasten können.«
Er rieb sich die Stirn. »Ich muß das unbedingt mit jemandem besprechen, der kriminologische Erfahrung hat.«
»Dann wirst du es machen?«
»Ich werde mich mal damit beschäftigen.«
»Kann ich es Lily sagen?«
»Nein.«

»Du hast recht, weshalb ihr Hoffnungen machen? Jason, kann ich sie in der Schule anmelden, nur für jetzt?«
Er seufzte. »Aber ich will, daß sie regelmäßig zu einem Therapeuten geht.«
»Ich werde gleich jemanden suchen, und außerdem möchte ich, daß sie von einem Arzt untersucht wird.«
»Und falls sie dir Ärger, zusätzliche Arbeit oder sonst irgendwelche Probleme macht, dann mußt du mir versprechen –«
»Falls sie mir zuviel abverlangt, dann werde ich jemanden für ein paar Stunden täglich einstellen, aber – und du kannst mir glauben – das wird nicht nötig sein. Sie hilft mir beim Kochen, bei den Hausarbeiten, leistet mir Gesellschaft und, was das Wichtigste ist, ich habe sie gern um mich.«

Jason legte sich mit hinter dem Kopf verschränkten Armen auf das Kissen zurück. Es war der erste Abend seit diesem Vorfall mit Brooke, daß es ihm möglich war, dieses Ereignis zu verdrängen.
Statt dessen dachte er über den Fall nach: Was war schon dabei – dann würde er eben ein bißchen unentgeltliche Arbeit für ein Kind leisten, dem das Leben bisher noch nicht viel geschenkt hatte. Er hatte im Verlauf seiner Karriere bis jetzt ziemlich viel Glück gehabt, war es da nicht an der Zeit, daß auch er seinen Beitrag für die Gesellschaft leistete? Obwohl er nicht viel Erfahrung auf dem Gebiet der Strafverteidigung hatte, konnte er sich aber noch erinnern, daß es ihm immer gefallen hatte. Wenn die Bezahlung im Büro des Staatsanwalts nicht so miserabel und *er* nicht so geldgierig gewesen wäre, dann wäre er vielleicht sogar noch länger dabeigeblieben. Und außerdem, wenn er zusätzliche Informationen benötigte, so

brauchte er sich nur an seine Kollegen in der Kanzlei zu wenden.

Wenn es ihm nur nichts ausmachen würde, daß Lily bei ihnen lebte. Ließ man mal außer acht, daß die getroffene Regelung nur für eine Übergangszeit gültig sein sollte, sah es ganz danach aus, als würde sie wahrscheinlich noch bei ihnen sein, wenn das Baby kam, vielleicht sogar noch, wenn sie im April in die Stadt zurückkehrten. Ob es ihm nun gefiel oder nicht, er mußte das Beste aus der Situation machen. Morgen war Samstag, eine gute Gelegenheit, für ihn und das Kind eine gemeinsame Basis zu suchen.

Brad ... Bradley, das war vielleicht eine Idee ... nein, je länger er darüber nachdachte, desto weniger gefiel ihm der Name.

Kapitel 6

Es war sieben Uhr früh, als Jason aus der Dusche kam, sich anzog und auf Zehenspitzen in Lilys Zimmer schlich, wo er ihre Decken und Laken unberührt, sie aber zusammen mit dem restlichen Bettzeug auf dem Boden vorfand. Sie setzte sich auf und drückte ihre Steppdecke mit dem Blumenmuster fest an sich.

»Tut mir leid«, sagte er. »Ich wollte dich nicht erschrekken –«

Keine Reaktion.

»Hör mal, ich habe mir überlegt, ob du nicht Lust hättest, mit mir zu joggen. Normalerweise laufe ich morgens immer ein paar Meilen.«

Immer noch keine Reaktion.

»Später können wir dann zusammen frühstücken.«

»Was ist mit Paige?«

»Nun ja, Paige schläft zur Zeit morgens gern länger, und das ist auch gut so. Da sie ein Kind bekommt, schadet es ihr gar nicht, wenn sie sich etwas ausruht. Ich dachte mir, daß es außerdem auch eine gute Gelegenheit wäre, uns etwas besser kennenzulernen. Sieht ja ganz so aus, als würdest du eine Weile bei uns bleiben.«

Sie stand auf, drückte die Steppdecke fest an sich und blieb auf der Schaumgummiunterlage, über die ein Flanelltuch gebreitet war, stehen.

Er deutete auf die Unterlage. »Gar nicht so übel als Bett, wenn man gern auf dem Fußboden schläft. Hat Paige das so für dich hergerichtet?«

Sie nickte.

»Sie ist schon eine tolle Frau, was?« Wenigstens eines hatten sie gemeinsam – Paige.
Wieder nickte sie.
»Wenn wir zurückkommen, dann können wir zusammen Frühstück machen, wenn du magst, und es ihr ans Bett bringen.«
Lily bückte sich, um ihre Jeans vom Boden aufzuheben.
»Zieh doch Trainingssachen an. Ich bin sicher, daß Paige dir welche gekauft hat.« Er zog die oberste Schublade der Kommode heraus, schaute sich an, was darin lag, entdeckte einen hellblauen, zweiteiligen Trainingsanzug und warf ihn ihr zu. »Hier, zieh das an, damit fühlst du dich wie ein richtiger Crack.«
»Ein richtiger Crack?«
»Na, echt eben. Wie eine echte Läuferin, eine richtige Sportlerin.« Er ging aus dem Zimmer und hob die Hand. »Ich warte unten auf dich. In fünf Minuten, ja?«
Es dauerte keine zwei Minuten, bis sie unten war, woraus er schloß, daß sie sich die Mühe gespart hatte, ihre Morgentoilette zu machen. In der Küche ging sie als erstes zu dem Hängeschränkchen über dem Geschirrspüler, machte es auf, streckte sich, zog eine Tüte mit Keksen herunter, steckte die Hand hinein und holte eine Handvoll davon heraus.
»Hey, was machst du da?« fragte er und nahm ihr die Tüte weg. »So etwas solltest du nicht essen, am allerwenigsten zum Frühstück. Wo hast du denn das überhaupt her?« Er schaute in den Hängeschrank und entdeckte zwei weitere Tüten mit Keksen und eine Schachtel voller Kartoffelchips. Dann nahm er ihr die Plätzchen aus der Hand, warf sie in den Abfalleimer und schob sie Richtung Tür. »Komm, nach dem Joggen gibt es etwas Anständiges zu essen.«

Aber sie riß sich von ihm los und rührte sich nicht vom Fleck.
Reglos starrten sie einander an. Schließlich drehte er sich um und ging zur Tür hinaus; es dauerte ein paar Minuten, ehe sie nachgab und ihm folgte. Sie hatten bereits mehr als eine halbe Meile schweigend zurückgelegt, als Jason seinen Lauf verlangsamte und sich zu ihr umdrehte; sie wirkte atemlos, und so blieb er stehen.
»Möchtest du eine kleine Pause machen?«
Er ging zu einem Baum und setzte sich; sie tat es ihm nach und lehnte sich an einen anderen Baum.
»Treibst du gern Sport?«
Schweigen.
»Das ist wahrscheinlich eine dumme Frage. Die meisten Kinder treiben gern Sport, ohne daß es ihnen überhaupt bewußt ist. Wie hättest du wohl sonst den ganzen Weg von Laurel Canyon bis hierher zurücklegen können, nicht wahr?«
Immer noch Schweigen.
»Du willst nicht mit Informationen herausrücken, wie? Na ja, ich könnte mir denken, daß du per Anhalter gefahren bist, zumindest einen Teil der Strecke, aber ich möchte wetten, daß du auch viel gelaufen bist. Weißt du, was ich gerne wissen möchte? Was du hier die ganze Zeit über gegessen hast. Im Frühjahr und in den Sommermonaten haben wir vielleicht ein paar Lebensmittel dagelassen, aber als wir das Haus für den Winter verschlossen, da haben wir auch die Schränke ausgeräumt. Mehr als eine Tüte Weißbrot für die –« Er hielt inne und lächelte. »Aha, du hast also den Vögeln ihre Brotkrumen weggegessen, aber damit kann man immer noch keinen ganzen Winter überleben.«
»Ich habe mir schon was zu essen besorgt.«

»So, und was?«
»Warum willst du das wissen?«
»Ich bin einfach neugierig, und ich will wissen, wie clever du bist. Deine Mutter scheint dich ja für ein richtiges Genie zu halten.«
Sie starrte ihn kurz an und stand dann auf. »Komm mit, ich zeige es dir.« Dieses Mal lief sie voran, in Richtung auf den Fluß zu. Bei einer großen Eiche am Flußufer blieb sie stehen.
»Du hast geangelt, hmm?«
Sie bückte sich: Unten um den Baumstamm herum verlief ein dickes Seil. Sie nahm das lose Ende und zog daran... immer mehr Seil kam zum Vorschein, das sie an Land holte. Und Jason sah, wie die Oberfläche des Wassers aufgerührt wurde, als ein Gegenstand immer näher ans Ufer kam.
»Jetzt bin ich aber wirklich beeindruckt. Was ist das, eine Falle? Für Hummer, Krabben, Flußkrebse?«
Ein Käfig kam zum Vorschein – es war eine Falle aus Draht, ganz ähnlich der, die sie auf dem Dachboden aufgestellt hatten, nur daß diese hier aussah, als ob Lily sie selbst gebastelt hätte. Sie bückte sich, hob sie aus dem Wasser und stellte sie ins Gras. Kein Hummer, keine Krabben und auch keine Flußkrebse waren darin, sondern zwei Eichhörnchen und drei schwarze Ratten.
»Das begreife ich jetzt nicht ganz.«
»Ich fange sie, ertränke sie und esse sie auf.«
Auf dem Weg zurück zum Haus hatte keiner ein Wort gesagt. Als sie in der Küche waren, holte Lily Kartoffeln, Butter, Eier und Zwiebeln aus dem Kühlschrank.
»Wenn du dich ungesund ernähren willst, von mir aus, aber tu mir einen Gefallen und mach nichts für Paige.«
»Warum nicht?«

»Weil ich es sage.«
»Aber es schmeckt ihr.«
»Ich habe gesagt, nein.«
»Du unterdrückst sie.«
»Das ist doch lächerlich, ich unterdrücke niemanden. Aber ich habe nicht die Absicht, darüber mit dir zu diskutieren... Belassen wir es einfach dabei – da das hier mein Haus ist, hältst du dich an das, was ich sage.«
»Jason!«
Er drehte sich um, Lily auch, aber Paige schaute nur ihn an.
»Was ist hier los?« fragte sie.
»Gar nichts.«
»Ganz offensichtlich war doch etwas –«
Er verließ die Küche, durchquerte das Wohnzimmer und ging zur Vordertür hinaus. Sie lief ihm nach und holte ihn am Fuß der Veranda ein.
»Jason, würdest du bitte auf mich warten?«
Er verlangsamte seinen Schritt, und sie gingen nebeneinander her. »Was war da drinnen eben los?« wollte sie wissen.
»Du wirst nicht glauben, was sie die ganze Zeit über gegessen hat.«
»Wann?«
»Im vergangenen Winter natürlich.«
»Oh. Okay, was hat sie gegessen?«
»Sie hat Eichhörnchen und Ratten verspeist.«
Ihre Augen weiteten sich vor Überraschung, um ihn gleich darauf ungläubig anzustarren. »Oh, jetzt komm aber, Jason. Woher willst du das denn wissen?«
»Sie hat es mir selbst erzählt, sie hat es mir auch gezeigt – ein paar Nagetiere, ersäuft in einem Käfig am Fluß unten.«
Ein plötzliches Ekelgefühl ließ sie erschaudernd zusam-

menfahren, aber sie schob alle Schreckensbilder beiseite und konzentrierte sich auf den praktischen, rationalen Aspekt der Angelegenheit.

»Ist das alles?«

»Ich kann es nicht fassen, wie du so etwas fragen kannst. Dreht sich dir denn nicht der Magen um bei dieser Vorstellung?«

»Aber sicher doch. Aber sie mußte doch überleben, oder? Um zu überleben, sind Menschen auch schon zu Kannibalen geworden.«

»Sicher, man tut alles dafür. Aber hier in der Nähe ist ein Fluß, was ist mit Fischen?«

»Vielleicht hatte sie keine Angel.«

»Sie hat immerhin eine Drahtfalle mit einem Schnappmechanismus zusammengebastelt. Wenn sie so etwas fertigbrachte, dann hätte sie mit Sicherheit auch eine simple Angelrute zustande gebracht.«

»Vielleicht mag sie Fisch nicht, die meisten Kinder mögen ihn nicht.«

»Nein, aber Ratten mögen sie.«

»Jason, du reagierst völlig unvernünftig, das sieht dir gar nicht ähnlich. Korrigiere mich, wenn ich etwas Falsches sage – du stimmst mit mir doch darin überein, daß es für sie um Leben oder Tod ging, und trotzdem regst du dich auf, weil sie es vorzog, Ratten statt Fisch zu essen?«

Er blieb stehen, faßte sich an den Hals und massierte eine Stelle am Nacken.

»Das Ganze klingt doch reichlich absurd, nicht wahr?«

»Gott sei Dank siehst du das ein.«

»Es war nicht so sehr das, was sie sich als Nahrung ausgesucht hat, Paige, das hat mich nicht so erschüttert. Aber sie hat direkt eine Art perversen Gefallen daran gefunden, als sie sah, wie schockiert ich war.«

»Reagieren wir nicht alle mal so? Mir zum Beispiel macht es großen Spaß, dich aus der Fassung zu bringen. Ich sehe so gern deine erstaunte Miene.«
Er schnitt eine Grimasse. »Die hier?«
»Nein, das ist dein Idiotenausdruck.« Sie lief ihm davon, und er jagte sie die Auffahrt hinunter, quer über den Rasen auf die Straße zu, bekam sie aber noch rechtzeitig am Kragen zu fassen, bevor sie sie überqueren konnte. »Okay, Gnade, Jason!« Lauter: »Jason!«
»Paige?«
»Ja?«
»Du mußt mit ihr mal ein Wörtchen über Ernährung reden.«
Die Arme immer noch zum Angriff erhoben, sagte sie: »Ich bin sicher, daß sie keine Ratten mehr verspeisen wird.«
»Nein, das natürlich nicht, aber sie ißt gern ungesundes Zeug, und mir ist aufgefallen, daß du ihr dabei nicht ungern Gesellschaft leistest.«
Mit einem Seufzer ließ sie die Arme sinken.
»In Ordnung. Oh, Jason, was hältst du von dem Namen Brittany?«
»Nee, der ist viel zu trendig«, sagte er. »Wie wär's mit Michael?«
»Als Alternative?«
»Gott, wie schlau.«
Sie schlenderten schweigend zum Haus zurück, als sie sagte: »Meine Mutter hatte mal einen Freund namens Michael.«
»So?«
»Ich habe mich gerade gefragt, was wohl zuerst passiert ist – daß mein Vater uns verlassen hat oder daß meine Mutter Freunde hatte.«

»Hast du sie denn nie danach gefragt?«
»Doch, aber sie hat nie mit mir darüber gesprochen. Vergessen wir Michael.«
»Okay, dann keinen Michael.« Er legte den Arm um sie. »Hör mal, du mußt mir wirklich versprechen, daß du mit Lily redest, okay? Ich möchte nicht, daß unser Baby schon zuckersüchtig auf die Welt kommt. Und ich will nicht, daß du dick und fett wirst und verhärtete Arterien bekommst.«

Zu Hause verzog sich Jason gleich in irgendeine Ecke, wahrscheinlich um ihr Gelegenheit zu geben, allein mit Lily zu reden. Sie fand sie in der Küche, wo sie das Frühstück zubereitete. Paige schaltete das Gas unter der Bratpfanne aus und nahm Lily bei der Hand.
»Komm her, Schätzchen, ich muß mit dir reden.«
»Bist du sauer auf mich?«
»Nein, warum sollte ich?«
»Wegen Jason.«
»Jason ist nicht wütend, jedenfalls nicht im Augenblick.«
»Ich habe gesehen, wie er dich draußen herumgejagt hat.«
Pause, dann: »Hast du uns beobachtet?«
»Ich mußte doch aufpassen, daß er dir nicht weh tut.«
Verglich sie vielleicht ihre harmlose Rauferei im Garten mit den Kämpfen ihrer Eltern? Obwohl ihr Gerangel mit Jason auch nicht im entferntesten gewalttätig war, war Lily vielleicht einmal Augenzeugin einer ähnlichen Szene gewesen, die dann tatsächlich ins Gewalttätige umgeschlagen war.
»Wir haben doch nur herumgealbert, Lily. Außerdem würde Jason mir nie weh tun... oder dir. Das heißt aber

nicht, daß er nicht manchmal außer sich gerät und ab und zu etwas laut wird. Das tun wir alle mal.«

Das Kind deutete auf die Pfanne am Herd. »Er will nicht, daß du das ißt. Stimmt's?«

»Er hat recht damit. Fettes Essen ist nicht gut für mich.«

»Aber du magst es doch.«

»Oh, natürlich mag ich es. Leider mag ich eine Menge Dinge, die nicht gut für mich sind.«

»Ist es auch schlecht für mich?«

»Zuviel davon ist für keinen gut. Aber irgendwann einmal kommt die Zeit, da muß man sich entscheiden und anfangen, sich gesünder zu ernähren. Besonders dann, wenn man ein Baby mitzuernähren hat. Deshalb besteht Jason auch darauf.«

»Wann?« fragte sie.

Paige sah sie fragend an.

»Das Baby«, meinte Lily. »Wann kommt es?«

Sie war also doch neugierig auf das Baby. Paige lächelte und forderte sie auf, doch näherzukommen. »Möchtest du mal fühlen?«

Anfangs war sie etwas skeptisch, aber dann ließ sie sich von Paige an der Hand nehmen und die Hand über deren Bauch führen. Da wurden ihre Augen rund und groß, und sie machte ein andächtiges Gesicht, als sie spürte, wie sich das Kind unter ihrer Hand bewegte.

»Es soll am siebten Januar kommen.«

Lily verharrte ein paar Minuten in dieser Haltung, bevor sie ihre Hand wieder zurückzog... und das auch nur – wie Paige den Eindruck hatte – sehr widerwillig. Dann ging sie entschlossen zum Herd, nahm die Bratpfanne vom Gas, trug sie zum Abfalleimer und leerte sie dort aus.

»Lily, das hättest du nicht tun müssen, du hättest –«

»Nein, nein, wenn du es nicht willst, dann will ich es auch nicht.«
Daraufhin ging Paige zum Schrank, holte zwei Schüsseln heraus und füllte beide mit Kleie und Milch. Eine stellte sie für sich auf den Tisch, die andere schob sie Lily hin.
»Hier, probier mal.«
Lily nahm einen Löffel voll.
»Und?« fragte Paige, während sie selbst davon aß.
»Es schmeckt scheußlich.«
Paige lachte, schluckte es schnell hinunter – etwas zu schnell vielleicht – und hielt sich eine Serviette vor den Mund, da sie gar nicht mehr zu lachen aufhören konnte. Schließlich holte sie tief Luft und sagte: »Das finde ich auch.«
»Du magst es also auch nicht?«
Sie nickte. »Ich weiß auch gar nicht, warum ich es überhaupt esse. Ich kaufe es für Jason, und es ist immer im Haus... Wir schauen heute nachmittag mal im Supermarkt, ob wir nicht ein Müsli finden, das etwas besser schmeckt und das vielleicht sogar noch gezuckert ist. Aber du mußt vorsichtig sein, wenn Jason in der Nähe ist, mußt du dieses Wort sofort vergessen.«
Lily lächelte. Es war das erste Mal, daß Paige sie lächeln sah.

Brooke rief an diesem Abend gegen neun Uhr an.
»Wo steckst du nur die ganze Zeit?« fragte sie Paige.
»Hier, wieso?«
»Weil ich seit Montag nichts mehr von dir gehört habe.«
»Ich habe mir gedacht, wenn ich mich nur lang genug nicht mehr rühre, dann rufst du mich schon an. Es ist Samstag abend, wieso bist du nicht unterwegs?«
»Gary mußte für einen anderen Assistenzarzt einsprin-

gen, du weißt doch, wie das so läuft, eine Hand wäscht die andere. Aber er schaufelt sich das nächste Wochenende frei, damit wir euch besuchen können. Ich darf mich also nicht laut beklagen. Apropos Besucher, ich habe erfahren, ihr habt bereits einen Gast.«

»So, und wer hat dir das erzählt?«

»Jason, ich habe am Dienstag mit ihm gesprochen, vielleicht war es auch am Mittwoch.«

»Hat er dich angerufen?«

»Nein, ich habe ihn draußen vor dem Haus getroffen.«

»Aha. Und, was hat er dir erzählt?«

»Nur, daß es sich um einen weiblichen Gast handelt, der schrecklich schmutzig ist und flucht wie ein Bandit.«

»Zum Teufel mit ihm.«

»Hat er etwa gelogen?«

»Nicht, was die Tatsache betrifft, daß unser Gast weiblich ist und mittlerweile übrigens gebadet wurde. Dabei hat es sich herausgestellt, daß sie in Wirklichkeit eine Schönheit ist.«

»Tatsächlich? Wie lange bleibt sie denn bei euch?«

»Hat Jason dir nicht mehr erzählt?«

»Gibt es noch mehr?«

»Nachdem sie jahrelang von ihm mißhandelt wurde, hat ihre Mutter ihren Vater umgebracht. Als Lily das mit ansehen mußte, ist sie auf und davon gerannt.«

»O je, das ist ja entsetzlich.«

»Es kommt noch schlimmer. Die Mutter hat ihn nicht einfach umgebracht, sondern hat ihm regelrecht Arme, Beine und den Kopf abgehackt.«

»Mein Gott! Hältst du es wirklich für klug, das Kind bei euch zu behalten?«

»Glaubst du, es wäre bei uns, wenn ich anderer Ansicht wäre? Jason und ich sind nicht ganz so dumm, wie es dir vielleicht manchmal erscheinen mag. Woher kommt es eigentlich, daß alle Leute sofort eine ganz bestimmte Haltung einnehmen, sobald sie davon erfahren haben?«

»Wer denn noch?«

»In erster Linie die Presse. Die rufen hier dauernd an und stellen mir die dümmsten Fragen.«

»Was wollen sie denn wissen?«

»Na, zum einen, ob ich mir Sorgen mache wegen des Einflusses, den ihr Milieu auf sie gehabt hat.«

»Was hast du geantwortet?«

»Gar nichts, ich habe aufgelegt.«

»Aber was hättest du geantwortet?«

»Nun, natürlich mache ich mir deswegen Gedanken. Es ist gar nicht möglich, daß all diese Ereignisse keine Spuren bei ihr hinterlassen haben. Sie wird eine Therapie brauchen... und das ziemlich lange, glaube ich. Aber wenn du mit der Frage gemeint hast, ob sie sich eines Tages an dem Verhalten ihrer Eltern orientieren wird, dann lautet meine Antwort nein. Kinder sind erstaunlich widerstandsfähig – besonders solche, die so zäh und klug wie Lily sind. Und sie reagieren auch erstaunlich gut auf Freundlichkeit und Fürsorge. Ich werde dafür sorgen, daß sie beides davon in ausreichender Menge bekommt.«

»Ja, aber du mußt doch zugeben, daß die Sache mit ihrer Mutter sehr erschreckend ist.«

»Dann kannst du dir ja vorstellen, wie das für Lily war, die schließlich alles mit angesehen hat. So oder so, du kannst sie nicht für den Fehler ihrer Mutter verantwortlich machen.«

»Entschuldige bitte... Fehler? Habe ich richtig gehört, du hast das einen Fehler genannt?«

»Ihr Mann hat ihr in dreizehn Jahren fünfzehnmal die

Knochen gebrochen. Würdest du nicht auch sagen, daß das reicht?«

»Aber was ist dann bloß passiert, daß sie sich endlich gewehrt hat?«

Paige erzählte Brooke nicht, daß Jason für Lilys Mutter Berufung einlegen würde. Sie wollte es ihr das nächste Mal sagen, wenn sie miteinander sprachen, da sie annahm, Brooke würde bis dahin bestimmt ihre Einstellung geändert haben und nicht mehr allein das Opfer für alles verantwortlich machen.

»Was hast du denn im Nachbarhaus gemacht?« fragte Paige später an diesem Abend, als sie nebeneinander im Bett lagen.

»Woher weißt du überhaupt, daß ich dort war?«

Mit verschwörerischer Stimme und ebensolcher Miene erwiderte sie: »Ich habe meine Spione.«

»So?« Er rutschte unbehaglich hin und her, drehte sein Kissen um, knüllte es zusammen und strich es wieder glatt.

»Es war Brooke. Sie hat mir erzählt, daß sie dich draußen getroffen hat.«

Schweigen.

»Willst du es gar nicht wissen?«

»Was?«

»Ob Gary und sie jetzt kommen?«

»Und, kommen sie?«

»Ich hatte schon den Eindruck.«

Noch längeres Schweigen.

Sie hob den Kopf und schaute auf seine Seite hinüber.

»Jason, hörst du mir überhaupt zu?«

»Natürlich habe ich dir zugehört – schön, großartig. Dann mache ich die Spaghettisauce.«

»Okay«, sagte sie. Aber so leicht wollte sie es ihm nicht

machen. Wieder auf ihre ursprüngliche Frage zurückkommend, meinte sie: »Also, raus damit, was hast du dort gemacht?«
»Wo dort?«
»Wieso habe ich nur das Gefühl, als würde ich ein Selbstgespräch führen? In der Wohnung, was hast du dort gemacht, Jason?«
»Oh, das. Das war wegen einer Akte. Ich habe die Bernstein-Akte auf dem Tisch in der Diele liegen lassen.«
»Jason?«
»Ja?«
»Was ist, wenn Annas Fall noch nicht abgeschlossen ist, wenn wir im April wieder in die Stadt zurückkehren?«
»Ich hoffe doch, daß er bis dahin abgeschlossen sein wird. Ich habe nämlich die Absicht, ein bißchen Dampf zu machen und darauf zu drängen, daß der Fall Lilys wegen rasch entschieden wird.«
»Aber einmal angenommen, er ist es nicht?«
»Dann werden wir für Lily eben ein anderes Zuhause suchen müssen. Und zwar schnell. Übrigens, Anna Parks hatte zwei Geschwister.«
»Hatte?«
»Der Bruder ist tot. Die Schwester, Nora Kalish, wohnte im Nachbarort, in Windy Creek – wenigstens bis zu dem Mord. Kurz danach ist sie weggezogen, hat nicht einmal die Verurteilung ihrer Schwester abgewartet.«
»Das ist doch seltsam, findest du nicht?«
»Noch seltsamer ist, daß Anna leugnet, eine Schwester zu haben.«
»Vielleicht sind sie nicht gut miteinander ausgekommen. Oder vielleicht schützt sie sie.«
Jason hob den Kopf und schaute sie fragend an. »Wovor soll sie sie denn schützen?«

»Vor der Öffentlichkeit, der Presse. Ich habe ziemlich schnell am eigenen Leib erfahren, wie erbarmungslos und arrogant diese Leute sein können.«
»Aber das erklärt immer noch nicht, warum sie nicht will, daß ihr einziges Kind bei Verwandten aufwächst.«
Ein Seufzer. »Das weiß ich auch nicht«, antwortete Paige. »Vielleicht war meine erste Theorie gar nicht so falsch, daß sie nicht gut miteinander auskamen. Aber warum hast du mir das nicht schon früher erzählt?«
»Ich dachte mir, daß ich sie vielleicht erst mal suche.«
»Und wenn du keinen Erfolg hast, Jason?«
»Dann bleibt das Kind eben hier, schätze ich.«
»Und wenn wir Lily mit in die Stadt nehmen?«
»Das schlag dir lieber gleich aus dem Kopf, kommt überhaupt nicht in Frage. Wir haben sechs Zimmer, davon haben wir aus einem gerade ein Kinderzimmer gemacht. Selbst wenn wir dazu bereit wären – was ich *nicht* bin –, würden wir keinen Platz für sie haben.«
Sie schaute ihn nicht an und gab ihm auch keine Antwort; natürlich hatte er recht, was den Platz anging. Er war zwar so klug, es sich nicht anmerken zu lassen, aber er war ganz eindeutig erleichtert, daß sie anscheinend so widerstandslos darauf eingegangen war.

»Vergiß nicht wegen heute nachmittag«, erinnerte Paige ihn, als er am nächsten Morgen auf Zehenspitzen aus dem Zimmer schleichen wollte.
Er blieb stehen und drehte sich um: »Was ist heute nachmittag?«
»Das Lamaze-Picknick.«
»Um wieviel Uhr?«
»Um zwei.«
»Was ist mit Lily?«

»Was soll mit ihr sein?«
»Wollen wir sie hier allein lassen?«
»Das Treffen findet doch zu dem Zweck statt, daß alle Familien sich untereinander kennenlernen. Dazu gehören normalerweise auch die Kinder.«
»Okay. Gut, ich bin bald wieder zurück.«
»Holst du die Zeitungen?«
»Nach dem Joggen.«
»Wie wär's, wenn du Lily mitnehmen würdest? Sie ist sicher schon wach.«
»Nein.«
»Warum nicht?«
»Weil ich mich entspannen möchte.«
»Und das kannst du nicht, wenn sie dabei ist?«
»Kaum zu glauben – du hörst mir doch tatsächlich endlich zu.«

Das Picknick fand auf einer Farm zwischen Poughkeepsie und Briarwood statt; Jason behauptete hinterher, einschließlich der Kinder fünfundsechzig Köpfe gezählt zu haben. Lily klammerte sich anfangs an den Ärmel von Paiges Strickjacke, als ob sie Angst hätte, sich von ihr zu trennen. Es waren ungefähr fünfzehn Frauen anwesend, die sich alle in verschiedenen Stadien der Schwangerschaft befanden. Zusätzlich zu den drei Grillplätzen im Freien, auf denen Lendensteaks, Hamburger und Frankfurter Würstchen vor sich hin brutzelten, waren in einer großen alten Scheune noch Tische aufgestellt, die sich bogen unter der Last von Kartoffeln, Nudelsalat und allen möglichen Brot- und Käsesorten.
»Der reinste Cholesterin-Himmel«, flüsterte Jason.
»Psst. Jason, was hältst du von Brooke?«
Er mußte gleich zweimal schlucken. »Wieso fragst du mich das?«

»Ich dachte mir, das ist vielleicht ein guter Name. Was, hast du vielleicht gedacht, ich wollte deine Meinung über Brooke wissen?«

»Ich weiß nicht, was ich gedacht habe. Es hat nur so geklungen...« Er hielt inne und fuhr dann fort: »Und der Name, na, den finde ich nicht schlecht.«

Sie ergriff seine Hände. »Mir gefällt er. Vielleicht sollten wir ihn auf unsere Liste mit den Namen setzen, die eventuell in Frage kommen.«

»Sie sind Paige Bennett, nicht wahr?«

Paige musterte neugierig die Frau, die vor ihr stand. Sie hatte dunkles, kurzgeschnittenes Haar, das sie wie ein Kobold aussehen ließ, ein Stil, den Paige seit Jahren nicht mehr gesehen hatte. Ihre vollen, rosigen Wangen wurden noch runder, wenn sie lächelte.

»Hallo, können Sie sich noch an uns erinnern? Wir sind ihre Nachbarn. Ruthanne Beeder, und das ist mein Charlie«, sagte sie und legte ihren molligen Arm um einen hochgewachsenen, dünnen Mann mit schütterem Haar, der neben ihr stand. »Wir haben uns mal auf der Post getroffen.«

»Hallo, wie geht es Ihnen?« fragte Paige. »Das ist Jason.«

Während die Männer Hände schüttelten, legte Paige die Hand auf Ruthannes Arm. »Tut mir leid, daß ich Sie nicht gleich erkannt habe.«

»Na, wer würde das schon in meinem Zustand«, meinte sie kichernd. »Ich sehe doch aus wie Elsie, die Kuh.« Sie stellte sich so hin, daß Paige sie von der Seite sehen konnte, und strich das Strickoberteil über ihrem sich stark wölbenden Bauch glatt. »Da sehen Sie mal, fünfundvierzig Pfund. Aber das steckt nicht alles hier drin, fürchte ich.«

»Wann ist es denn bei Ihnen soweit?«

»In drei Wochen; es können auch ein paar Tage mehr oder weniger sein.«

»Da sollte man eigentlich annehmen, daß Sie Ihren Lamaze-Kurs bereits hinter sich haben?«

»O ja, die letzte Lektion haben wir schon lange hinter uns. Ich bewege mich nur gern in Gesellschaft schwangerer Bäuche, da komme ich mir weniger bizarr vor. Obwohl Sie nicht gerade gut für mein Ego sind – man sieht Ihnen kaum an, daß Sie ein Kind erwarten.«

»Nun, ich bin erst im siebten Monat. Aber ich versuche wirklich aufzupassen, oder besser gesagt, Jason tut es. Sie sind bestimmt schon ganz ungeduldig, daß es endlich zu Ende geht. Manchmal habe ich das Gefühl, daß es bei mir nie vorbeigehen wird.«

Ruthanne lachte. »Sie werden noch voller Wehmut an diese Worte denken, wenn Sie nachts zum Stillen aufstehen.«

»Wir sind schon so gespannt, daß uns selbst diese Vorstellung nicht schrecken kann.«

»Das klingt ganz danach, als würden Sie zum ersten Mal Mutter werden.«

Bei diesen Worten lächelte Paige versonnen und schaute auf Lily hinab; aber als sie sie gerade vorstellen wollte, meinte Ruthanne: »Oh, das muß das kleine Mädchen sein, das Sie in Ihrem Haus gefunden haben, richtig?«

Paige warf Jason einen Blick zu.

»Hah, das war aber ein Blick«, meinte Ruthanne tadelnd. »Aber ich fürchte, wir sind hier nicht in Manhattan. Hier passiert nur wenig, was dem örtlichen Klatsch und Tratsch entgeht. Natürlich wird nicht immer alles vollständig oder gar wahrheitsgetreu wiedergegeben – zum Beispiel hat mir keiner gesagt, daß Lily so wunderschön ist. Oh, ich würde alles geben für diese Haare.«

Paige mußte lachen – sie wußte zwar nicht genau, was sie erwartet hatte, aber Ruthannes direkte Art war eine angenehme Überraschung für sie. Lily jedoch stand reglos neben ihr und schaute so düster wie immer drein.

»Möchtest du nicht meinen Sohn kennenlernen«, schlug Ruthanne vor. »Er ist zwar ein bißchen jünger als du, aber... Charlie, schau doch mal schnell, wo Roger steckt, damit wir die beiden hier miteinander bekannt machen können.«

Roger, der erst neun Jahre alt war, war ein ganzes Stück kleiner als Lily, hatte aber mindestens fünfzehn Pfund mehr auf den Rippen als sie. Dazu grinste er ebenso breit und freundlich wie seine Mutter. Nachdem man sie miteinander bekannt gemacht hatte und einige Worte von beiden Seiten gewechselt worden waren, verschwanden die Kinder zum Spielen.

»Der wird mal bestimmt Verteidiger bei den Giants«, meinte Jason kopfschüttelnd, als der dunkelhaarige Junge mit Lily weglief.

»Bei seiner Geburt hat er über zwölf Pfund gewogen«, erzählte Charlie.

»Ach du meine Güte«, sagte Paige zu Ruthanne. »Kaiserschnitt?«

»Norm.«

»Ich will lieber nicht wissen, wie es Ihnen da ergangen ist.«

»Nun, die Lamaze-Methode hat mir schon geholfen, deswegen habe ich jetzt auch den Auffrischungskurs mitgemacht. Aber eine anständige Betäubung wäre mir natürlich viel lieber als jede noch so gesunde Atemtechnik. Doch in unserer heutigen Zeit sind die Geburtshelfer nicht mehr so schnell mit Betäubungsmitteln bei der Hand.«

Paige schmunzelte. »Und ich dachte allmählich schon,

daß die Frauen hier in der Gegend einen weiten Bogen um jedes Krankenhaus machen.«
»Tatsächlich, wie sind Sie denn auf die Idee gekommen?«
»Otis Brown, der Lebensmittelhändler –«
»Das reicht, er ist ein alter Schwätzer, und seine Frau ist genauso. Das einzige Kind, das sie meiner Erinnerung nach jemals entbunden hat, war das Baby ihrer Tochter, das als Notfall vor zehn Jahren in einem Wagen zur Welt kam, als diese Tochter noch keine vierzehn war. Aber wenn man ihn reden hört, dann könnte man meinen, sie hätte die Hälfte aller Kinder in der Gemeinde auf die Welt gebracht.« Ruthanne warf einen Blick zu den Grills hinüber, vor denen sich allmählich eine lange Reihe Wartender bildete.
»Hören Sie, ich weiß ja nicht, wie es Ihnen geht, aber dieser Duft ist einfach zu verlockend. Ich hole mir jetzt einen Teller –« Sie unterbrach sich und deutete auf eine Gruppe, die sich neben dem Hühnerhaus versammelte. »Hmm, was dort wohl los ist«, meinte sie.
Auch Paige schaute in diese Richtung, aber noch ehe sie Lily in der Menge entdecken konnte, hörte sie ihre Schreie. Sie lief auf sie zu, gefolgt von Ruthanne und den Männern. Nachdem sie den Rand der Gruppe von Leuten erreicht hatte, bahnte sie sich einen Weg hindurch: Lily stand zitternd und allein mit blutverschmierter Kleidung in der Mitte und wehrte mit beiden Armen die Erwachsenen ab, die ihr helfen wollten. O gütiger Gott, was war da nur passiert?
Als sie Paige – Jason war gleich hinter ihr – kommen sahen, wichen die Erwachsenen zurück. »Das Blut –« setzte Paige an, als Jason Lily auf den Arm nehmen wollte...
»Hey, das ist schon in Ordnung, Mister«, meinte ein un-

gefähr dreizehnjähriger Junge und trat vor. »Das ist nicht ihr Blut.« Er deutete auf eine Henne, die mit umgedrehtem Hals auf dem Boden lag.
Paige schnappte nach Luft und trat noch näher zu Lily. »Schätzchen, wie ist das passiert?«
Sie bekam keine Antwort.
Jason warf einen fragenden Blick auf den Jungen, der jetzt etwas aufgeregt schien und den Eindruck erweckte, als wäre es ihm nun doch lieber, wenn er den Mund gehalten und sich aus der Sache herausgehalten hätte. Paige war froh, als sie sah, daß Jason ihn nicht so ohne weiteres davonkommen ließ.
»Na komm schon, raus mit der Sprache«, forderte er ihn auf.
Nach einer kurzen Pause, in der er von einem Bein auf das andere trat, meinte der Junge schließlich: »Zwei Kinder haben das getan.«
»Was waren das für Kinder?«
»Ich weiß nicht, wie sie heißen, aber ich habe sie schon früher hier gesehen. Die sind oft im Playland, in der Video-Spielhalle drüben im Einkaufszentrum. Die sind ungefähr vierzehn, fünfzehn.«
»Kannst du sie mir zeigen?«
»Nein, die sind davongelaufen. Ich glaube, daß die beiden gar nicht hierher auf die Party gehört haben.« Dabei warf er einem Jungen am Rand der Menge einen fragenden Blick zu, der daraufhin zustimmend nickte.
Jason seufzte. »Okay, erzähl mir, was passiert ist.«
Wie zwei Gummibälle hüpften die runden Schultern des Jungen nach oben, um dann wieder nach unten zu sinken. »Ich habe nur mitbekommen, daß sie sie übel beschimpft haben. Sie wissen schon, mit so Schimpfwörtern eben, die sich auf ihre Familie bezogen haben.«

Paige, die jetzt den Arm um Lily gelegt hatte, drückte sie fester an sich, als würde das ihren Schmerz lindern. *Welche Schimpfwörter, Lily?* Woher wußten sie überhaupt, wer sie war? Ruthanne hatte es auch gleich gewußt, oder? Warum nicht auch die anderen? Aber woran lag es nur, daß Kinder immer so verletzend sein und so tief in alten Wunden herumstochern mußten? Sie waren wie Fledermäuse, die Blut rochen.

»Und?« fragte Jason.

»Sie ist in das Hühnerhaus gerannt, um vor ihnen davonzulaufen, aber sie sind ihr hinterher und haben sie dabei beschimpft. Dann habe ich nur noch gesehen, daß sie wie die Wilden wieder herausgeschossen kamen, so, als hätten sie etwas wirklich Schlimmes angestellt und wollten unbedingt weg.« Er deutete mit dem Kinn Richtung Lily. »Und sie, sie stand unter der Tür und schrie wie am Spieß.«

Paige entdeckte Roger in der immer größer werdenden Menge; er sah aus, als wollte er gleich in Tränen ausbrechen.

»Kinder!« meinte Ruthanne nur, als Jason das schweigsame Mädchen auf den Rücksitz des Wagens packte – Paige setzte sich daneben und legte den Arm um sie. »Werden die heutzutage tatsächlich immer sadistischer, oder bilde ich mir das nur ein?«

Sie saß in der Mitte eines Karussells ... es drehte sich so schnell, daß sie keine Bewegung mehr wahrnahm – nur daß die Leute, die außen im Kreis herumstanden, sich drehten. Und diese Leute waren so häßlich; sie fragte sich, ob man sie nicht in eines jener schrecklichen Spiegelkabinette gesperrt hatte, wie man sie in Vergnügungsparks findet.

Sie streckten ihr die Arme entgegen, weiter und immer weiter ...

wie die Plastikmenschen in einem alten Comicheft. Das einzige, was sie tun konnte, war, sich darauf zu konzentrieren, reglos auf dem winzigen schwarzen Kreis in der Mitte zu verharren, damit ihre krakenhaften Hände sie nicht erreichten. Sie verschloß ihre Ohren vor dem Klang ihrer tiefen Stimmen, aber ihre Münder verzerrten sich und nahmen groteske Formen an. Da wußte sie, daß sich aus den Tiefen ihrer Seelen das Böse aus diesen Mündern ergießen würde...

Plötzlich kam der eine mit dem fehlenden Schneidezahn mit solcher Gewalt auf sie zugeschossen, daß er ihr das Genick brach! Das Blut, o Gott, das Blut!

Paige schoß ruckartig im Bett hoch.

»Nein! Nein, nicht!«

Jason wachte davon auf und versuchte verzweifelt, ihre wild um sich schlagenden Arme zu fassen zu bekommen...

»Was ist los, Liebling?« Mit einer Hand schaltete er die Nachttischlampe an... »Was ist los, Paige – das Baby?«

Sie schüttelte nur den Kopf und holte lang und tief Luft.

»Nein, nein. Nur ein Alptraum.«

»Möchtest du mir davon erzählen?«

»Ich weiß nicht, ich kann mich nicht erinnern.«

»An gar nichts mehr?«

»Irgendwann im Lauf des Traums hat mir jemand das Genick gebrochen, glaube ich...« Sie fuhr sich mit der Hand an die Kehle und umfaßte sie. »Ich schätze, es waren die Ereignisse dieses Nachmittages, die mir so nahegegangen sind.«

Sie waren auch Jason nahegegangen... in doppelter Hinsicht. Jetzt, da Paige wieder schlief, er aber hellwach dalag, dachte er intensiver darüber nach. Als er ungefähr sieben Jahre alt gewesen war, hatte er mit angesehen, wie ein

Junge von der High-School eine Katze tötete; er hatte das junge Tier in eine Plastiktüte gesteckt, wo es erstickte – das war ein wirklich krankhafter Sadist gewesen.

Als sie nach Hause gekommen waren, hatte Paige alles versucht, Lily zum Sprechen zu bringen und den Anblick dieses toten Huhns aus ihrem Gedächtnis zu streichen... Aber Lily hatte sich verschlossen wie eine Auster und sich in ihr Zimmer zurückgezogen, weil sie allein sein wollte. Doch Paige hatte sich nicht davon entmutigen lassen; sie glaubte fest daran, daß sie mit der Zeit zu ihr durchdringen würde. Und jetzt wurde sie sogar von *ihren* Alpträumen geplagt.

Kapitel 7

Gleich am Montag morgen rief Paige bei der Schulbehörde in Laurel Canyon an, berief sich auf Sheriff Bulldoon und bat darum, daß Lilys Schulakten und Gesundheitsunterlagen an die Hauptschule in Briarwood überstellt wurden. Danach rief sie Ruthanne an und fragte sie nach dem Namen eines guten Kinderarztes.

»Die meisten Eltern in der Gegend bringen ihre Kinder zu Doc Healy in Waring, das liegt ungefähr zehn Meilen südlich von hier. In den letzten zweiundvierzig Jahren hat er sich um fast jedes Kind in der Stadt gekümmert, das mit Halsschmerzen, Mittelohrentzündung oder Bauchweh zu ihm gebracht wurde.«

»Du meine Güte, wie alt ist er denn?«

»Schon fast siebzig. Aber lassen Sie sich davon nicht abschrecken, er ist noch ganz rüstig. Von ihm sind sogar eine ganze Reihe Artikel in medizinischen Fachzeitschriften erschienen. Was ist los, ist Lily krank?«

»O nein, ihr geht es gut, ich werde sie heute sogar in der Schule anmelden. Es wäre nur beruhigend für mich, wenn sie mal von Kopf bis Fuß untersucht würde. Sie war seit fast einem Jahr bei keinem Arzt mehr. Und außerdem kann es nicht schaden, daß ich hier jemanden kenne, wenn das Baby kommt.«

»Gut, dann stelle ich schon mal das Teewasser auf, und Sie kommen bei mir vorbei, wenn Sie Lily in der Schule abgegeben haben.«

»Nun, ich weiß nicht –«

»Oder haben Sie schon etwas Besseres vor?«

»Nein, eigentlich nicht...«
»Dann müssen Sie kommen, ich bestehe darauf.«
Paige legte auf und betrachtete Lily, die nach der Packung mit dem Müsli griff und ihre Schüssel füllte. Mit ihren Jeans, dem lila Angorapullover über einem blauen Rollkragenpullover, den knöchelhohen Turnschuhen und dem schwingenden blonden Pferdeschwanz sah sie aus, als wäre sie geradewegs einem Modemagazin für Teenies entstiegen. Was für ein Unterschied zu dem dreckigen, verängstigten kleinen Mädchen, das sie noch vor einer Woche gewesen war. Paige schaute auf die Uhr.
»Was meinst du, bist du fertig?«
»Muß ich wirklich dorthin?«
»Ja.«
»Sie werden mich nicht mögen.«
»Wer – sie?«
»Die Lehrer, die anderen Schüler.«
»Warum nicht?«
Sie zuckte mit den Schultern.
»Ich weiß nicht, sie werden mich eben nicht mögen.«
Trotzdem ließ sie sich ihre Unsicherheit nicht anmerken, als sie in der Schule war: Obwohl sie seit ihrem Verschwinden vor einem Jahr keinen Unterricht mehr gehabt hatte, waren sowohl die Schulberaterin als auch Paige der Ansicht – und Lily war ebenfalls einverstanden –, daß sie am besten bei Kindern ihres Alters in der sechsten Klasse aufgehoben sei, um so Gelegenheit zu haben, das Versäumte nachzuholen.
Und als eine hübsche Schülerin namens Heidi ins Sekretariat kam, um Lily in ihr Klassenzimmer zu holen, verschwanden die beiden zusammen, und Paige schaute ihnen noch lange nach. Es gab bei Kindern ganz bestimmte Anzeichen – Körpersprache und solche Dinge –, die Paige

als Lehrerin sehr genau zu deuten gelernt hatte. Als die beiden Mädchen am Ende des langen Korridors angekommen waren, wurde Lily – obwohl sie nicht mehr als ein paar Sätze gesagt zu haben schien – von ihrer Begleiterin bereits mit bewundernden Blicken bedacht, und sie redete mit einer Heftigkeit auf sie ein, als ob sie Lily beeindrucken wollte. Mit Sicherheit nicht das Übliche bei einer Neuen in der Schule.
Paige konnte sich ein Schmunzeln nicht verkneifen – wenn doch *sie* mit elf Jahren nur diese Art natürlicher Ausstrahlung gehabt hätte.

Es war durchaus nicht so, daß Jason von Anna Parks erwartete, sie würde ihm vor Freude um den Hals fallen – jedenfalls nichts Dramatisches dieser Art –, aber irgendeine positive Reaktion hatte er sich schon dafür erwartet, daß er ihretwegen Zeit und Mühe investierte. Statt dessen wies Anna Parks seine Hilfe als Anwalt glattweg zurück, nachdem sie ihn angehört hatte.
»Lassen Sie alles so, wie es ist«, sagte sie. »Ich will nichts ändern.«
»Warum nicht?«
»Ich sagte Ihnen doch, ich bin schuldig, reicht das nicht? Ein Mensch sollte sich für seine Taten verantworten.«
»Aber in Ihrem Fall gab es mildernde Umstände. Begreifen Sie das nicht? Ihr Mann hatte nicht das Recht, Sie all die Jahre über immer wieder zu schlagen. Da haben Sie irgendwann einmal einfach die Nerven verloren. Es passiert manchmal, daß ein Mensch jahrelang ein bestimmtes Verhalten hinnimmt, das ihn dann aber plötzlich und über alle Maßen wütend macht. In dieser Zeitspanne verliert er die Kontrolle über sich und tut unaus-

sprechliche Dinge, an die er sich später vielleicht nicht einmal mehr erinnern kann.«

»Ich wußte genau, was ich tat.«

»Er ist vielleicht sogar auf Lily losgegangen.«

Sie schlug die Augen zu ihm auf, und plötzlich waren ihre Gesichtszüge so verhärtet, als ob sie eben erfahren hätte, Maynard sei noch am Leben.

»Was meinen Sie damit?«

»Ich meine, wenn er Sie geschlagen hat, warum soll er dann nicht auch Lily geschlagen haben? Hat er es?«

Seufzend preßte sie die Lippen zusammen, schloß die Augen und schüttelte den Kopf.

»Nein, das, Gott sei Dank, nicht.«

»Aber Sie hatten Angst, er würde es tun, nicht wahr? Ich meine, was sollte ihn schon davon abhalten, auch auf sie loszugehen? Und was hätten Sie schon tun können, um sie davor zu schützen?«

»Hören Sie, ich habe Ihnen doch schon gesagt – bitte, warum können Sie mich nicht in Ruhe lassen? Lassen Sie mich in Frieden.«

Er stand auf und sammelte die Abschriften und Akten wieder ein, die er aus dem Gerichtsarchiv bekommen hatte.

»Was ist mit Ihrer Schwester?« fragte er.

Erschrocken hob sie den Kopf. »Was reden Sie da, ich habe keine –«

»Bitte sparen Sie sich diesen Unsinn. Ich weiß, daß Sie eine Schwester haben, ich weiß nur nicht, wo sie ist.«

Sie schwieg lange und meinte dann: »Ich möchte nicht, daß Sie nach ihr suchen.«

»Warum nicht?«

»Weil wir nicht mehr miteinander reden. Ich weiß nicht, wo sie ist, und ich will es auch nicht wissen.«

»Hat das etwas mit Maynards Tod zu tun?«
»Nein, es hat damit zu tun, daß wir uns nicht ausstehen können. Wir hatten noch nie viel füreinander übrig, nicht einmal als Kinder. Und eines kann ich Ihnen jetzt schon sagen: Ich will nicht, daß mein Kind bei ihr lebt... unter keinen Umständen! Haben Sie mich verstanden?«
Jason nickte, etwas überrascht über diesen Ausbruch, den die bloße Erwähnung ihrer Schwester hervorgerufen hatte.
»Hören Sie, ich gehe jetzt«, sagte er schließlich. »Aber ich wiederhole es noch mal: Sie haben sich vor Gericht auf einen lausigen Handel eingelassen, und ich würde wirklich gerne einen besseren für Sie herausholen. Lassen Sie sich Zeit, und lassen Sie sich mein Angebot durch den Kopf gehen. Und während Sie darüber nachdenken, täten Sie vielleicht gut daran, etwas weniger an sich selbst und etwas mehr an Lily zu denken. Sie steht ganz allein in der Welt mit ihren elf Jahren und versucht, sich wie eine Erwachsene zu benehmen. Wenn Sie ihr sonst schon nichts schuldig sind, so doch wohl, daß Sie sich wenigstens angemessen darum bemühen, hier wieder rauszukommen. Lily braucht Sie. Die Damen hier drinnen kommen dagegen ganz gut ohne Sie aus.«
»Aber ich kann nicht, ich meine...«
»Wie ich schon sagte, denken Sie darüber nach.«

Paige war immer noch guter Laune, als sie bei Ruthanne eintraf, die ihr in einem weiten, wehenden Umstandskleid entgegenkam.
»Wie hat sie sich denn an ihrem ersten Tag gemacht?« fragte Ruthanne, als sie Paige das Badezimmer und, auf

deren Drängen hin, auch das Kinderzimmer zeigte, wo sie die Tapete mit den Zeichentrickfiguren von Walt Disney bewunderte.

Schließlich kehrten sie wieder in die große Wohnküche mit den gestärkten rot-weiß karierten Vorhängen vor den beiden Erkerfenstern zurück. Auf dem Tisch standen bereits das Teegeschirr und ein Teller mit Blätterteiggebäck. Ruthanne goß den Tee ein, und nachdem Paige gebührend das Gebäck bewundert hatte, entschied sie sich für ein Erdbeer-Quark-Törtchen.

»Sie hat sich ganz toll benommen, obwohl sie das nie zugeben würde. Lily neigt dazu, sich selbst zu unterschätzen – ich glaube zum Beispiel nicht, daß sie überhaupt den Hauch einer Ahnung hat, wie hübsch oder liebenswert sie ist.«

»Na, das kann mein Roger bezeugen. Er ist ganz vernarrt in sie. Er ist sogar so von ihr hingerissen, daß er sie gestern in sein Nachtgebet mit eingeschlossen hat.«

Paige lachte und fuhr dann aber in ernsterem Tonfall fort: »Ruthanne, kennen Sie vielleicht eine Hillary Egan?«

»Hillary? Aber natürlich. Ihre Farm grenzt sogar direkt an das Haus meiner Eltern. Mein Vater ist zwar mittlerweile tot, und meine beiden Brüder sind in der Armee, aber Mom will sich trotz der Größe des Hauses nicht von hier fortbewegen. Ich denke, das dürfte auch für den alten Mr. Egan gelten.«

»Erzählen Sie mir etwas über Hillary.«

»Nun, die Egans haben sie adoptiert, als sie vier, vielleicht fünf Jahre alt war. Die beiden waren damals bestimmt schon weit über vierzig, möchte ich wetten, und konnten wahrscheinlich keine eigenen Kinder bekommen. Hillary und ich, wir sind zusammen zur Schule gegangen; wir waren zwar keine dicken Freundinnen – sie war zwei

Jahre älter als ich, kein sehr hübsches Mädchen, aber unglaublich klug. Sie hat immer irgendwelche Medaillen oder Preise gewonnen; ihre Familie, die Schule und der ganze Ort waren verdammt stolz auf sie. Warum fragen Sie?«

»Die pädagogische Betreuerin der Schule hat mir ihren Namen genannt. Ich hatte sie nach einer Kinderpsychologin gefragt – ich hätte nämlich am liebsten jemanden hier in der Nähe, damit Lily nach der Schule allein hingehen kann. Offensichtlich beschäftigt die hiesige Schulbehörde keine eigene Psychologin, aber bei den seltenen Gelegenheiten, bei denen es nötig war, hat man bis jetzt immer auf Hillarys Dienste zurückgegriffen. Jedenfalls hat man mir gesagt, daß sie eigentlich nicht auf Kinder spezialisiert, sondern eher eine Generalistin ist – was mich etwas skeptisch macht.«

»Was ist denn nicht in Ordnung mit Lily? Der grausame Vorfall gestern hat sie doch nicht so mitgenommen, oder?«

»O nein, das nicht. Es gibt eigentlich keinen bestimmten Anlaß. Wir möchten nur, daß sie regelmäßig mit jemandem Kontakt hat – mit einem anderen Erwachsenen außer Jason und mir –, dem sie sich vielleicht auch mal anvertrauen mag. Sie wissen doch sicher Bescheid über ihr Leben in Laurel Canyon. Und obwohl sie sich angesichts dieser Erfahrungen erstaunlich gut macht, sind solche Dinge nicht einfach von heute auf morgen verschwunden.«

»Vielleicht ist das der Unterschied zwischen euch Großstadtmenschen und uns Landbewohnern. Solange es keine konkreten Probleme gibt, die direkt nach einer Lösung schreien, solange neige ich gern zu der Annahme, daß es überhaupt keine Probleme gibt, und mache ein-

fach so weiter, während ihr euch sofort darauf stürzt, eventuelle Probleme zu suchen.«
»Mit anderen Worten, ich bilde mir nur etwas ein.«
»Das habe ich nicht gesagt.«
Paige lachte. »Ist schon in Ordnung, ich fürchte, zur Zeit passe ich ganz gut in diese Schublade. Zu hoher Blutdruck, Alpträume, Angstzustände, die ganze Palette – vor ein paar Monaten bin ich unten an unserem Haus in der Stadt entlanggegangen... und von einem Jungen mit einem Messer bedroht worden.«
»O mein Gott!«
Paige hob beschwichtigend die Hände. »Nein, ist schon in Ordnung, wirklich. Er hat mir nichts getan – jedenfalls nicht körperlich. Ich leide nur noch unter den psychischen Nachwirkungen. Und das ist auch der Grund, weshalb Jason und ich beschlossen haben, aufs Land zu ziehen.«
Ruthanne schüttelte den Kopf. »Ich begreife einfach nicht, wie die Leute bei den vielen Verbrechen heutzutage überhaupt noch in der Stadt leben können. Ich hätte schon Angst, nur einen Fuß vor die Tür zu setzen.«
»Früher habe ich mir darüber nie Gedanken gemacht, und hoffentlich gelingt es mir, mich wieder in diesen glücklichen Zustand zu versetzen. Aber was Lilys Therapie betrifft, so ist das eher Jasons Wunsch als meiner. Aber bei dem, was Lily durchgemacht hat, kann es bestimmt nicht schaden.« Sie deutete auf das angebissene Törtchen in ihrer Hand. »Ruthanne, wo haben Sie nur diese Blätterteigsachen her, die sind phantastisch.«
Ruthanne lächelte. »Die habe ich selbst gemacht.«
»Sie meinen das nicht im Ernst.«
»Doch, doch. Ich werde Ihnen das Rezept geben.«
»O nein, das können Sie sich bei mir sparen. Wenn es

auch nur im entferntesten um irgendwelche hausfrauliche Tugenden geht, versage ich auf ganzer Linie. Wenn Sie es mir nicht glauben wollen, Jason wird es Ihnen mit Freuden schriftlich geben. Aber um wieder auf Hillary zurückzukommen, hat sie eine eigene Praxis?«
»Eigentlich nicht. Es gibt nicht viele Leute in Briarwood, die zu einem Psychologen gehen würden, und wenn, dann bezweifle ich, daß sie sich für jemanden entscheiden, den sie fast ihr ganzes Leben lang kennen.«
»Warum geht sie dann nicht in einen größeren Ort und eröffnet dort eine Praxis? Poughkeepsie ist doch gar nicht so weit weg.«
»Na ja, vielleicht würde sie dort tatsächlich genügend Patienten bekommen, aber sie hat nicht die Zeit, außer Haus zu arbeiten, da sie ihren Vater pflegen muß. Das ist im Grunde genommen eine ganz traurige Geschichte. Hier«, sagte sie und legte ein Blätterteigtörtchen mit Ananas auf Paiges Teller, »versuchen Sie mal das hier, und ich erzähle Ihnen die Geschichte.«

Helmut Ravin – dunkelhaarig, gutaussehend – war mit seinen einunddreißig Jahren einer der kommenden Strafverteidiger Manhattans. Sein Auftreten vor Gericht stieß zwar gelegentlich auf Kritik, aber die Anzahl der Fälle, die er gewann, war phänomenal hoch. Obwohl Jason sich im Prinzip von der anmaßenden Art des jungen Anwalts abgestoßen fühlte, schob er dieses Gefühl für den Augenblick beiseite und holte sich in der Bibliothek der Kanzlei Rat von ihm für den Fall Anna Parks.
Jason bemühte sich, ihm einen kurzen Überblick zu geben; als er fast fertig war, hob Helmut die Hand und unterbrach ihn. »Ist sie psychologisch getestet worden, ehe sie dem Untersuchungsrichter vorgeführt wurde?«

»Wie ich der Akte entnehmen konnte, nein.«
»Gut. Dann vergessen Sie erst mal die Berufung, jedenfalls fürs erste. Steuern Sie gleich eine Wiederaufnahme des Verfahrens an.«
Diese Möglichkeit hatte Jason noch gar nicht in Betracht gezogen. Das würde bedeuten, daß er das erstinstanzliche Gericht dazu bewegen müßte, zuzugeben, daß es ein Fehler gewesen war, Anna Parks ein ordentliches Verfahren vorzuenthalten. Weiterhin hieße das, das Gericht dazu zu bewegen, das Urteil zurückzunehmen. Im Grunde genommen bedeutete das nichts anderes, als noch mal ganz von vorn anzufangen.
»In diese Richtung hatte ich wirklich nicht gedacht«, sagte er. »Wie sieht es da mit den Fristen aus? Seit sie dem Untersuchungsrichter vorgeführt wurde, ist fast ein Jahr vergangen.«
»Sie machen sich viel zu viele Gedanken, Bennett, wissen Sie das?«
Jason interpretierte diese Bemerkung so, daß mögliche Fristen kein Problem wären, und wenn doch, jedenfalls keines, das nicht überwunden werden konnte. »Wollen Sie damit vorschlagen, daß ich sie als verrückt hinstellen soll?« fragte er.
»Nur mit der Absicht, ein neues Verfahren für sie herauszuschlagen. ›Meine Mandantin befand sich in einem Zustand tiefsten Schocks, als sie bei Ihnen vorgeführt wurde, Euer Ehren, und war demzufolge nicht in der Lage, irgendwelche rationalen Entscheidungen zu ihrer Verteidigung zu treffen. Oder warum sollte sie sich wohl schuldig bekannt haben, obwohl sie doch gute Aussichten auf einen Freispruch hatte? Bla, bla, bla, bla.‹ Wenn das Gericht daraufhin einen Rückzieher macht und Ihnen gibt, was Sie wollen, dann nichts wie los.« Er hob die Arme in einer

theatralischen Geste. »Bringen Sie zu ihrer Verteidigung vor, was immer Sie glücklich macht.«
Jason mußte zugeben, daß das sehr vernünftig klang. »Könnten Sie mir für die psychiatrischen Gutachten vielleicht noch jemanden empfehlen?«
Helmut griff sich ein großes Buch von einem der oberen Regale, ließ sich damit auf einen Stuhl fallen und legte die Füße auf einen überfüllten Schreibtisch.
»Gehen Sie zu M. C. Wendell, der hat so viele Diplome, daß er gar nicht weiß, wohin damit. Er ist als Berater für acht psychiatrische Kliniken tätig und hat mit besonderer Auszeichnung an Top-Universitäten graduiert. Und was am besten ist, weibliche Geschworene bekommen bei seinem Auftritt immer feuchte Höschen.«
Jason nahm einen Kugelschreiber und einen Notizblock aus der Tasche und notierte sich den Namen.
»Einmal angenommen, die Mandantin ist zu keiner Zusammenarbeit bereit?«
Helmut schlug das Buch auf seinem Schoß auf, überflog die Inhaltsangabe und meinte dann: »Warum sollte sie so reagieren?«
»Im Augenblick scheint sie sich an ihrer Schuld regelrecht zu ergötzen. Ich habe zwar vor, ihr das auszutreiben, aber die Frage ist doch, kann ich in ihrem Namen vorgehen, ohne dafür überhaupt ihre Zustimmung zu haben?«
»Sie tun, was Sie tun müssen. Und falls Sie ihre Meinung tatsächlich nicht mehr rechtzeitig ändern können, dann bleibt Ihnen immer noch die Möglichkeit, sie bei der Anhörung nicht auftreten zu lassen.«
»Ich soll ohne sie dort antreten?«
»So etwas kann ohne weiteres arrangiert werden.«
»Ich kann Ihnen nicht ganz folgen...«

Er lächelte. »Das ist doch ganz einfach. Provozieren Sie einen Nervenzusammenbruch.«
Offensichtlich war Jason seine diesbezügliche Naivität deutlich anzumerken.
Helmut tat seinen Einwand für den Augenblick als unwichtig ab, und Jason wollte das Thema auch nicht vertiefen, da er sich nicht an Ravins undurchsichtigen Manövern beteiligen wollte. Wenn die Zeit für den Termin vor Gericht gekommen war, würde Anna Parks einfach damit einverstanden sein müssen, um ihre Freiheit zu kämpfen.
Helmut klappte das juristische Fachbuch zu, zog seine Füße vom Tisch herunter und stand auf – für ihn war die Diskussion offensichtlich beendet.
»Ich denke, ich habe Ihnen genügend Tips gegeben, damit Sie die Sache in Schwung bringen«, sagte er.
Jason verspürte einen fast unbezähmbaren Drang, dem arroganten Typ ins Gesicht zu schlagen. Doch statt dessen bedankte er sich bei ihm für seine Hilfe – denn, um die Wahrheit zu sagen, eine Hilfe war er ihm tatsächlich gewesen. Sein Vorschlag, sich direkt wegen einer Wiederaufnahme des Verfahrens ans Gericht zu wenden, war wirklich eine interessante Idee. Nicht, daß seine Chancen deswegen allzugut gewesen wären – so wie die Sache stand, war es einfach nur ein Versuchsballon. Doch selbst wenn dieser abstürzen sollte, würde er hinterher immer noch genügend Material haben, um damit in Berufung gehen zu können. Und was natürlich noch besser wäre – ging die Sache nicht schief, dann würde er sich damit eine Menge Zeit ersparen, Anna vor Gericht zu bringen.
Er würde sich gleich mit Wendell in Verbindung setzen, damit dieser ein psychiatrisches Gutachten erstellen konnte ... Am besten war es, Anna in dem Glauben zu las-

sen, das sei Teil des üblichen Gefängnisprotokolls, zumindest bis er ihre Zustimmung hatte. Und was den Pflichtverteidiger betraf, der bei Anna Parks Verteidigung so entsetzlich versagt hatte ... je länger er über dieses Fiasko nachdachte, desto überzeugter war er, daß er dem armen Teufel eine Bloßstellung nicht ersparen konnte.

Hillary Egan nützte immer die freie Stunde, in der die Physiotherapeutin mit ihrem Vater beschäftigt war, um die neuesten Ausgaben psychiatrischer Fachzeitschriften zu studieren. In dieser Stunde und zu den Zeiten, wenn Otis Brown zum abendlichen Schachspiel mit ihrem Vater vorbeikam, konnte sie sicher sein, daß der verdammte Summer nicht in ihren Ohren dröhnen würde. Als nun gegen Viertel nach zehn das Telefon läutete und sie aus ihrer Konzentration riß, reagierte sie ziemlich unwirsch und konnte ihre Verärgerung auch nicht so schnell aus ihrer Stimme vertreiben.

»Ja, hallo.«

»Ich hätte gern mit Hillary Egan gesprochen«, sagte die Stimme.

»Am Apparat.«

»Oh, hallo. Mein Name ist Paige Bennett. Es tut mir leid, aber habe ich etwa einen schlechten Zeitpunkt erwischt?«

Kannte sie den Namen? »Nein, nein, das ist schon in Ordnung«, sagte sie schließlich. »Was kann ich für Sie tun, Mrs. Bennett?«

»Nennen Sie mich doch bitte Paige. Ich brauche eine Psychologin. Man hat mir zwar gesagt, daß Sie momentan keine Praxis haben, aber ich dachte mir, vielleicht ... An der Schule hier hat man mir erzählt, daß Sie ein paar Gutachten für sie erstellt haben.«

»Richtig, das habe ich getan. Brauchen Sie mich selbst?«
»Nein, bei der Patientin handelt es sich um ein elfjähriges Mädchen, sie heißt Lily.«
»Dann für Ihre Tochter?«
»Nein, eigentlich auch nicht. Vielleicht könnten wir uns mal treffen, dann könnte ich Ihnen das besser erklären.«
»Nun, eigentlich... Könnten Sie jetzt gleich vorbeikommen?«
In dem Moment, in dem Hillary den Hörer auflegte, fiel ihr ein, woher sie den Namen Paige Bennett kannte. Von Otis natürlich. Schon der bloße Gedanke an die aufdringlichen Blicke und verstohlenen Berührungen des alten Mannes machte sie verlegen – wenn Vater nicht so auf Otis' Besuche angewiesen wäre, hätte sie ihn schon vor Monaten vor die Tür gesetzt. Aber so versuchte sie, höflich zu sein. Sanft schob sie jedesmal wieder seine feuchte Hand weg, als ob sie ein Insekt wäre, das sich auf ihrer weißen Baumwollbluse niedergelassen hatte – vorsichtig, damit sie es nicht zerdrückte und es keinen Fleck hinterließ. Und dann mußte sie auch noch so tun, als wäre sie an dem Klatsch aus seinem Lebensmittelladen interessiert.
Doch diese Neuigkeit war kein simpler Klatsch – darüber hatte sogar die Lokalzeitung auf der ersten Seite berichtet, und einen oder zwei Tage später war auf der Seite sieben der TIMES darüber zu lesen gewesen; diese Neuigkeit hatte ausnahmsweise sogar Hillarys Interesse erregt. Die Bennetts waren das Paar, das jedes Jahr den Sommer im Ort verbrachte und das kleine Mädchen auf ihrem Dachboden gefunden hatte. Die Kleine hatte vielleicht schon ein ganzes Jahr in dem Haus gewohnt, ohne daß irgend jemand etwas davon gewußt oder auch nur einen

Verdacht gehabt hätte. Und dann noch ihr tragischer familiärer Hintergrund... Gott, was mußte da für ein Gespinst aus Angst und Schrecken im Kopf dieses Kindes zu finden sein.
Was würde Hillary nicht alles dafür geben, die Chance zu bekommen, mit diesem Kind arbeiten zu dürfen...

Die Sportlehrerin hatte zwei Mädchen zu Anführerinnen der Softball-Mannschaften bestimmt. Lily war an zweiter Stelle ins Team der Blauen geholt worden, aber das nur, weil Heidi – das Mädchen, das Lily in der Schule eingeführt hatte – als erste gewählt worden war und dafür gesorgt hatte, daß Lily als nächste genommen wurde. Sobald die beiden Teams gebildet waren, nahm Heidi die Anführerin ihres Teams beiseite und bat sie, Lily werfen zu lassen.
»Kommt gar nicht in Frage, ich werfe selbst«, sagte Sandy und schwang ihren dicken, langen, roten Zopf nach vorn auf die Schulter.
»Laß sie doch werfen, sie ist noch neu.«
»Und? Ich weiß ja nicht einmal, ob sie überhaupt richtig werfen kann.«
»Sie sagt, sie kann es.«
»Das kann jeder sagen. Es gibt hier keine, die nicht gern werfen würde, bis auf Cricket vielleicht, die lieber zuschaut. Was ist denn so toll an der Neuen?«
»Habe ich das vielleicht behauptet?«
»Na, du benimmst dich jedenfalls so. Du hast ja schon Himmel und Hölle in Bewegung gesetzt, damit ich sie in unser Team wähle.«
»Sie ist eben neu, das ist alles. Es tut doch keinem weh, wenn man etwas nett ist.«
Sandy fingerte an den glatten Enden ihres Zopfes herum.

»Ich war heute schon nett zu ihr«, sagte sie. »Und deswegen werfe ich selbst.«
»Jetzt kommt schon, Mädchen, beeilt euch, ja!«
Die andere Team-Führerin stand wartend da, die Arme in die Hüften gestemmt, und ließ sich deutlich ihre Ungeduld anmerken. Sandy drehte sich schnell um, schwang ihren Zopf über die Schulter zurück und ließ ihn auf dem Rücken baumeln.
»Okay, beruhig dich wieder«, rief Sandy zurück. Sie ließ Heidi stehen und erteilte ihre Anweisungen: Die Neue wurde als Rightfielder abgestellt und bekam die Nummer neun auf der Schlagliste. Sandy entging nicht der haßerfüllte Blick, den sie dafür erntete... Na, die hatte vielleicht Nerven, für wen hielt die sich denn?

Paige hatte nur fünf Minuten bis zu Hillarys Farm gebraucht. Ruthanne hatte recht, Hillary war wirklich nicht sehr attraktiv, aber sie schien auch nicht sehr viel Wert darauf zu legen: Nickelbrille, nicht die Spur von Make-up, dazu glattes, braunes Haar, so kurz und unregelmäßig, als hätte sie es in einem plötzlichen Anfall von Überdruß selbst zurechtgestutzt.
»Nennen Sie mich doch bitte Hillary«, sagte sie, deutete auf einen Stuhl gegenüber und bat Paige, Platz zu nehmen. »Ich möchte gleich vorausschicken, daß ich Bescheid weiß, jedenfalls bis zu einem gewissen Grad. Zuerst war mir das nicht klar; erst als ich aufgelegt hatte, ist mir wieder eingefallen, daß ich vor ein paar Tagen von der ganzen Geschichte gehört habe. Ich fürchte, an diesem Ort hier passiert kaum etwas, über das nicht in irgendeiner Form getratscht wird.« Sie legte die flache Hand auf ihre fast ebenso flache Brust. »Aber Sie dürfen nicht denken, daß ich jemals –«

»O nein, machen Sie sich da bloß keine Sorgen. Ich käme nie auf den Gedanken, daß Sie etwas mit der Tratscherei im Ort zu tun haben könnten.«
»Es ist eben nur so, daß die Leute hier einfach nicht begreifen, daß es so etwas wie Intimsphäre und Professionalität gibt.«
»Nun, in der Stadt arbeite ich als Sonderschullehrerin, und deswegen kann ich mir ganz gut vorstellen, wie es Ihnen damit geht. Aber sagen Sie doch«, meinte Paige, die mehr über Hillarys beruflichen Hintergrund erfahren wollte, »haben Sie schon mit vielen Kindern gearbeitet?«
»Als ich noch in Boston praktizierte, bestand ungefähr ein Drittel meiner Patienten aus Kindern. Aber da Sie ja selbst mit Kindern arbeiten, werden Sie vielleicht verstehen, wenn ich sage, daß die Intimsphäre, von der wir eben gesprochen haben, auch auf diesem Gebiet von großer Bedeutung ist. Ich kann das gar nicht oft genug betonen, der junge Patient muß spüren, daß sein oder ihr Geheimnis gut bei mir aufgehoben ist. Verstehen Sie mich bitte nicht falsch, ich bin jederzeit bereit, mit Ihnen über Lily zu reden, aber dann nur in allgemeiner Form, ohne näher auf Details einzugehen. Mit anderen Worten, ohne die Zustimmung des Mädchens kann und werde ich nichts von dem weitergeben, was sie mir anvertraut.«
»Aber das ist doch kein Problem, wirklich. Lily und ich kommen ganz gut miteinander aus, wenn man bedenkt, wie kurz wir uns erst kennen.«
»Gut. Dann ist sie also offen und empfänglich.«
»Nun, das kann ich nicht so genau sagen. Sie sieht in mir eine Freundin, ob sie eine Therapeutin auch so sehen wird, weiß ich nicht.«
»Überlassen Sie das ruhig mir. Sobald sie begreift, daß ich in der Zeit, in der sie bei mir ist, nur für sie dasein werde

und überhaupt nicht die Absicht habe, mich auf die Seite von Autoritäten und Gegnern zu schlagen – normalerweise ist das für ein Kind ein und dasselbe –, dann wird sie schon ruhiger werden. Sie wären überrascht, wenn Sie wüßten, daß es auch bei Erwachsenen nicht sehr viel anders ist: Auch sie brauchen das Gefühl absoluter Loyalität.«

Paige war überrascht, als sie hörte, wieviel Leidenschaft und Engagement in Hillarys Stimme mitschwang. Aber gegen das, was sie vorgebracht hatte, war nichts einzuwenden. Im Gegenteil, sie fragte sich sogar, wie eine Therapeutin mit soviel Hingabe an ihren Beruf es ertragen konnte, ihre Praxis zurückzustellen, um zu Hause ihren alten Vater zu pflegen.

»Dann werden Sie sie also nehmen?« fragte sie schließlich.

Hillary hielt inne, legte erneut die flache Hand auf die Brust, lächelte und nickte. »Das wollte ich damit eigentlich zum Ausdruck bringen. Selbstverständlich müssen Sie mir erst noch alle Informationen über sie geben, die Sie haben. Ja, und dann überlegen wir uns, wann wir mit ihr anfangen.«

»Was glauben Sie, wie oft sie kommen soll?«

»Ich würde sagen, zweimal die Woche, wenn es sein muß, vielleicht auch öfter. Aber falls das –«

»Nein, das ist schon in Ordnung, ganz wie Sie meinen. Aber mir wäre es lieb, wenn sie gleich nach der Schule kommen könnte.«

»Aber natürlich ... Überlegen wir mal, die Schule ist um halb drei Uhr aus, zu Fuß braucht man zehn, fünfzehn Minuten bis zu mir, heute geht es nicht mehr – also würde ich vorschlagen, sie soll jeden Montag und Mittwoch um drei Uhr zu mir kommen.«

Als Paige ging, war es bereits nach elf Uhr; die Physiotherapeutin war bereits weg, und Vaters Summer hörte nicht mehr auf zu dröhnen. Doch selbst diese Last konnte Hillary nicht aus ihrer Hochstimmung reißen, in der sie sich im Augenblick befand. Bis jetzt hatte sie ganz bewußt jeden Gedanken an mögliche Konflikte beiseite geschoben, die mit Vaters Pflege und den Sitzungen des Kindes auftreten konnten, aber als sie dann nach Vater gesehen hatte und wieder nach unten gegangen war, setzte sie sich mit Block und Bleistift an den Küchentisch und ließ sich das Problem in aller Ruhe durch den Kopf gehen.
Nur zu gern hätte sie eine Hilfe angestellt – das war ihr ursprünglicher Plan gewesen, nachdem Vater erkrankt und sie nach Briarwood zurückgekehrt war. Doch bereits die bloße Vorstellung, daß fremde Menschen ihn baden, füttern und seine verschmutzten Windeln wechseln könnten, brachte Lester Egan an den Rand eines Herzinfarkts. Seit dem Tod von Hillarys Mutter und dem Schlaganfall, den er drei Jahre zuvor erlitten und der ihn mit einer Lähmung der rechten Körperhälfte und einer Sprachbehinderung zurückgelassen hatte, war es einzig und allein Hillary, die er um sich haben wollte. Keinen Ersatz oder jemanden, der mal einsprang.
Vielleicht wäre es einfacher für sie gewesen, sich seinen Ansprüchen zu widersetzen, wären er und Mutter nicht so wunderbare Menschen gewesen, die sie aus der Sterilität eines Waisenhauses gerettet hatten: Niemand außer ihnen hätte wohl hinter ihre Fassade geschaut, hinter das blasse Gesicht, die verhärmten Züge und den mageren Körper des einsamen kleinen Mädchens. Oder wenn sie Hillarys rasche Auffassungsgabe nicht gefördert, keine Freude an ihren Fortschritten empfunden und nicht für ihre siebenjährige Ausbildung und eine Auslandsreise an-

läßlich ihres Studienabschlusses bezahlt hätten... Doch all das hatten sie getan, und während oben auf dem Dachboden ihre mit Auszeichnung bestandenen Psychologie-Diplome einstaubten, war sie sich schmerzhaft einer Tatsache bewußt: Sie ließ es zu, daß ihr Vater ihr unrecht tat und daß sie bereits anfing, deswegen Haß gegen ihn zu empfinden. Aber wie dem Ganzen ein Ende setzen?
Doch aus heiterem Himmel bekam sie nun die Chance, das zu tun, was sie am meisten liebte, und diese Gelegenheit durfte sie sich nicht entgehen lassen – um ihretwillen nicht, und um Vaters willen auch nicht. Ihre einzige Möglichkeit war, den Summer abzustellen – wenigstens für diese eine Stunde zweimal die Woche; in der Zeit war er ohnehin damit beschäftigt, die Lokalzeitung zu lesen oder sich irgendwelche Serien am Fernsehen anzuschauen. Und außerdem steckten nie irgendwelche gesundheitlichen Probleme dahinter, wenn er nach ihr rief...
Im Gegenteil, als man Vater das letzte Mal untersucht hatte, war sein Blutdruck stabiler als der ihre gewesen.

Es war zum ersten Mal, daß sie zu dritt beim Essen saßen. Paige übertraf sich selbst und bereitete ein ganz besonders köstliches Abendessen zu, wobei ihr Lilys Kochkünste sehr halfen. Sie hatte bereits mit Jason telefoniert, damit er über die Arrangements Bescheid wußte, die sie mit Hillary Egan getroffen hatte, und sie hatten beschlossen, eine geschlossene Front zu bilden und Lily gemeinsam beim Essen davon zu erzählen.
»Das Hähnchen ist ja köstlich«, sagte Jason. »Was ist das für eine Sauce?«
Paige lächelte. »Das ist ein Geheimnis. Lily hat mir das Rezept gegeben.«
»Die Zutaten sind doch hoffentlich eßbar, oder?«

»Jason!«
Er grinste und tätschelte kameradschaftlich Lilys Arm. »Was ist denn los mit euch Mädchen? Habt ihr denn gar keinen Sinn für Humor?«
»Den haben wir reichlich. Du mußt nur einen Witz machen, dann lachen wir auch darüber«, erwiderte Paige.
»Oh, das wird dich bestimmt freuen. Lily war heute nachmittag beim Arzt, und es ist alles in Ordnung mit ihr.«
»Das habe ich doch gleich gesagt«, meinte Lily.
»Nun, manchmal ist es besser, solche Sachen einem Experten zu überlassen«, sagte Jason. »Apropos Experte –« er warf Paige einen auffordernden Blick zu, die zwar die Stirn runzelte, aber auf sein Stichwort reagierte.
»Lily, ich habe mich heute mit einer Frau namens Hillary Egan getroffen, sie ist Psychologin hier am Ort.«
Lily hörte zu kaufen auf und betrachtete sie.
»Jason und ich haben lange darüber nachgedacht und sind zu dem Schluß gekommen, daß es eine gute Idee wäre, wenn du zu ihr gehen würdest.«
»Warum?«
»Weil es schön ist, wenn man jemanden zum Reden hat.«
»Ich habe doch dich«, sagte sie, wobei sie Jason bewußt ignorierte.
»Natürlich hast du das. Aber wenn du mir etwas erzählst, dann gehe ich voreingenommen an die Sache ran. Mit anderen Worten, du bist mir so wichtig, daß meine Fähigkeit, eine unabhängige Meinung zu äußern, unter meiner Zuneigung zu dir leidet. Wenn man sich dagegen einer Therapeutin anvertraut, dann ist das anders. Sie kann das, was du sagst, objektiv analysieren, ohne daß ihr irgendwelche Gefühle in die Quere kommen. Und

diese Objektivität könnte vielleicht sehr nützlich für dich sein.«
Lily wandte sich an Jason. »Du denkst, ich bin verrückt, nicht wahr?«
»Ich denke, daß du in deinem kurzen Leben bisher schon sehr viel schlimme Dinge erlebt hast, und keiner, der so etwas hinter sich hat, hat das jemals ohne Alpträume überstanden. Auch wenn du vielleicht anders darüber denkst.«
»Ich will aber nicht zu ihr.«
»Lily«, mischte Paige sich ein, »ich möchte, daß du Hillary kennenlernst und ihr wenigstens eine Chance gibst. Ich glaube nämlich, daß du sie mögen wirst.«
Schweigen.
»Okay?«
»Ich werde ihr gar nichts erzählen, ich werde mich einfach nur hinsetzen.«
»Das ist deine freie Entscheidung. Aber falls du deine Meinung ändern und Vertrauen zu ihr fassen solltest, dann wird sie Jason oder mir nichts von dem erzählen, was du ihr anvertraust.«
»Warum nicht?«
»Weil sie deine Privatsphäre respektiert. Sie ist deine Ärztin, nicht meine oder Jasons – was immer du ihr auch erzählst, es bleibt strikt unter euch.«
Lily überlegte und nickte dann.
»Gut, dann reden wir jetzt über etwas anderes«, sagte Jason. »Wie geht's in der Schule, wie kommst du zurecht?«
»Okay.«
»Was sind denn deine Lieblingsfächer?«
Sie dachte eine Minute nach. »Mathe und Sport.«
»So, und warum?«

»Weil ich da gut bin.«
Jason nickte. »Gegen diese Logik komme ich nicht an.«
Lily wandte sich an Paige. »Die Sportlehrerin hat gemeint, wir sollten ein Deodorant, Seife, Fußpuder, ein Badetuch und einen Trainingsanzug mitbringen. Wir sollen nämlich jeden Tag nach der Turnstunde duschen und das Handtuch und den Trainingsanzug einmal in der Woche zum Waschen nach Hause bringen.«
»Was macht ihr denn momentan im Sportunterricht?« fragte Jason.
»Softball. Heute hat ein Mädchen verrückt gespielt.«
»So?« fragte Paige.
»Nach dem Spiel, beim Duschen. Sie hat geheult und geschrien, so laut, daß die Lehrerin sie sogar noch im Geräteraum gehört hat. Sie mußten sie auf die Krankenstation bringen.«
»Wie schrecklich. Hat sie sich mit jemandem gestritten?«
»Nein, sie war allein in der Dusche.«
»Meinst du, daß es etwas mit Drogen zu tun hatte?«
»Nein. Ich habe versucht, etwas zu sehen, konnte aber nicht. Die anderen Kinder standen mir im Weg.«
»Vielleicht hat sie sich mit heißem Wasser verbrüht.«
Lily zuckte mit den Schultern. »Als ihre Mutter kam, um sie abzuholen, habe ich das Mädchen zum Wagen laufen sehen. Dabei ist mir aufgefallen, daß ihr Zopf ab war, als ob ihn jemand abgehackt hätte. Paige, warum sollte sie so etwas mit ihrem Haar machen? Glaubst du, daß sie verrückt geworden ist?«

»Irgend etwas an der Art, wie sie bestimmte Dinge erzählt, gefällt mir nicht«, sagte Jason an diesem Abend im Bett zu Paige. »Ist dir das auch aufgefallen?«
»Ist mir was aufgefallen?«

»Die Art, wie sie uns von diesem Kind erzählt hat, das durchgedreht ist. Fast so, als würde sie nur irgendwelche Nachrichten herunterleiern, die keine Menschen aus Fleisch und Blut betreffen. Und wenn doch, dann sind sie ihr offenbar völlig egal.«

»Oh, Jason, du weißt doch, wie herzlos Kinder sind, solange sie das Opfer nicht persönlich kennen – und in diesem Fall wissen wir überhaupt nicht, was wirklich passiert ist; Kinder haben nicht sehr viel Mitleid. Und dabei unterscheiden sie sich nicht sehr von Erwachsenen. Auch wir errichten einen Schutzwall um uns herum, und Lily hatte weiß Gott mehr Grund als viele von uns, ihre Gefühle zu verdrängen.«

»Vielleicht hast du recht.«

»Das ergibt doch Sinn und ist einer der Gründe, warum die Idee mit der Therapie gut ist.«

»Willst du damit sagen, daß ich mal eine gute Idee hatte?«

Sie lächelte. »Daß dir das nur nicht zu Kopf steigt. Oh, und denk bloß nicht, mir ist nicht aufgefallen, wie sehr du dich heute abend um sie bemüht hast. Meiner Meinung nach hat sie positiv auf dich reagiert, meinst du nicht auch?«

»Doch, ja, aber ich würde trotzdem nicht gleich allzu optimistisch werden. Ihr wäre es immer noch lieber, ich würde meine Koffer packen und ausziehen. Mein Besuch bei Anna Parks heute ist übrigens nicht so gut verlaufen.«

Sie richtete sich im Bett auf. »Wieso, was ist passiert?«

»Zum einen will sie nicht, daß ich sie vertrete.«

»Warum nicht?«

»Sie hat diese fixe Idee im Kopf, daß sie ihre gerechte Strafe auf sich nehmen muß.«

»Und was hat Lily mit ihren Ambitionen, sich als Märtyrerin zu profilieren, zu tun?«
»Genau das habe ich auch versucht, ihr klarzumachen. Aber ich werde auch ohne ihre Zustimmung mit der Sache weitermachen. Bis der Zeitpunkt der Verhandlung endlich gekommen ist, hoffe ich, daß sie mit mir zusammenarbeiten wird. Ich habe sie übrigens nach ihrer Schwester Nora gefragt.«
»Und?«
»Sie weiß nicht, wo sie lebt, es ist ihr auch egal... offensichtlich gab es hier sehr viel böses Blut. Und sie hat mir deutlich zu verstehen gegeben, daß Lily auf keinen Fall bei ihrer Schwester aufwachsen soll.«
»Nun, ich schätze, wir werden ihre Wünsche in der Beziehung respektieren müssen. Vielleicht weiß sie etwas über ihre Schwester, das wir nicht wissen.«
»Was zum Beispiel?«
»Vielleicht ist sie ein böser Mensch mit einem gemeinen Charakter... vielleicht, ich weiß es nicht, Jason.«
»Viel... leicht?« sagte er gedehnt, während er seine Hand auf ihren Nacken legte und seine Finger zärtlich über ihre Haut streichelten... Sie machte die Augen zu, fest entschlossen, an nichts zu denken, sich zu entspannen und sich ganz diesem Gefühl hinzugeben. Sie spürte, wie seine Lippen ihren Hals berührten und wie zwei gemurmelte Versprechen über ihre Haut tanzten... Ein Schauder zog ihren Magen zusammen, als seine Zunge über ihren Hals und ihre Brust strich und plötzlich kühle Luft an ihre Brüste wehte, als ihr Nachthemd gehoben wurde...
Da sprang die Tür auf. »Paige.«
Beide griffen sie schnell nach der Steppdecke und deckten sich zu. Paige richtete sich auf und strich sich das Haar aus dem Gesicht.

»Lily, hast du uns erschreckt. Was ist passiert?«
»Was soll das, Kind. Hast du noch nie gehört, daß man anklopft?« schimpfte Jason und warf einen gereizten Blick zur Zimmerdecke.
Paige stieg schnell aus dem Bett und brachte Lily in ihr Zimmer zurück. Dort verstaute sie sie unter der Decke und setze sich neben sie auf den Bettrand.
»Was war los, Schätzchen, hattest du einen Alptraum?«
Sie schüttelte den Kopf. »Nein, nicht. Aber ich hatte Angst, du könntest einen haben.«
»Ja, aber wieso denn?«
»Ich habe gehört, wie du gestern nacht geschrien hast. Also habe ich heute abend ganz fest gelauscht und mir gedacht, ich komme lieber selbst und –«
Paige überlegte, und dann fiel es ihr wieder ein. »Ich glaube, ich hatte gestern nacht tatsächlich einen Alptraum.«
»Was denn für einen?« fragte Lily, und ihre riesigen blauen Augen leuchteten im Halbdunkel.
»Ich habe schon fast vergessen, daß ich überhaupt einen Traum hatte, und auch, was darin passiert ist. Du weißt doch, wie so etwas ist; man hat den Traum schon oft in dem Moment bereits wieder vergessen, in dem man aufwacht.«
»Du hast das alles vergessen?«
Paige nickte.
»Ich möchte wetten, der Traum hatte was mit Daddy zu tun.«
»Mit *deinem* Daddy?«
»Nein, sei nicht so dumm. Mit deinem natürlich.«
Paige betrachtete sie aufmerksam; vielleicht machte sie sich nur lustig über sie. Aber obwohl in dem Halbdunkel Schatten über das Gesicht des Kindes huschten und ihre

Züge verzerrten und verfälschten, war Paige sich sicher, Besorgnis auf Lilys Gesicht zu erkennen.
»Wie kommst du nur auf einen solchen Gedanken?«
Sie zuckte mit den Achseln. »Weil du ihn haßt, deshalb.«
»Das stimmt nicht, Lily, wirklich nicht. Er ist mir überhaupt nicht wichtig. Er hat mich und meine Mutter im Stich gelassen. Es ist vielleicht möglich, daß ich immer noch wütend auf ihn bin, weil er davongelaufen ist, aber wie kann man jemanden hassen, an den man sich nicht einmal mehr erinnern kann?«
Jason versuchte, sie wieder in Stimmung zu bringen, als sie zehn Minuten später ins Bett zurückkam, aber jede Leidenschaft, die sie in sich erzeugt hatte, war plötzlich wie weggeblasen. Und auch wenn er nichts sagte – aber das war auch nicht nötig, ein Blick auf sein Gesicht genügte –, so war Jason doch sehr wütend auf Lily, die sie gestört, und auch auf Paige, die dies zugelassen hatte.

Kapitel 8

Jason hatte ihr am nächsten Morgen keinen Zettel auf dem Kopfkissen dagelassen, wie er es sonst oft tat, besonders dann, wenn er wütend eingeschlafen war. Nun, Paige hoffte, daß er wenigstens hatte schlafen können, denn sie war dazu nicht fähig gewesen – sie hatte sich fast die ganze Nacht im Bett gewälzt und hin und her geworfen und an Lily und an ihre Unterhaltung über ihren Vater gedacht, die sie immer noch sehr beunruhigend fand.

Sobald sie Lily für die Schule fertig gemacht hatte, rief sie in Jasons Büro an, wo er aber noch nicht eingetroffen war. Daraufhin rief sie bei Brooke an, und es dauerte nicht lange, und die Unterhaltung war bei Lily angelangt.

»Na, dann mach was dagegen«, sagte Brooke.

»Was denn, zum Beispiel? Ich wünsche mir doch nur, daß er sie nicht dauernd kritisiert. Er vergißt ständig, daß sie noch ein Kind ist.«

»Vielleicht passen sie vom Charakter her einfach nicht zusammen. So etwas gibt es bei Menschen.«

»Nein, so einfach ist das nicht. Er ist einfach kindisch und stur und gar nicht er selbst.«

»Na gut, dann übertreibt er eben. Hat er nicht auch ab und zu das Recht dazu?«

»Soll das heißen, daß ich normalerweise übertreibe?«

»Ach Gott, habe ich das vielleicht behauptet?«

»Wieso hältst du eigentlich immer zu ihm?«

»Hör mal, Paige, ich erwarte ja gar nicht, daß du auf das

hörst, was ich dir sage, aber wenn ich einen Mann hätte, der so verliebt in mich ist wie Jason in dich, dann würde ich ihm Tag und Nacht um den Bart gehen.«

»Du meinst wohl, mit einem scharfen Rasiermesser, so wie du es bei Gary machst. Und Gary liebt dich natürlich auch nicht, oder?«

»Natürlich liebt er mich. Der Unterschied ist nur, daß ich bei ihm immer erst an zweiter Stelle nach der Medizin komme.«

»Wie kommst du nur auf die Idee?«

»Weil es nun mal stimmt. Gut, er rennt nicht rum und bumst mit der Konkurrenz – aber glaube mir, er würde, wenn er könnte. Nur das macht die Konkurrenz nicht weniger bedrohlich. Und trotzdem würde ich lieber jeden Tag gegen eine Frau antreten... auf dem Gebiet kenne ich mich wenigstens aus.«

»Das kannst du laut sagen.«

»Miau, miau...«

»Nein, nein, mein Kommentar beruht schließlich auf Beobachtungen. Ich habe mit angesehen, wie die Männer beim Anblick deiner Reize reihenweise über ihre eigenen Füße stolperten. Was soll man da noch sagen – ich bin beeindruckt.«

Ein tiefer Seufzer. »Ach Paige, warum schaust du nicht einfach, daß du das Kind los wirst?«

»Wie kannst du nur so gefühllos sein? Sie ist doch noch ein Kind, Brooke, noch dazu eines, das bisher ein ganz miserables Leben geführt hat. Wäre es dir lieber, wenn ich sie einfach mit einem Fußtritt vor die Tür setzte?«

»So ist sie doch auch hineingekommen, oder?«

»Du kannst von Glück reden, daß ich dich nicht ernst nehme.«

»Was ist mit deiner Beziehung zu Jason, wie ernst ist es dir damit?«

»Darüber brauchst du dir keine Sorgen zu machen. Ich komme mit meiner Beziehung zu Jason auch ohne Hilfe von außen klar, vielen Dank. Er ist vielleicht nicht gerade begeistert davon, daß Lily hier lebt, aber er ist nicht der gefühllose Eisklotz wie viele andere Leute, die ich so kenne – er sieht ein, daß es im Augenblick keinen anderen Platz für sie gibt. Er hat sich sogar bereit erklärt, für ihre Mutter Berufung einzulegen, und will versuchen, sie freizubekommen.«

»Toll. Vergiß nicht, mir mitzuteilen, wo die nette Dame sich niederläßt, wenn das Gericht sie freigelassen hat. Sollte das bei mir in der Nähe sein, kaufe ich mir ein Schießgewehr.«

»Ich hasse dich. Sehen wir uns Freitag abend?«

»Wahrscheinlich eher Samstag morgen.«

Zuerst war Paige empört über das Gespräch, aber nachdem sie länger darüber nachgedacht hatte, wurde ihr klar, daß das eben Brookes Art war: immer leidenschaftlich, manchmal auch brutal, ohne alle Hemmungen, die sie davon abhielten, zu tun oder zu sagen, was ihr gerade in den Kopf kam. Aber während Paiges tragischer Fehlgeburt im vergangenen Jahr, der darauffolgenden depressiven Phase und nach dem Überfall kürzlich war Brooke immer für sie dagewesen.

Und sie mußte zugeben, daß Brooke in ein paar Punkten auch noch recht hatte: Bei all der Sorge, die sie sich um Lily machte, vernachlässigte sie Jason sträflich. Er tat sein Bestes, um mit Lily auszukommen, und das tat er in erster Linie auch noch für sie. Sicherlich, er stand dem Kind unmäßig kritisch gegenüber, aber das bedeutete noch lange nicht, daß er gefühllos war. Nicht jeder schloß ein Kind wie Lily so leicht ins Herz... Sie jedoch schon...

Paige durchforstete ihr Gedächtnis und kramte in einem vergessenen Winkel ihrer Erinnerungen nach dem Gesicht, das zu ihrem eigenen Vater gehört hatte. Das sollte ihr doch eigentlich gelingen, oder? Aber das einzige Gesicht, das vor ihr auftauchte, gehörte diesem verdammten Jungen, der sie in Manhattan überfallen hatte – wütend wischte sie das Gesicht mit dem Schnurrbart und den schlechten Zähnen beiseite.

Paige holte Lily nach der Schule ab und nahm sie mit zu ihrem Termin beim Frauenarzt; Lily setzte sich solange in Dr. Barrys Wartezimmer, während Paige von ihm untersucht wurde. Als die Untersuchung vorüber war, zog Paige ihre Straßenkleidung wieder an und ging dann in das Sprechzimmer des Arztes, wo dieser auf sie gewartet hatte. Es war zum zweiten Mal innerhalb von sieben Tagen, daß ihr Blutdruck gesunken war.

»Also, was soll ich machen? Soll ich für Ihren Mann so etwas wie ein Attest schreiben?« fragte er schmunzelnd.

»Na ja, nicht gleich ein Attest, aber schreiben Sie doch einfach meine Werte auf einen Ihrer Notizzettel mit Ihrem Briefkopf, damit Jason die guten Neuigkeiten direkt von Ihnen erfährt.«

»Er scheint zur Zeit wohl nicht viel Vertrauen in Ihre Worte zu haben, hmm?«

»Na, wie ich schon erklärte, nicht, wenn es um die Frage geht, ob es klug ist, Lily bei uns wohnen zu lassen. Aber sie tut mir gut. Ich meine, was will er denn sonst noch für einen Beweis?«

»Ganz ohne Frage, Sie sind viel ruhiger, Ihr Blutdruck ist entschieden niedriger, der systolische Wert ist sogar schon wieder ganz normal. Sie scheinen auch wesentlich gelöster als bei den letzten Besuchen zu sein. Also, wenn dieses kleine Mädchen in irgendeiner Weise dafür verantwortlich ist, dann kann ich nur sagen, daß wir uns bei ihr dafür bedanken müssen. Aber ich hoffe, Sie werden mir nicht gleich den Kopf abschlagen, wenn ich Ihnen den Rat gebe, Ihrem Mann vielleicht doch etwas mehr Aufmerksamkeit zu schenken.«

»Wie bitte?«

»Wenn ein Kind kommt, dann passieren viele Dinge. Die Frau geht auf in der Pflege für das Neugeborene und vernachlässigt darüber möglicherweise ihren Mann. Und obwohl ich wirklich kein Ehespezialist bin, scheint mir dies doch Teil Ihres Problems zu sein, so, wie Sie es mir beschrieben haben.«

»Seltsam, daß Sie das sagen, ich habe mir heute genau dasselbe gedacht. Aber eifersüchtig... Jason?«

»Ist Ihnen das noch nicht aufgefallen?«

»Nun, nein, eigentlich nicht, zumindest habe ich es noch nicht von dieser Seite betrachtet. Aber vielleicht sollte ich das wirklich mal tun.«

Er schrieb Paiges Blutdruckwerte auf einen Block und gab ihr den Zettel. »Oh, übrigens, sie ist *wirklich* eine kleine Schönheit.«

Paige nahm den Zettel und schob ihn in ihre Tasche. »Wer?«

»Lily natürlich.«

»Haben Sie sie gesehen?«

Er lehnte sich im Stuhl zurück. »Und ob ich das habe. Während Sie sich wieder anzogen, hatte ich Besuch. Sie ist doch tatsächlich zu mir gekommen und hat an die Tür meines Sprechzimmers geklopft.«

Ihr blieb vor Verwunderung fast der Mund offen, aber sie faßte sich schnell und verzog ihn zu einem Lächeln. »Tatsächlich? Was hat sie gesagt?«

»Sie hat sich mir artig vorgestellt und ein paar Fragen über

Sie und das Baby gestellt. Sie klang wirklich interessiert und scheint es kaum mehr erwarten zu können, daß das Kind auf die Welt kommt.«

»Der Doktor hat mir übrigens erzählt, daß du dich mit ihm unterhalten hast«, sagte Paige auf der Heimfahrt.
Lily schaute sie forschend an. »Bist du jetzt wütend?«
»Nein, nur neugierig. Was wolltest du denn genau von ihm wissen?«
»Ob das Baby gesund ist.«
»Und?«
»Das ist es.«
»Was sonst noch?«
»Wie groß es ist. Ich meine, ob etwas passieren könnte, falls du es früher bekommst.«
»Ich verstehe. Und, hat der Doktor dir die Frage beantworten können?«
»Er hat noch mehr getan, er hat mir ein Bild von ihm gezeigt.«
»Von ihm?«
»Von dem Baby.«
»Du meinst, meine Ultraschallaufnahme?«
»Ich glaube...«
»Und du konntest sehen, daß es ein Junge war? Jason und ich haben die Bilder auch gesehen, aber wir konnten nichts darauf erkennen.«
»Oh, ich konnte das auch nicht, aber es stand auf dem Zettel, der daran festgemacht war.«
Paige preßte ihre flache Hand auf die Brust. »Den Bericht, du hast ihn gelesen?«
Sie nickte. »Dort stand gleich in der ersten Zeile, daß es ein Junge ist. Hast du das nicht gewußt?«

Sie konnte nicht wütend auf sie sein. Schließlich hatte sie nichts davon gewußt. Also, eines nach dem anderen – Paige ließ Lily schwören, daß sie den Mund halten würde, damit sie es Jason noch am selben Abend selbst erzählen konnte, dann lehnte sie sich zurück, um die Neuigkeit erst mal selbst zu verdauen. Ein Junge, ein kleiner Junge, wie würde Jason sich freuen! Obwohl er es bisher nicht laut geäußert hatte, war es ihr durch ihr kleines Namensspiel deutlich klargeworden; sie hätte taub, blind und dumm sein müssen, um nicht zu wissen, daß er sich einen Jungen wünschte.

Paige gab Lily an diesem Abend mit Absicht früher zu essen und schickte sie dann zum Hausaufgabenmachen nach oben. Zärtlichkeit und Zuwendung – wenn es das war, was Jason brauchte, dann würde sie in dreifacher Hinsicht dafür sorgen: ein Dinner bei Kerzenschein, das gute Porzellan, Stoffservietten – sie wühlte sogar so lange in ihrem Kleiderschrank, bis sie den knöchellangen seidenen Morgenrock mit dem Paisley-Muster gefunden hatte, den er so besonders mochte ... Erst als jemand sie sanft wachrüttelte, wurde ihr klar, daß sie auf dem Sofa eingeschlafen war, wahrscheinlich schon vor einer ziemlichen Weile ...

»Jason, wie spät ist es?«

Er schaute auf ihren zerknitterten Morgenrock. »Halb elf.«

Immer noch benommen, setzte sie sich auf. »Wo warst du so lange?«

»Im Büro. Ich habe Überstunden gemacht.«

»Und ich habe uns etwas zum Abendessen gemacht«, sagte sie, stand auf und lief zum Herd. »Ach du meine Güte, das muß ja schon –« Sie öffnete das Backrohr – es war kalt und leer. Sie ging zum Kühlschrank und schaute hinein – offensichtlich hatte Lily das Hähnchen herausgenommen und in Folie gewickelt. »Sieht so aus, als ob Lily noch rechtzeitig gekommen wäre. Ich kann es dir noch warm machen, das dauert nur –«

»Laß es, ich habe schon gegessen.«

Sie nickte und machte den Kühlschrank wieder zu.

Mit einer Geste wies sie auf den Tisch – es war für zwei gedeckt, sogar die Kerzen standen da. »Da hast du meinen raffinierten Plan ja ganz schön durchkreuzt, Bennett.«

»Falls du damit eine deiner üblichen Nörgelorgien einleiten willst, dann habe ich –«

»Ich will doch nicht –«

»Dann ist es ja gut.« Er nahm seine Aktenmappe und ging nach oben.

Sie folgte ihm. »Jason?«

»Ja?«

»Was hältst du von Craig?«

»Was?«

»Na komm, als Vorname für einen Jungen.«

»Nicht schlecht. Hör mal, können wir das auf später verschieben?«

»Ich dachte doch nur –«

»Verdammt, Paige, ich bin nicht in der Stimmung für so etwas!«

Sie ging erst nach ihm ins Bett. Als sie schließlich doch ins Schlafzimmer kam, schlief er bereits oder tat wenigstens so. Sie zog ihren seidenen Morgenrock aus und ihren Flanellschlafanzug an und schlüpfte leise neben ihn ins Bett.

Sie hatte ja versucht, ihm zu sagen, daß es ein Junge war, aber er hatte sie einfach nicht zu Wort kommen lassen. Das Baby schien ihn überhaupt nicht mehr zu interessieren. Aber das ergab doch alles keinen Sinn: Erst hatten sie

sich jahrelang bemüht, daß sie schwanger wurde, hatten die Trauer und Enttäuschung einer Fehlgeburt gemeinsam durchlitten... Und irgendwie hatten sie das auch überstanden. Und jetzt, da in ein paar Monaten das Kind kommen sollte, sollten sie sich eigentlich freuen.
Doch statt dessen konnten sie nur aneinander herumnörgeln.

Er hatte es eigentlich gar nicht gewollt. Er hatte sich sogar geschworen, nie mehr allein in die Nähe ihrer Wohnung zu kommen – aber alle guten Absichten waren über Bord geworfen, als er gegen fünf Uhr im Foyer von Brookes Haus stand und läutete. Insgeheim hoffte er, er würde Garys Stimme über die Sprechanlage hören, und das wäre es dann gewesen. Nur ein kurzer Überraschungsbesuch von einem Freund, mehr nicht. Aber wie es nun mal war, hatte Gary Nachtdienst im Krankenhaus und wurde nicht vor Mitternacht zu Hause erwartet.
Dieses Mal hatten sie sich nicht lange beim Wein aufgehalten.

Hillary hatte Paige darum gebeten, daß sie Lily nur kurz bei ihr abliefern und dann sofort wieder fahren sollte, um den Eindruck zu vermeiden, daß sie im Zimmer nebenan auf das Mädchen warten könnte. Wie die Beziehung, die Lily zu ihrer Therapeutin aufbauen würde, auch immer geartet sein mochte, es mußte eine unabhängige Beziehung von der sein, die sie zu Paige hatte.
Hillary hatte ein großes Eckzimmer im Parterre vorbereitet, das Zimmer, das – seit sie sich zurückerinnern konnte – immer Mutters Nähzimmer gewesen war; bis auf die Jalousien, den Teppich und den großen Wandspiegel hatte sie alles ausgeräumt.

Nachdem sie den ganzen gestrigen Tag damit zugebracht hatte, es neu einzurichten und auszustatten, befanden sich jetzt ein Schreibtisch, ein Aktenschrank – der niedrige Aktenschrank mit den Familiendokumenten –, drei Stühle, ein Liegesofa, eine Schaumgummimatratze, zwei Decken und ein Kartentisch, den sie vom Speicher geholt, abgestaubt, abgewischt und aufpoliert hatte, in dem Raum.

Dank Otis, der auf Vater aufgepaßt hatte, während sie am Abend zuvor ins Einkaufszentrum gefahren war, waren als Neuerwerbung eine Tafel, eine Staffelei mit Farben, Zeichenpapier, Farbstifte, eine Schere, diverses Bastelmaterial, ein voll eingerichtetes Puppenhaus, eine Metallkiste mit Vorhängeschloß und zwei große Pappkartons dazugekommen, in denen sich Puzzle-Spiele, Autos, Lastwagen, Tiere, ein Holzhammer, Bauklötze und sogar eine aus sechs Handpuppen bestehende Familie befanden. In der obersten Schublade von Hillarys Schreibtisch war ein Tonbandgerät versteckt, mit dessen Hilfe sie unauffällig ihre Sitzungen aufnehmen und anschließend ihre eigenen Kommentare und Beobachtungen auf Band sprechen konnte.

Hillary würde als Lilys stummer Beobachter fungieren, als ihre Vertraute, ihre Lehrerin, ihr Gewissen, ihr Echo, vielleicht sogar als ihre Freundin. Sie würde alles und jedes sein, was Lily in ihr sehen wollte. In diesem Raum sollte es nichts geben, was Lily nicht sagen, tun oder ausagieren konnte – das heißt, mit Ausnahme von körperlichem Schmerz, den sie weder sich selbst noch Hillary zufügen durfte.

Im Gegenzug dafür sollte sich die Patientin ganz in Hillarys Hände begeben, damit sie gemeinsam die dunklen Ekken ihres Bewußtseins ausloten konnten... Hillary hatte sich immer gewünscht, daß einer ihrer Fälle veröffentlicht wurde. Vielleicht würde es dieser Fall sein.

Jason hatte tags zuvor die Mühlen der Justiz in Gang gesetzt. Er hatte einen Termin vor dem Bezirksgericht von Laurel Canyon beantragt, sich dabei als Annas ordentlichen Rechtsvertreter ausgegeben und daraufhin die Gefängnisverwaltung von Albany verständigt, daß Doktor M. C. Wendell ein psychologisches Gutachten der Strafgefangenen Anna Parks erstellen würde.
Als er die Abschrift ihrer Akten ein zweites Mal durchlas, machte er eine mehr als interessante Entdeckung: In Anna Parks Fall war es versäumt worden, ein sogenanntes *voir dire* anzuberaumen; das heißt, weder das Gericht noch ihr junger Pflichtverteidiger hatten sich die Mühe gemacht, den formalen Bedingungen Genüge zu tun und nachzuprüfen, ob Anna Parks überhaupt in der Lage war, dem Verfahren zu folgen, oder sie über die Folgen aufzuklären, wenn sie sich schuldig bekannte. Angesichts dieses Formfehlers stiegen Jasons Chancen auf eine Aufhebung von Annas Schuldbekenntnis erheblich – wenn schon nicht vor dem erstinstanzlichen Gericht, dann sicherlich in der Berufungsverhandlung.
Sein größtes Problem war jetzt Anna selbst. Denn was nützte ihm das alles, wenn sie sich zu gegebener Zeit weigerte, ihr Schuldbekenntnis zurückzunehmen?

Hillary hatte sich eine ganze Viertelstunde dafür Zeit gelassen, sich Lily vorzustellen und ihr die Grundregeln einer Therapie zu erklären. Dann steckte sie die Hand in ihre Schreibtischschublade und drückte auf den Aufnahmeknopf des Bandes. Schließlich ließ sie sich in den Stuhl zurücksinken und versuchte, sich an die Stelle des Kindes zu versetzen: Würde diese seltsame Erwachsene wirklich nur still dasitzen und ihr alles überlassen? Oder würde sie sich wie andere aufdringliche Erwachsene benehmen und gleich anfangen, sie mit neugierigen Fragen zu löchern, sie zu manipulieren und ihr eigene Meinungen und Wertvorstellungen aufzudrängen, ohne danach gefragt worden zu sein?

Normalerweise fingen Kinder immer damit an, daß sie zu der Schachtel mit den Spielsachen gingen und sich etwas suchten, um ihre Hände und ihren Kopf zu beschäftigen. Sie waren noch nicht soweit, sich zu öffnen, und da war alles besser, als herumzusitzen und auf irgendeinen nur schwer zu durchschauenden Erwachsenen zu starren. Aber Lily war nicht zu den Spielsachen gegangen – jedenfalls nicht sofort; und als von oben durch die Decke das knarzende Geräusch erklang, fragte sie gleich: »Wer ist der alte Mann dort oben?«

»Woher weißt du, daß dort oben ein alter Mann ist?«

»Als Paige und ich ankamen, hat er aus dem Fenster geschaut.«

»Ich verstehe. Nun, das ist mein Vater.«

»Du hast ihn dort oben eingesperrt?«

»Nein, wie kommst du auf so eine Idee?«

Lily zuckte nur mit den Achseln, legte dann den Kopf auf die Lehne des Sessels und schloß die Augen. Sie schlug sie erst wieder bei Ende der Sitzung um vier Uhr auf – als ob ein Wecker in ihrem Kopf geklingelt hätte. Dann stand sie auf, ging zur Tür und drehte sich zu Hillary um, die Hand um den Türknauf gelegt.

»Kann ich dich was fragen?«

»Selbstverständlich, was du willst.«

»Du bist eine häßliche alte Fotze, hast du das gewußt?«

Hillary hielt die Luft an – das war ein Test, nur ein Test.

Obwohl der Fußweg nach Hause nicht länger als eine Meile war, holte Paige sie dieses eine Mal ab.
»Wie war es?« fragte sie, als sie vor dem Haus abfuhr.
»Gut.«
»Was hältst du von Dr. Egan?«
»Sie ist nett.«
»Siehst du, ich habe es dir doch gesagt.«
»Wo fahren wir hin?«
»Ich dachte mir, zu Ruthanne. Hast du was dagegen?«
»Nö. Ist Roger zu Hause?«
»Ja. Ich glaube fast, du hast ihn auch so gern wie er dich.«
»Tut er das?«
»Ruthanne sagt es jedenfalls.«
»Da täuscht sie sich bestimmt.«
»Wieso sagst du das?«
»Weil die Leute mich nicht sehr mögen.«
»Das ist aber komisch, den Eindruck habe ich überhaupt nicht. Im Gegenteil, ich glaube, daß die meisten Leute dich recht schnell in ihr Herz schließen.«
»Jason nicht.«
»Jason steht da allein. Ich kann dir mindestens drei andere Leute nennen, die dich ganz toll finden – Ruthanne, Roger und Dr. Barry. Und obwohl ich noch nicht mit Hillary, deiner Lehrerin oder einer deiner Klassenkameradinnen gesprochen habe, kann ich mir vorstellen, daß es denen ebenso geht.«
Schweigen.
»Weil wir gerade von deinen Klassenkameradinnen sprechen, Lily, was ist denn eigentlich aus dem Mädchen geworden, von dem du mir erzählt hast? Wie hieß sie gleich noch?«
»Sandy? Oh, die, von der hört man nicht viel. Die ande-

ren Kinder sagen, daß sie noch nie so ruhig war, erst seit sie so verrückt gespielt und ihren Zopf abgeschnitten hat.«

»Hast du erfahren, warum sie das getan hat?«

»Sie will nicht darüber reden.«

»Nun, irgendeinen Grund muß es doch geben, und wenn ich an deiner Stelle wäre, würde ich darauf drängen, daß sie es mir erzählt – besser raus mit der Sache.«

Lily zuckte mit den Schultern. »Dr. Egan hält nicht viel davon, jemanden zu bedrängen.«

»So? Nun, dann hat sie wahrscheinlich recht. Aber ich zweifle, daß ich die Geduld aufbringen könnte oder das Temperament für eine gute Therapeutin hätte.«

Schweigen.

»Ich habe sie heute als First Base eingesetzt.«

»Wen?«

»Sandy. Sie hat mir leid getan.«

»Warst du Team-Führerin?«

»Nein, das war Trish, aber sie hat mir die Einteilung überlassen.«

»Tatsächlich? Welche Position hattest du?«

»Werfer.«

Paige lächelte. »Aber natürlich, das hätte ich wissen müssen.«

Es war sehr ermutigend, zu hören, daß Lily offensichtlich so gut mit ihren Klassenkameradinnen zurechtkam; es klang sogar so, als sei sie bereits sehr beliebt. Soweit Paige das beurteilen konnte, bestand Lilys größter Fehler darin, daß sie zuwenig Selbstachtung besaß. Es würde viel Zeit und Liebe brauchen, um ihr zu mehr Selbstvertrauen zu verhelfen.

Obwohl Paige die feste Absicht gehabt hatte, Jason endlich davon zu erzählen, daß es ein Junge war, wollte sie es nicht tun, solange die Stimmung zwischen ihnen noch so angespannt war. Also bemühte sie sich an diesem Abend darum, in bessere Stimmung zu kommen, was gegen zehn Uhr jedoch erneut daran scheiterte, daß sie nicht mehr länger warten wollte und sich deshalb Makkaroni und Käse auf einen Teller häufte und allein aß, dazu ein Stück knuspriges italienisches Weißbrot. Jason kam erst gegen elf.

»Wo bist du gewesen?« fragte sie, als sie ihren leeren Teller ins Spülbecken stellte.

»Ich bin um die Häuser gezogen.«

Sie starrte ihn wortlos an.

»Was glaubst du wohl, wo ich gewesen bin?«

»Du hättest wenigstens anrufen und sagen können, daß du später kommst.«

»Ich dachte, das hätten wir alles schon vor unserem Umzug hierher durchgekaut. Ich habe dir schließlich von vornherein gesagt, daß ich immer lange unterwegs sein würde.«

Sie drehte sich um. »Hast du schon gegessen?«

»Ich habe mir unterwegs ein Sandwich gekauft.«

Sie seufzte, deckte die Kasserolle mit Folie ab und schob sie in den Kühlschrank.

»Was ist mit dir?« fragte er.

»Ich habe schon gegessen, ich konnte nicht mehr länger warten.«

»Wo ist das Mädchen?«

»Sie schläft.« Sie ging zu ihrer Tasche und holte die Notiz des Arztes heraus. »Ich dachte mir, das interessiert dich vielleicht.«

»Was ist das?«

»Mein Blutdruck. Er ist wieder gesunken.«

Er nickte nur und legte den Zettel wortlos auf die Küchentheke.

»Ist das alles?«

»Was erwartest du? Soll ich es dir vielleicht noch einrahmen? Hey, das ist gar keine so schlechte Idee, warum nicht damit angeben?« Er zog die Küchenschublade auf und wühlte darin herum. Als er Nagel und Hammer gefunden hatte, nahm er den Zettel, ging zur Wand und nagelte ihn fest. Paige trat hinter ihn und legte ihre Hand auf seinen Arm. »Was ist los, Jason?«

»Los, was soll los sein? Wie kommst du auf die Idee? Ich habe bloß den Zettel aufgehängt, das ist doch nichts Besonderes.«

»Bist du betrunken?«

Er drehte sich um und hauchte sie an. »Und, genehmigt?«

Sie sagte nichts; sie schluckte nur den immer größer werdenden Kloß in ihrem Hals hinunter.

»Hör mal«, sagte er schließlich, »du wirst mir helfen müssen, Lily davon zu erzählen, was ich für ihre Mutter tue.«

»Ich dachte, du wolltest nicht, daß sie sich Hoffnungen macht.«

»Das will ich auch nicht, aber mir bleibt möglicherweise gar keine andere Wahl. Bis jetzt will ihre Mutter ja nicht, daß ich sie vertrete. Ich habe die Sache ohne ihr Wissen in Gang gesetzt, aber letztendlich muß sie mich dazu autorisieren, sie zu vertreten. Bis wir vor Gericht gehen können, muß sie bereit sein, ihr Schuldbekenntnis zurückzunehmen.«

»Möchtest du, daß Lily mit ihr spricht?«

»Falls es nötig ist.«

»Mir gefällt der Gedanke nicht, sie ins Gefängnis zu lassen.«
Er seufzte. »Vielleicht ist es auch nicht notwendig, vielleicht genügt es ja, wenn sie mir eine Nachricht, einen Brief an ihre Mutter, mitgibt. Mir geht es nur darum, daß Anna Parks endlich begreift, wie wichtig es für sie ist, um ihre Freiheit zu kämpfen.«
»Weiß sie das denn immer noch nicht? Was ist nur los mit dieser Frau? Manchmal frage ich mich wirklich, ob wir das Richtige für Lily tun.«
Jason nahm die Hände in einer abwehrenden Geste nach oben und ging zur Treppe.
»Wenn nicht, dann will ich nichts davon hören.«
Wie, in aller Welt, war es nur möglich, daß ihr Blutdruck gesunken war? Im Augenblick stand sie kurz davor zu platzen. Sie ging zum Schrank und holte eine Schachtel mit Mohrenköpfen heraus.

Es war am nächsten Abend, am Donnerstag, als Jason bereits um sieben nach Hause kam, sichtlich besserer Laune und Stimmung. Unzählige Male hatte sie in den vergangenen paar Tagen versucht, ihn aus der Reserve zu locken, aber nie hatte er darauf reagiert.
An diesem Abend jedoch schickte er Paige mit einem Stapel Zeitungen aufs Sofa und verkündete, daß er und Lily abwaschen würden, während sie sich ausruhen sollte. Das war offensichtlich seine Art, ihr zu sagen, daß es ihm leid tue, und obwohl sie zunächst darauf einging, war die Sache für sie damit allerdings noch nicht erledigt. Erst, wenn sie wüßte, was vorgefallen war. Doch in der Zwischenzeit würde sie mitspielen – sie hatte keine Lust, einen erneuten Stimmungsumschwung zu riskieren. Als das Telefon läutete, nahm Ja-

son den Hörer ab, meldete sich und wollte das Telefon an sie weiterreichen.

»Wer ist es?« flüsterte sie.

»Brooke.«

»Und ich dachte, es ist irgendein Vertreter.«

Er hielt sich den Hörer wieder ans Ohr. »Ich werde hier am Ende der Leitung gerade für mein unsoziales Verhalten getadelt.«

Gelächter drang durch den Hörer.

»Wie ich höre, werden wir am Wochenende also das Vergnügen deiner Gesellschaft haben.« Kurzes Zögern, dann: »Hat Paige erwähnt, daß wir überlegen, das Baby Brooke zu nennen?« Am anderen Ende war offensichtliche Begeisterung zu hören, dann: »Ja, natürlich noch nicht sicher. Hier, ich gebe sie dir mal für weitere Einzelheiten.«

Obwohl Paige während des Gesprächs heftig verneinend den Kopf geschüttelt hatte, um ihn davon abzuhalten, das Thema Baby-Namen anzusprechen, hatte es nichts genützt. Jason hatte plötzlich einen völlig verwirrten Eindruck gemacht, als wüßte er überhaupt nicht mehr, wohin mit sich. Da er ganz offensichtlich das Gespräch beenden und wieder zu seinem schmutzigen Geschirr zurück wollte, nahm sie ihm den Hörer aus der Hand.

»Brooke, ich komme allmählich zu dem Schluß, daß du meinen Mann nervös machst«, sagte Paige und lächelte Jason verschwörerisch dabei zu. Wieder an Brooke gewandt, fuhr sie fort: »Aber ich warne dich, wir wollen nichts davon hören, daß ihr eure Pläne ändert.«

»Na ja, eine klitzekleine Veränderung gibt es schon, die euch hoffentlich aber gefallen wird.«

»Okay, laß hören.«

»Wir kommen schon morgen abend statt Samstag mor-

gen, immer vorausgesetzt natürlich, ihr habt noch nichts anderes vor.«
»Und wenn wir schon etwas anderes vorhätten, würden wir unsere Pläne mit Freuden über den Haufen werfen. Was ist denn nur in dich gefahren, weißt du denn nicht, wie sehr ihr zwei uns fehlt?« Lautlos formte sie mit den Lippen ein »Sie-kommen-morgen« zu Jason hinüber.
Er nickte nur und wandte sich wieder seinem Abwasch zu.
Brooke lachte. »Ich freue mich über deine Begeisterung, es ist schön, wenn man so geschätzt wird. Ist Jason auch dieser Ansicht?«
»Mußt du da noch fragen?«
»Dann erzähl mir mehr über ein kleines Mädchen namens Brooke.«
»Oh, das ist nur einer von vielen Namen auf einer langen Liste mit Vorschlägen.«
Lily wartete, bis Paige ihren Satz beendet hatte, und spülte erst das letzte Glas, ehe sie mit leiser Stimme zu Jason sagte: »Brooke ist aber wirklich ein dämlicher Name.«
Er nahm das Glas, trocknete es ab und stellte es umgekehrt auf das Küchenregal.
»Ja, meinst du?«
»Das weiß ich sogar genau. Die anderen Kinder werden nur lachen.«
»Um dir die Wahrheit zu sagen, ich bin auch nicht sehr begeistert darüber. Aber ich glaube nicht, daß jemand deswegen lachen würde. Ich glaube, das ist ein ziemlich angesehener Name.«
»Für ein Mädchen.«
»Selbstverständlich. Hast du vielleicht gemeint, wir hätten ihn für einen Jungen gedacht?«

»Warum solltet ihr euch über einen Mädchennamen Gedanken machen?«
»Warum nicht?«
Sie verzog ihren Mund zu einem kleinen Lächeln und meinte dann achselzuckend: »Ich schätze, weil Paige keines bekommt.«

Paige war immer noch am Telefon, als sie sah, wie Lily die Treppen nach oben stürmte und Jason sich vor ihr aufbaute, die Arme vor der Brust verschränkt. Die beiden Adern an seinem Hals traten gespannt wie zwei Violinsaiten hervor. »Jason... Ich muß jetzt Schluß machen, Brooke«, sagte sie schnell ins Telefon. »Ja, jetzt... bis morgen.« Sie legte den Hörer auf und wandte sich an Jason: »Mir gefällt dein Blick überhaupt nicht, was ist denn los?«
»Kannst du dir das nicht vorstellen?«
Sie schüttelte den Kopf.
»Lily hat mir eben die freudige Botschaft mitgeteilt. Ein Junge, hmm?«
Sie hielt die Luft an. O Gott, von allen Möglichkeiten, wie er es erfahren konnte...
»Und?«
»Ich wollte es dir ja sagen, dauernd wollte ich... Heute abend zum Beispiel.«
»Ich verstehe.« Er fuhr sich mit der Hand durchs Haar, trat ein paar Schritte zurück und kam wieder näher. »Also, ich will ja nicht zu neugierig sein, aber wann habt ihr Mädels das denn erfahren?«
»Alles war so schrecklich verworren... Ich wollte damit warten, bis du –«
»Seit wann weißt du es?«
Sie stieß einen tiefen Seufzer aus. Wieso hörte sie sich ei-

gentlich an, als ob sie ihn hintergangen hätte? Das war doch überhaupt nicht der Fall. »Dienstag«, sagte sie schließlich. »Ich habe es erfahren, nachdem ich am Dienstag die Arztpraxis verlassen hatte.«

»Nachdem?«

»Lily hat es mir gesagt, sie hat den Bericht gelesen. Aus Versehen.«

Er schüttelte verwirrt den Kopf. »Bericht, welchen Bericht?«

»Der an meiner Ultraschallaufnahme hing.«

»Sie hat deine Krankenblätter gelesen?«

»Das hat sie nicht, ich meine, der Arzt hat es ihr gezeigt –«

»Himmel, würdest du mir bitte mal erklären, was hier eigentlich vor sich geht! Unser Arzt diskutiert deine Ultraschallaufnahme mit Lily, einem elfjährigen Mädchen, das gar nicht zu unserer Familie gehört?«

»Warte, hör auf damit! Gib mir eine Minute, damit ich alles erklären kann, und hör auf damit, mich so inquisitorisch zu befragen, als ob wir beide etwas Verbotenes getan hätten. Dr. Barry hat ihr eine Aufnahme des Babys gezeigt, weil sie Fragen bezüglich der Größe des Fötus gestellt hat – das war alles vollkommen unschuldig. Sie ist einfach nur interessiert und macht sich Sorgen um das Wohlergehen des Babys.«

Das Schlimmste daran war diese unbezähmbare Wut. Er war wütend, obwohl er und Paige eigentlich feiern sollten. Himmel, ein Junge! Auch wenn er sich nicht beklagt hätte, wenn es anders gekommen wäre – er hätte doch lügen müssen, wenn er behauptete, er habe sich nicht immer einen erstgeborenen Sohn gewünscht. Und genau das sollte jetzt passieren. Warum war es dann so schwer,

diese negativen Gefühle beiseite zu schieben und sich nur auf das Wesentliche zu konzentrieren?
Aber hatte das wirklich so wenig zu bedeuten, daß Paige es ihm nicht gleich erzählt hatte, nachdem sie durch *Zufall* selbst davon erfahren hatte? Statt dessen hatte er es aus dem Mund eines fremden Kindes erfahren müssen, das sich in ihrem Leben breitgemacht hatte und das er nicht einmal leiden konnte.

Kapitel 9

Ihr seid reich«, sagte Lily, als sie auf Paiges Bett saß und ihr zuschaute, wie sie sich das Haar bürstete.
»Wie kommst du auf die Idee?«
»Ihr habt doch zwei Häuser, stimmt's? Eines hier und eines mitten in New York City.«
»Stimmt, aber das heißt noch lange nicht –«
»Aber das ist doch reich. So reiche Leute habe ich vorher noch nie gekannt.«
Paige dachte darüber nach. »Wahrscheinlich sind wir schon irgendwie reich... Ich habe bestimmt mehr Geld und Kleider und andere Sachen, als ich es mir früher je vorgestellt hätte. Ich habe in vielen Punkten Glück. Ich habe einen Beruf, den ich mag, Jason... natürlich, bald kommt noch ein Baby, und dann –«
»Ist schon in Ordnung, du mußt nicht von mir reden.«
Paige streckte die Hand aus, aber Lily ließ sich schnell zu Boden gleiten. »Aber ich möchte es –« sagte Paige.
»Es wäre gelogen, weil du mich ja gar nicht richtig hast.«
Paige saß einen Augenblick unschlüssig da, betrachtete Lilys Hinterkopf und sah sich selbst in diesem Alter. »Als ich klein war, habe ich immer gedacht, ich sei adoptiert worden«, sagte sie. »Nun, vielleicht habe ich nicht wirklich daran geglaubt, sondern es mir nur gewünscht. Ich habe meiner Mutter nicht sehr ähnlich gesehen und war auch sonst ganz anders.«
»Ich wette, du warst die gute Prinzessin, während sie die böse war.«

»Du hast wohl selbst deinen Part in einem dieser Märchen gespielt.«
Lily drehte sich zu Paige um und schaute sie an. »Nur daß ich die böse Prinzessin war.«
»Oh, komm, das kann ich kaum glauben.«
»Das liegt nur daran, weil du eine der guten bist.«
»Weißt du was, Lily, ich denke, daß viele Kinder diese Art von Tagträumen haben und sich wünschen oder vorstellen, jemand anderer zu sein, als sie in Wirklichkeit sind. Obwohl ich bis jetzt noch nicht viel darüber nachgedacht habe, bin ich sicher, daß meine Mutter auch ihre guten Seiten hatte, Seiten, die mir an ihr nicht aufgefallen waren, weil ich viel zuviel damit zu tun hatte, mich auf die schlechten zu konzentrieren. Kein Mensch ist nur gut oder nur böse.«
»Was ist mit deiner Freundin in New York, die, die zu Besuch kommt?«
»Lily, verstehst du überhaupt, was ich dir sagen will?«
Sie nickte. »Ich schätze schon, aber ich will nicht über meine Mutter reden. Ich möchte über deine Freundin reden.«
Paige seufzte, streckte die Hand aus und zerzauste ihr das Haar. »Brooke? Na ja, was soll ich sagen... sie ist schön, einfach umwerfend.«
»So wie du?«
»Ich?«
»Ja.«
»Aber ich bin doch nicht –«
»Doch, das bist du.«
Paige lachte. »Hat dir schon mal jemand gesagt, wie stimulierend du für das Ego einer Frau bist?«
»Ich sage das nicht nur, damit du mich magst. Du bist schön. Hat dir Jason das noch nie gesagt?«

»Nun, ja, ich meine, nein.« Sie lachte, seufzte, beugte sich vor und führte die Bürste durch das lange, seidige Haar des Kindes.

»Erzähl mir mehr über Brooke.«

»Noch mehr?« Paige richtete sich wieder gerade auf. »Okay, schauen wir mal, sie kann Kinder nicht ausstehen.«

»Im Ernst?«

»Das sagt sie jedenfalls, und ich wüßte nicht, warum ich ihr das nicht glauben sollte; sie sagt immer, daß sie nicht die Absicht hat, jemals welche zu bekommen.«

»Ist sie böse?«

»Überhaupt nicht. Es gibt eben Leute, die keine großen Ambitionen haben, Eltern zu werden. Und ich schätze, es ist auch besser, wenn man so etwas vorher zugibt, als einfach ein Kind in die Welt zu setzen und erst hinterher herauszufinden, daß man nicht die Geduld hat und ... Nun, du hast schon verstanden, was ich meine.«

»Und sie schlägt, ist es das, was du meinst?«

Sie nickte. »So etwas in der Art. Lily, hat dein Daddy dich je geschlagen?«

»Muß ich darüber reden?«

»Nein, natürlich mußt du das nicht. Aber ich möchte dich daran erinnern, daß ich immer ein offenes Ohr für dich haben werde, falls du mal darüber reden möchtest. Und Dr. Egan natürlich auch. Nütz das aus, Schätzchen. Es ist viel besser, wenn man seine Gefühle herausläßt und über sie spricht, statt zuzulassen, daß sie sich in einen dunklen Winkel verkriechen, wo sie sich selbständig machen und man die Kontrolle über sie verliert.«

»Hast du das getan, Paige?«

Eine kurze Pause, dann: »Wenn du mich das noch vor einem Monat gefragt hättest, sogar noch vor ein paar Wochen, hätte ich nein gesagt, absolut nicht. Aber vielleicht habe ich manchmal auch so reagiert...«

»Als du noch klein warst?«

»Ich schätze.«

Beide sagten eine Weile nichts, während Paige eine andere Bluse anzog, die besser zu ihren schwarzweißgestreiften Hosen paßte. »Lily, da wir gerade davon sprechen...« Lily schaute zu ihr auf – ihr Blick war so klar und rein, als ob er direkt aus ihrer Seele käme. »Schätzchen, was würdest du dazu sagen, wenn du wüßtest, daß deine Mutter vielleicht die Chance hat, wieder nach Hause zu kommen?«

Lily schluckte schwer und fuhr sich mit der Zunge über die Lippen. »Hat sie die?« fragte sie mit einem Stimmchen, das Paige kaum verstehen konnte.

»Nun, das ist nicht sicher. Du weißt doch, daß Jason Rechtsanwalt ist, oder?«

Sie nickte.

»Na, er arbeitet daran, sie aus dem Gefängnis zu holen.«

»Wie kann er das?«

»Nun, man nennt so etwas ein Wiederaufnahmeverfahren. Jason möchte einen Antrag stellen, daß ihr Schuldbekenntnis nicht anerkannt und das Urteil aufgehoben wird.« Paige bemerkte die Verwirrung des kleinen Mädchens und versuchte es noch mal. »Die Sache ist die, deine Mutter hatte nie eine richtige Verhandlung... sie hat sich einfach schuldig bekannt und sich einsperren lassen.«

»Und das hätte sie nicht tun sollen?«

»Nun, sie hatte ja auch etwas zu sagen, und sie hätte sich hinstellen und ihre Sicht der Dinge erzählen sollen. So etwas nennt man Verteidigung, und darauf beruht unser Justizsystem. Es ist nur selten so, daß alles entweder ganz richtig oder ganz falsch ist; meistens gibt es Umstände, die jede Situation einmalig machen. Überleg doch, Lily, sie ist doch nicht plötzlich eines Morgens aufgewacht und hat beschlossen, deinen Dad umzubringen. Das ist doch erst nach Jahren voller Mißhandlungen, Tränen, blauer Flekken und gebrochener Knochen passiert. Aber du kennst die Geschichte bestimmt besser als ich.«

»Dann hatte sie also recht, ihn zu töten?«

»Das ist keine Sache von Recht oder Unrecht. Es gibt so etwas wie Notwehr, und Jason ist der Meinung, daß die Tat deiner Mutter unter diesem Gesichtspunkt betrachtet werden könnte. Doch zuerst muß er den Richter überzeugen, daß sie noch mal von vorn anfangen darf, weil sie nämlich beim ersten Mal vor Gericht geistig gar nicht in der Lage war, sich zu verteidigen.«

»Soll das heißen, daß sie verrückt war?«

»Das soll heißen, daß sie unter Schock stand und nicht Herr ihrer Sinne war, als sie sich schuldig bekannte, das Verbrechen begangen zu haben. Und wenn Jason das beweisen kann, dann kann er auch beweisen, daß der Mord an sich aus Notwehr geschah ... Lily, deine Mutter könnte wieder frei kommen oder zumindest ein milderes Urteil erhalten. Das ist natürlich nicht sicher, und ich will auch nicht, daß du das denkst ... aber wenn es eine Möglichkeit gäbe, daß es dazu kommt, was würdest du davon halten?«

»Ich schätze, das wäre gut. Wirklich gut.«

Paige lächelte und umarmte sie.

»Dann schreibe ihr doch einen Brief und sage ihr das. Weißt du, Lily, ein Problem mit deiner Mutter ist, daß sie sich selbst der strengste Richter und die strengsten Geschworenen in einer Person ist. Sie ist nicht bereit, sich selbst zu vergeben und um ihre Freiheit zu kämpfen. Es liegt also an dir, sie zu überzeugen, daß du sie liebst und sie brauchst und daß sie nach Hause kommen muß, um wieder mit dir zusammenzusein.«

Brooke und Gary kamen abends um sechs Uhr – zwanzig Minuten vor Jason. Nachdem allerseits Küßchen und Umarmungen ausgetauscht worden waren, begleitet von spitzen Schreien, Ächzen und den üblichen dummen Bemerkungen über schwangere Frauen, stellte Paige Lily vor und lobte sie sehr für die bunte und geschmackvolle Platte mit Appetithappen, die sie auf dem Couchtisch angerichtet hatte.

Gary – groß, mit sandblondem Haar und feinen Gesichtszügen – bediente sich bereits am Büfett und goß sich großzügig weißen Chardonnay ein, damit der kleine Teller mit den Häppchen besser rutschte, den er sich zusammengestellt hatte.

»Sie ist eine hervorragende Köchin und überhaupt ein prächtiges Mädchen. Wie alt ist sie, die kleine Dame, sagst du? Elf?« Er drehte sich um und ließ seine blauen Augen auf Lily ruhen. »Hey, du suchst wahrscheinlich keine gutbezahlte Stellung in der Stadt?«

»Vergiß das lieber, das wäre ein schlechter Tausch«, sagte Brooke, während sie sich Wein in ein langstieliges Glas goß. »Dieser Angeber hier arbeitet selbst nur für einen Hungerlohn.«

Er zwinkerte Lily zu. »Ah, aber das erzähle ich doch nur *ihr*, und das geschieht nur zu ihrem Besten, muß ich hinzufügen. In Wirklichkeit ist diese Frau da nämlich wahnsinnig und leidet an einer Geisteskrankheit, die sie jedes Mal hyperventilieren läßt, sobald sie auch nur in die Nähe eines grünen Kittels kommt.«

»Zum Glück bin ich nicht auf ihn angewiesen, wenn ich mal krank bin – vielleicht sollte ich aber doch lieber schnell

mein Testament aufsetzen. Warte«, sie streckte einen Finger in die Luft, »ist das nicht der Herr, der den einsamen Rekord hält, die wenigsten Punkte im Ärztekollegium zu haben, oder war das einer von seinen doofen Kumpels?«
Paige stand auf. »Lily, warum gehst du nicht nach oben und fängst mit dem Brief an, über den wir gesprochen haben?« Lily ging, und Paige verschränkte die Arme vor der Brust und blickte entschlossen von einem zum anderen. »Würdet ihr euch bitte etwas zusammenreißen? Ihr seid gerade erst angekommen und schon mitten im schönsten Streit.«
Brooke deutete auf die Treppe.
»Na, es ist ja nicht so, daß die Prinzessin nicht an ein bißchen harmloses Geplänkel gewöhnt wäre.«
»Harmlos, von wessen Standpunkt aus? Außerdem will ich nicht, daß du Lily wie eine deiner Bühnenrequisiten behandelst. Also, als Motto dieses Wochenendes ist angesagt, mit dem eigenen Partner so gut wie möglich auszukommen. Wer das am besten fertigbringt – das heißt, ohne den Veitstanz oder andere schreckliche Gebrechen zu bekommen –, der hat gewonnen.«
Von der Tür ertönte Klatschen. »Bravo, das war wunderbar. So wunderbar, daß ich mir überlege, ob wir das nicht für immer einführen sollen. Am Wochenende ist jeder Streit strikt verboten, so lauten doch die Regeln, oder?«
Paige schaute Jason fragend an. »Hast du getrunken?«
»Nichts, worüber du dir Sorgen machen müßtest.« Er hob eine braune Papiertüte in die Höhe, steckte die Hand hinein und holte eine riesige, grellrote Tomate heraus. »Das, meine Freunde, ist eine im eigenen Garten gezogene Tomate«, verkündete er und hielt sie allen unter die Nase.
»Von wessen Garten ist hier eigentlich die Rede?« fragte Gary.

»Das ist doch egal. Warte nur, bis du die Spaghettisauce probiert hast, die ich morgen daraus machen werde.«
»Hierher«, sagte Brooke und streckte die Arme aus. »Alles der Reihe nach, wo bleibt mein Begrüßungskuß?«

Trotz der späten Stunde, zu der sie ins Bett gekommen waren, standen Gary, Jason und Lily am nächsten Morgen früh auf und weckten auch gleich die anderen. Erst wollten sie ein wenig laufen und dann irgendwo unterwegs frühstücken, wurde beschlossen. Während also Gary und Paige zusammen über den Kiesweg schlenderten und sich unterhielten, liefen Jason, Brooke und Lily den Pfad entlang durch den Wald und zum Fluß hinunter.
»Wir treffen uns in, na sagen wir mal, einer halben Stunde am Wagen«, schlug Jason vor.
Jason und Brooke legten zwanzig Minuten später, als sie zum dritten Mal am Fluß vorbeikamen, eine kleine Pause ein. Lily war bei der Trauerweide zurückgeblieben, wo sie sich mit beiden Händen an einen niedrigen Ast hängte und hin und her schwang. Jason, verlegen, daß sie nun beide allein waren, bückte sich und ließ flache Kieselsteine über das Wasser hüpfen, während Brooke sich in die Betrachtung der großen Eiche vor sich vertiefte. Plötzlich kletterte sie Ast für Ast hinauf, bis sie auf einem langen, knorrigen Zweig stand, der sich ungefähr drei Meter über dem Boden befand. Dort oben ließ sie den Stamm los und breitete beide Arme weit aus, so daß sich ihr Strickhemd hob und ihre nackte Taille entblößte.
»Schau dir das mal an.«
Er drehte sich um und schaute. »Hey, paß auf, setz dich wieder hin, das ist ziemlich hoch.«
»Keine Bange, mir geht es gut«, sagte sie, reckte das Kinn, streckte ihren langen Hals und atmete tief ein. Schließlich

setzte sie sich und stützte sich dabei mit einem Arm am Baumstamm ab.

»Was für ein herrlicher Ausblick. Ich muß hier unbedingt zum Malen heraufkommen.«

»Was macht denn die Kunst?«

»Der geht es gut. Ich verdiene sogar etwas Geld damit, so daß wir nicht nur auf Garys mageres Einkommen angewiesen sind. Ich hasse es nun mal, mir nicht alles leisten zu können, was ich will. Das ist eben eine meiner kleinen Marotten.«

»Noch ein paar Jahre, und Gary wird soviel Geld scheffeln, daß du es gar nicht so schnell ausgeben kannst.«

»Das würde mir bestimmt nichts ausmachen. Und bis dahin bleibt mir nichts weiter übrig, als mich mit den langen Stunden voller Einsamkeit, aber mit wenig Entgelt abzufinden.« Sie drehte sich Richtung Trauerweide und deutete mit einem Nicken darauf. »Wie macht sich denn unsere kleine Prinzessin?«

»Wir sind nicht gerade eine glückliche Familie, wenn du das meinst.«

»Ich habe mein Bestes versucht und mit Paige geredet. Aber –«

»Nein, ich kann mir nicht vorstellen, daß man an diesem Punkt mit Reden noch etwas bei ihr ausrichten kann. Sie hängt schon viel zu sehr an ihr. Es war ein Fehler, hierherzukommen.«

»Nun, das ist schwer zu sagen. Vergiß nicht, Paige war ziemlich fertig, als sie aus der Stadt weg ist. Sie konnte nicht mal hundertfünfzig Meter von der Wohnung weggehen, ohne sich gleich von jemandem bedroht zu fühlen oder ähnliches. Entweder real oder eingebildet.«

»Ja, natürlich war das eine Weile ziemlich schlimm, ich wünschte mir nur ... Schau dir das mal an –« Er machte ei-

nen Schritt auf das Wasser zu und steckte vorsichtig die Hand hinein.
»Was ist da?«
»Warte.« Mit beiden Händen holte er eine Schildkröte heraus und hob sie in die Höhe. »Schau dir nur mal die Größe von dem Ding an!« Er drehte sich zu der Trauerweide um und rief: »Hey, Lily, schnell, komm her.«

Lily kam mit Brooke und Jason im Schlepptau aus dem Wald gerannt.
»Wartet nur, bis ihr gesehen habt, was Jason gefunden hat!« rief sie.
Die Schildkröte, die dieser trug, war die größte, die Paige je gesehen hatte – der schwere, grünlichbraune Panzer hatte einen Durchmesser von zwanzig, vielleicht fünfundzwanzig Zentimetern.
»Beißt sie, Jason?« fragte sie und musterte die Augen des Tieres, die fast völlig von dickhäutigen Lidern verborgen waren.
»Nur wenn du ihr den Finger direkt vors Maul hältst. Lily, geh doch mal in den Keller, dort ist ein Waschzuber aus Blech. Hol ihn her. Der müßte eigentlich groß genug für dieses Ding sein, für eine Zeitlang wenigstens.« Als Lily mit der Blechbadewanne angerannt kam, hob Jason die Schildkröte hinein.
»Wo willst du sie halten?« fragte Lily.
»Nun, ich weiß nur, wo *du* sie nicht halten wirst, nämlich nicht im Haus.«
»*Ich*, sie gehört mir?«
»Du mußt natürlich für sie sorgen, das heißt, sie füttern und ihren Käfig sauberhalten.« Er deutete auf die Badewanne. »Sie wird einen größeren Behälter brauchen, vielleicht können wir nach dem Frühstück –«

»Ich hatte noch nie ein Haustier, noch nie in meinem ganzen Leben!« Sie sprang auf ihn zu und schlang – ohne lange darüber nachzudenken – ihre Arme um Jason, wich aber sofort wieder zurück, als ihr klar wurde, was sie da getan hatte. »Vielen Dank, Jason«, sagte sie und setzte zu einem Spurt Richtung Haus an.

»Was ist, wo läufst du hin, Lily?« rief Paige ihr nach »Wir wollten doch...«

»Bin gleich wieder da, nur eine Sekunde. Ich hole Wasser, eine Schildkröte braucht doch Wasser!«

Jason und Lily entschieden sich für eine feste, zweigeteilte Sandbox aus Plastik, die ungefähr zweieinhalb Meter lang war und einen dreißig Zentimeter hohen Rand hatte. Und da es draußen bereits kalt wurde – frisches Wasser würde schnell gefrieren –, war Paige einverstanden, daß die Schildkröte im Keller blieb. Da die Waschmaschine und der Trockner bequemerweise in der Küche standen, kam Paige nicht oft nach unten.

»Aber du wirst sie doch sauberhalten?« fragte sie Lily.

»Das verspreche ich dir.«

Als sie aus dem Ort zurückkamen, füllte Lily die beiden Abteilungen mit Sand und verteilte anschließend Salat, rohen Spinat, Brokkoli, Steine, Stöcke und Kieselsteine darauf. Aber dann nahm sie die Schildkröte doch mit nach draußen.

»Die meisten Kinder mögen Hunde und Katzen«, meinte Brooke, als sie ihre Malsachen zusammensuchte.

»Und die meisten Maler ziehen es vor, mit beiden Beinen fest auf der Erde zu bleiben«, sagte Paige.

»Oh, das, komm doch raus mit mir. Dann wirst du schon sehen, daß es gar nicht so gefährlich ist.«

»Ich kann nicht, ich bin nicht mehr so beweglich. Ich bin

kein Partygirl mehr, das die Nächte durchtanzt.« Sie tätschelte lächelnd ihren Bauch. »Ich befördere hier drin kostbare Fracht, die nach sofortiger Ruhe verlangt.« Sie stieg ein, zwei Stufen die Treppe hoch und drehte sich dann noch mal um. »Trotzdem, Brooke, ich habe Angst um dich, wenn du mit dem ganzen Zeug, das du zu tragen hast, so hoch auf einen Baum kletterst. Vielleicht sollte jemand mitkommen –« Sie schaute erst Gary, dann Jason an. »Würdest du vielleicht?«
»Du legst dich hin«, sagte Jason, »und ich begleite sie zum Fluß und helfe ihr beim Aufstellen ihrer Malsachen.«
»Ich muß noch ein paar Anrufe ins Krankenhaus erledigen«, meinte Gary.
»Du hast versprochen, du würdest –« setzte Brooke an.
»Psst«, sagte Paige. »Denkt an die Spielregeln, kein böses Wort, kein Streit, kein Genörgel.«

Es geschah, als Jason den Baum hochkletterte, um Brooke die Leinwand zu reichen – sie nahm sie ihm ab, lehnte sie vorsichtig an den Baumstamm, beugte sich vor und überraschte ihn damit, daß sie schnell und erfahren ihre kühle Hand unter seine Jeans gleiten ließ. Und das nächste, was er wußte, war, daß er sie küßte, berührte ... Aber das dauerte nur ein paar Sekunden, denn plötzlich hielt er inne, riß sich los und sprang zu Boden.
Er wich ein paar Schritte zurück und betrachtete sie, wie sie da oben saß: mit weit geöffnetem Hemd, das ein dunkles Muttermal zwischen ihren winzigen nackten Brüsten mit den steifen rosa Brustwarzen enthüllte. Er schüttelte den Kopf. »Ich kann nicht.«
»Warum nicht, zum Teufel?«
»Ich würde sterben, wenn ich sie verlieren würde, Brooke, und das meine ich auch so.«

»Aber wer soll es ihr denn sagen? Du glaubst doch wohl nicht, ich –«
Pause, dann: »Verstehst du das denn nicht, es liegt an mir, ich kann sie nicht weiterhin belügen... sie vertraut mir, und plötzlich kann ich es kaum mehr ertragen, sie anzusehen. Diese Frau bedeutet mir alles, und sie trägt mein Kind unter dem Herzen. Und ich habe deshalb Angst, sie richtig anzusehen, weil ich befürchte, daß sie mich auf den ersten Blick durchschauen wird.«
»Kein Grund zur Sorge, das klingt mir ganz nach einem simplen Fall von sogenanntem ›schlechten Gewissen‹. Und dabei habe ich mir immer gedacht, diese ganz besondere Krankheit sei in den Fünfzigern zusammen mit Bürstenschnitt und weißen Wildlederschuhen ausgestorben. Du benimmst dich wie ein Pennäler. Hier, ich zeige dir mal was.« Mit diesen Worten zog sie ihr Hemd aus, ließ es zu Boden fallen und stieß sich langsam vom Baumstamm ab... »Du solltest mich besser auffangen.«
Völlig überrascht fing er sie auf, konnte aber nur ihren Sturz dämpfen. Zusammen fielen sie zu Boden, sie blieb auf ihm liegen. Ohne lange zu zögern, fing sie an, ihn zu kitzeln und zu streicheln, aber er schob sie zur Seite und stand wieder auf. Schließlich bückte er sich, hob ihr Hemd auf und warf es ihr zu.
Sie setzte sich auf, holte tief Luft, zog ihr Hemd an, zögerte, als wüßte sie nicht, was sie als nächstes tun sollte, und fuhr sich schließlich mit der Hand durchs Haar. Er hatte inzwischen beide Daumen in die Taschen seiner Jeans eingehakt und starrte zu Boden, während die Spitze seines Turnschuhs wütend in der Erde wühlte. Wieso kam er sich plötzlich wie ein dummer Teenager vor, der bis über beide Ohren in der Klemme steckte?
»Wir sollten das hier nicht überbewerten und mehr darin

sehen, als eigentlich passiert ist«, meinte Brooke schließlich. »Wenn es dir die Sache leichter macht, dann schieb ruhig mir die ganze Schuld in die Schuhe.«
»Hör zu, ich suche niemanden, dem ich die Schuld... Aber wie wär's, wenn wir versuchten, so zu tun, als ob nie etwas passiert sei?«
Sie nickte und kletterte wieder auf den Ast. Er hob ihre Palette und eine Kiste mit Kreide, Ölfarbe, Zeichenkohle, Pinseln und Leinwand in die Astgabeln der Eiche hinauf und half ihr noch, sie dort zu befestigen.
Brooke schaute auf ihre Uhr. »Sag Paige, daß ich gegen drei, spätestens halb vier wieder zurück bin.«
Er fühlte sich immer noch ganz benommen, als er sich auf den Rückweg machte, sonst hätte er sicher Lily bemerkt, die oben in der Trauerweide auf Beobachtungsposten saß.

Sie hatten erst für Lily Abendbrot gemacht und nun bis acht Uhr warten müssen, ehe Jasons Sauce endlich fertig war.
»Hier, versuch mal«, sagte er und streckte Gary den dampfenden Kochlöffel entgegen.
Gary goß sich zuerst Rotwein ein und probierte dann die Sauce.
»Die ist gut, die ist wirklich so gut, wie du behauptet hast. Warum hast du die nicht schon früher für uns gemacht?«
»Das hat er doch, Schafskopf, zweimal. Aber beide Male bist du wegen eines Notfalls ins Krankenhaus gerufen worden«, antwortete Brooke.
»Nein, nein, keine bösen Worte«, schimpfte Paige, goß sich selbst Mineralwasser ein und überlegte, wie umwerfend Brooke in diesen schwarzen Leggings und dem dünnen roten Oberteil mit dem breiten Gürtel aussah, der ihre schmale Taille noch schmaler erscheinen ließ. Paige

konnte sich nicht erinnern, je eine solche Taille gehabt zu haben – jedenfalls nicht nach ihrem zwölften Lebensjahr.
»Na, du kannst Brooke ja auf jeden Fall das Rezept geben.«
»Es gibt kein Rezept«, sagte Paige und mischte sich in ihre Unterhaltung ein.
»Was soll das heißen?«
»Du weißt doch«, sagte sie und reichte die Teller mit Spaghetti an Jason weiter, der die Sauce über die Nudeln goß. »Ein bißchen dies, ein bißchen das.«
»Ich sehe schon, du hast sie gut abgerichtet, Jay, alter Knabe. Aber wenn du schon so ein Geheimnis um die Zutaten machst, dann solltest du dein Rezept besser gleich urheberrechtlich schützen lassen.«
»Na ja, ich könnte schon alles mal abwiegen und zusammenschreiben.«
»Zu mir hast du das noch nie gesagt. Wieso eigentlich?« fragte Paige, als sie die zwei fertigen Teller Jason aus der Hand nahm und sie an Gary und Brooke weiterreichte.
»Gut«, sagte Gary, als er mit der Mühle Pfeffer über die dampfenden Nudeln mahlte. »Wenn du das wirklich tust, dann kannst du auch Brooke eine Kopie geben.«
»Warum bist du denn so still?« wollte Paige von Brooke wissen, als sie sich ein Stück warmes Knoblauchbrot nahm und dann den Korb weiterreichte.
»Aus keinem besonderen Grund, ich genieße den Wein. Ich komme nur nicht dahinter, was das für einer ist.«
»Ein Chianti«, sagte Gary. »Darf ich dich daran erinnern, meine Liebe, daß du ihn selbst aus dem Weinregal genommen hast?«
Lily kam aus dem Keller herauf. »Sie kriecht dauernd wieder heraus«, sagte sie.
»Was ist los?« fragte Paige.

»Die Schildkröte, sie steigt über den Rand des Kastens.«
»Dann laß dir was einfallen«, sagte Jason.
»Was soll das heißen?«
»Denk dir was aus, damit es nicht mehr passiert. Mit anderen Worten, stell etwas auf, das sie davon abhält, eine Barriere, irgend etwas. Außerdem sind wir gerade beim Essen – und wenn ich dich daran erinnern darf, du hast bereits gegessen, jetzt sind wir an der Reihe.«
»Brrr, wenn Blicke töten könnten«, sagte Brooke, während Lily wieder nach unten verschwand.

»Ist dir auch aufgefallen, daß Brooke sich seltsam benimmt?« fragte Paige, als sie und Jason im Bett waren.
»Nein, eigentlich nicht, wieso?«
»Ich weiß nicht, sie schien mir launisch, besorgt, nicht ganz sie selbst.«
»Vielleicht hat es mit Gary zu tun.«
»Vielleicht. Aber ich hatte nicht den Eindruck. Ich meine, wenn man bedenkt, wie die zwei normalerweise miteinander umgehen, dann kommen sie momentan bemerkenswert gut miteinander aus.« Sie drückte ihre Lippen auf seinen Hals. »Und wenn ich an die letzte Woche denke, wir beide auch. Denkst du nicht auch? Ich weiß, daß es unverzeihlich von mir war, dir nicht gleich von dem Baby zu erzählen, aber ich schwöre dir, das war nicht meine Absicht, Jason. Es lag soviel Ärger und Gereiztheit in der Luft, daß ich eigentlich nur auf den passenden Augenblick, die richtige Stimmung gewartet habe, um es dir zu sagen... Aber bevor ich noch wußte, was los war, waren zwei Tage vergangen, und...«
»Sprechen wir nicht mehr davon.«
»Dann verzeihst du mir also?«
»Hast du es sonst noch jemandem erzählt?«

»Nein, natürlich nicht. Aber ich glaube, jetzt können wir... Du freust dich doch darüber, oder?«
»Wie kannst du so etwas nur fragen? Wenn der Ärger etwas nachläßt, denke ich an nichts anderes, nur daran, daß du unseren Sohn trägst... Dann kann ich gar nicht beschreiben, wie aufgeregt, wie froh ich bin.« Er schaute ihr in die Augen, streckte die Hand aus, fuhr mit den Knöcheln über ihre Wangen, ließ seine Hand aber wieder sinken und wandte die Augen ab.
»Aber der Ärger kommt immer wieder hoch, ist es das?«
»Er wird schon wieder vergehen. Ich konnte ja noch nie lange wütend auf dich sein.«
»Was ist mit Lily?«
Schweigen.
»Sie mag diese Schildkröte wirklich sehr.«
»Ja, sieht ganz so aus.«
»Warum dann so negativ? Sie ist ganz verrückt danach, und ich fand es toll, daß du sie ihr gegeben hast.«
»Ist ja schon gut.«
»Tut mir leid, ich wollte dich nicht bedrängen. Abgesehen davon, daß Brooke ein bißchen launisch ist, läuft das Wochenende doch wirklich gut. Besonders mit dir und Lily und dieser Schildkröte... Vielleicht täusche ich mich ja, aber ich habe das Gefühl, als hättet ihr beide Waffenstillstand geschlossen.« Sie fuhr mit der Zunge in sein Ohr. »Jason, ist dir aufgefallen, daß ich dich heute abend beobachtet habe? Dabei habe ich mir gedacht –«
»Es ist schon fast drei Uhr, Paige. Ich bin müde.«

»Äpfel pflücken? Es soll doch regnen.«
»Aber erst heute abend. Komm schon, das wird bestimmt lustig, Jason«, sagte Paige. »Die Obstgärten sind

einfach traumhaft schön um diese Jahreszeit. Soweit ich höre, hat Gary nichts dagegen einzuwenden.«

»Das liegt nur daran, daß ich überhaupt keine Gelegenheit dazu hatte, etwas einzuwenden. Wann habt ihr überhaupt abgestimmt, und wo war ich zu der Zeit?«

»Wahrscheinlich waren deine Gedanken viel zu sehr damit beschäftigt, das Viertelpfund Schnittlauchkäse auf diesem Brötchen zu verteilen, das du gerade verspeisen willst«, meinte Brooke. »Jason, warum erzählst du mir nicht mehr von eurer Absicht, dieses süße kleine Baby Brooke zu nennen?«

Paige warf Jason einen Blick zu.

»Vergiß es«, meinte er achselzuckend. »Sieht so aus, als würden wir nun definitiv einen Jungen bekommen.«

»Hey, meinst du das im Ernst? Großartig!« rief Gary.

»Warte mal, ich dachte, wir sollten uns überraschen lassen, was es wird, und –« Brooke schaute erst Paige, dann Jason fragend an. »Was ist hier los?«

»Nichts«, erwiderte Paige. »Bei meinem letzten Arztbesuch haben wir es durch Zufall erfahren.«

»Okay, dein Termin war am Dienstag, ich weiß noch, daß du mir davon erzählt hast, Paige –«

»Stimmt.«

Sie wandte sich an Jason. »Warum hast du mir dann noch gestern gesagt, daß –« Sie hielt inne und fügte nur noch hinzu: »Hoppla, jetzt halte ich wohl besser den Mund.«

»Was ist jetzt mit eurer Äpfelpflückerei, Mädchen«, sagte Gary, um ihr über die peinliche Situation hinwegzuhelfen. »Was glaubt ihr, wie lange das dauert? Wir müßten nämlich spätestens um vier wieder zurück.«

»Kein Problem«, meinte Paige. »Es dauert nicht länger als eine Stunde, um zwei Körbe zu füllen.«

»Ich sehe jetzt schon unseren Kühlschrank voller verfaulender Äpfel vor mir«, sagte Gary.

»O ja, ehe ich es vergesse«, warf Paige ein und tippte Brooke auf die Schulter. »Zeig mir doch mal das Bild.«

»Welches Bild?«

»Du weißt schon, das vom Baum.«

»Oh, das. Da wirst du noch etwas warten müssen, du weißt doch, daß ich unfertige Sachen nicht so gern herzeige.«

»Wann wird es denn fertig sein?«

Sie zuckte mit den Achseln.

»Warum bleibst du dann nicht noch ein paar Tage und malst es zu Ende?« schlug Gary vor. »Du kannst dann mit Jason wieder in die Stadt zurückfahren, sagen wir mal, Mittwoch früh. So bleiben dir noch zwei Tage. Da kannst du in aller Ruhe malen und mit Paige alle Leute durchhecheln.«

»Aber sie hat doch eine Auftragsarbeit zu machen«, meinte Paige.

»Die wurde doch wieder abbestellt, nicht wahr, Liebling?«

Brooke zuckte mit den Achseln. »Ja, aber ich weiß nicht, ob der Zeitpunkt so gut ist. Ich müßte wirklich zurück.«

»Falls du dabei an mich denken solltest, mich kannst du gleich vergessen«, sagte Gary. »Ich habe morgen und am Dienstag bis drei Uhr nachts Dienst.«

»Okay«, sagte Paige. »Und wo liegt das Problem?«

»Na, nirgends. Aber was ist mit Jason, der muß morgens doch gar nicht in die Nähe der Park Avenue –«

»Er kann dich ja an einer Bushaltestelle oder an der U-Bahn herauslassen. Wieso bist du nur so... Jason, sag ihr doch bitte mal, daß das kein Problem ist... Huhu, Jason Bennett, weilst du noch unter uns?«

»O ja, sicher ... Nein, sie hat recht, das ist kein Problem.«
»Okay, dann ist es abgemacht, du bleibst noch.«
Brooke zuckte die Achseln in einer Was-kann-ich-schon-dagegen-tun-Geste, was offensichtlich Lilys Interesse erregte, die ihre Augen nicht von ihr ließ. Paige beugte sich vor und tippte Lily auf die Schulter.
»Junge Dame, das ist aber ein strenger Blick. Was ist denn los, Schätzchen?«
Brooke schaute hoch und hatte ein seltsames Gefühl, als ihr Blick dem des Kindes begegnete. Schließlich wandte Lily ihre Aufmerksamkeit Paige zu.
»Ich habe nur nachgedacht, das ist alles ...«
»So, worüber denn?«
»Über das Äpfelpflücken. Wenn wir gehen, bekomme ich dann einen Kürbis?«

»Du warst ja nicht gerade begeistert, daß Brooke noch bleibt«, sagte Paige an diesem Abend, als sie ins Bett gingen. Gary war gegen sechs Uhr gefahren, hatte also noch genügend Zeit, dem Regen davonzufahren, der von New Jersey heraufgezogen war. Jetzt lag Jason auf dem Bett und hatte ihr den Rücken zugewandt, den sie nachdenklich betrachtete.
»Ich wollte nicht, daß es so klingt«, sagte er. »Wenn sie länger bleiben will, schön.«
»Bist du sauer auf sie?«
»Himmel, Paige, mußt du wirklich alle meine Reaktionen gleich analysieren? Ich habe eigentlich nur gedacht, daß du sie vielleicht etwas zu sehr bedrängt hast.«
»Habe ich das? Und ich habe gedacht, sie hat nur gezögert, weil ... Glaubst du wirklich, daß ich sie überredet habe?«
»Vergiß es. Sie ist einverstanden, noch zu bleiben, was

heißt, daß sie es sich inzwischen noch mal überlegt hat, falls sie vorher wirklich anderer Meinung war.«
»Glaubst du, daß sie wütend auf mich ist?«
»Warum sollte sie das?«
»Ich weiß nicht, sie schien nur so ... ich weiß nicht, so reserviert.«
»Das bildest du dir doch nur ein.« Er sagte lange nichts, dann: »Paige?«
»Ja, ich höre.«
»Du bist das Allerwichtigste in meinem Leben – das weißt du doch, oder?«
»Ich verlasse mich schon darauf, vielleicht mehr, als ich das Recht dazu habe. Willst du darüber reden?«
»Über was?«
»Über das, was letzte Woche mit dir passiert ist.«
Schweigen.
»Jason, ich muß es wissen.«
»Das war nur Streß, du weißt doch, wie manchmal eins zum anderen kommt.«
»Und das war alles?«
»Genügt dir das nicht?«
Sie lächelte und kuschelte sich fester an seinen Rücken. Plötzlich versetzte ihr das Baby einen Tritt.
»Oh, oh, da ist jemand wach und will spielen. Spürst du ihn, Jason?«
»Willst du mich veralbern? Das fühlt sich an wie eine ganze Elefantenherde. Erinnert mich an die Art, wie du momentan die Treppe hochsteigst.« Sie versetzte ihm einen scherzhaften Klaps, beide lachten, und er drehte sich um und zog sie an sich.
Als sie gerade am Einschlafen war, sagte sie noch: »Jason, hast du gesehen, welches Gesicht Lily aus ihrem Kürbis geschnitzt hat?«

»Nein, eigentlich nicht, wieso?«
»Es war nur so ganz anders, das ist alles, Sehr freundlich, gar nicht so die übliche Fratze; sie hat ihm einen lächelnden Mund gemacht.«
Sie war gerade erst zwanzig Minuten eingeschlafen, als ein Donnerschlag über den Himmel fegte und sie erschrocken hochfahren ließ. Jason, der noch nicht eingeschlafen war, ergriff ihre Arme, mit denen sie wie wild um sich schlug, und hielt sie fest.
»Es ist alles in Ordnung, Liebling, entspann dich, das war nur ein bißchen Donner da draußen.«
Sie schaute ihn verständnislos an, aber als sie wieder zu sich kam, holte sie tief Luft.
»Wieder so ein Traum?«
Sie nickte.
»Wieder derselbe Kerl?«
Wieder nickte sie und sagte: »Nein. Es sah zwar so aus, aber ich glaube nicht, daß er es diesmal war.«

Am nächsten Morgen bestand Lily darauf, etwas früher zur Schule zu gehen, da sie auf dem Schulhof unbedingt allen von ihrer Schildkröte erzählen wollte, die sie Wally getauft hatte. Als Brooke aufwachte, war Paige bereits bei ihrer dritten Tasse koffeinfreien Kaffee und bei ihrem zweiten Brötchen. Sie goß Brooke eine Tasse ein.
»Wie wär's mit einem Brötchen dazu?«
»Nein, nichts.«
»Bist du sicher? Ich habe auch Orangensaft, Müsli, Eier?«
Brooke schüttelte nur den Kopf und schaute zum Fenster hinaus – draußen war es immer noch naß und ungemütlich.
»Keine Sorge«, meinte Paige, »der Wetterbericht hat in ein paar Stunden Sonne versprochen.«

»Okay.«
»Jetzt komm schon, sag's mir«, bat Paige schließlich.
»Was meinst du denn?«
»Du bist einfach nicht so spritzig wie sonst.«
»Na komm, selbst wir spritzigen Wesen brauchen ab und zu eine Verschnaufpause.«
»Bist du wütend auf mich oder auf etwas, was ich gesagt oder getan habe?«
Brooke sagte eine Weile nichts und meinte dann: »Soll ich dir ganz brutal die Wahrheit sagen?«
»Selbstverständlich.«
»Ich glaube, daß du mit dieser Lily einen Fehler machst.«
»So? Für wen soll das falsch sein – für dich oder mich?«
»Für dich und Jason als Paar.«
Paige seufzte und schüttelte den Kopf. »Na, das kommt aber von einer wirklichen Autorität auf diesem Gebiet.«
»Ich will ja gar nicht behaupten, daß meine Ehe perfekt ist, ich sage nur, daß deine Ehe, die in meinen Augen immer so gut zu sein schien, plötzlich einen etwas morschen Eindruck macht. Ich meine, bei euch beiden läuft doch eigentlich alles nach Plan – ihr versteht euch gut, seid beide erfolgreich im Beruf, jetzt kommt sogar noch ein Baby, das Kind, das ihr euch beide so lange gewünscht habt... Und was hat das jetzt zu bedeuten, daß du gewußt hast, es wird ein Junge, und es Jason nicht erzählt hast?«
»Das war reiner Zufall, ich habe es unbeabsichtigt erfahren.«
»In Ordnung, so etwas kann passieren, schätze ich. Aber warum hast du es ihm dann nicht gleich gesagt?«
»Ich habe es ja versucht... Aber da war immer soviel los.«
»Darf ich annehmen, daß es etwas mit Prinzessin Lily zu tun hatte?«

»Verdammt, hör auf damit! Du klingst ja genauso wie Jason... gibst ihr die Schuld an allem!«

An diesem Nachmittag verspürte Ruthanne ein paar starke Wehen, die so heftig waren, daß sie Paige anrief. Paige eilte sofort zu ihr, aber bis sie bei Ruthanne ankam, hatten die Wehen wieder aufgehört. Sie schaute auf die Uhr – Lily war noch in der Schule und Brooke beim Malen, seit dem frühen Morgen war sie draußen; sie hatte Paige gebeten, mit dem Mittagessen nicht auf sie zu warten. Jetzt machte Paige Tee für Ruthanne und setzte sie in einen Sessel.

»Soll ich den Arzt rufen?« fragte sie. »Oder vielleicht Charlie?«

»Nein, warten wir lieber noch eine Weile, ich glaube, das waren nur Vorwehen. Ich wollte Sie eigentlich nicht bemühen, aber –«

»Seien Sie doch nicht albern, wenn es bei mir soweit ist, wird die Panik noch viel größer sein. Vergessen Sie nicht, es ist mein erstes.«

»Das vergesse ich tatsächlich jedes Mal... wenn ich Sie zusammen mit Lily sehe, na, dann wirken Sie wirklich wie Mutter und Tochter.«

Paige lächelte. »Ich weiß, so fühle ich mich auch, obwohl ich das eigentlich nicht sollte.«

»Wer sagt das?«

»Meine Freundin, die aus der Stadt. Und Jason natürlich. Das reicht doch, oder?«

»Sie werden sich schon daran gewöhnen. Tut mir leid, vielleicht sollte ich das besser nicht sagen. Wo doch eine neue Verhandlung ansteht –«

»Ich habe Lily davon erzählt.«

»Tatsächlich, hat sie sich gefreut?«

»Ja, schon. Aber nicht so, wie ich es mir vorgestellt habe.«
»Vielleicht hat das etwas mit ihren Gefühlen für Sie zu tun. Es ist doch ganz deutlich zu sehen, daß sie Sie mag. Ich bezweifle, daß sie wieder weg möchte.«
»Und ich mag sie auch sehr, bin aber trotzdem nicht ihre Mutter. Tatsache ist, daß Lily eine Menge Wut mit sich herumschleppt, und wie es aussieht, ist viel davon gegen Anna Parks gerichtet.«
»Weil sie ihren Mann nicht früher zum Teufel gejagt hat?«
»Ich bin sicher, daß die zögernde Haltung ihrer Mutter, sich als starker, verläßlicher Elternteil zu erweisen, eine große Rolle dabei spielt. Auch der entsetzliche Mord selbst. Gott, können Sie sich vorstellen, wie entsetzlich es gewesen sein muß, mit anzusehen, wie ein Elternteil den anderen umbringt, und das auch noch auf eine so gräßliche Weise? Aber ich bin der Meinung, daß sie sich Anna gegenüber wieder öffnen und ihr irgendwann einmal auch vergeben wird.«
Ruthanne zuckte mit den Schultern. »Wer weiß schon, was im Kopf eines Kindes vor sich geht? Ich bin die Mutter eines neunjährigen Jungen und habe keine Ahnung, was in diesen kleinen Köpfen kocht und brodelt.« Sie tätschelte ihren dicken Bauch. »Und was die Geburt dieses Babys betrifft – es liegen ja schon so viele Jahre dazwischen –, da bin ich so nervös wie eine Erstgebärende.«
Paige lächelte. »Wieso haben Sie eigentlich so lange damit gewartet?«
»Oh, wir hatten es eigentlich gar nicht so geplant. Als Roger zwei war, haben wir es schon mal versucht, aber ich wurde einfach nicht schwanger. Der Arzt wollte damals, daß Charlie sich auf seine Zeugungsfähigkeit hin untersu-

chen läßt, aber das hat er rundweg abgelehnt. Er sagte, wenn der Herr wirklich will, daß wir mehr Kinder bekommen, dann wird er es schon so einrichten. Eigentlich hatten wir es schon fast aufgegeben und beschlossen, uns mit dem einen abzufinden. Aber wer sagt's denn! Plötzlich stellt es sich heraus, daß wir uns auf ein zweites freuen dürfen.«

»Wissen Sie das Geschlecht Ihres Babys schon?«

»Nein, wir haben jede Untersuchung abgelehnt.«

»Wieso?«

Sie deutete auf ihren Bauch. »Wir brauchen keine Bilder, um zu wissen, daß hier ein Baby drin ist.«

»Auch nicht, um zu überprüfen, ob es normal ist?«

»Und wenn es das nicht wäre, würden wir es dann nicht wollen? Nein, wir sind nicht sehr anspruchsvoll, wir nehmen, was wir bekommen.«

Lily war einem hysterischen Anfall nahe, als Paige Ruthanne den Telefonhörer aus der Hand nahm.

»Beruhige dich und sag mir, was passiert ist.«

»Es ist wegen Brooke. Als ich heimkam, habe ich die Schildkröte zum Spielen mit in den Wald hinausgenommen. Und da sah ich sie am Boden liegen. Ich habe versucht, ihr hochzuhelfen, aber sie hat gar nicht mehr aufgehört zu schreien.«

»Ich komme sofort heim, warte auf mich beim Haus.« Sie schaute Ruthanne besorgt an. »Es geht um meine Freundin, sie ist verletzt. Würden Sie mir einen Gefallen tun und einen Krankenwagen rufen?«

Ruthanne hatte ihr bereits wieder den Hörer aus der Hand genommen. »Aber selbstverständlich.«

Paige war ziemlich außer Atem, als sie mit Lily endlich bei Brooke ankam – Brookes Bein stand unterhalb des Knies

in einem rechten Winkel ab. Neben ihr auf dem Boden lag ein dicker Ast.
»Du gehst besser wieder zum Haus zurück, Lily«, ordnete Paige an. »Dort wartest du auf den Krankenwagen. Sobald er da ist, führst du die Sanitäter hierher.«
Lily rannte davon, und Paige kniete sich hin und strich mit den Fingern über Brookes Wangen, ihre Stirn und schob ihr das verschwitzte Haar aus dem Gesicht. »Tut es sehr weh?«
»Ganz fürchterlich. Hör auf mit dem Geheule, du spritzt mich ja ganz naß.«
»Wie ist das denn passiert?«
»Ich weiß nicht, der Ast schien plötzlich nachzugeben, als ob er mein Gewicht nicht mehr tragen könnte. Noch bevor ich mich in Sicherheit bringen und mich an einem solideren Ast festhalten konnte, ist er direkt unter mir weggebrochen. Paige, ruf Gary an.«
»O Gott... Wann ist das eigentlich passiert, wie lange liegst du schon hier?«
»Ruf Gary an.«
»Ich verspreche es dir, sobald wir im Krankenhaus sind.«
»Wie konnte ich nur so dumm und ungeschickt sein? Ich hätte gleich sehen müssen, daß der Ast zu schwach war. Aber da ich heute früh soviel Zeit verloren hatte, konnte ich es gar nicht mehr erwarten, auf den Baum hinaufzukommen und mit dem Malen anzufangen.«
»Wahrscheinlich war auch ich noch daran schuld, daß du dich so beeilen mußtest, oder? Ich werde es mir nie verzeihen, daß ich erst mit dir gestritten und dann zugelassen habe, daß du auf diesen verflixten Baum kletterst... Gott sei Dank, daß Lily da war. Was wäre, wenn sie nicht zufällig vorbeigekommen wäre und dich gefunden hätte?«

Obwohl Gary sich sofort mit dem orthopädischen Chirurgen im Gesundheitszentrum von Poughkeepsie in Verbindung setzte und mit ihm die Abmachung traf, daß Brooke erst am folgenden Tag transportiert werden sollte, bestand Brooke darauf, daß sie in die Stadt zurückkehren wollte, sobald der Bruch eingerichtet war. Und so gegen zehn Uhr am selben Abend half Paige Jason dabei, Brooke mit einem Dutzend Kissen und Decken auf dem Rücksitz des Geländewagens zu verstauen.

»Sag es mir, wenn es dir zu sehr holpert«, sagte Jason, als er zum Parkplatz der Notaufnahme hinausfuhr; den Volvo hatte er Paige überlasen.

»Der Arzt hat mir eine Spritze mit Percodan gegeben, das sollte eigentlich reichen. Was ist mit Gary –«

»Er wird bei euch in der Wohnung sein, wenn wir ankommen. Aber eines ist mir immer noch nicht klar, wieso hast du nicht bis morgen gewartet? Wenn schon nicht im Krankenhaus, dann wenigstens bei uns zu Hause. Dann wäre dein Zustand vielleicht etwas besser gewesen.«

»Ich muß einfach zurück...« Sie machte eine Pause, aber er spürte, daß da noch mehr war. »Jason, wegen neulich im Wald –«

»Ich habe dir doch gesagt, vergiß es. Das versuche ich die ganze Zeit, und das solltest du besser auch tun.«

Es folgte ein langes Schweigen, nur unterbrochen von dem leisen Motorengeräusch der anderen Wagen auf der Straße, bis Jason sagte: »Brooke, du bist doch sehr beweglich, auch ziemlich kräftig. Ich meine, wie hast du dann von diesem Baum fallen können?«

»Ich weiß es nicht. Der Ast war gestern noch so solide, aber gestern nacht hat es auch geregnet. Es hat gedonnert und geblitzt, der Wind war sehr stark – ich bin davon sogar ein paarmal mitten in der Nacht aufgewacht. Wahr-

scheinlich war der Ast an einer Stelle, die ich nicht sehen konnte, angebrochen.«
Jason beließ es dabei, und Brooke fiel bald in einen leichten Schlaf. Trotz der mehr als logischen Erklärung plagte ihn ein ungutes Gefühl, das er auch den ganzen Weg bis nach Manhattan nicht mehr los wurde.

Kapitel 10

Wieder kam Lily überpünktlich zu ihrer Sitzung. Hillary begrüßte sie und ließ sie dann kurz im Therapiezimmer warten, während sie in den Keller lief, um eine letzte Trommel mit Wäsche zu füllen. Als sie zurückkam, war Lily nicht mehr da. Erst als Hillary das gesamte Erdgeschoß nach ihr durchsucht hatte, entdeckte sie sie oben in Vaters Schlafzimmer, wo sie seinen alten Pfeifenständer bewunderte. Vater saß aufrecht im Bett und starrte Lily an.

»Was tust du hier, Lily?« wollte Hillary wissen.

»Es hat geläutet – du warst nicht da, also bin ich hoch.«

»Ich verstehe. Nun, danke für deine Aufmerksamkeit, aber Vater mag es nicht, wenn Fremde unangemeldet zu Besuch kommen. Wenn du also das nächste Mal so freundlich sein und mir vorher Bescheid geben könntest, dann kümmere ich mich darum.«

Lily nickte und deutete dann auf Mr. Egan. »Ich glaube, er will rauchen.«

»Das glaube ich weniger, er hat schon vor langer Zeit zu rauchen aufgehört. Ich denke eher, daß er Hilfe bei seiner Zeitung haben will.« Sie griff nach der Zeitung, schlug den Sportteil auf und faltete sie dann so, daß sie auf die Lesevorrichtung gelegt werden konnte.

Anschließend schaltete Hillary den Summer ab, schüttelte die Kissen des alten Mannes neu auf und küßte ihn auf die Wange.

»Verzeih uns unser Eindringen, Vater... Wenn ich wiederkomme, bringe ich Tee und Toast mit.«

Sie lächelte Lily aufmunternd zu. »Wie wär's, wenn du und ich jetzt wieder nach unten gehen und anfangen würden?«

Unten setzte Hillary sich in ihren Schreibtischstuhl, zog die oberste Schublade ein Stück auf, schaltete das Tonbandgerät ein und machte die Schublade wieder zu. Zwar bestand die Möglichkeit, daß Lily die ganze Sitzung hindurch nichts von Bedeutung sagen würde, wie es ihr letztes Treffen bewiesen hatte, aber es war doch wichtig, vorbereitet zu sein. Und es dauerte tatsächlich nur eine Viertelstunde, in der Lily in die Betrachtung des Puppenhauses und seiner verschiedenen Zimmer vertieft war, bis sie von sich aus zu reden begann.

»Einmal haben Mommy und Daddy darüber gestritten, was sie ihm zum Abendessen machen sollte«, sagte Lily.

»Tatsächlich? Möchtest du mir davon erzählen?«

»Da gibt es nicht viel zu erzählen... Daddy hat Mommy gebeten, Spaghetti mit Fleischbällchen zu machen. Als es Zeit zum Abendessen war, hat sie ihm einfach Spaghetti vom Vortag mit Tomatensauce auf den Teller getan. Und er war so wütend!«

»Was hat er getan, um ihr seinen Ärger zu zeigen?«

»Er hat ihr die heiße Sauce über den Kopf gekippt.«

Hillary sagte erst mal nichts und fragte dann: »Wie alt warst du damals, Lily?«

»Ungefähr fünf, vielleicht sechs.«

»Es muß dir doch angst gemacht haben, das mit anzusehen.«

Sie zuckte nur mit den Schultern.

»Kannst du dich noch erinnern, was du dir dabei gedacht hast, als das passiert ist?«

Sie nickte. »Ich weiß noch, daß ich mich gefragt habe, warum Mommy keine Fleischbällchen gemacht hat.«

Im Laufe der nächsten paar Wochen telefonierte Paige fast täglich mit Brooke, deren Knochenbruch komplikationslos abheilte; aber wie sehr Paige sie auch bedrängen mochte – auch Jason erklärte sich wiederholt bereit, sie abzuholen und wieder nach Hause zu fahren –, weigerte Brooke sich, sie ein weiteres Mal auf dem Land zu besuchen.

Lily war ein Thema, das sie und Brooke zu vermeiden suchten, wo es ging: Schließlich waren Kinder nach Brookes Meinung nur lästige und unzivilisierte Wesen, was sie auch jedem, der es hören wolle, bereitwillig erklärte. So war es ihr einfach unmöglich, die Intensität von Paiges Gefühlen für dieses hübsche kleine Mädchen zu begreifen, das sich so nahtlos in ihren Haushalt einfügte.

Falls Jason diese Gefühle auch nicht verstand, so sagte er es nicht. Während er beharrlich an Anna Parks Fall weiterarbeitete, bemühte er sich zu Hause sehr, Lilys Anwesenheit zu akzeptieren. Und dieses Bemühen war es, das seine Verbundenheit mit Paige wieder stärker werden ließ, als sie es seit Monaten gewesen war.

Nicht, daß alles perfekt gewesen wäre: Obwohl sie sich in den Arm nahmen und zärtlich zueinander waren, hatten sie doch beschlossen, das Thema Sex für eine gewisse Zeit beiseite zu schieben. Und dann waren da immer noch diese Alpträume, an die Paige sich teilweise nicht mehr erinnern konnte, oder wenn doch, dann nur als isolierte, unzusammenhängende Traumsequenzen. Sicher waren es Lilys Fragen – jene unschuldigen Fragen, die sie von Zeit zu Zeit über Paiges Kindheit stellte –, die Erinnerungen weckten und Paige zwangen, sich mit diesem oder jenem Aspekt ihrer Vergangenheit auseinanderzusetzen, von dem sie bisher noch nicht einmal gewußt hatte, daß sie ihn überhaupt verdrängt hatte.

Jason und Paige besuchten den Lamaze-Kurs, hatten viel Spaß und waren entsetzlich albern, wenn sie von ihrem kleinen Sohn, der nun bald auf die Welt kommen sollte, sprachen, träumten und Pläne schmiedeten. Aber da Jason wenigstens in diesem Bereich auf etwas Privatsphäre bestand, fanden diese Gespräche normalerweise nur abends im Bett oder an sonst einem Ort statt, an dem die beiden allein waren.

Nicht, daß Lily etwa eifersüchtig darauf gewesen wäre, die beiden über das Baby sprechen zu hören – ganz im Gegenteil, selbst Jason mußte zugeben, daß Lilys Interesse und ihre Begeisterung über die bevorstehende Geburt ehrlich waren. Lily hatte dem Kleinen sogar schon einen reizenden Spitznamen verpaßt: Bübchen.

Und wenn Jason einen Verbündeten brauchte, der Paiges Diät während seiner Abwesenheit überwachte, dann sprang Lily für ihn ein. Ständig übertraf sie sich selbst, indem sie gesunde und dennoch schmackhafte kleine Mahlzeiten zubereitete, sie in Folie wickelte und in den Kühlschrank stellte, wo sie auf Paige warteten. Ständig drängte sie Paige, ihr bei ihren Spaziergängen im Wald Gesellschaft zu leisten. Und das Ergebnis war nicht nur, daß sich Paiges Gewichtszunahme bei ungefähr zwanzig Pfund einpendelte, sie war auch wesentlich besserer Laune, und laut Dr. Barry hätte ihre körperliche Verfassung nicht stabiler sein können.

Roger Beeder wurde zunächst Lilys Halloween-Partner beim Einsammeln der Süßigkeiten, dann ihr bester Freund, mit dem sie die Stunden nach der Schule verbrachte. Und da Paige und Ruthanne sich ebenfalls immer öfter sahen, war es nur bequem und passend, daß sich auch die Kinder anfreundeten. Zweimal bat Hillary Paige, doch mal bei ihr vorbeizukommen – was diese auch tat –,

um sich zu erkundigen, welche Probleme Lily mit der Eingewöhnung hatte. Doch das Bemerkenswerte daran war, daß es keine gab.
Da bisher alles so glatt gelaufen war, fiel Paige aus allen Wolken, als ein paar Wochen vor Thanksgiving die Grundschule von Briarwood bei ihr anrief und sie bat, doch mal vorbeizukommen. Bisher hatten Lilys Hausaufgaben und ihre Mitarbeit im Unterricht nichts zu wünschen übriggelassen. Und das sagte Paige auch den beiden Lehrerinnen und dem Direktor der Schule, denen sie nun gegenübersaß.
»Es ist auch nicht ihre schulische Leistung, die hier zur Debatte steht«, sagte Miss Harris, die rundliche, grauhaarige Klassenlehrerin.
»Nun, was dann?«
»Na, zum einen werden bestimmte Gegenstände aus den Schränken von Schülern vermißt.«
»Was für Gegenstände?«
Miss Harris schaute auf ihre Liste.
»Ein marineblaues Sweatshirt, ein Notizblock, eine rosa Plastikgeldbörse, zwei Armreifen, ein schwarzer, elastischer Gürtel, weiße Turnschuhe. Nichts Wertvolles, aber trotzdem –«
»Warten Sie, hören Sie auf. Zuerst muß ich Ihnen sagen, daß Lily nicht einen Gegenstand, den sie erwähnten, brauchen kann. Bevor ich sie eingeschult habe, bin ich mit ihr ins Einkaufszentrum gefahren, in einen Kleiderladen gegangen und habe ihr praktisch grünes Licht gegeben, sich zu kaufen, was sie will. Was sie auch ganz gut gehandhabt hat. Oh, natürlich haben wir viele hübsche Dinge eingekauft, ich schätze, Dinge, die alle Mädchen ihres Alters kaufen würden, wenn sie Gelegenheit hätten. Aber ein Mädchen, das ein goldenes Armband mit An-

hängern hat, braucht keinen simplen Armreif oder eine Geldbörse aus Plastik, wenn sie bereits eine aus Leder besitzt.«

»Da Sie ja selbst Lehrerin sind, ist Ihnen mit Sicherheit klar, daß Bedürftigkeit nicht immer der Grund ist, warum jemand stiehlt«, sagte Miss Harris.

Paige öffnete beide Hände in einer Geste, als wolle sie sich geschlagen geben.

»Okay, in dem Punkt haben Sie selbstverständlich recht.« Plötzlich lächelte sie und schüttelte den Kopf – sie spürte, wie ihr die Hitze in die Wangen stieg. »Jetzt erlebe ich doch tatsächlich am eigenen Leib, wie der Beschützerinstinkt von Müttern funktioniert. Lily ist zwar nicht meine Tochter, aber da sie mir nun mal so am Herzen liegt, vergesse ich das manchmal. Aber sagen Sie mir doch, wieso gerade Lily? Warum beschuldigen Sie nicht einen der anderen Schüler?«

»Ehe Lily zu uns kam, wurde bei uns nichts gestohlen.«

»Ich verstehe. Die Neue ist an allem schuld, richtig?«

Mr. Marcel, der sich bisher im Hintergrund gehalten hatte, schlug damenhaft seine dünnen Beine übereinander.

»Die Sache ist nicht so einfach, wie sie vielleicht erscheinen mag, Mrs. Bennett«, sagte er mit wohlklingender Stimme. »Es gibt in der ganzen sechsten Klasse nicht ein Kind, das nicht seit dem Kindergarten bei uns wäre. Und obwohl ich mich niemals hierhersetzen und behaupten würde, daß diese Kinder untadelig sind, kann ich Ihnen aber durchaus glaubhaft versichern, daß sich kein einziges darunter befindet, das stehlen würde.«

Paige seufzte. »Sagen Sie doch, Mr. Marcel, was wissen Sie über Lily?«

»Nun, selbstverständlich habe ich ihre Akte gelesen –«

»Was ist mit den Zeitungsartikeln, dem Klatsch?«
»Wie bitte?«
»Ganz einfach, kennen Sie ihre Geschichte – was mit ihrem Vater passiert ist, mit ihrer Mutter, wie sie zu uns gekommen ist?«
»Nun, ja, natürlich. Man kann nicht hier leben und nichts davon –«
»Meinen Sie nicht, daß Sie vielleicht etwas unfair sind? Ihre Vermutungen basieren auf Hintergrundinformationen, die Sie über ihre Eltern erfahren haben. Ich werde selbstverständlich nach Hause gehen und Lily über diese Sache befragen, aber – um ganz offen zu sein –, selbst wenn sie schuldig ist, finde ich es nicht gut von Ihnen, daß Sie sich auf sie stürzen, als ob sie die einzige Verdächtige wäre.« Sie stand schon fast, setzte sich aber wieder. »Oh, da ich schon mal hier bin, würde ich mich gern erkundigen, ob es irgendein Fach gibt, in dem Lily Schwierigkeiten hat. Sie hat schließlich ein ganzes Jahr versäumt, falls sie also Nachhilfe bräuchte...«
Miss Harris räusperte sich. »Nein, sie hat keine Schwierigkeiten, dem Unterricht zu folgen. In manchen Fächern – in Mathematik zum Beispiel – ist sie den anderen sogar voraus. Ja, sie lernt sehr schnell.«
»Das freut mich zu hören. Obwohl Sie mich nicht aus diesem Grund angerufen haben.«
Jetzt meldete sich die Sportlehrerin zu Wort.
»Nun, ich weiß zwar nicht, ob Sie das so gern hören werden, aber da Sie nun mal hier sind, denke ich, daß ich es Ihnen sagen sollte.«
»Bitte, nur zu.«
»Ich glaube, daß die Mädchen in Lilys Klasse Angst vor ihr haben.«
Paige schnappte nach Luft. »Wie bitte?«

»Das ist jedenfalls mein Eindruck.«
»Wer hat... und wieso?«
»Die Mädchen in ihrer Sportstunde – zumindest ein großer Teil davon. Und dieselben Mädchen, die gemeinsam mit ihr Miss Harris' Unterricht besuchen. Und obwohl es Miss Harris nicht so aufgefallen ist wie mir, hegt auch sie den Verdacht, daß da etwas Merkwürdiges vor sich geht.«
»Hat sie sich mit jemandem geprügelt?«
»Nein, ich habe nichts gesehen«, erwiderte die Sportlehrerin.
Paige warf erst Miss Harris einen fragenden Blick zu, die ihre Arme vor der Brust verschränkte und verneinend den Kopf schüttelte, um sich dann wieder der Sportlehrerin zuzuwenden. »Nun, hat sie jemanden bedroht... ist es das?«
»Nicht daß ich wüßte.«
»Was bringt Sie dann auf den Gedanken, sie könne den anderen angst machen?«
»Meistens katzbuckeln die anderen Mädchen vor ihr und lassen ihr ihren Willen. Sie schafft es immer, die Position im Team zu erlangen, die sie haben will, gleichgültig, um welche Sportart es sich handelt oder wen ich als Anführerin bestimmt habe.«
Paiges Augen wanderten wieder zu Miss Harris.
»Mir sind ähnliche Dinge aufgefallen. Sie wird oft als erste zu Sachen aufgerufen, die Spaß machen, und ist schon mehrmals ausgewählt worden, eine Aufgabe oder Zusatztätigkeit zu übernehmen, von der ich vorher bereits wußte, daß die anderen Mädchen sie haben wollten.«
Paige lachte achselzuckend. »Ich weiß gar nicht, was ich darauf antworten soll – an meiner Schule nennt man so etwas Popularität.«

»Nein, ich glaube nicht, daß es das ist«, sagte die Sportlehrerin. »Der Fall hier scheint mir ganz anders zu liegen.«
»Inwiefern?«
»Es ist nur ... ich bin sicher, daß die anderen Mädchen sie überhaupt nicht mögen.«
»Hat Ihnen das eines der Mädchen gesagt?«
Sie schüttelte verneinend den Kopf.
»Dann lassen Sie mich mit ein paar der Kinder reden, mit jemandem, der Ihren Verdacht bestätigen könnte. Bitte.«
»Selbst wenn Sie sie fragen, es würde keiner zugeben –«
Paige stand auf und ergriff ihre Handtasche.
»Ich glaube, jetzt reicht es – ich bin erstaunt, wie unprofessionell Sie sind. Sie verlassen sich hier auf vage Andeutungen statt auf Beweise. Offen gesagt, Sie sollten sich schämen, sich Pädagogen zu nennen.«

Lily spazierte gerade durch das Therapiezimmer und schaute sich um, als Hillary hereinkam und sich setzte. Noch ehe Hillary den Aufnahmeknopf drücken konnte, fragte Lily: »Warum läßt du den alten Mann nicht heraus?«
»Vater fühlt sich recht wohl in seinem Zimmer.«
»Hat er dir das gesagt?«
»Nein, nicht so direkt. Er kann nicht reden, weißt du. Aber ich glaube, ich kenne ihn gut genug ...«
»Gut genug wofür?«
»Lily, wenn man lange mit einem Menschen zusammenlebt, dann lernt man ihn genau kennen und weiß manchmal schon, was er will, ohne daß er es überhaupt sagen muß.«
»Warum weißt du dann nicht, wann er sich in die Hosen machen wird?«
Anstatt sie abzulenken, war Hillary so dumm gewesen,

den Köder zu schlucken. Lily, die keine Antwort auf ihre Frage erwartete, wandte ihre Aufmerksamkeit den Spielsachen zu. Sie setzte sich neben die Handpuppen auf den Boden, nahm jede in die Hand, zerrte roh an ihren Gliedmaßen und warf dann alle, bis auf das kleine Mädchen, in eine Ecke. Dieses Mädchen legte sie sanft auf den Boden und deckte es mit einem bunten Stoffetzen zu.

»Schläft sie?« fragte Hillary schließlich.

»Ich glaube. Sie versucht, das Träumen zu lernen.«

»Ich verstehe nicht ganz, wieso muß sie das lernen?«

»Weil sie es noch nie getan hat. Es ist sehr traurig.« Sie nahm das kleine Mädchen wieder in die Hand und fing an, die Puppe mit übertrieben zärtlichen Gesten zu streicheln. »Armes, armes Baby, weißt nicht mal, wie man träumt. Was *sollen* wir bloß mit dir machen?«

»Willst du damit sagen, daß das Kind nicht einmal hin und wieder einen Alptraum hatte?«

Sie nickte. »Nur Tagträume.«

»Ich verstehe. Nun, das Schöne an Tagträumen ist sicher, daß es keine Regeln gibt, und wenn, dann nur solche, die man sich selbst setzt. Man kann darin tun und lassen, was man will.«

»Hast du manchmal Tagträume?«

»Ab und zu. Aber warum reden wir nicht über die Tagträume des kleinen Mädchens?«

»Hast du dir jemals in einem Tagtraum vorgestellt, der alte Mann wäre tot?«

Kurze Pause, dann: »Nein, nie.«

»Ich hatte mal einen wirklich schönen – hast du schon mal geträumt, du sitzt an einem offenen Fenster, hältst ein Gewehr in der Hand und schaust hinaus? Und dann bekommt jeder, der in der Schußlinie gerät, eine Kugel in den Kopf?«

Aus Hillarys Tonbandaufzeichnungen: *Obwohl die Patientin nicht die Absicht hatte, soviel von sich preiszugeben – daß sie sich in ihren Tagträumen wünschte, ihr eigener Vater wäre tot –, ist es mehr oder weniger aus Zufall geschehen. Als Lily klar wurde, welche Blöße sie sich gegeben hatte, weigerte sie sich, mit dem Rollenspiel fortzufahren. Statt dessen zog sie es vor, den Rest der Stunde schweigend dazusitzen und in die Luft zu starren.*

Es sollte jedoch nicht unerwähnt bleiben, daß ihre Frage über Hillarys Vater mit der Absicht gestellt wurde, diese damit zu schikanieren. Ebenso alle ihre Schlußfolgerungen, die Therapeutin würde ihren Vater mißhandeln. Die Patientin ist offensichtlich in der Lage, die Probleme zu begreifen, die aus der Pflege eines älteren Kranken resultieren, und sieht darin eine Möglichkeit für sich, Kontrolle über die Therapeutin auszuüben.

Sie hat großes Talent, rasch Schwachpunkte und Eigenheiten einer Person zu erkennen und sich diese Schwächen zunutze zu machen, indem es ihr gelingt, den Spieß umzudrehen und ihr Gegenüber in die Defensive zu treiben. Es ist sehr wichtig, daß die Therapeutin sich dieser Tatsache immer bewußt ist und es nicht zuläßt, daß die destruktiven Kommentare der Patientin die Therapie sabotieren.

Aus den mit der Pflegemutter Paige Bennett geführten Unterhaltungen bleibt festzuhalten, daß diese sich der Intrigen und Manipulationen Lilys absolut nicht bewußt ist. Ganz im Gegenteil, sie beschreibt das Kind als hilfsbereit, freundlich, sensibel, fürsorglich, sogar fröhlich … was nur Beweis dafür ist, wie sehr die Patientin zur Verstellung fähig ist.

Notiz: Eine vollständige Reihe psychologischer und IQ-Tests wäre angebracht. Geschätzter IQ: über 130.

Wie immer nahm Hillary anschließend das Band aus dem Aufnahmegerät, schrieb Namen und Datum darauf und schob es in den steifen schwarzen Umschlag, der immer in der dritten Schublade des stählernen Aktenschrankes lag.

Er hetzte schon den ganzen Tag seinen Terminen hinterher, so daß er erst am späten Nachmittag zum Haus der Bennetts kam. Das kleine Mädchen, das die Haustür öffnete und ihn prüfend musterte, war groß, mager und trug das weißblonde Haar zu zwei Pferdeschwänzen gebunden. Clyde hielt eine rote Laterne in der linken Hand.

»Wer sind Sie?« fragte sie ihn schließlich.

»Mein Name ist Clyde.« Er deutete auf seinen Lieferwagen, der in der Auffahrt stand. »Klondike Kammerjäger. Ist Miss Bennett zu Hause?«

»Das bin ich.«

»Aber klar doch. Hör mal, ist sie jetzt da oder nicht?«

»Nein.«

Er seufzte »Mist... Die Sache ist nämlich die, ich habe vor einer Weile eine Falle oben im Speicher gelassen. Die brauche ich jetzt wieder.«

»Tatsächlich. Ist das schon die ganze Geschichte?«

Pause, dann: »Du kannst einem wirklich helfen, Kleine.«

»Wieso, brauchen Sie Hilfe?«

Er betrachtete sie näher – hatte sie das ernst gemeint? Egal, er beschloß, ihre Bemerkung besser zu ignorieren.

»Hör mal, glaubst du, ich könnte mal kurz reinkommen und mir meine Falle holen? Ich lasse deiner Mom dann einen Zettel da und erkläre ihr die Sache, damit du keinen Ärger bekommst.«

»Oh, Sie können schreiben?«

Clyde spürte, wie sein Gesicht bei dieser Beleidigung rot

anlief, aber er gab ihr keine Antwort. Schließlich öffnete sie doch die Fliegengittertür und ließ ihn ins Haus.
»Woher wollen Sie wissen, daß wir die Falle nicht mehr brauchen?« fragte sie.
Er stieg die Treppe hinauf, sie folgte ihm.
»Wenn ein Eichhörnchen im Haus gewesen wäre, wäre es mittlerweile gefangen worden.«
»Das ist es auch, Sie Schwachkopf. *Ich* war das Eichhörnchen.«
Er warf einen Blick auf sie, bevor sie die schmalen Stufen zum Dachboden erreichten.
»Eigentlich schaust du eher wie eine weiße Ratte als wie ein Eichhörnchen aus.«
»Ich erzähle es meiner Mutter, daß Sie so etwas gesagt haben.«
Er stieß die Tür auf und stieg nach oben.
»So? Es dürfte schwierig sein, das zu beweisen.«
Er ging zu dem Käfig, stellte seine Taschenlampe auf den Tisch und löste die Feder an der Käfigtür. Das Mädchen kam ihm nach, griff sich die Lampe und rannte damit auf die andere Seite des Speichers. Dort bückte sie sich und schob sie unter ein paar alte Gartenmöbel.
»Hey, du, bring das sofort wieder zurück«, rief er.
»Nein, nein, wenn Sie was wiederhaben wollen, müssen Sie es suchen.«
»Scheiße, ich habe keine Zeit für Kinderspielchen.« Sie kam wieder zum Tisch zurück, zeigte ihre leeren Hände vor, und er schaute sie an und dachte, daß er sie am liebsten verprügeln würde.
»Das würde ich an Ihrer Stelle nicht tun«, meinte sie.
»Wahrscheinlich bist du wirklich eine weiße Ratte, ihre bösen kleinen Knopfaugen hast du ja schon. Eng beieinanderstehend, rosa und eklig.« Während er das sagte,

ging er zur anderen Seite des Raumes, kniete sich hin und steckte die Hand unter eine Holzliege, wo er seine Taschenlampe hervorholte. Dann kehrte er wieder an den Tisch zurück, hob die Falle hoch...

Päng!

»AUA! MACH DAS VERDAMMT NOCH MAL LOS!« schrie er, unfähig, seine Hand zu befreien und den Schmerz zu stoppen... Das Mädchen griff nach dem Käfig, bog die Drahttür auf und hielt sie fest, während er die Hand zurückzog. Dann ließ sie den Käfig auf den Boden fallen, und die Tür schnappte wieder zu.

Er betrachtete seine Finger. »Himmel, die sind gebrochen, ich glaube, die sind gebrochen!«

»Bewegen Sie sie mal.«

»Das tut ja weh, als würde jemand eine offene Flamme darunter halten. Ich muß hier weg!« Mit seiner unverletzten Hand packte er den Eichhörnchenkäfig und lief die Treppe hinunter, zwei Stufen auf einmal nehmend. Vielleicht könnte er gleich noch bei Doc Healy vorbeischauen und ihm seine Finger zeigen. Wie hatte er sich nur so dumm anstellen können? Und trotzdem hätte er einen Wochenlohn darauf verwettet, daß er die Feder gesichert hatte...

»Und wenn Sie sie hypnotisieren?« fragte Jason am Telefon zu W. C. Wendell. »Die ganze elende Geschichte aus ihr herausholen.«

»Das habe ich Anna bereits vorgeschlagen, aber die bloße Vorstellung jagt ihr bereits den größten Schrecken ein, jedenfalls sagt sie das.«

»Aha, wir tun schließlich jeden Tag Dinge, vor denen wir Angst haben. Besonders wenn es darum geht, unsere Haut zu retten.«

»Leider funktioniert das bei ihr so nicht. Wenn sie Angst hat, dann versagt sie in der Hypnose. Ich bin schließlich nicht Svengalis, der die Leute gegen ihren Willen in seinen Bann zieht. Man kann Menschen, die es nicht wollen, nicht hypnotisieren. So einfach ist das.«

»Okay, wieviel weiß sie noch?«

»Genug. Und ihre Erinnerungslücken könnten sich sogar als Vorteil für sie erweisen. Sie weiß noch von dem Streit, der an diesem Nachmittag stattfand. Sie erinnert sich noch daran, wie wütend sie war, als sie sein Abendessen zubereitete – und wie diese Wut, statt im Lauf der Zeit weniger zu werden, immer größer wurde, bis sie einen Zorn empfand, der alles übertraf, was sie jemals gekannt hatte. Sie weiß noch, wie sie die Sichel aus dem Geräteschuppen holte, damit in die Küche zurückkehrte und mit dieser Sichel auf seine Brust zielte. Von diesem Moment an setzt ihr Gedächtnis aus. Das nächste, woran sie sich dann wieder erinnern kann – da liegen jetzt schon ein oder zwei Wochen dazwischen –, ist, daß sie bereits im Gefängnis sitzt und sich schuldig bekannt hat.«

»Ich muß Ihnen zustimmen, das klingt gut. Sicherlich kann man daraus schließen, daß sie für den fraglichen Zeitraum ihr Gedächtnis verloren hat. Also, was können Sie mir für hübsche Sachen sagen, wenn ich Sie in den Zeugenstand rufe?«

»Genau das, was Sie hören wollen. Eine fügsame Frau durchleidet Jahre voller Unterdrückung und Zurückweisung, in denen sie körperlich und seelisch von einem soziopathischen Ehemann mißhandelt wird, der ihr nicht ein Minimum an Würde beläßt. Plötzlich, in einem Augenblick des Wahnsinns und des lange angestauten Zorns, erhebt sich wie ferngesteuert die Hand gegen ihn und schlägt ihn tot.«

»Und wenn Sie das jetzt bitte etwas weniger dramatisch vorbringen könnten. Bloß keine Romantik.«

»Lily!« rief Paige, während sie die beiden Tüten mit Lebensmitteln, die sie im Arm trug, auf den Boden stellte.
»Ich bin hier unten im Keller bei Wally.«
Paige lächelte. »Frag doch deine Schildkröte mal, ob sie dich einen Augenblick entbehren kann.«
Sie kam die Treppe hochgerannt, schlang die Arme um Paige und setzte sich an den Küchentisch.
»Was hat die Lehrerin gewollt?«
»Nun, es hat den Anschein, als würden ein paar Dinge in der Schule fehlen –«
»Ich habe aber keine Turnschuhe oder Sweatshirts oder Armreifen oder sonst was genommen, Paige, ehrlich.«
»Woher weißt du, daß das die Sachen sind?«
»Das ist nicht schwer, Miss Harris redet zur Zeit von nichts anderem. Die meisten Kinder können es schon gar nicht mehr hören.«
»Weißt du, Schätzchen, wenn du wirklich etwas genommen hast, was dir nicht gehört, dann kannst du mir das ruhig sagen. Ich werde nicht wütend werden, ich schwöre es. Aber es ist wichtig, daß du dazu stehst.«
Lily schlug ein Kreuz über ihrem Herzen. »Großes Ehrenwort. Warum sollte ich so etwas überhaupt tun, Paige? Bei den vielen Sachen, die du mir gekauft hast, bin ich bestimmt das glücklichste Kind in der ganzen sechsten Klasse, möchte ich wetten. Ich weiß, daß Miss Harris glaubt, ich habe es getan, aber das liegt nur daran, weil sie mich nicht leiden kann.«
»Ich denke eher, es liegt daran, daß sie dich nicht richtig kennt – wenigstens nicht so wie ich. Sie hat ein paar Dinge über dich gesagt, die nicht sehr fair waren; Erwachsene

reagieren manchmal so. Dadurch wird die Angelegenheit natürlich nicht besser, aber solange wenigstens du weißt, was du getan oder nicht getan hast, ist das das einzige, was zählt.«

»Ich habe noch nie etwas gestohlen, Paige. Auch nicht, als ich noch in Laurel Canyon war und nicht sehr viel hatte. Wenn du mir nicht glaubst, dann frag doch meine Mutter.«

»Das brauche ich gar nicht, ich glaube dir. Also, vergessen wir das Ganze, okay?«

Paige fing an, die Lebensmitteltüten auszupacken. Ohne lange zu überlegen, griff sie nach einem Schokoladenplätzchen, aber Lily holte eine Banane aus dem Kühlschrank und hielt sie ihr hin.

»Iß lieber das, Jason sagt, da ist Kalium drin. Weißt du, ich glaube, wir essen deswegen gern soviel Süßes, weil wir nichts hatten, als wir noch klein waren.«

Paige setzte sich auf einen Hocker und schälte die Banane, während Lily die Lebensmittel verstaute.

»So? Du hast bisher noch nie erzählt, daß du hungern mußtest.«

»Manchmal, wenn Daddy keine Autos zu reparieren hatte. Oder wenn Fastentag war.«

Paige schaute sie fragend an – Lily machte die Schranktür zu und sprang vom Küchenhocker.

»Nun, ab und zu hat Daddy für uns beide einen Tag bestimmt, an dem wir nichts essen durften. Er sagte, das würde unseren Körper reinigen und alles Böse ausschwemmen, das versucht, in uns zu dringen.«

Paige brauchte eigentlich keine weitere Bestätigung, was für ein kranker Mensch Maynard Parks gewesen war, aber als ihr Lily jetzt diese Geschichte erzählte, wurde sie wieder daran erinnert. »Und deine Mutter?« fragte sie.

»Sie nicht. Für sie gab es keine Hoffnung mehr.«
»Das hast du doch nicht geglaubt, oder?«
Schweigen.
»Lily?«
»Weißt du was, Paige? Ich glaube, wenn ich groß bin, werde ich Psychiaterin. Was hältst du davon?«
Das Telefon läutete, und ohne eine Antwort abzuwarten, ging Lily ran, lauschte und reichte dann den Hörer an Paige weiter.
»Es ist Ruthanne für dich.«
Paige nahm den Hörer. »Hallo, was gibt es?«
»Es ist soweit.«
»Was ist ... machst du Spaß? Ach du meine Güte, was soll ich nur tun?«
»Mach dir keine Sorgen, Charlie ist hier. Es ist nur so, daß Roger mich ziemlich nervt. Er sollte eigentlich bei meiner Mutter übernachten, aber er ist in Streik getreten und will sich keinen Zentimeter von der Tür fortbewegen. Er will unbedingt bei Lily bleiben.«
Paige lachte. »Das ist doch in Ordnung. Ich habe auch noch ein freies Zimmer, also –«
»Bist du sicher?«
»Ich bin schon am Bettenmachen.«
»Wenn ich noch einmal ein schlechtes Wort über euch Großstadtmenschen zu hören bekomme ...«
Paige legte schmunzelnd auf. Lily zupfte sie am Ellbogen.
»Was ist los, Paige?«
»Das Baby kommt.«
»Und ich wette, Roger hat gesagt, daß er nicht zu seiner Großmutter will.«
»Woher weißt du das?«
»Ich kenne ihn einfach. Oh, das hätte ich fast vergessen, Paige. Ein schmutziger, langhaariger Junge namens Clyde

Sowieso war hier, um eine Eichhörnchenfalle abzuholen. Er hat gesagt, du wüßtest schon Bescheid.«
»Oh, Clyde, natürlich. Und?«
»Sonst nichts, ich habe ihn nur hereingelassen, damit er sie mitnehmen konnte.«

Als Jason gegen sieben Uhr nach Hause kam, hatte der erste Schneefall bereits eingesetzt. Paige kam ihm zur Tür entgegen, half ihm, seinen Trenchcoat auszuziehen, und nahm ihm eine Einkaufstüte von Sears und seine schwarze Ledermappe ab, die voller Schneeflocken war. Sie umarmte ihn und sagte: »Rate mal!«
Seine Augen weiteten sich. »Doch nicht das Baby?«
»Nein, nein, nicht ich, es ist Ruthanne. Bei ihr haben heute nachmittag die Wehen eingesetzt.«
»Sie hat Glück, daß sie es noch schafft, bevor es richtig zu schneien anfängt. Die Straßen werden immer tückischer. Es war mein bester Einfall, daß ich auf diesem Kübel mit Vierradantrieb da draußen in der Auffahrt bestanden habe.«
»Roger ist übrigens hier, er bleibt über Nacht. Ich bin so neugierig, ich kann es kaum erwarten, daß Charlie anruft.«
»Das kann noch ein Weilchen dauern.«
»Vielleicht auch nicht, es ist ihr zweites Kind. Die Wehen dauern nach dem ersten normalerweise nicht mehr so lang.« Paige machte die Einkaufstüte auf, holte eine Schachtel und Werkzeug heraus, während Jason zum Herd ging, den Deckel vom Topf nahm und hineinspähte.
»Was ist das alles, Jason?« fragte sie.
Er drehte ihr den Kopf zu. »Ein neuer Riegel für die Speichertür. Ich will den alten rostigen damit ersetzen.«
»Und der Zement?«

»Das ist Gips. Um die Löcher rund ums Haus zuzumachen.«

»Hast du es schon vergessen? Wir hatten gar keine Eichhörnchen.« Er wollte ihr gerade antworten, als sie schnell sagte: »Bitte, Jason, sag nicht –«

»Hey, doch nicht ich, wofür hältst du mich? Ich wollte doch nur sagen – Mäuse. Du weißt doch noch, daß wir Mäuse im Keller haben, oder? Und weil wir gerade von diesen süßen kleinen Nagetieren sprechen, was ist das für ein übles Zeug, das du und Lily da kocht?«

»Wir müssen über Anna reden«, sagte Jason nach dem Abendessen und nachdem die Kinder zum Spielen in den Keller hinuntergegangen waren.

»Warum?«

»Weil es nächste Woche losgeht.«

»Tatsächlich?«

»Tatsächlich.«

»Und ich dachte, bei der vielen unerledigten Arbeit, die das Gericht hat, würde es noch etwas dauern, bis ein Termin festgesetzt wird.«

»Das war vor heute nachmittag auch noch der Fall.«

»Und was ist heute passiert?«

»Man hat mir freundlich zu verstehen gegeben, daß ich mich gar nicht mehr zu bemühen bräuchte. Ich habe dort zwei Anträge eingereicht, den einen, um das Urteil aufzuheben, den anderen, um die Einweisung zu ändern. Heute hat mich der Geschäftsstellenleiter verständigt, daß sich der Richter weder den einen noch den anderen anhören wird. Sie kommen angeblich zu spät.«

»Kann er das sagen?«

»Er kann alles sagen.«

»Ja, und jetzt?«

»Mir blieb keine andere Wahl, ich habe einen Antrag auf Haftprüfungstermin eingereicht.«

»Wie hast du das begründet?«

»Mit der Behauptung, unsere Rechtsprechung halte Anna Parks illegal fest.«

»Aber wie kann es so etwas geben?«

»Das Gesetz verlangt, daß ein Angeklagter, der sich schuldig bekennt, entsprechend befragt wird, um sicherzugehen, daß er oder sie sich der Konsequenzen eines solchen Geständnisses bewußt ist. So etwas nennt man ein *voir dire*. Da Anna Parks nie formal befragt wurde, hat man ihren rechtmäßigen Anspruch nicht erfüllt. Also sage ich ihnen, bringt mir die Angeklagte.«

»Das ist ja verrückt. Aber angenommen, sie... wer sind diese *sie*, Jason?«

»Der Gefängnisaufseher, der Staatsanwalt, ganz egal.«

»Okay, einmal angenommen, sie bringen sie nicht?«

»Ich habe Anna unter Strafandrohung vorladen lassen. Entweder so oder so, die Sache kommt vor Gericht. Wenn ich verliere, dann habe ich wenigstens etwas, um in Berufung zu gehen.«

»Und wenn du gewinnst?«

»Dann wird Annas Anhörung ›nicht schuldig‹ lauten. Und ich werde einen Termin für eine Verhandlung festsetzen.«

»Ist sie bereit dazu?«

»Die Vorstellung gefällt ihr gar nicht, aber sie hat versprochen, es zu tun. Lilys Brief hat sie überzeugt, dazu noch meine Versicherung, daß wir Lily nicht als Zeugin brauchen werden – zumindest nicht bei dieser Verhandlung.«

Das Telefon läutete, und Paige hob ab. »Hallo.«

»Paige... hier ist Charlie...«

»Was ist mit Ruthanne und dem Baby?«
Es dauerte ein paar Minuten – Paige konnte hören, wie er schniefte und sich die Nase schneuzte. Schließlich sagte er: »Ein Mädchen, ein kleines Mädchen, schön wie ein Gemälde. Ganz wie Ruthanne.«

»Achtung, Achtung! Hält sich ein Mr. Roger Beeder hier in diesem Haus auf?«
Roger kam aus dem Keller heraufgerannt, Lily im Schlepptau.
»Du hast eine kleine Schwester, die über acht Pfund wiegt, Roger«, verkündete Paige. »Und sie heißt Carolyn.«
»Oh, toll«, rief er und grinste übers ganze Gesicht. »Kann ich gleich zu ihr?«
»Lieber erst morgen, hat dein Vater gemeint. Er holt dich um halb zehn ab und fährt dann mit dir ins Krankenhaus.«
Nach dieser Neuigkeit war Roger kaum mehr zu halten. Etwas später brachte Paige die beiden ins Bett. Lily – die immer noch auf ihrem Matratzenlager auf dem Fußboden bestand – war ruhiger als üblich.
»Ist irgend etwas?« fragte Paige.
»Roger wollte unser Spiel nicht zu Ende spielen.«
»Was war das für ein Spiel?«
»Nur ein Spiel mit der Schildkröte. Wir haben es gerade gespielt, als du uns gerufen hast.«
»Oh. Nun, ich nehme an, nach der Neuigkeit war er viel zu aufgeregt dafür. Dann spielt ihr es eben ein anderes Mal. Komm schon, bekomme ich keine Umarmung? Nein, nein, nicht so was Lahmes, eine richtig dicke Umarmung.«
Später, als sie in ihrem eigenen Bett lag, wandte Paige sich an Jason. »Ich glaube, sie ist eifersüchtig.«

»Wer?«
»Lily natürlich. Du weißt doch, wegen Rogers neuer Schwester.«
»Du bekommst auch ein Baby.«
»Das ist aber doch nicht ganz dasselbe, oder? Ich meine, natürlich läuft sie herum und nennt ihn Bübchen – weil ihr das eben so gefällt –, aber in Wirklichkeit ist er ja nicht ihr Bruder. Und bald, ehe du dich's versiehst, wird sie auch schon nicht mehr bei uns wohnen.«
»Nun, hoffentlich wird sie dann bei ihrer Mutter sein... das wünschen wir uns doch beide, oder?«
»Ja, sicher. Aber ich werde sie trotzdem sehr vermissen.«
Fünf Minuten später – Jason machte sich gerade eifrig Notizen auf einem Block: »Jason?«
»...ja, was?«
»Ich habe eine Schachtel mit Fanny-Farmer-Pralinen gestohlen.«
Er hielt inne und schaute sie verwirrt an. »Was hast du getan?«
»Nicht jetzt, du Dummer, als ich noch ein Kind war.«
»Oh. Na ja, was ist damit?«
»Nichts. Es ist mir nur wieder eingefallen.« Und wie Jason eben gesagt hatte – na und? Ließen nicht die meisten Kinder irgendwann einmal etwas mitgehen? Wieso mußten diese Lehrer unbedingt Lily für die Diebstähle verantwortlich machen und dabei auch noch so tun, als handelte es sich um ein Kapitalverbrechen? Natürlich wissen sie, daß Diebstahl bei Kindern vorkommen kann...
Sie legte ihre Hand auf den Bauch und dachte daran, daß bald der kleine Joshua – das war der Name, auf den sie sich schließlich geeinigt hatten – auf die Welt kommen würde; es würde an ihr und Jason liegen, ihn den Unterschied zwischen Richtig und Falsch zu lehren und dafür

zu sorgen, daß aus ihm ein anständiges Mitglieder der Gesellschaft würde. In dem einen Augenblick noch süße, unschuldige Kinder – aber kaum läßt man sie zu lange aus den Augen, schon sitzt einem am Frühstückstisch ein Nachwuchsgauner gegenüber. Diese Vorstellung hatte wirklich etwas Beängstigendes.

Paige drehte sich um und stützte einen Arm auf ihr Kissen. Das Schlimmste an dem ganzen Zirkus heute war vielleicht gewesen, daß Lily nicht einmal die gesuchte Diebin war. Und bei allem Respekt vor den Meriten dieser Sportlehrerin: ihre Behauptung war einfach zu albern. Lily kam bestens mit anderen Kindern aus, das hatte Paige an ihrem ersten Schultag selbst beobachten können. Und das hatte sie auch ganz deutlich bei Roger gesehen.

Nach dem Frühstück liefen Lily und Roger hinaus in den Schnee, um dort auf Charlie Beeder zu warten. Es hatte irgendwann in der Nacht zu schneien aufgehört, und jetzt lag der Schnee mehr als zwanzig Zentimeter hoch, und eine klare Sonne schien vom Himmel.

»Gehst du heute zu Ruthanne?« fragte Jason, als er aus dem Keller kam.

»Charlie sagt, daß sie morgen schon nach Hause kommt. Also dachte ich, ich warte lieber mit meinem Besuch. Aber ich will kurz ins Einkaufszentrum fahren und etwas Hübsches für das Baby kaufen. Möchtest du mitkommen?«

»Wie sind die Straßen?«

»Laut Charlie ist heute morgen der Schneepflug durchgefahren. Soll das heißen, daß du nicht mitkommst?«

»Na ja, ich wollte eigentlich diese Reparaturarbeiten erledigen. Außerdem habe ich momentan noch etwas anderes vor.« Er schaute aus dem Fenster zu Lily hinaus, die ganz allein einen Schneemann baute, holte anschließend seine

Wolljacke, Mütze und Handschuhe und ging nach draußen.
»Gefällt er dir?« fragte sie Jason, als sie ihn auf der Veranda sah.
Er setzte sich auf die Stufe, nahm sich eine Handvoll Schnee und formte einen Schneeball daraus.
»Er ist okay. Für einen Schneemann ist er ganz gut.«
»Was ist so schlecht an einem Schneemann?«
»Hey, nichts. Nur, als ich ein Kind war, da habe ich größere und bessere Dinge gebaut. Wie zum Beispiel eine Festung.«
»Eine richtige Festung, in die man hineinkriechen konnte?«
»Das war nicht nur so eine Wand, wie du es dir vielleicht vorstellst – das war ein richtiger Iglu. Ich meine, da hätte ganz bestimmt jemand drin leben können.«
Sie stand da und starrte ihn an.
Er warf den Schneeball, der den Kopf des Schneemannes traf und ihn zur Seite schob.
»Ich meine, wenn du gern wissen möchtest, wie man so etwas baut –« meinte er achselzuckend.
»Zeigst du mir, wie das geht, Jason?«
Er schaute auf seine Uhr. »Wie wär's, wenn wir uns in zwanzig Minuten unten am Fluß treffen?«
»Wieso dort?«
»Weil es dort kälter ist und wir Wasser zum Vereisen brauchen.«

Die Schildkröte hatte sich in ihren Panzer zurückgezogen – es war jetzt das dritte Mal in zwei Wochen, daß Jason unten im Keller gewesen war und sie so vorgefunden hatte. Nachdem er den Drahtschneider und die Drahtrolle gefunden und ein paar Stücke Pappkarton zusammengesucht hatte, die zuerst als Form und später als Isoliermaterial für den Iglu dienen sollten, blieb er vor der Sandkiste stehen und kniete sich hin: Es war genügend frisches Futter und Wasser da, und Lily hielt die große Plastikkiste auch relativ sauber. Er stupste den Kopf der Schildkröte an – sie öffnete die Augen und streckte den Kopf etwas heraus, um ihn gleich darauf wieder zurückzuziehen; der Rest des Tiers blieb weiter unter dem dicken Panzer verborgen. Als ob sie Angst hätte, unter ihrem Panzer hervorzukommen! War es möglich, daß Lily die Schildkröte irgendwie erschreckte? Jason zuckte mit den Achseln und ging mit seinem Baumaterial zum Fluß hinunter.

Später am Nachmittag, nachdem Paige wieder vom Einkaufen zurück war, zeigte sie Lily in ihrem Schlafzimmer die Spieluhr, die sie für das Beeder-Baby gekauft hatte. Jason war oben auf dem Dachboden, wo er feststellte, daß die Eichhörnchenfalle weg war und statt dessen eine große, rote Plastiklampe auf dem Tisch stand. Er schraubte den rostigen Riegel von der Außentür ab, und während er damit beschäftigt war, hörte er Stimmen, die aus dem Schlafzimmer unter ihm kamen.
Er ging zu der Ecke, wo das Geräusch herzukommen schien, und sah, daß dort ein rundes großes Loch war. Er legte sich flach auf den Boden und schaute hindurch: Unten saß Paige auf ihrem Bett.
»Gefällt sie dir?« wollte Paige gerade von Lily wissen.
»Können wir für Bübchen auch so eine kaufen?«
»Natürlich können wir das. Du mußt Jason nur daran erinnern, daß er eine kauft, wenn ich im Krankenhaus bin. Aber jetzt erzähl mir, wie war dein Tag?«
»Jason und ich haben einen Iglu gebaut, so einen, wie ihn die richtigen Eskimos haben.«

»Tatsächlich? Darf ich ihn mir mal ansehen?«
»Sicher, wenn du brav bist«, lächelte Lily sie an.
Jason zog den Kopf zurück und richtete sich auf; plötzlich traten ihm Schweißperlen auf die Stirn. Die ganze Zeit über, in der sie oben auf dem Speicher gewesen war, hatte sie alles mit anhören können, worüber er und Paige gesprochen hatten. Und das Bett, sie hatte alles aus der Vogelperspektive mit angesehen... Aber es war doch nicht das Kind daran schuld, daß hier ein Loch war, oder? *Jetzt komm aber, Jason, wen willst du denn damit überzeugen?* Verdammt, warum war ihm das nie aufgefallen?
Er dachte wieder daran, was Anna Parks beim ersten Mal zu ihm gesagt hatte – wenn Lily nicht gewollt hätte, daß sie sie fanden, dann hätten sie sie auch nicht gefunden. So klar und so einfach war das. Hatte sie recht damit?
Aber da waren die Eicheln in der Eingangshalle des Hauses gewesen, der erste Hinweis darauf, daß irgend etwas oder irgend jemand im Haus war. Und das ergab auch einen Sinn, sie hatte sich schließlich von Eichhörnchen ernährt, oder nicht? Hatte das aber auch zu bedeuten, daß sie Eicheln gegessen hatte? Das war nicht sehr wahrscheinlich, und ganz sicher hatte sie sie auch nicht dazu benutzt, um irgendwelche Eichhörnchen in einen Drahtkäfig zu locken, nicht, wenn draußen der ganze Waldboden voller Eicheln lag. Seltsam, daß er nicht schon früher darüber nachgedacht hatte...
Konnte es sein, daß sie die Eicheln ausgestreut hatte, um ihn und Paige damit anzulocken?

KAPITEL 11

Wie Ruthanne später erzählte, waren ihre Wehen das reinste Kinderspiel gewesen – gerade mal eine Dreiviertelstunde hatten sie gedauert, sie hatte es kaum bis zum Kreißsaal geschafft. Doch wie leicht die Geburt auch gewesen sein mochte, Paige bestand darauf, daß Ruthanne sie ihr haargenau schilderte. Paige hatte jedes Buch gelesen, das sie über die Geburt eines Kindes in die Finger bekommen konnte, und hatte deswegen eine ziemlich genaue Vorstellung von dem, was sie erwartete. Aber sie fand es interessant, wenn auch etwas entmutigend, daß jede Mutter eine andere Version zu berichten hatte.

Obwohl Lily anfänglich gar nicht soviel Interesse an der kleinen Carolyn zeigte, wie Paige eigentlich erwartet hatte, änderte sich dies jedoch dramatisch, als Ruthanne ihren rosafarbenen, flauschigen Morgenmantel aufschlug, ihren Still-BH öffnete und sich das wunderschöne, dunkelhaarige Baby an die Brust legte. Lily saß in einem Stuhl gegenüber von Ruthanne und starrte sie fasziniert an, während Roger rasch das Interesse verlor und lieber in die Küche ging, um Plätzchen zu holen.

»Lily, warum gehst du nicht auch mit?« schlug Paige vor, aber Ruthanne hieß sie schweigen.

»Nein, nein, das ist schon in Ordnung, das macht mich nicht verlegen.«

Schließlich trank die Kleine ihren letzten Schluck und schloß die Augen, während ihre winzigen Fäuste sich am Nachthemd ihrer Mutter festklammerten. Paige

scheuchte Roger und Lily schließlich doch aus dem Zimmer.
»Los, ihr zwei, laßt Carolyn jetzt schlafen.«
Paige hob das Baby hoch, hielt es ein paar Minuten in den Armen und legte es dann in die Wiege zurück; nachdem sie das Kind noch eine Weile bewundert hatte, ging sie zum Sofa und goß Tee aus einer Thermoskanne ein, die auf dem Couchtisch stand. Eine Tasse davon reichte sie Ruthanne.
»Soll ich dir auch etwas zu essen holen?«
Ruthanne schüttelte den Kopf.
Paige setzte sich und deutete auf die Wiege. »Sie ist so schön. Ich bin so froh für dich, ganz aufgeregt.«
»Bald bist du an der Reihe, meine liebe Freundin.«
»Das sage ich mir auch dauernd, und die Vorstellung macht mich ganz nervös. Ich meine, wenn man sich mal die Zeit nimmt, richtig darüber nachzudenken – daß man für ein neues Leben verantwortlich ist –, dann ist das direkt furchteinflößend. Aber ich übertreibe wahrscheinlich, oder?«
»Aber so etwas erwartet man doch von jungen Müttern, dachte ich immer.«
»Vielleicht wird das von den Hormonen ausgelöst. Aber was ich wirklich wissen möchte, ist, warum ich mich als Kind immer so erwachsen fühlte und mir nun plötzlich wie eine Zwölfjährige vorkomme.«
»Ich weiß, was du damit sagen willst. Als Roger anfing, mich Mommy zu rufen, war ich sicher, daß er damit meine Mutter meinte. Und als seine Freunde dann begannen, mich Mrs. Beeder zu nennen... o Gott!«
Paige lachte. »Hör mal, ich muß jetzt leider gehen. Was haben sie uns beim Lamaze-Kurs immer gepredigt – wenn es für das Baby Zeit ist, ein Nickerchen zu machen, dann

ist es auch Zeit für die Mutter, ein Schläfchen zu halten, richtig?«

»So was funktioniert nur beim ersten Kind. Aber Charlie ist heute ja da, also kann ich schlafen, soviel ich will. Bleib doch noch ein paar Minuten«, bat Ruthanne und legte ihre Hand auf die von Paige.

»Ach, übrigens, falls ich es noch nicht oft genug gesagt habe, dann sage ich es jetzt eben noch mal – du siehst umwerfend aus.«

Ruthanne griff sich an die Taille ihres Morgenmantels. »Da sind immer noch zwanzig Pfund Fett zuviel drauf, aber selbst wenn ich es jetzt noch ändern könnte, würde ich nichts anders machen. Und Roger ist kein bißchen wütend oder eifersüchtig auf seine Schwester. Kannst du mir sagen, womit ich dieses Glück verdient habe?«

Lily nahm einen Bleistift und stieß die Spitze in das Bein der Puppe.

»Autsch, das tut weh«, sagte Hillary.

Lily schaute zu ihr auf. »Bist du wütend auf sie?«

»Nein.«

»Warum tust du ihr dann weh?«

»Weil ich dieses Gefühl dabei mag.«

»Wie ist dieses Gefühl?«

»Ich weiß nicht, irgendwie warm.«

Hillary nahm die Puppe und wiegte sie im Arm.

»Was ist mit *ihren* Gefühlen?«

»Sie mag es, wenn man ihr weh tut.«

»Wie kommst du darauf?«

Lily deutete auf die geschürzten roten Lippen. »Schau doch hin, sie lächelt immer noch.«

»Das sieht mir aber gar nicht wie ein Lächeln aus. Was meinst du, wieso sehen wir das so unterschiedlich?«

»Vielleicht weil du eine Schwanzlutscherin bist und ich nicht.«

Wunderbar, Hillary, laß dich nicht von ihr überrumpeln – nicht einmal mit den Augen gezwinkert hast du ... Aber jetzt weiter in dieser Richtung.

Anna Parks saß steif in der ersten Reihe im Gerichtsgebäude von Laurel Canyon, zwei stämmige Wachbeamte wie zwei Buchstützen rechts und links an ihrer Seite; der Gerichtsstenograph – den Jason verlangt hatte – saß am Rand des Saals. In der zweiten Reihe saß der Psychiater M. C. Wendell – effektvolle, silbergraue Strähnen in den buschigen, dunklen Koteletten. Richter Kraft, hoch oben auf seiner Richterbank, war ein kleiner Mann mit Brille und einer tiefen, sonoren Stimme, die – sozusagen als Ausgleich für seine schmächtige Erscheinung – diejenigen einschüchterte, die vor ihm zu erscheinen hatten.

Der Pflichtverteidiger Sam Bender, der Anna Parks beim ersten Mal verteidigt hatte – Jason hatte sowohl ihn als auch den einen Staatsanwalt vorladen lassen, der den heutigen Antrag behandelte –, saß ganz hinten in dem kleinen, fast leeren Gerichtssaal, hielt die Augen gesenkt und nickte hin und wieder mit dem Kopf, als wolle er mit den Göttern verhandeln, daß sie ihn doch bitte nicht in den Zeugenstand rufen möchten. Und wenn es nach Richter Kraft oder den übrigen Angehörigen des Gerichts gegangen wäre, dann würde das auch nicht nötig werden.

»Mr. Bennett, Sie vergessen, ich war ebenfalls im Gerichtssaal anwesend«, sagte der Richter. »Ich weiß also, was sich hier zugetragen hat. Wie heldenhaft Ihre Beweisführung auch sein mag, ich fürchte nur, sie wird nicht standhalten. Eine Anordnung auf Haftprüfung seitens des Gerichts wird hiermit abgelehnt. Nächster Fall«, sagte er mit Blick auf den Geschäftsstellenleiter.

»Aber ich habe Zeugen...«

»Das hier ist eine Antragssitzung – ich habe nicht die Absicht, mir Zeugen anzuhören. Gerichtsdiener, den nächsten Fall bitte –«

»Meine Mandantin hat das Recht, Beweise vorzulegen. Artikel eins, Abschnitt neun der Verfassung besagt, daß das Habeas Corpus – das Grundrecht auf gerichtliche Anordnung eines Haftprüfungstermins – nicht aufgehoben werden darf, es sei denn in Zeiten von Rebellion oder Invasion. Was die letzten beiden Punkte betrifft, brauchen wir uns wohl keine Sorgen zu machen – zumindest heute nicht. Und in der Tat, in der Geschichte der Vereinigten Staaten hat nur ein Mann, Euer Ehren – Abraham Lincoln – jemals dieses –«

»Mr. Bennett, ich brauche keine Lektion in Geschichte! Und genausowenig kann ich Ihren Sarkasmus gebrauchen. Es ist keineswegs meine Absicht, das Habeas Corpus aufzuheben, aber Sie haben bereits entsprechendes Gehör gefunden. Ich versuche lediglich, eine ermüdende, überlange Prozedur abzukürzen. Ich wiederhole, Haftprüfung abgelehnt.«

»Ist das Ihre endgültige Entscheidung?«

»Was haben Sie denn erwartet – daß ich es Ihnen vorsinge?«

»In diesem Fall«, sagte Jason und warf einen Blick auf den Protokollführer, »werde ich die Beweismittel eben zu Protokoll nehmen lassen, das heißt, das, was meine Zeugen ausgesagt hätten, hätten sie Gelegenheit dazu bekommen.«

»Es besteht keine Notwendigkeit –«

»Euer Ehren, ich möchte lediglich etwas zu Protokoll nehmen lassen.«

»Verlassen Sie sofort meinen Gerichtssaal!«
Jason ließ sich nicht beirren. »Der Staatsanwalt, Mr. Delaney, würde zugeben, daß kein *voir dire* stattgefunden hat – weder der Ehrenwerte Richter Kraft, noch er, noch der Pflichtverteidiger haben der Angeklagten Fragen bezüglich ihrer Verteidigung gestellt, geschweige denn, ob sie deren Konsequenzen verstanden habe –«
Der Richter winkte den Justizwachtmeister zu sich an die Richterbank. »Schaffen Sie diesen Mann hier raus«, sagte er.
Der Justizwachtmeister näherte sich Jason; Jason streckte den Arm aus, um zu verhindern, daß er ihm zu nahe kam... »Weiterhin würde ich den renommierten Psychiater M. C. Wendell aufrufen, der bezeugen wird, daß, basierend auf Prüfung der medizinischen Krankenblätter, einer gründlichen psychiatrischen Untersuchung und aufgrund seines Fachwissens meine Mandantin zur Tatzeit nicht nur schuldunfähig, sondern bei der Vorführung zum Verhör auch unfähig zu jeglicher rationalen Entscheidung war.«
»Mr. Bennett!« rief der Richter. »Da Sie ja anscheinend über sehr viel Wissen verfügen, kann ich dann annehmen, daß Sie auch schon mal von einer Mißachtung des Gerichts gehört haben?«
»Und schließlich würde Sam Bender, der Pflichtverteidiger meiner Mandantin, bezeugen, daß er erst im Juni vergangenen Jahres, also knappe sechs Monate bevor ihm dieser Fall übertragen wurde, sein Abschlußexamen abgelegt hat. Und daß dies sein fünfter Fall nach seiner Zulassung zum Anwalt im Staate New York war, wobei es sich bei den vorhergehenden vier Fällen um keine schwerwiegenderen als Anzeigen wegen Trunkenheit am Steuer gehandelt hatte. Rechtsanwalt Bender wußte nicht, was ein

voir dire ist, und noch weniger verfügte er über die Fähigkeit, einen Mandanten bei einem Kapitalverbrechen entsprechend zu vertreten! Ich persönlich mache ihm keinen –«

Richter Kraft stand auf, sein Gesicht ein purpurrotes Spinnennetz aus zuckenden Adern. Er ließ seinen Hammer auf die Bank sausen und schrie: »Halten Sie Ihren Mund!«

Was Jason schließlich auch tat – alle Anwesenden hielten den Atem an.

Der Richter warf einen langen Blick auf Delaney, den Staatsanwalt. »Entspricht es der Wahrheit, daß kein *voir dire* stattgefunden hat?« fragte er schließlich.

Delaney nickte und erhob sich. »Ja, Euer Ehren, das ist richtig.«

»Wie konnte das geschehen?«

Schweigen, dann ein Achselzucken.

»Und ist es richtig, daß bei der Verhandlung dieses Falles der Pflichtverteidiger erst sechs Monate zuvor seine Abschlußexamen abgelegt hatte?«

»Ich weiß nicht...« Er sah sich um und deutete auf ihn. »Er ist hier...«

»Mr. Bender?« sagte der Richter.

»Ja, Euer Ehren, das ist richtig«, ließ sich eine leise Stimme vernehmen, die überhaupt nur deswegen zu hören war, weil tiefes Schweigen im Saal herrschte.

Der Richter setzte sich wieder, holte tief Luft...

»Das Schuldgeständnis wird hiermit aufgehoben. Gerichtsdiener, setzen Sie für nächste Woche einen neuen Termin zur Vorführung zum Untersuchungsverhör fest.«

Jason, der sich ebenfalls gesetzt hatte, schoß in die Höhe. »Euer Ehren, was ist mit einer Kaution?«

»Unter gar keinen Umständen wird hier eine Kaution festgesetzt! Auch wenn in der Verfassung vorgesehen ist, daß ich dies nächste Woche bei der Vorführung in Betracht ziehen kann, würde ich mich nicht darauf verlassen, daß Ihre Mandantin sie auch bekommt, Mr. Bennett!« Er ließ den Hammer auf die Richterbank fallen und sagte dann, ohne in die Gesichter zu schauen, die ihn neugierig musterten: »Zwanzig Minuten Pause.«

»Soll ich es ihr sagen?« fragte Paige und mußte sich sehr bemühen, wenigstens etwas Begeisterung in ihre Stimme zu legen.

Jason hatte den Gerichtssaal verlassen, war in eine Telefonzelle gelaufen und hatte sofort zu Hause angerufen, wobei er sich kaum der vielen Augenpaare bewußt war, die auf ihm ruhten. Er war gut gewesen, das wußte er.

»Besser nicht«, sagte er schließlich zu Paige und fragte sich, wen er hier überhaupt beschützte. Wie es in letzter Zeit öfter der Fall war, fühlte er sich als Außenseiter bei einer Verschwörung, an der alle um ihn herum teilnahmen.

Jason war überzeugt, daß Lily keinen weiteren Gedanken mehr an Anna verschwendet hatte, nachdem sie ihr den Brief geschrieben und sie darin gebeten hatte, doch mit Jason zusammenzuarbeiten, wenn sie wieder freikommen wolle. War sich Anna dessen auch bewußt? Mit Sicherheit nahm sie nicht mit vollem Herzen Anteil an den Geschehnissen um sie herum, nicht einmal an der dramatischen Vorstellung heute, die ihn fast ins Gefängnis gebracht hätte. Doch seit Lilys Brief war Anna eindeutig zur Zusammenarbeit bereit.

Und mit etwas Glück würde in vier oder sechs Wochen eine Verhandlung angesetzt werden; nachdem er sich den Sitzungskalender angeschaut und hier und da seinen Einfluß hatte spielen lassen, würde das bestimmt machbar sein. Terminlich gesehen lief es ohnehin viel besser, als er erwartet hatte. Da er die Absicht hatte, den Fall selbst vorzutragen, würde er diese Zeit auch brauchen, um sich darauf vorzubereiten.

Und gegen Ende März, Anfang April, wenn sie mit ihrem Sohn wieder nach Manhattan zurückkehrten, dann wäre das Verfahren bereits vorbei, und Anna würde entweder freigesprochen worden sein oder aber ein milderes Urteil bekommen haben. In dem einen Fall könnte Lily zu ihrer Mutter nach Hause zurückkehren, während für den anderen Fall noch entsprechende Arrangements getroffen werden müßten.

Obwohl er sich wirklich sehr bemühte, mit dem Mädchen auszukommen, war sein ungutes Gefühl ihr gegenüber nie ganz verschwunden. Im Gegenteil, es war sogar noch stärker geworden. Aber Paige war im achten Monat, und er hatte nicht die geringste Absicht, jetzt mit ihr einen Streit anzufangen. Wozu auch? Damit ihr Blutdruck wieder in die Höhe schoß? Oder noch schlimmer, damit sie sich entfremdeten, wo es doch so wichtig war, daß sie sich nahe waren?

Ihm fiel das Loch im Speicher ein, durch das Lily sie belauscht und beobachtet hatte; er wußte, wenn er Paige damit konfrontierte, würde sie Lily sofort wie eine Tigerin verteidigen.

Eine Woche später zeichnete Hillary die folgenden Notizen auf: *Die Patientin verfügt über keine klare Ausgangsbasis, um zwischen Richtig und Falsch zu unterscheiden. Obwohl sie außerordentlich intelligent ist und sehr schnell begreift, was von ihr erwartet wird, fehlt ihr jegliche Orientierung, die ihr bei ihren Beziehungen zur Außenwelt helfen könnte.*

Bestellt wurden: Wechsler-Intelligenztest für Kinder, verbesserte Ausgabe, Rorschach-Tintenflecktest, Blacky-Test, Apperzeptionstest für Kinder.

Es passierte ungefähr zwei Wochen später, am Abend des Lamaze-Kurses – Roger wollte, daß Lily abends zu ihm kam, da er allein im Haus war. Aber Lily lehnte ab und sagte, sie würde lieber zu Hause bleiben und mit ihrer Schildkröte spielen. Paige stieg bis zur Mitte der Kellertreppe hinunter und setzte sich dort auf die Stufen.
»Okay, was ist los?«
»Nichts.«
»Seit wann hast du denn keine Lust mehr, mit Roger zusammenzusein?«
Sie zuckte mit den Achseln. »Alles dreht sich nur noch um das Baby. Carolyn hier, Carolyn da, ich habe das so satt.«
»Bald werden wir hier auch so ein Baby haben.«
»Mit Bübchen wird das anders sein.«
Paige lächelte. »So, und warum?«
»Er wird eben anders sein, er wird lauter kluge, tolle Sachen machen. Nicht so dumme Dinge wie Carolyn, die dich nicht einmal ansieht, wenn du mit ihr reden willst.«
»Lily! Carolyn ist ein liebes, süßes Baby. Kleinkinder schenken ihrer Umgebung am Anfang nicht sehr viel Aufmerksamkeit, aber das ändert sich bald. Aber ich will auf keinen Fall mehr hören, daß du solche Dinge sagst.«
Schweigen, dann: »Und trotzdem, Bübchen wird ganz anders sein, etwas ganz Besonderes.«
Paige stieg ganz die Treppe hinunter, kniete sich neben Lily hin und nahm sie in die Arme.
»Was soll ich nur mit dir tun? Na, ich habe eine Idee.«

Lily riß sich los. »Was?«
»Wie wäre es, wenn du heute abend mein Lamaze-Partner bist?«
»Meinst du das im Ernst?«
»Das meine ich im Ernst.«
»Was ist mit Jason?«
»Er hat vorhin angerufen und gesagt, daß er nicht vor zehn Uhr kommen kann, und bis dahin ist der Kurs schon fast zu Ende. Ich werde ihn anrufen und ihm sagen, daß er sich nicht zu beeilen braucht und gleich nach Hause fahren kann. Ich bin sicher, daß ihm das nur recht ist. Was aber nicht heißt, daß ich keinen Partner für heute abend brauche.«
Lily rannte nach oben, um sich fertig zu machen. Paige betrachtete die Schildkröte und die vielen Spielsachen, die Lily strategisch um die große Kiste plaziert hatte. Sie tippte auf Wallys Panzer.
»Komm schon und streck deinen müden Kopf raus. Steh auf und spiele.«
Na gut, Roger war nicht eifersüchtig. Aber Lily war es.

Alle fanden es ganz zauberhaft, besonders Paige ... sieben erwachsene Paare waren im Raum, und es war Lily, die Dr. Barrys Sprechstundenhilfe Leonore, die den Kurs leitete, die klügsten Fragen stellte. Paige lag auf dem Rükken, Kissen in die Seiten gestopft, und hatte ihre Füße in Lilys Schoß liegen, die sie ihr zärtlich massierte, während Paige ihre Atemübung machte und sich dabei auf einen dicken, runden Kaktus auf dem Fensterbrett konzentrierte.
»Was passiert, wenn sie zu schnell atmet?« fragte Lily.
»Das Blut würde ihr zu Kopf steigen und eine gewisse Benommenheit verursachen. Vielleicht auch Hyperventila-

tion. Kommen Sie, meine Damen, jetzt üben wir das tiefe Atmen... einatmen, halten – eins, zwei, drei – ausatmen.«

»Du mußt ganz genau aufpassen und alles richtig machen«, meinte Lily auf dem Nachhauseweg.

»Komisch, wenn ich die Augen zumache, habe ich das Gefühl, daß Jason neben mir sitzt.«

»Manche Mütter sind eben dumm.«

»O nein, wir wollen hier doch nicht beleidigend werden, oder?« sagte Paige in einem Tonfall, als ob sie das sehr getroffen hätte.

»Aber du doch nicht.«

Paige warf einen schnellen Blick auf Lily, aber in der Dunkelheit war es unmöglich für sie, ihren Gesichtsausdruck zu erkennen. Aber aus ihrer Stimme klang Ernsthaftigkeit, keine Ironie.

»Nun, würdest du mir das vielleicht näher erklären?« fragte sie schließlich.

»Mommy hat einmal ein Baby verloren.«

Paige schnappte kurz nach Luft und meinte dann: »Oh, Lily, wie schrecklich. Das tut mir leid.«

Schweigen.

»Wie alt warst du damals?«

»Ich glaube, drei, vielleicht vier.«

Paige schüttelte den Kopf. »Das muß sehr schmerzlich für dich gewesen sein... und für deine Mutter. So etwas durchzumachen ist bestimmt nicht einfach. Ich weiß, wovon ich rede, Lily, mir ist das auch passiert.«

Sie schaute sie fragend an. »Tatsächlich?«

Paige nickte und dachte über die beleidigende Bemerkung nach, die Lily über ihre Mutter gemacht hatte.

»Es ist eben passiert«, sagte sie. »Alles lief ganz gut, bis eines Tages die Schmerzen auftraten... Ich war erst im dritten Monat; es war noch viel zu früh für den Fötus, als daß er hätte überleben können. Manchmal geschehen eben schreckliche Dinge, und niemand hat Schuld daran.«

»Vielleicht war es ja nicht deine Schuld, aber *ihre* Schuld war es.«

Paige war der ärgerliche Unterton in ihrer Stimme aufgefallen? »Wieso?« fragte sie schließlich.

»Weil sie nicht essen wollte. Immer mußte ich für sie alles aufessen, damit Daddy nichts merkte.«

»Vielleicht kannst du dich nicht mehr so ganz genau erinnern. Du warst ja noch sehr klein.«

»O nein, ich kann mich erinnern.«

Hatte Anna das wirklich getan, oder handelte es sich hier nur um eine vom Schmerz verzerrte Erinnerung eines Kindes? Sie selbst hatte die Erfahrung gemacht, daß die eigenen Erinnerungen nicht immer die verläßlichsten waren. Vorhin, während des Kurses, hatte sie geglaubt, sich an ihre Mutter zu erinnern, wie sie neben ihr saß und ihr die Füße streichelte, wie Lily es tat. Sie wußte nicht, warum das so war, aber es war ein schönes, ein beruhigendes Gefühl.

Da sie nicht sehr viele solcher Erinnerungen an ihre Mutter hatte, wunderte sie sich, warum ihr diese Szene nicht schon früher eingefallen war.

Obwohl Jason der Gedanke gar nicht gefiel, daß Lily ihn bei dem Lamaze-Kurs vertrat, war er doch froh, daß sie Paige an diesem Abend Gesellschaft leistete. Da es schon fast halb zehn war, als er endlich die Ortsgrenze von Briarwood erreichte, war die Aussicht auf weitere zwanzig Meilen Fahrt das letzte, was er sich gewünscht hätte.

Er bemerkte das Kellerlicht, und nachdem er die Vordertür aufgeschlossen hatte, ging er gleich zur rückwärtigen

Treppe. Aber es war nur eine der kleineren Lampen, die im Keller brannte... Seufzend stellte er sich unter die Glühbirne und wollte gerade am Schalter ziehen, als ihm der Pappkarton auffiel, der unter den Tisch geschoben war.
Es war reine Neugierde, die ihn dazu bewog, den Deckel zu heben: zwei Klappmesser, ein Büchsenöffner, ein Streichholzbriefchen, eine Tüte mit Eicheln, verschimmeltes Brot in einer Plastiktüte, Pinienzapfen, verrottete Beeren... und etwas, das aussah wie ein Eichhörnchenschwanz.
Lilys Schätze. Offensichtlich war sie nicht nur auf dem Dachboden zu Hause gewesen...
Er machte den Deckel wieder zu, und als er auf seinem Weg zurück zum Lichtschalter an der Schildkrötenkiste vorbeikam, blieb er stehen und bückte sich.
»Hey, Wally, was hast du für ein Problem, hmm, keine Energie mehr? Zu dickes Blut?« Er hob die Schildkröte hoch, die weit den langen Hals vorstreckte, und untersuchte sie von allen Seiten. Jason fuhr mit den Fingerspitzen über den Rand des Panzers, dort, wo normalerweise ihre Beine... »Jetzt komm schon, streck deine Läufe heraus und –«
Was hatte sie nur getan? Die Schildkröte hatte keine Beine mehr!

Er saß bereits eine halbe Stunde im Keller auf dem Fußboden, bevor er sie heimkommen hörte. Jetzt stand er auf, stellte sich an den Fuß der Treppe und rief sie. Paige kam an den Treppenabsatz.
»Was tust du denn da unten?«
»Wo ist Lily?«
»Hier in der Küche, wir dachten, wir essen noch kurz eine Kleinigkeit, ehe wir –«

»Ich will mit ihr reden.«
»Jason, kann das nicht warten? Es ist schon spät, sie muß morgen in die Schule.«
»Ich will jetzt mit ihr reden.«
Paige trat zur Seite und ließ Lily vorbei.
»Komm runter«, sagte Jason.
Lily warf Paige einen Blick zu und ging hinunter. Paige wollte ihr hinterher. »Darf ich auch dabeisein?«
»Tut mir leid«, erwiderte Jason. »Aber das geht nur Lily und mich etwas an.«
Paige machte einen Schritt zurück.
»Und wenn du bitte die Tür zumachen könntest –«
Paige zuckte mit den Schultern, zog sich endgültig zurück und machte die Tür zur Küche zu.
Jason führte Lily zu der Kiste und sagte: »Nun, ich nehme an, du weißt, warum du hier bist?«
Sie schüttelte den Kopf.
»Lüg mich nicht an. Ich bin nicht Paige.«
Schweigen.
»Warum hast du das getan?«
»Du hast doch gesagt, ich soll es tun.«
»Was?«
»Wally ist immer über die Seitenwände geklettert, und du hast gesagt, ich soll etwas dagegen tun. Also habe ich etwas getan.«
»Indem du ihre Beine abgeschnitten hast? War das das einzige, was dir einfiel?«
»Da konnte ich wenigstens sicher sein, daß es funktionierte.«
»Aber siehst du denn nicht, wie grausam –«
»Jetzt komm aber, Jason, das ist doch nur eine Schildkröte.«
Er mußte schlucken.

»Vielleicht sollten wir mal fragen, was Paige davon hält?«
»Sag es ihr nicht.«
»Und warum nicht?«
»Ich weiß nicht, vielleicht denkt sie, es ist böse.«
»Es *ist* böse.«
Sie sagte einen Augenblick nichts und meinte dann: »Wenn du sie liebst, dann sagst du ihr nichts.«
»So, meinst du?«
Sie nickte. »Es würde sie nur aufregen, sie vielleicht sogar krank machen.«
»Ich denke, sie ist durchaus in der Lage, damit fertig zu werden.«
»Was glaubst du wohl, wie sie damit fertig wird, wenn sie von dir und Brooke erfährt?«
»Ich habe nicht die leiseste Ahnung, wovon –«
»Lüg mich nicht an, ich bin nicht Paige.«
Schweigen.
»Außerdem stand ich praktisch daneben. Ich habe gesehen, wie Brookes Hemd sich geöffnet hat, wie sie ihre kleinen Titten herausgestreckt hat, die nur darauf warteten, daß du an ihnen nuckelst. Ich habe ihre Hände in deiner Jeans gesehen ... Aber das konnte ich mir überhaupt nicht zusammenreimen, Jason, was hat sie denn in deiner Jeans gemacht? Vielleicht weiß Paige es, wenn ich sie frage.«
Jasons zitternde Hände kamen auf sie zu.
»Nein, nicht. Wenn du das tust, dann schreie ich.«

Kapitel 12

Hier ist Hillary Egan«, meldete sie sich am Telefon.
»Hier Jason Bennett, Lily Parks Vormund.«

»O ja, hallo, Mr. Bennett. Wir hatten bisher noch keine Gelegenheit, uns kennenzulernen.«

»Richtig. Ich wüßte gern, ob wir da nicht Abhilfe schaffen und uns vielleicht heute abend treffen könnten. Ich hätte mit Ihnen gern über Lily gesprochen.«

»Gibt es einen besonderen Grund?«

»Sie sind ihre Therapeutin. Um ehrlich zu sein, mich interessiert Ihre Meinung über sie.«

»Nun, für eine psychologische Diagnose ist es noch ein wenig zu früh, die Tests werden erst in ein paar Wochen abgeschlossen sein. Und da sie erst seit so kurzer Zeit bei mir ist... Ich fürchte, ich könnte –«

»Okay, was ist mit ihrer Herkunft? Ich nehme doch an, daß Sie hier bereits gewisse Fortschritte gemacht und angefangen haben, mit ihr über ihre Vergangenheit zu reden, oder?«

»Selbst wenn es so wäre, könnte ich mit Ihnen nicht darüber sprechen.«

»Wieso nicht?«

»Das habe ich bereits alles Ihrer Frau bei unserem ersten Gespräch erklärt. Ich dachte eigentlich, sie hätte das erwähnt. Ich glaube nämlich daran, daß meine Patienten ein Recht auf ihre Intimsphäre und meine absolute Verschwiegenheit haben. Was mir im Therapieraum anvertraut wird, verläßt diesen Raum nicht.«

»Aber sie ist doch noch ein Kind.«

»Bei Ihnen klingt das ja so, als sei sie kein Mensch.«
»So habe ich das ganz bestimmt nicht gemeint. Es ist meiner Meinung nach nur so, daß Eltern und Vormunde auch gewisse Rechte haben. Wie sollen sie denn helfen, wenn sie nicht wissen, was los ist?«
»Es tut mir leid, Mr. Bennett, aber als professionelle Therapeutin, die einen Ruf zu verlieren hat, werde ich meine Meinung in diesem Punkt nicht ändern. Ich kann Lily nur helfen, wenn sie von sich aus auf mich zukommt und mir Vertrauen schenkt. Und sobald sie das tut, werde ich dieses Vertrauen mit Sicherheit nicht mißbrauchen.«
Ich würde ja gern mal sehen, wie sich diese Philosophie angesichts einer gerichtlichen Vorladung hält ... Langsam, Jay, reg dich nicht auf. Die Wahrheit sieht wahrscheinlich so aus, daß diese wackere Therapeutin weniger über Lily weiß als du.

Hillary legte auf und blieb noch eine Weile in der Küche sitzen, eine Tasse mit dampfendem Tee in der Hand. Eigentlich tat es ihr nicht leid, daß sie so abweisend zu Mr. Bennett gewesen war, als Profi war ihre Reaktion die einzig richtige. Natürlich hatte sie sich aufgrund ihrer Beobachtungen eine Meinung gebildet, welcher Therapeut, der sein Geld wert war, hätte das nicht getan? Aber Tests waren nun mal ein integraler Bestandteil jeder Diagnose.
Einmal abgesehen von dem Problem der Verschwiegenheit, welchen Nutzen konnten ihre Beobachtungen schon für die Bennetts haben, welchem Zweck würden sie dienen? Die Komplexität einer Psyche verwirrte und schreckte die Menschen oft nur sinnlos. Und es war ja nicht so, daß Lily für chaotische Zustände in ihrem Haus sorgte, ganz im Gegenteil. Die paar Male, die Paige bei ihr gewesen war, um mit ihr über Lily zu reden, hatte sie

das mehr als deutlich zu verstehen gegeben – das Kind benahm sich tadellos und tat, was man vom ihm erwartete. Berücksichtigte man all das, dann verspürte Hillary nicht den geringsten Wunsch, den Bennetts irgendwelche Grundlagen für mögliche Fehlinterpretationen an die Hand zu geben, die wiederum nur zur Folge hätten, daß die Anwesenheit des Kindes in ihrem Haus zuviel und schädliche Aufmerksamkeit erregte. Und je länger Lily unter ihrer kompetenten Obhut und Sorge blieb, desto länger würde sie Hillary als Patientin erhalten bleiben. Da sie sich des exzessiven Vorhandenseins von Gewalt und Mißhandlung in Lily Parks Vergangenheit bereits in dem Moment, in dem sie sie als Patientin akzeptiert hatte, bewußt war, wußte Hillary auch, daß es ein faszinierender Fall war, vielleicht sogar einer, mit dem sie sich einen Ruf als klinische Therapeutin aufbauen könnte. Jetzt, da sie schon ein paarmal Gelegenheit gehabt hatte, mit dem Kind zu arbeiten, erwartete sie eigentlich nicht mehr, enttäuscht zu werden.

Sie ging zu ihrem Bücherschrank, holte das »Diagnosehandbuch mentaler Störungen« heraus, schlug das Kapitel über *sadistische Persönlichkeitsstörung* auf und las: Muster, bei dem ein grausames, demütigendes und aggressives Verhalten vorliegt, um den anderen einzuschüchtern und die dominante Rolle in einer Beziehung zu übernehmen. Amüsierte und faszinierte Reaktion auf physisches und/oder psychisches Leiden und Erniedrigung bei Mensch und Tier.«

Brooke war wirklich sehr überrascht, als sie Jason vor ihrer Tür stehen sah. Sie bat ihn in die Wohnung. »Paige ruft normalerweise immer um diese Zeit an...« sagte sie. »Was treibst du denn hier?«

»Ich muß mit jemandem reden, und im Augenblick bist du die einzige, die mir bleibt.«
Sie nickte und humpelte zum Sofa zurück – sie hatte einen kurzen Gips, der knapp bis unters Knie reichte.
»Okay, worum geht es?«
»Lily.«
»Lily, Lily, Lily. O Gott, wie sehr habe ich diesen Namen hassen gelernt. Paige und ich haben uns schon darauf geeinigt, sie nicht mehr zu erwähnen, da ich nicht gerade ein Fan von ihr bin. Aber die Mühe könnten wir uns eigentlich sparen, da sie immer zwischen uns steht.«
Jason setzte sich.
»Beantworte mir eine Frage – glaubst du, daß du ihr die Kleine noch vor April entreißen kannst?«
»Glaubst du das nicht?«
Sie zuckte mit den Achseln. »Als das Ganze anfing, waren ihre Sympathien eindeutig auf seiten von Mutter Anna, aber inzwischen bin ich mir da nicht mehr so sicher. Jetzt fällt mir immer mehr ein ganz bestimmter, zweifelnder Unterton in Paiges Stimme auf, als ob diese Dame vielleicht doch nicht ganz so geeignet sei – eben doch nicht die richtige Mutter für unsere Lily.«
Jason starrte, mit hochgezogenen Schultern und rundem Rücken, auf den Teppich, die Hände auf den Knien abgestützt.
»Ich kann gar nicht glauben, daß das tatsächlich alles passiert. Dauernd warte ich darauf, daß mir jemand auf die Schulter klopft und mir erklärt, das sei alles nur ein miserabler surrealistischer Film, bei dem der Kameramann besoffen war.«
»Sie ist doch noch ein Kind, es muß doch einen Weg geben, sie loszuwerden.«
»Es ist noch schlimmer, als du denkst.«

Schweigen.
»Sie war da an dem Tag.«
»An welchem Tag?«
»An dem Tag, an dem wir zwei im Wald waren.«
Sie holte erst mal ganz langsam Luft, sagte eine Weile nichts und fragte dann: »Hat sie es Paige erzählt?«
»Und freiwillig ihren Trumpf hergeschenkt? Nein, nein, dafür ist sie viel zu gerissen. Es ist viel besser, *mir* damit zu drohen.«
»Oh, komm. Du willst doch nicht sagen, daß sie dich erpreßt?«
»Kannst du dich noch an die Schildkröte erinnern?«
Nicken.
»Gestern abend habe ich entdeckt, daß die Schildkröte keine Beine mehr hat. Sie ist doch tatsächlich hergegangen und hat ihr die Beine abgeschnitten, damit sie nicht mehr aus der Kiste steigen kann. Als ich ihr damit drohte, Paige davon zu erzählen –«
Brooke blieb vor Verwunderung der Mund offenstehen, aber plötzlich fing sie hysterisch zu lachen an. Lauter und lauter, bis Jason zu ihr hinging und sie schüttelte.
»Wie kannst du das nur für lustig halten?« fragte er.
»Das tue ich auch nicht, im Gegenteil, es macht mir entsetzliche Angst... Jason?«
»Was?«
»Du glaubst doch auch, daß sie den Ast angesägt hat, oder?«
»Ja, aber was nützt mir das? Ich habe keinen Beweis, genausogut kann es der Sturm gewesen sein. Außerdem, wie kann ich es wagen, Paige mit solchen Theorien zu kommen? Lily braucht doch nur mit den Fingern zu schnippen, und schon ist es wieder vorbei mit Paiges schwer erarbeiteter Ausgeglichenheit.«

Lily hatte seit Beginn der Sitzung mit der Metallkiste und den Handpuppen in Hillarys Büro gespielt. Hillary schaute auf die Uhr – fünfundzwanzig Minuten waren bis jetzt vergangen. Das Kind hatte immer wieder dieselbe Prozedur wiederholt: Sie hatte eine Puppe nach der anderen – jede der vier stellte ein anderes Familienmitglied dar – in die Kiste gelegt, sie zugesperrt und dann mit dem Hammer darauf geschlagen.
»Das muß ja eine sehr traurige Familie sein, wenn sie immer so geschlagen werden«, bemerkte Hillary.
»Nein, nicht geschlagen, bestraft.«
»Ich verstehe. Was haben sie denn so Schreckliches getan?«
»*Ihr* müßt eine sehr traurige Familie sein«, sagte Lily, ohne sich die Mühe zu machen, Hillarys Frage zu beantworten.
»Wieso denkst du das?«
»Der alte Mann oben sabbert sein Hemd voll und pinkelt in seine Hosen, und du würdest ihn am liebsten für immer loswerden.«
Hillary mußte sich beherrschen, damit der beißende Hohn an ihr abprallte. Statt dessen sprach sie endlich das laut aus, was sie seit so vielen Monaten immer nur gedacht hatte.
»Auch wenn Vater manches tut, was mir nicht gefällt, so heißt das noch lange nicht, daß ich ihn nicht liebe. Wenn er in der Lage wäre, seine Situation zu ändern, dann würde er sie ändern, davon bin ich überzeugt. Ein Baby zum Beispiel macht sich regelmäßig in die Windeln... Würde eine Mutter ihr Kind aber deshalb weniger lieben?«
»Ein Baby kann recht nützlich sein. Wenn es ein gutes ist, dann wird es groß und stark und tapfer, vielleicht sogar

klug. Alte Menschen aber werden immer nur schwächer, dümmer, stinken immer mehr und haben immer mehr Angst. Die haben wirklich große Angst.«

»Wovor denn?«

»Ich weiß nicht, vor irgend etwas, vor allem.«

»Hast du schon mal einen alten Menschen gekannt?«

Sie nickte.

»Wen?«

»Meine Mutter.«

»Aber deine Mutter ist doch noch jung, erst Anfang Dreißig, hat mir Paige, glaube ich, erzählt.«

»Nein, so ist das auch nicht. Alt ist der Mann da oben, er hat Angst, ist schwach und verbraucht.«

Schweigen, dann: »Ich glaube, jetzt verstehe ich. Alt hat nichts mit dem Alter, sondern mit Stärke zu tun.«

»Richtig.«

»Nun, was würdest du dann vorschlagen, was mit diesen alten Leuten passieren soll?«

»Sie müssen weg.«

»Ich begreife nicht ganz, was das heißen soll.«

»Umbringen muß man sie, du Miststück. Hast du jetzt kapiert?«

Nachdem Lily an diesem Nachmittag gegangen war, suchte Hillary rasch den Schlüssel zu Vaters Schlafzimmer und befestigte ihn an ihrem Schlüsselring mit dem Silberdollar. Von jetzt an würde sie Vaters Zimmertür immer verschlossen halten, wenn Lily im Haus war. Aber im Grunde genommen hatte sie keine Angst, daß Lily ihn belästigen könnte.

»Die Frage lautet: Ist die Patientin gefährlich für ihre Umgebung oder nicht?« diktierte Hillary in das Mikrophon des Aufnahmegerätes, das sie aus ihrer Schreibtischschublade geholt hatte. »Nein, ich denke nicht, nicht solange das Kind seine Phantasievorstellungen unter professioneller Aufsicht ausagieren kann. Obwohl Gewalt ein grundlegender Bestandteil der sadistischen Persönlichkeitsstörung ist, scheint die Patientin das Stadium der bloßen Faszination noch nicht verlassen zu haben... Meine Schlußfolgerung basiert auf zwei Faktoren: Erstens – das Kind ist noch zu jung, um gewalttätig zu werden. Zweitens – außerhalb der Therapiestunden, in denen Lily die Möglichkeit bekommt und zudem ermutigt wird, ihre dunklen Seiten auszuleben, ist das Mädchen höflich, fröhlich und gut zu haben. Sie ist sogar sehr hilfsbereit. Da sie in der Außenwelt angemessen funktioniert, gibt es keinen Grund zur Annahme, es könnte zu irgendwelchen plötzlichen Veränderungen kommen... Die verschlossene Tür ist eine reine Vorsichtsmaßnahme.«

Es war kurz nach Thanksgiving, und Paige und Lily hatten sich gemeinsam an die Arbeit gemacht und das Zimmer ausgeräumt, das neben dem von Lily lag. Sie putzten es, strichen Wände und Decke und machten ein Kinderzimmer daraus. Lily und Paige hatten sogar gemeinsam die Vorhänge und die Tapete ausgesucht – bedruckt mit Figuren aus der »Sesamstraße«.

»Wie sieht Bübchens Zimmer in der Stadt aus?«

»Hmm, laß mich mal nachdenken... Die Möbel sind weiß, und Jason hat das Zimmer mit lauter Dschungeltieren tapeziert.«

»Glaubst du nicht, daß er sich da fürchten wird?«

»Nein, bestimmt nicht.«

Sie deutete mit dem Arm auf das Zimmer. »Glaubst du, daß ihm dieses Zimmer hier auch gefallen wird?«

»Oh, da bin ich überzeugt. Und wir werden ihm auch gleich sagen, wer dabei so fleißig mitgeholfen hat.«

Lily lächelte und tauchte den Pinsel in die blaßgelbe Farbe.
»Darf ich mich um ihn kümmern, auch wenn er noch ganz klein ist?«
»Machst du Spaß? Ich rechne voll mit deiner Hilfe. Joshua wird eine große Schwester in dir sehen.«
»Tatsächlich?«
Paige nickte. »Mir ist zwar klar, daß du dann nicht mehr hier wohnst, aber du wirst uns oft besuchen kommen. Mädchen und Jungen fahren weg in Feriencamps oder gehen aufs Internat oder aufs College, aber deswegen werden sie von ihren jüngeren Geschwistern nicht vergessen und auch nicht weniger geliebt.«
»Paige, hast du eigentlich Schwestern oder Brüder?«
»Nein... nein, habe ich nicht, Lily.«
»Bist du sicher?«
»Natürlich bin ich sicher. Warum?«
»Du hast so ein komisches Gesicht gemacht.«
»Wahrscheinlich deshalb, weil ich mir immer welche gewünscht habe. Es kann sehr einsam sein, wenn man ein Einzelkind ist. Aber das muß ich dir doch nicht sagen, oder?«
Sie nickte. »Paige, ich wünschte –«
Paige ging zu ihr, legte ihr den Finger auf den Mund, kniete sich hin und drückte sie an sich.
»Ich weiß, Schätzchen, das wünschte ich mir auch. Aber manche Dinge können einfach nicht sein. Außerdem wäre es nicht recht... Wenn Jason es schafft, deine Mutter aus dem Gefängnis zu holen, dann braucht sie dich doch.«
»Aber wenn ich Angst habe?«
Paige ließ sie los. »Vor deiner Mutter?«

»Erzählen Sie mir von Lily«, sagte Jason, der bei Anna im Gefängnis war.
»Das ist eine seltsame Bitte.«
»So?«
»Sie lebt doch bei Ihnen, dann müßten Sie sie doch kennen.«
»Tue ich nicht. Erzählen Sie mir von ihr.«
Anna zuckte mit den Schultern. »Mein Baby ist ein gutes Mädchen, sie war immer hilfsbereit und hat mir nie etwas abgeschlagen.«
»Was war mit ihm?«
»Mit wem?«
»Mit Maynard, ihrem Vater.«
»Ich verstehe nicht.«
»Wieso verstehen Sie nicht? Ich werde es Ihnen mal näher erklären... Hat er sie jemals geschlagen, verprügelt oder sie mißbraucht – sexuell, physisch oder psychisch?«
»Ist mir nicht aufgefallen.«
»Aber Sie haben doch mit ihnen zusammengelebt?«
»Sicher.«
»Dann haben Sie doch auch etwas gesehen?«
»Ja, und da war wirklich nichts...« Sie stand auf, trat ans Fenster und starrte auf den Hof hinaus, wo gerade ein Volleyballspiel angefangen hatte. »Sie konnte gut mit ihm umgehen«, sagte Anna schließlich. »Fast instinktiv wußte sie immer das richtige Wort oder wie sie es anstellen mußte, um ihn sich vom Hals zu halten. Fast so, als ob er Teil eines Puzzles wäre, das sie bereits Hunderte von Malen zusammengesetzt hatte.«
Auf der Rückfahrt nach Briarwood dachte Jason über dieses Gespräch nach. Er hätte sich eigentlich ein bißchen mehr erwartet, mehr Gründe dafür, warum ein Kind so verkorkst war. Natürlich war das schon Grund genug,

was Lily bei ihren Eltern beobachtet hatte, aber laut Anna war ihr Schlimmeres erspart geblieben. Und das hatte in erster Linie daran gelegen, weil sie gewußt hatte, mit diesem Ungeheuer umzugehen... Obwohl Lily kein anderes Vorbild gehabt hatte, hatte sie sich kein Beispiel an ihrer verängstigten Mutter genommen. Anna hatte das einfach Instinkt genannt...

War es möglich, daß Lily das Ungeheuer deswegen so gut verstanden hatte, weil sie ihm so ähnlich war?

»Jason?« sagte Paige, die wollte, daß er sich zu ihr umdrehte, aber er las unbeirrt weiter.

Sie versuchte es noch einmal. »Wann wirst du es mir sagen?«

Er warf ihr einen schnellen Blick zu, um gleich wieder auf die Papiere in seiner Hand zu schauen. »Was – es?«

»Das, was dich bedrückt.«

»Ach Paige, ich versuche doch nur, mich durch diese Klageschrift zu arbeiten.«

»Ich rede nicht von jetzt. In der ganzen letzten Woche hast du einen völlig distanzierten Eindruck auf mich gemacht. Und gleichgültig, was ich auch anstelle, ich bekomme dich einfach nicht zu fassen.«

»Mir geht eine Menge durch den Kopf.«

Sie fuhr mit ihren Fingern durch sein Haar. »Erzähl mir davon«, sagte sie.

»Das würde dich nicht interessieren.«

»Doch, selbst wenn es um Anna und die Verhandlung geht.«

»Wie gnädig von dir.«

»Oh, jetzt komm aber, so sollte das nicht klingen.«

Jason legte endlich die Klageschrift beiseite, drehte sich zu ihr um und stützte den Kopf auf die flache Hand.

»Ich fahre morgen nach Laurel Canyon.«

Irgendwie schien die bloße Erwähnung von Lilys Heimatort und die Tatsache, daß Jason einfach so dorthin fahren konnte, allen Ereignissen einen realeren Anstrich zu geben. »Warum?« fragte sie.

»Ich will mit den Nachbarn reden, mit Leuten, die die Parks gekannt haben.«

»Wonach suchst du denn?«

»Nach Zeugen für Maynards Gewalttätigkeiten.«

»Vielleicht erfährst du dabei, daß Anna nicht ganz so unschuldig ist, wie wir dachten.«

Er hob eine Augenbraue. »So?«

»Lily hat da mal etwas angedeutet...«

Paige, die selbst nicht genau wußte, wie verläßlich Lilys Erinnerungsvermögen war, hätte es vorgezogen, Jason gegenüber nicht näher darauf eingehen zu müssen, aber sie hatte nun mal damit angefangen, und jetzt wollte er es hören.

»Sie hat mal durchblicken lassen, daß sie Angst vor ihrer Mutter hat.«

Er sagte nichts – aber seine Körperhaltung sprach Bände.

»Schau, Jason, ich habe ja versucht, mehr aus ihr herauszuholen, aber sie hat richtig dicht gemacht. Das war mir schon vorher aufgefallen, sie sagt nur ungern häßliche Dinge über ihre Eltern. Sobald ihr klar wird, daß sie das tut, ist sie plötzlich zugeknöpft und wechselt das Thema. Sie ist fest entschlossen, sie zu beschützen.«

»Mein Gott, was ist sie doch für eine kleine Märtyrerin.«

»So sehe ich das ganz und gar nicht.«

»Das habe ich auch nicht angenommen.«

»Warum sollte Lily wohl Angst haben, Jason?«

»Du gehst von der Voraussetzung aus, daß das so ist – ich glaube das nicht eine Minute.«

Nach einer langen Pause meinte sie: »Aber wenn es doch stimmt? Was ist, wenn sie wirklich Grund hat, sich vor ihrer Mutter zu fürchten?«
»Weißt du, Paige, im Grunde ist das völlig egal. Was du da vorschlägst – und zwar ziemlich direkt –, ist doch, daß ich Anna Parks einen Fußtritt verpassen soll. Tut mir leid, aber dafür ist es nun zu spät. Sie ist meine Mandantin, und ich werde alles tun, was in meiner Macht steht, um sie rauszuholen. Gleichgültig, was Lily andeuten mag oder was du von Annas Qualitäten als Mutter hältst.«
Paige schüttelte den Kopf. »Das wundert mich jetzt aber sehr – es ist noch keine paar Wochen her, da hast du mit Lily draußen einen Iglu gebaut. Du hast dich wirklich bemüht, mit ihr auszukommen. Wenn ich die Augen schloß, hätte ich fast glauben können, du magst sie.
Und plötzlich machst du einen Rückzieher, und alles geht wieder von vorn los. Und zwar genau zu dem Zeitpunkt, als du mit dem Vorwurf daherkamst. sie würde ihre Schildkröte nicht regelmäßig füttern... Du bist doch deswegen nicht mehr sauer auf sie, oder?« Paige schüttelte den Kopf. »Nein, nein, ich weigere mich zu glauben, daß es nur das ist...
Aber was ist es sonst, Jason, was ist mir entgangen?«

Das Haus, in dem die Parks gewohnt hatten, hatte vier winzige Zimmer und war an einer einsamen Landstraße gelegen; es war die Art Haus, wie es Kindergartenkinder zeichnen oder über das sich Reisende gelegentlich wundern, daß dort tatsächlich jemand wohnt. Viel unbebautes Land, ein Dutzend oder mehr schrottreife Wagen, deren Einzelteile über das graslose Gelände verstreut lagen. Dahinter Bäume und Büsche und viel Wald, jetzt alles von frischem Schnee bedeckt.

Im Augenblick hing ein Schild »Zu vermieten« an der Tür. Meinte das der Makler im Ernst? Jason stellte sich vor ein niedriges Fenster und spähte durch die schmutzige und zerbrochene Scheibe hinein: keine Vorhänge, ein dreckstarrender, billiger Teppich, ein einsames Sofa, dessen gelbes Füllmaterial aus dem Überzug quoll. Er ging auf die Rückseite des Hauses. Dort stand eine Hundehütte, die groß genug für einen Bernhardiner war... Dabei fiel ihm wieder ein, daß Lily gesagt hatte, sie habe noch nie ein Haustier gehabt, als er ihr die Schildkröte schenkte.

Jason stieg wieder in den Wagen, fuhr eine halbe Meile und hielt an, als er an einem Briefkasten vorbeikam, auf dem der Name Greta Sinclair stand. Eine Frau in mittleren Jahren mit schönem Teint und einem geblümten Seidenschal um den Kopf kam zur Tür. »Kann ich Ihnen helfen?« fragte sie.

»Miss Sinclair, mein Name ist Jason Bennett. Ich suche jemanden, mit dem ich mich über die Familie Parks unterhalten könnte. Sie erinnern sich vielleicht, sie haben hier an der Landstraße gewohnt, ungefähr –«

»Ich weiß, wo sie gewohnt haben. Gebt ihr Reporter denn nie Ruhe?«

»Ich bin Rechtsanwalt, Anna Parks Anwalt.«

»Da sind Sie aber ein bißchen spät dran, meinen Sie nicht auch? Ich habe doch irgendwo gelesen, daß sie ein ziemlich hartes Urteil bekommen hat.«

»Glauben Sie, daß es zu hart war?«

»Nun, ich bin kein Richter.«

»Aber Sie kannten sie?«

»Eigentlich nicht, aber –«

Er deutete auf die Tür zwischen ihnen. »Meinen Sie, daß ich vielleicht einen Moment hereinkommen könnte?«

Sie musterte ihn von oben bis unten, sein Gesicht, seinen

Anzug, seine Schuhe – schließlich entriegelte sie die Tür und machte sie auf.

»Nennen Sie mich ruhig Greta. Und Gott bewahre mich vor dem Tag, an dem Massenmörder anfangen, sich in Kaschmir und Importleder zu kleiden.«

»Sie haben ein gutes Auge. Einzelhandel?«

»Herstellung.« Vor dem großen Panoramafenster im Wohnzimmer hing über weißen, luftigen Stores ein drapierter Vorhang aus blaugemustertem Stoff, aus demselben weichen, geblümten Material, mit dem das Sofa und einer der Sessel bezogen waren. Sie deutete ihm an, Platz zu nehmen. »Ich war fünfunddreißig Jahre lang Näherin bei Yves St. Laurent.«

»Dann müssen Sie ja mit zehn Jahren angefangen haben.«

»Langsam fangen Sie an, mir zu gefallen, Junge.«

Jason lächelte. »Wegen Anna Parks –«

»Ja, ja, Anna Parks. Nun, wie ich schon sagte, ich kannte sie nicht persönlich, eigentlich nur vom Hörensagen. Meine Schwester arbeitet in der Notaufnahme des Fielding Hospital. Anna ist dort ein paarmal behandelt worden. Soweit ich verstanden habe, wurde sie regelmäßig verprügelt... Aber das muß ich Ihnen wahrscheinlich nicht erzählen.«

»Warum, glauben Sie, ist sie bei ihrem Mann geblieben?«

»Laut Aussage meiner Schwester hatte er sie hypnotisiert. Sosehr dieser Hundesohn sie auch geschlagen haben mag, auf irgendeine ganz besondere Weise hat sie ihn wohl gebraucht. Ich schätze, es gibt genügend Frauen, die Angst haben, auf eigenen Füßen zu stehen. Und dann – wer weiß?«

»Kann ich mit Ihrer Schwester reden?«

»Natürlich, ich werde Ihnen ihre Adresse geben.« Sie

schrieb sie auf ein Stück Papier und gab es ihm. »Haben Sie Berufung eingelegt?«

»Genau das versuche ich im Augenblick.« Er ging zur Tür, und sie folgte ihm, wobei sie ihn nicht aus den Augen ließ.

»Wie ist ein Typ wie Sie an diesen Fall geraten?«

»Wieso fragen Sie mich das?«

»Weil Sie mir nicht wie ein Anwalt vom Land aussehen, im Gegenteil, Sie machen sogar den Eindruck, als würden Sie eine Menge kosten. Und soweit ich weiß, waren die Parks arm wie die Kirchenmäuse.«

»Wissen Sie, wenn ich einen Menschen wie Sie kennenlerne, der eine so rasche Auffassungsgabe besitzt, dann sage ich mir immer: ›Hey, Jason, geh nicht weg, ehe du nicht etwas von diesem Menschen gelernt hast.‹ Darf ich Sie deshalb fragen, Greta, was Sie machen würden, wenn Sie an meiner Stelle wären und Anna aus dieser üblen Lage holen wollten?«

»Ich würde das Kind suchen und es ausfragen.«

»Warum?«

»Laut Aussage aller hier in der Gegend, einschließlich meiner Schwester, war das Mädchen wirklich erstaunlich: klug, fürsorglich, hilfsbereit, voller Verantwortungsgefühl, ihrem Alter weit voraus, könnte man sagen. Normalerweise war sie es, die ihre Mutter zur Behandlung ins Krankenhaus brachte. Wenn es sein mußte, ist sie auch gefahren. Können Sie sich das vorstellen? Sie wußte von ihrem Vater alles über Autos. Mir scheint, ein Kind wie dieses müßte doch eigentlich in der Lage sein, genau zu beschreiben, was in diesem Haus geschehen ist. Das heißt, falls es so ein Kind tatsächlich gibt.«

»Man hat sie gefunden, müssen Sie wissen.«

»Ja, ich habe davon in der Zeitung gelesen. Meine Anspielung eben hat sich auch auf Lilys tadellosen Ruf bezogen. Wissen Sie, ich hatte selbst nie Kinder, aber ich habe zwölf Nichten und Neffen und siebenundzwanzig Großnichten und -neffen. Alle aus guten, soliden Familien, wo sie viel Liebe, Zuwendung und jede Menge Spielzeug bekommen. Und trotzdem gibt es nicht ein einziges Kind in diesem ganzen Haufen, das so perfekt wäre.«

»Sie wollen damit wohl sagen, daß das Kind viel zu gut ist, um wahr zu sein.«

»Sagen Sie, Sie sind doch derjenige, der sie gefunden hat, nicht wahr?«

Als Ruthanne gegen vier Uhr Paige anrief, war diese gerade dabei, einen Braten in den Ofen zu schieben.

»Paige, kannst du mal herkommen?« fragte sie.

»Hat das nicht noch etwas Zeit? Sagen wir mal bis –«

»Bitte jetzt...«

»Ruthanne, weinst du?«

Sie ließ Lily allein zu Hause und beeilte sich – mittlerweile hatte es zu schneien angefangen. Als sie zu dem Haus kam, fand sie Ruthanne allein im verdunkelten Wohnzimmer. Paige ging zum Sofa, kniete sich vor sie hin und nahm ihre Hand in die ihre.

»Was ist los?«

»Roger«, flüsterte sie.

»Was ist, ist er krank?«

Ruthanne holte tief Luft und sagte dann: »Ich bin vorhin ins Kinderzimmer gegangen... und habe ihn dabei ertappt, wie er ein Kissen... ein Kissen auf das Gesicht des Babys gedrückt hat, Paige.« Dicke Tränen lösten sich aus Ruthannes Augenwinkeln und rannen über ihre vollen Wangen; Paige suchte hastig in ihrer Handtasche, fand einen Stapel Taschentücher und gab ihr ein paar davon.

»Was ist mit dem Kind, geht es ihm gut?«
Ruthanne preßte die Lippen zusammen und nickte.
»Was wäre, wenn ich nicht hineingegangen wäre, was, wenn ich –«
Paige legte den Arm um sie. »Aber du bist hineingegangen, Ruthanne. Und Carolyn ist nichts passiert.«
»Dauernd muß ich denken, einmal angenommen, ich wäre statt dessen in die Waschküche oder in mein Schlafzimmer gegangen, um die zusammengelegte Wäsche wegzuräumen, oder –«
»Quäl dich doch nicht selbst, das hilft jetzt auch nicht weiter. Ruthanne, hast du mit Roger gesprochen, hast du ihn gefragt, warum?«
»Ich konnte einfach nicht. Ich meine, ich habe immerzu geschrien und geweint und war einfach noch nicht in der Lage, mich soweit zusammenzunehmen, um mit ihm zu reden. Und Charlie, mein Charlie ist so gutmütig wie ein Lamm, das Salz der Erde – manchmal glaube ich, er ist schon mit dem Wissen, was richtig und falsch ist, auf die Welt gekommen –, aber wenn er aus einem Kind etwas herausbekommen soll, dann ist er ein hoffnungsloser Fall.«
»Wieso glaubst du, daß Roger –«
»Ich weiß es nicht. Bisher dachte ich ja, alles würde wunderbar laufen, und er schien auch kein bißchen eifersüchtig auf seine kleine Schwester zu sein. Hattest du den Eindruck, daß er eifersüchtig ist, Paige?«
Sie schüttelte verneinend den Kopf. »Aber es muß doch einen Grund geben.«
»Oh, ich weiß, das sage ich mir auch dauernd. Paige, was ist mit dir, könntest du nicht mit ihm reden?«
»Ich, wieso ich?«
»Du hast doch in der Schule mit Kindern zu tun und

kannst wundervoll mit Lily umgehen. Versuch einfach herauszufinden, was in seinem Kopf vor sich geht. Wenn ich Charlie zu ihm schicke, dann stellt er sich einfach vor ihn hin und schaut ihn enttäuscht an...« Sie streckte Paige ihre zitternden Hände entgegen. »Und schau mich doch bloß an, in dem Zustand kann ich mit niemandem reden.«

Sie hatte bereits mehrmals geklopft, ehe Roger an die Tür kam und sie öffnete. Paige ging ins Zimmer, schaltete die Nachttischlampe an und setzte sich auf das Bett. Rogers Gesicht war rot und fleckig.

»Kann ich mit dir reden?«

Er zuckte nur mit den Achseln.

Sie klopfte auf die Matratze. »Komm her, setz dich.«

Roger setzte sich und wartete mit großen Augen, daß sie etwas sagte.

»Deine Mutter macht sich Sorgen um dich, Roger. Sie wollte selbst mit dir sprechen, aber sie ist einfach zu aufgeregt wegen dem, was heute passiert ist.« Nach einer Pause fuhr sie fort: »Roger, ich war oft genug bei euch im Haus, um zu wissen, wie sehr du deine kleine Schwester magst. Deswegen ist es so schwer für mich, zu verstehen, warum du ihr weh tun wolltest...«

»Ich wollte ihr ja gar nicht weh tun, nicht wirklich.«

»Warum dann? Du weißt doch, wenn man einem Menschen ein Kissen auf das Gesicht legt, dann kann er nicht mehr atmen. Wenn du das Kissen zu lange dort gelassen hättest, wäre Carolyn gestorben.«

»So lange hätte ich es nie gehalten.«

»Warum hast du es überhaupt getan, Roger?«

»Um sie zu bestrafen.«

Da fing er zu weinen an, vergrub sein Gesicht im Bettüberwurf und ließ den Tränen freien Lauf. Er fühlte sich offensichtlich schrecklich; wenn Paige doch nur einen Blick in seinen Kopf hätte werfen können, um zu sehen, was darin vor sich ging. Sie streckte den Arm aus, legte die Hand auf seinen Rücken und streichelte ihn, während er sich langsam wieder beruhigte.

»Warum sollte man ein kleines Baby bestrafen wollen?« fragte sie, als die Tränen endlich versiegt waren.

»Carolyn ist nicht perfekt, sie macht nicht alles richtig.«

»Das macht keiner, den ich kenne.«

»Aber ich bin ihr großer Bruder. Wenn ich sehe, daß sie etwas falsch macht, muß ich ihr beibringen, es richtig zu machen.«

»Was macht sie denn falsch?«

»Sie fängt mitten in der Nacht zu schreien an und weckt alle auf.«

»Babys muß man oft die Windeln wechseln, und sie müssen auch oft gefüttert werden. Da sie nicht reden können, müssen sie eben schreien, um sich bemerkbar zu machen.«

»Mommy hat gesagt, daß ich in ihrem Alter schon die ganze Nacht durchgeschlafen habe.«

»Nun, kleine Kinder entwickeln sich verschieden schnell. Aber worauf es hier ankommt, ist doch, daß man Babys nicht bestraft. Sie sind ja noch viel zu klein, um überhaupt zu wissen, was das bedeutet. Aber wenn ein Kind alt genug dafür ist oder wenn es wirklich mal notwendig wird, nun, selbst dann sollte eine Strafe ganz bestimmt keine Schmerzen verursachen... Deswegen überläßt man solche Dinge am besten immer Mommy oder Daddy.«

»Meine Eltern haben doch keine Ahnung von Strafen.«

»Du meinst, du bist noch nie bestraft worden?«

»Nein, nie.«

»Für einen Jungen, der noch nie bestraft wurde, scheinst du mir aber viel darüber nachzudenken. Wer hat mit dir über das Thema gesprochen?«
Schweigen.
Paige legte Roger die Hände auf die Schultern. »Sag es mir, Roger, wer?«
»Lily.«

Sobald sie nach Hause kam, sagte sie zu Lily, daß sie sich hinsetzen solle.
»Heute nachmittag hat Roger ein Kissen auf das Gesicht des Babys gepreßt. Gott sei Dank ist Ruthanne dazugekommen, bevor Carolyn Schlimmeres passieren konnte. Lily, weißt du etwas darüber?«
»Wie sollte ich? Ich war doch oben und habe Hausaufgaben gemacht. Mag er denn das Baby nicht mehr?«
»Natürlich mag er das Baby«, sagte Paige und versuchte krampfhaft, sich zu beruhigen. »Lily, ich habe Roger deswegen gefragt, und er ist sehr verwirrt. Wie es scheint, hat er versucht, das Baby zu bestrafen. Offensichtlich hast du mit ihm über Bestrafung gesprochen, ist das richtig?«
Sie nickte.
»Was hast du ihm denn erzählt?«
»Du hast gesagt, ich müßte nicht darüber reden.«
»Aber mit Roger hast du darüber gesprochen.«
»Das ist etwas anderes, er ist ja nur ein Kind.«
»Lily, es würde mir helfen, besser zu verstehen.«
Schweigen.
»Bitte, Schätzchen.«
»Mommy ist immer bestraft worden, und ich mußte dabeisein und alles mit ansehen...«
»Was mit ansehen?«
Ein Seufzer, dann: »Oh, er hat sie an den Handgelenken

an der Duschstange aufgehängt oder ihren Kopf in einen engen Abfallkorb gesteckt und sie dann vors Haus gestellt, während er mit Bällen auf den Korb gezielt hat. Er hat sie gezwungen, Tiere zu essen, die er im Wald getötet hat. Sie hat das zwar immer wieder erbrochen und wäre fast daran erstickt, aber er hat sie dann gezwungen, es wieder hinunterzuschlucken –«

»O Gott.«

»Also habe ich es manchmal für sie gegessen. Das Fleisch von Waschbären ist ziemlich bitter und hinterläßt einen Belag auf der Zunge, der so dick ist, daß –«

»Hör auf damit!« Paige schloß das Kind in ihre Arme und preßte die Augen zu, als wolle sie die Bilder verbannen, die aufstiegen. »Es tut mir leid, Lily. Du mußt nicht darüber reden, nicht, wenn du nicht willst.«

Paige aß an diesem Abend nur sehr wenig. Sie hatte mit Ruthanne gesprochen und ihr die Sache so weit wie möglich erklärt. Es war schließlich nicht so, daß Lily Roger gesagt hatte, was er tun solle, oder auch nur den Vorschlag gemacht hatte, aber im Kopf eines Kindes können die Dinge eben manchmal etwas durcheinandergeraten... Und aus irgendeinem Grund hatte Roger – vielleicht steckte ja doch etwas geschwisterliche Eifersucht dahinter – beschlossen, es mal selbst mit einer Strafaktion zu versuchen.

Die Art von abartiger Strafe, wie es sich dieses Ungeheuer für Anna ausgedacht hatte, hatte vielleicht die Phantasie des kleinen Jungen angeregt.

Die Krankenschwester hieß Mona, und Jason überraschte sie dabei, als sie gerade ihren Mantel aus Pelzimitat und ihre Stiefel anzog.

»Ich habe nicht viel Zeit, aber Sie können mich zu meinem

Wagen begleiten, wenn Sie wollen. Normalerweise habe ich bis elf Uhr Dienst, aber heute abend tritt meine Enkeltochter als Gans beim Umzug der Erstkläßler auf. Und kein Notfall dieser Welt wird mich abhalten, mir das anzuschauen.«

»Aber doch wohl nicht als Weihnachtsgans, oder?«

Mona lächelte und schaute auf die Visitenkarte, die Jason ihr gegeben hatte. »Meine Schwester hat Ihnen also meinen Namen genannt, hmm? Okay, was kann ich für Sie tun, Jason Bennett, Rechtsanwalt.«

»Ich vertrete Anna Parks.«

»Tatsächlich? Interessant.«

»Wieso?«

»Ich weiß nicht, ich glaube, mir tut die Frau leid, obwohl ich nicht viel Verständnis dafür habe, daß sie nicht schon vor Jahren auf und davon ist und diesen miesen Bastard verlassen hat.«

»Warum, glauben Sie, hat sie das nicht getan?«

»Ich weiß nicht, hatte wahrscheinlich Angst vor ihm, Angst, allein zu bleiben, vielleicht eine Mischung aus beidem. Sie war nämlich ziemlich allein, das heißt, bis auf ihre Schwester natürlich.«

»Sie kannten ihre Schwester?«

»O nein, ich habe sie nie kennengelernt. Aber Anna hat viel von ihr erzählt. Sie hieß Nora, glaube ich, und wohnte im nächsten Ort, hat sie aber offensichtlich viel besucht.«

»Klingt, als seien die beiden ganz gut miteinander ausgekommen.«

»Den Eindruck hatte ich auch.«

Jason schwieg eine Weile und wunderte sich, warum Anna ihn angelogen hatte. Dann fragte er: »Wieso hat sie ihn getötet, was glauben Sie?«

»Ich muß Ihnen sagen, ich habe oft darüber nachgedacht,

und so wie ich es sehe, mußte Anna regelrecht um den Verstand gebracht worden sein, daß sie so etwas überhaupt fertigbrachte.«
»Wieso das?«
»Ich kann mir es anders einfach nicht vorstellen. Es muß schon etwas ganz Ungeheuerliches passiert sein, das eine so unsichere und passive Frau dazu bringt, plötzlich jemanden zu töten. Nicht, daß er es nicht verdient hätte. Aber das schlimmste Verbrechen, das hier begangen wurde, ist das an dem kleinen Mädchen.«
»Wieso?«
»Die Gründe liegen doch auf der Hand. Da war dieses Kind, das sein Bestes tat, um für die Mutter einzuspringen, und das aus diesem Grund einer normalen Kindheit beraubt wurde. Kein Kind kann aus so einem Handel aussteigen. Ja, wenn ich etwas zu sagen hätte, dann würde mir das Kind mehr leid tun. Sie war wirklich lieb. Ab und zu ist mir zwar eine etwas ärgerliche Miene bei ihr aufgefallen, aber wenn Sie an ihrer Stelle gewesen wären, wären Sie da nicht auch wütend gewesen?«
Natürlich, auch er wäre wütend gewesen, aber im Augenblick war er viel mehr mit Mona und mit dem Gedanken beschäftigt, was für eine gute Zeugin sie für Anna abgeben würde, eine Expertin, die mit eigenen Augen die Verletzungen und blauen Flecke gesehen hatte. Sie war intelligent, verfügte über eine gute Beobachtungsgabe und hatte bestimmt keinen Grund, eine Geschichte auszuschmücken. Wenn sie den Geschworenen diese Geschichte so erzählen könnte, wie sie sie ihm erzählt hatte, dann wäre das einfach wunderbar – Anna mußte regelrecht um den Verstand gebracht worden sein, daß sie so etwas überhaupt fertigbrachte.
Und er dachte auch über die Schwester nach. Obwohl er

Anna versprochen hatte, sie nicht zu suchen, war er unter diesen Umständen fast genötigt, sein Wort zu brechen. Er kehrte zum Krankenhaus zurück, suchte sich ein Telefon und rief in seinem Büro an. Aufgrund der nicht sehr gründlichen Nachforschungen, die er bereits früher in die Wege geleitet hatte, wußte er, daß Nora Kalish tatsächlich aus der Gegend weggezogen war, aber weiter war er noch nicht gekommen. Jetzt erklärte er Pat, daß sie noch mal ihre Fühler ausstrecken sollte.

Sobald Paige das Telefonat mit Hillary beendet hatte, fühlte sie sich zutiefst unloyal, aber das lag nur daran, weil ihr Verstand im Augenblick von Emotionen beherrscht wurde. Wie sollte Hillary Lily schließlich helfen können, wenn Paige nicht alles tat, um mit ihr zusammenzuarbeiten? Und ganz sicher sollte ihre Therapeutin von den Strafaktionen wissen, die das Kind mit anzusehen gezwungen war – das heißt, immer vorausgesetzt, sie wußte noch nichts davon.

Paige erwähnte Hillary gegenüber auch die Diskrepanz zwischen den beiden Geschichten, die Lily erzählt hatte: Es war noch nicht lange her, da hatte Lily erzählt, ihre Mutter habe sie gezwungen, etwas zu essen, was sie nicht wollte. Was war nun wirklich der Fall, hatte sie Angst *vor* ihrer Mutter oder *um* sie? Wußte Lily das selbst überhaupt?

Sie stand auf, ging zuerst ins Bad und dann in Lilys Zimmer. Wie immer lag Lily auf der Matratze am Boden und schlief, während ein Bein unter der Decke hervorlugte. Paige bückte sich, zog die Steppdecke nach oben, stopfte sie ihr unter dem Kinn fest und küßte sie auf die Wange. Als sie von unten ein Geräusch hörte, schlich sie auf Zehenspitzen aus dem Zimmer.

»Jason?«
»Hier unten.«
Paige ging hinunter und gab ihm einen Kuß. »Möchtest du etwas zu essen?«
»Danke, ich habe unterwegs mal kurz angehalten.«
»Ich denke, ich habe mich getäuscht, als ich glaubte, Lily habe Angst vor Anna.«
»So?«
»Was ihr viel mehr Angst zu machen scheint, sind die Erinnerungen an die Mißhandlungen, die sie mit ansehen mußte.«
»Anna?«
Paige nickte.
»Hat sie darüber gesprochen?«
»Ein wenig.«
»Dann kann sie das also bezeugen?«
»Ist das das einzige, was dir dabei einfällt?«
»Das ist mein Job, Paige. Und es geht um das Leben ihrer Mutter.«

Sag es, du Feigling. Raus mit der Sprache, sag es: Paige, ich habe ein paarmal mit deiner besten Freundin geschlafen. Keine großartige Sache, überhaupt nicht ... Sobald ich wieder bei Sinnen war – aus, vorbei, Ende. Du willst wissen, wo ich meinen Verstand dabei gelassen habe? Was war das – wie sagt man noch gleich? Der ist mir dabei in die Hose gerutscht. Aber niemals zuvor, hey, ich meine nie in meinem ganzen Leben habe ich auch nur eine andere ... Aber auch diese Sache, das war nichts, ich schwöre es bei meinem Leben, beim Leben meines ungeborenen Sohnes, es war nichts. Weniger als nichts.
Und ich würde mir nicht einmal die Mühe machen, darüber zu reden, wenn es nicht um deinen kleinen verkorksten Liebling ginge. Ob du es glaubst oder nicht, sie ist gar nicht dein Liebling,

auch meiner nicht, sie ist niemandes Liebling. Schau sie dir genau an, laß sie nicht aus den Augen, ständig denkt sie sich ein paar hinterhältige Tricks aus. Wer das sagt? Ich. Hey, kennst du mich noch – ich bin es, dein Ehemann, Liebhaber, bester Freund.

Kennst du die Wörter überhaupt noch?

»Jason!«

Er riß sich aus seiner Versunkenheit. »Was?«

»Wo warst du bloß mit deinen Gedanken?«

Er zuckte mit den Achseln.

»Du hattest einen ganz merkwürdigen Gesichtsausdruck...«

»Ich habe nur überlegt...«

»Was?«

»Wann ist dein nächster Termin beim Arzt?«

»Und deswegen so ein Getue? Am Montag. Da fängt zufälligerweise auch mein neunter Monat an.«

Okay, einmal angenommen, er könne ihr alles gestehen und erzählen, was dann? Sei ehrlich, ganz ehrlich. Sie würde verletzt sein, verärgert, nein, rasend vor Zorn... Das wäre nicht gut für das ungeborene Kind, nicht gut für sie. Ganz bestimmt nicht gut für ihn. Und die Sache mit der beinamputierten Schildkröte? Würde sie ihr nicht ziemlich kindisch erscheinen im Vergleich zu einer Affäre, die er mit ihrer besten Freundin hatte?

KAPITEL 13

Wie ist denn unsere Aufnahme von Klein-Joshua geworden?« wollte Paige von Dr. Barry wissen, neugierig auf die Ultraschallaufnahme, die er eben gemacht hatte.

Er reichte ihr das Bild.

»Sie werden ihn dieses Mal viel leichter erkennen können.«

Verblüfft öffnete sie den Mund. »Oh, du meine Güte, ja!« Sie betrachtete den Kopf, das Profil des Babys. »Was ist das? O nein, das kann doch wohl nicht wahr sein, oder? Er lutscht am Daumen! Bereits im Mutterleib oral fixiert.« Sie lachte. »Warte nur, bis Jason das sieht, dann bekomme ich mein Fett ab für deine kleine Macke.« Sie betrachtete die Aufnahme noch eine Weile und steckte sie dann in den Umschlag, den ihr der Arzt gab.

»Wie geht es denn dem kleinen Mädchen?« fragte der Arzt.

»Lily geht's gut, sie ist schon ganz aufgeregt vor lauter Vorfreude auf Bübchen, wie sie unseren kleinen Joshua nennt. Jason und sie dagegen –« Paige machte eine entsprechende Handbewegung – »nun, es genügt wohl, wenn ich sage, daß sie ihre Hochs und Tiefs haben. Und natürlich gibt es da eine Menge unerfreulicher Erinnerungen, mit denen sie fertig werden muß. Sie scheinen allmählich an die Oberfläche zu kommen, passen aber nicht immer zusammen.«

»Wegen der furchteinflößenden Natur solcher Erinnerungen verfügt das Gedächtnis über die Möglichkeit, sie in

unzusammenhängenden Stücken an die Oberfläche zu holen, mal hier eines, mal da eines. Die Psyche besitzt erstaunliche Fähigkeiten, sich zu schützen.«
Paige nickte. »Nun, sie geht zu einer Therapeutin, die hoffentlich in der Lage sein wird, diese Erinnerungsfetzen zu entwirren und diesem rätselhaften Horror auf die Spur zu kommen. Falls so etwas überhaupt möglich ist. Wissen Sie, ich bin fest entschlossen, Weihnachten für Lily ganz besonders feierlich zu gestalten. Ich glaube nicht, daß wir noch einmal...« Paige seufzte und schüttelte den Kopf. »Nein, ich werde jetzt nicht länger darüber nachdenken und mich wieder aufregen.« Sie schlüpfte in ihren pelzgesäumten Mantel, setzte ihre rote Wollmütze auf und nahm den braunen Umschlag mit der Ultraschallaufnahme. »Was meinen Sie, was wäre ein gutes Geschenk für eine Elfjährige?«
Sie schaute auf die Uhr. Da Lily nach der Schule bei Hillary war, hatte sie eine gute Gelegenheit, ihre Einkäufe zu erledigen.

Hillary hatte Vater seine Zeitung gebracht und dabei wie jeden Tag versprochen, gegen Viertel nach vier wieder bei ihm zu sein; in den letzten Wochen hatte sich das immer mehr zu ihrer Teestunde entwickelt. Als sie die Schlafzimmertür hinter sich absperrte und hochblickte, sah sie Lily vor sich stehen. Sie ließ den Schlüsselring mit dem Silberdollar in ihre schwarze Ledertasche gleiten, ging über den Gang und hängte die Tasche an den Türknauf ihrer Schlafzimmertür.
»Was tust du hier oben, Lily?«
»Kann ich auf die Toilette gehen?«
»Selbstverständlich. Geh unten auf die Gästetoilette.«
Sobald sie im Therapieraum waren, steuerte Lily schnur-

stracks auf die Staffelei zu und malte ein Baby in einem Kreis. »Wozu der Kreis?« fragte Hillary.

»Das ist der Bauch der Mutter.«

»Ich verstehe. Dann ist dieses Baby noch nicht auf der Welt?«

»Nein, und es kommt erst dann auf die Welt, wenn die Beine der Mutter ganz weit gespreizt werden.«

»Hast du schon mal gesehen, wie ein Baby geboren wurde?«

»Nur ein blutiges, aber das zählte nicht. Aber ich werde zusehen, wie mein Bübchen auf die Welt kommt.«

»Bübchen, das muß das Baby von Paige sein, richtig?«

Sie nickte.

»Hat Paige vor, das Kind zu Hause zu entbinden?«

»Ich denke nicht.«

»Wie willst du dann zusehen?«

»Ich weiß nicht, wie willst du zusehen?«

Schweigen, dann: »Lily, hast du nicht gerade gesagt –«

»Nein, gar nichts habe ich gesagt. Manchmal denke ich, du hörst Sachen, die du gar nicht hören sollst. Aber weißt du was, Hillary – ich werde für mein Bübchen sorgen. Paige wird mir das erlauben.«

»Was wirst du denn für ihn tun?«

»Seine Windeln wechseln, ihn wiegen, füttern, ihm das Sprechen und Lesen beibringen. Was hast du denn geglaubt, was ich tun werde, ihm die Füße abschmirgeln?«

»Nein, das habe ich ganz bestimmt nicht gedacht. Erzähl mir doch mal von dem anderen Baby, Lily.«

»Ich habe doch gesagt, das hat nicht gezählt.«

»Alles zählt.«

»Nur wenn ich es erlaube.«

»Nun, irgendwann einmal mußt du erlaubt haben, daß dieses Baby wichtig für dich war.«

»Weißt du was? Bevor ich ihn verpackt, verschnürt und weggeworfen habe, habe ich mir den blutigen Klumpen ganz genau angeschaut. Aber ich konnte nicht sagen, ob es ein Mädchen oder ein Junge war. Ich habe ganz genau nachgeschaut, weil ich dachte, daß Mommy oder Daddy bestimmt danach fragen würden. Aber keiner von beiden hat sich dafür interessiert.«

Hillary hatte bereits einige Zeit das Band besprochen, als sie zum ersten Mal auf ihre Armbanduhr schaute: Teezeit, Vater würde schon auf sie warten. Sie beeilte sich, zum Ende zu kommen. »Der abgetriebene Fötus scheint eine wichtige Rolle in der Entwicklung der Patientin zu spielen. Da sie sich ihrer Mutter und ihrem Vater entfremdet fühlte, erwartete sie offensichtlich von einem Bruder oder einer Schwester, daß er oder sie die entstandene Lücke füllen würde und daß sie von nun an jemanden hätte, den sie mit Zuneigung überschütten könnte.

Dieser Verlust, verbunden mit der Gewalt und Grausamkeit, der sie regelmäßig ausgesetzt war und die sie irgendwie verarbeiten mußte, führte wahrscheinlich zu einer vollständigen Blockade ihrer emotionalen Anlagen, die ohnehin schon unterentwickelt genug waren. Die Gefühle, die sie jetzt empfindet, sind wirr, unzuverlässig, halten nie lange an und lassen sich auch nur über einen beschränkten Zeitraum hinweg beherrschen. Folglich ist sie auch nicht in der Lage, diesen Gefühlen eine auch nur irgendwie positiv geartete Ausrichtung zu geben. Bei diesem Patiententypus eskalieren Wut und Gewaltvorstellungen immer dann, wenn er sich verlassen fühlt. Diese spezielle Patientin hat sich fast ihr ganzes Leben lang verlassen gefühlt.

Es ist unbedingt erforderlich, weiter in dieser Richtung zu

arbeiten, wobei jedoch die prekäre häusliche Situation des Kindes nicht außer acht gelassen werden darf.«

Paige schleppte gerade einen riesigen Pappkarton auf Ruthannes Hintertür zu, als diese ihren Kopf hinaussteckte.

»Was, um alles in der Welt...? Warte, bleib, wo du bist, laß mich dir helfen.« Ruthanne zog eine Jacke an, kam heraus und packte den Karton. »Okay, wo sollen wir hin damit?«

»Das mußt du mir sagen. Da drin ist ein Zehn-Gang-Rad für Lily. Ich möchte nicht, daß sie es vor Weihnachten sieht.«

»Verstehe. Na gut, dann tragen wir es in den Geräteschuppen.«

Als sie den Karton versteckt hatten, bat Ruthanne Paige, doch noch mit ins Haus zu kommen.

»Nur auf eine kurze Tasse Tee. Ich muß dir etwas sagen.«

»Klingt ja geheimnisvoll.«

»Überhaupt nicht, Paige, aber ich weiß trotzdem nicht, wie ich anfangen soll.«

Paige folgte ihr in die Küche und setzte sich. »Um Gottes willen, was immer es ist – raus damit.«

»Es ist wegen Charlie. Ich habe versucht, es ihm auszureden, aber gleichgültig, was ich sage... Paige, er will nicht mehr, daß Roger und Lily zusammen spielen.«

»Du meinst, wegen gestern?«

Ruthanne nickte und seufzte. »Ich weiß, daß es nicht ihre Schuld war, keiner hatte daran schuld...«

»Aber natürlich, immer ist Lily an allem schuld.«

»Na ja, wenn sie nicht über Strafen und solche Sachen gesprochen hätten, wäre Roger von selbst nie auf die Idee gekommen. Paige, mir gefällt das gar nicht, ganz und gar nicht. Ich weiß, was für ein schreckliches Leben sie vorher hatte und was du versuchst, für sie zu tun. Und in meinen Augen ist das großartig.«

»Bitte, sprich nicht über sie, als ob sie irgendein dahergelaufener Fall für die Wohlfahrt wäre.«

»Das wollte ich doch nicht.«

Paige stand auf, Ruthanne folgte ihr und wollte nach ihrer Hand greifen. Aber Paige schob sie fort und ging zur Hintertür. »Ich hätte nie gedacht, daß du, ausgerechnet du... Ich glaube, ich nehme das Fahrrad lieber wieder mit, ich kann es auch bei mir im Keller verstecken.«

»Oh, Paige, bitte nicht. Laß es doch hier.« Aber als sie sah, daß Paige bereits auf den Schuppen zusteuerte, meinte sie: »Gut, wenn du darauf bestehst, es mit zu dir zu nehmen, dann kann Charlie es hinfahren und dir ins Haus tragen... Können wir nicht noch mal über die Sache reden? Bitte, hör auf damit, du sollst allein doch keinen so schweren Karton schleppen!« Dabei liefen Ruthanne die Tränen über das Gesicht.

Paige hatte den Karton bereits mit viel Mühe in eine Ecke im Keller gezogen, geschleppt und gezerrt und ihn mit alten Lumpen zugedeckt, ehe sie erschöpft innehielt, nach Luft schnappte, sich an den dreckigen Ölbrenner lehnte und schließlich in Tränen ausbrach.

Sie war wirklich gern mit Ruthanne zusammengewesen und hatte bereits angefangen, in ihr eine Freundin zu sehen – ein Mädchen vom Land, einfach und unverbildet, und doch hatte Paige mit ihr in vielerlei Hinsicht mehr als mit Brooke gemeinsam. Vielleicht lag es an der Schwangerschaft, den Kindern, den ganzen Umständen. Wer weiß? Aber jetzt hatte ihre Beziehung einen ganz deutlichen Knacks abbekommen.

Paige begriff durchaus, wie sehr der gestrige Zwischenfall mit dem Baby Ruthanne erschreckt hatte, aber das war noch lange keine Entschuldigung, Lily dafür verantwortlich zu machen. Die klassischen engstirnigen Eltern, die sich weigerten zu glauben, das eigene Kind könnte an einem solchen Vorfall beteiligt sein. Und in diesem Fall war es nicht einfach nur beteiligt gewesen; was immer Lilys entsetzliche Erinnerungen auch heraufbeschworen haben mochten, es war ganz allein Roger gewesen, der das Kissen auf Carolyns Gesicht gedrückt hatte.

»Paige!«

Es war Lily. »Ich bin hier unten«, sagte sie.

Lily stürmte die Treppe herunter und bog um die Ecke. »Wieso bist du hier unten?«

Sie zuckte wortlos mit den Schultern.

Lily kam näher und berührte ihre Wange.

»Weinst du, Paige?«

Paige wischte sich die Tränen mit dem Jackenärmel fort, schniefte und versuchte ein Lächeln. Wie sollte sie das bloß Lily beibringen?

»Nur ein paar dumme Tränen wegen nichts«, sagte sie schließlich.

»Wenn dir jemand weh getan hat, dann sagst du mir das doch, oder?«

Paige drückte sie und legte den Arm um sie.

»Weißt du was, ich habe backfertigen Plätzchenteig mitgebracht, Formen zum Ausstechen, alle möglichen Süßigkeiten zum Verzieren und Zuckerglasur. Gehen wir doch nach oben und schauen wir mal, wie kreativ wir sind.« Mit einem Blick auf die Sandkiste, an der sie in dem Moment vorbeikamen, meinte sie kopfschüttelnd: »Sag mal, was gibst du deiner Schildkröte eigentlich zu saufen, Wodka?«

Paige und Jason spielten gerade Scrabble, als das Telefon läutete. Da Lily oben zu tun hatte, nahm Jason ab, unterhielt sich einen Moment und wollte den Hörer an Paige weiterreichen. »Es ist Ruthanne.«
Paige stand auf und ging in die Küche, um sich ein Glas Orangensaft zu holen.
»Sag ihr, daß ich nicht mit ihr reden will.«
»Was?«
»Du hast mich schon verstanden.«
Er nahm den Hörer wieder auf. »Ruthanne, kann sie dich zurückrufen?«
Als er ihr in die Küche nachkam, legte er den Arm um sie. »Okay, was ist passiert?«
Sie stellte das leere Saftglas in das Spülbecken. »Nichts, ich will nur nicht mit ihr reden.«
»Habt ihr zwei euch gezankt?«
»Ich bin doch kein Kind, Jason.«
»Na, du hörst dich aber an wie eine Achtjährige. Hör mal, wenn du mir nicht auf der Stelle sagst, was passiert ist, dann rufe ich Ruthanne an und frage sie. Und wenn sie es mir nicht sagt, frage ich eben Charlie. Er scheint mir keiner zu sein, der lange um den heißen Brei herumredet.«
»Okay, ich sage es dir. Aber du mußt mir versprechen, daß du nicht gleich wieder voreilige Schlüsse ziehst.«
Er nickte. »Also, was ist los?«
»Ich habe dir doch gestern erzählt, daß Lily davon gesprochen hat, wie ihr Vater Anna immer bestrafte und sie zwang, dabei zuzusehen.«
»Ja.«
»Nun ja, das hat sie zuerst Roger erzählt. Und ich schätze, sie war dabei ziemlich bildhaft. Auf jeden Fall hat sich in Rogers Kopf die verrückte Idee festgesetzt, daß er vielleicht mal seine kleine Schwester bestrafen sollte.«

»Und wie?«
»Ruthanne hat ihn im Kinderzimmer dabei erwischt, wie er ihr ein Kissen aufs Gesicht drückte.«
»Hat Lily ihm gesagt, daß er das machen soll?«
»Das ist es ja, sie hat es eben nicht. Aber sie hat ihm von den krankhaften Sachen erzählt, die ihr Vater mit ihrer Mutter angestellt hat. Und ich glaube, das hat seine Phantasie angeregt.«
»So ein Kind ist er nicht...«
»Was meinst du damit?«
»Ich meine damit, daß Roger in meinen Augen nicht das Kind ist, das so etwas tut. Im Gegenteil, er scheint mir ein rundlicher, glücklicher und zufriedener Junge zu sein, ein Junge, der keiner Fliege etwas zuleide tun kann.«
»Aber er *hat* es getan, oder hat es zumindest versucht. Ruthanne hat ihn mit dem Kissen in der Hand im Kinderzimmer erwischt.«
»Vielleicht steckte mehr dahinter.«
»Du meinst, vielleicht hat Lily ihm ja wirklich eingeredet, es zu tun, vielleicht hat sie Radarsignale ausgesendet? Sag es ruhig, anstatt dich hierherzustellen und es nur zu denken. Du bist so leicht zu durchschauen.«
Er zuckte mit den Achseln. »Nun, dir mag diese Vorstellung ja nicht gefallen, aber hast du sie wenigstens mal in Betracht gezogen?«
Sie lief nach oben.
Er deutete auf das Scrabble-Spiel. »Was ist mit der Partie? Du hast doch noch nie aufgehört, wenn du vorn lagst.«
»Ich gehe ins Bett.«
»Hör mal, Paige, ich möchte nicht wieder damit anfangen, aber –«
»Jason, ich habe selbst mit Roger gesprochen. Und er hat nur gesagt, daß Lily mit ihm über Bestrafungsaktionen ge-

sprochen hat. Kannst du nicht akzeptieren, daß sie weder etwas Böses noch etwas Verbotenes getan hat? Sie hat nichts getan, außer einem Spielkameraden gegenüber etwas von ihrer erbärmlichen Vergangenheit herauszulassen.«

Die Spur von Annas Schwester erwies sich als Reinfall – Pat hatte sich mit der Kraftfahrzeugzulassungsstelle in Verbindung gesetzt und sogar in dem Frisiersalon nachgefragt, in dem sie dreißig Jahre lang als Maniküre gearbeitet hatte. Keiner ihrer Nachbarn, früheren Freunde oder Kollegen wußte, wo sie sich versteckt hielt; oder wenn sie es wußten, dann sagten sie es nicht. Die Frage war, warum versteckte sie sich überhaupt? Vielleicht würden sie auf diese Frage nie eine Antwort erhalten, zumindest nicht mehr rechtzeitig für die Verhandlung.

Heute war Jason im Frauengefängnis von Albany und bereitete Anna auf ihre Zeugenaussage vor. Er hatte mit ihr schon fast den ganzen Verlauf der sechzehn Jahre dauernden Ehe der Parks besprochen, die Anna mit sechzehn, Maynard mit dreißig Jahren eingegangen war.

»Gut, und jetzt reden wir darüber, was an dem bewußten Tag passiert ist.«

»Ich kann nicht, ich will nicht. Mir wird schon schlecht, wenn ich nur daran denke.«

Jason setzte sich und holte tief Luft. Schließlich schaute er Anna direkt an.

»Hören Sie, ich kann das nicht allein machen. Ich muß zumindest wissen, welche Ereignisse dem Mord vorausgegangen sind. Laut Wendell können Sie sich daran noch erinnern.«

Sie nickte und fuhr sich mit der Zunge über ihre trokkenen Lippen. »Manchmal, wenn ich daran denke, komme ich ganz durcheinander, dann vergesse ich...«

»Was würden Sie von Hypnose halten?«

»Nein, o nein, vor so etwas habe ich Angst. Man sollte ein Gehirn nicht so manipulieren.«

»Okay, vergessen Sie es. Ich werde Lily überreden, Ihre Erinnerungslücken zu füllen. Ich bin sicher, daß sie bereit ist, als Zeugin –«

Ihre Augen verengten sich. »Mr. Bennett, Sie haben mir versprochen, daß sie nicht aussagen muß.«

»Bitte verstehen Sie doch, ich muß den Geschworenen die Ereignisse plastisch vor Augen führen, ich muß ihnen die Wut begreiflich machen, die Sie empfanden, als Sie mit dieser Sichel auf Ihren Mann losgingen und auf ihn einschlugen. Sie müssen begreifen, was Sie am Tag des Mordes und in all den Tagen zuvor alles durchgemacht haben; die vielen Schläge, die krankhaften Bestrafungen, Anna. Und Lily war die einzige, die das gesehen hat.«

Sie hob die Augen zur Decke, schloß sie und holte tief Luft. Schließlich sah sie ihn wieder an. »Hat sie Ihnen das gesagt?«

»Nicht mir, meiner Frau. Und auch nur wenig. Aber wichtig ist nur, daß sie uns für den Fall von großem Nutzen sein kann.«

»Nein, ich will sie nicht im Zeugenstand sehen, ich will sie nicht bei der Verhandlung haben. Können Sie nicht begreifen, wie wichtig das ist? Lily hat schon genug durchgemacht, sie muß nicht noch mehr erleiden. Ich werde es nicht zulassen. Bitte, Mr. Bennett, respektieren Sie meinen Wunsch...«

»Sie waren doch zur Zusammenarbeit bereit.«

»Es tut mir leid, wirklich, aber das war nicht Teil unserer Abmachung. Falls Sie versuchen, mein Baby in den Gerichtssaal zu bringen, falls mir zu Ohren kommen sollte, daß sie auch nur draußen vor der Tür steht, werde ich mich sofort wieder schuldig bekennen.«

Großartig, ausgerechnet jetzt mußte Anna Parks sich querstellen, gerade rechtzeitig, um sich ihre Chancen vor Gericht zu vermasseln. Lily fiel aus, Hypnose auch, und so wie es aussah, Annas Schwester auch. Jason suchte seine Notizen zusammen.

»Okay, wir machen es auf Ihre Art. Gehen wir noch mal durch, woran Sie sich erinnern.«

Es war fünf vor drei, als Hillary in den Therapieraum kam – Lily war nur ein paar Minuten allein im Zimmer gewesen. Normalerweise setzte sie sich immer in einen der Sessel und wartete dort, aber heute saß sie in dem Stuhl hinter Hillarys Schreibtisch.

»Lily, was tust du da?« fragte Hillary.

Lily schaute hoch, überrascht, sie schon zu sehen. »Du bist zu früh dran.«

»Ja, ein paar Minuten. Was tust du da?«

»Ich tue so, als ob ich du wäre.«

»Ich verstehe, nun, ich fühle mich geschmeichelt. Aber mein Schreibtisch ist privat, das heißt, du hast dort nichts zu suchen, alles klar?«

Lily stand auf und ging zu ihrem Platz.

Hillary setzte sich und zog die unterste Schublade heraus. »Lily, heute fangen wir mit einigen Tests an. Es ist ziemlich einfach – ich stelle dir eine Frage, und du –« Sie hielt inne, beugte sich weiter vor und schaute ein zweites Mal hin. »Na, das ist aber seltsam, ich weiß genau, ich habe sie hierher gelegt.« Sie stand auf, bückte sich und fing an, die Schublade gründlicher zu durchsuchen.

Schließlich stand auch Lily auf, ging zum Abfalleimer und

griff hinein – als sie wieder hochkam, hatte sie einen Stapel zerrissenes Papier in der Hand.
»Ist es das, was du suchst?«
»Nein, was ich suche –« Sie hielt inne, schaute Lily verstört an, streckte die Hand aus und nahm die zerrissenen Testbögen. »Aber Lily, warum hast du das getan?«
»Aber ich dachte, du wolltest sie haben?«
»Du weißt genau, was ich meine.«
»Oink, oink, du weißt genau, was ich meine, du weißt genau, was ich meine«, wiederholte sie wie ein Papagei. »Woher soll ich denn wissen, was du meinst, wenn du nur oink, oink machst wie eine alte Sau. Ach Gott, du wirst allmählich genau wie der arme alte Mann, den du da oben einsperrst – steif und schweinig und nach Scheiße stinkend. Ist diese Krankheit bei euch in der Familie erblich? Denn wenn es so ist, dann werden wir dich auch bald einsperren müssen –«
»Hör auf der Stelle damit auf.«
»Hopsa, das ist es, deswegen bist du so gemein zu ihm, stimmt's? Weil er nicht einmal dein richtiger Daddy ist, richtig?«
Noch ehe sie wußte, was sie tat, holte Hillary zum Schlag aus; ihre Hand stoppte nur wenige Zentimeter vor Lilys Gesicht. Es folgte eine lange Pause, in der sie schweigend ihre Hand zurückzog, ehe sie mit tonloser Stimme sagte: »Es tut mir leid, Lily.«
Schweigen.
Hillary holte tief Luft. »Vielleicht wäre es besser, wenn wir für heute...«
Ein Lächeln. »Willst du, daß ich gehe, Hillary?«
Sobald Lily gegangen war, setzte Hillary sich hin und versuchte, sich wieder in den Griff zu bekommen – was hatte sie da nur getan? Nie in ihrem ganzen Leben hatte sie ei-

nen Menschen geschlagen, nicht einmal als Kind hatte sie einen Spielkameraden verprügelt. Gewalt war der falsche Weg, das hatten ihr Mutter und Vater von dem Augenblick, in dem sie sie bei sich aufnahmen, immer wieder eingebleut. Aber jetzt, da sie erwachsen war – und Therapeutin –, hätte sie fast eine elf Jahre alte Patientin geschlagen!
Sie hatte es zugelassen, in den Konflikt hineingezogen zu werden; eigentlich hatte Hillary Strategien erlernt, genau das zu vermeiden. Doch heute hatte Lily sie regelrecht reingelegt und ihr die Zügel aus der Hand genommen; so etwas durfte nie wieder geschehen. Sie schaute in die unterste Schublade des Aktenschrankes – offensichtlich hatte Lily sie durchsucht und Hillarys Adoptionsunterlagen gefunden ... Wenn sie die schon gefunden hatte, was hatte sie sonst noch entdeckt?
Sie schaute in der Schublade darüber nach – hatte sie auch den Umschlag mit den Tonbändern gefunden?

Als Paige Lily sagte, Ruthanne wolle nicht mehr, daß sie mit Roger spielte, und ihr auch den Grund dafür nannte, war Lily ein paar Minuten still und verkündete dann – ohne sich jedoch irgendwelche Gefühle der Verärgerung oder Zurückweisung anmerken zu lassen –, daß sie so um so mehr Zeit haben würde, den Schlitten für ihr Bübchen zu bauen.
»Ich wußte gar nicht, daß du so etwas machen willst.«
»Ich erzähle dir nicht alles, Paige.«
»Aber wie willst du ihn denn bauen?«
»Ich habe unten im Keller zwei alte Schlitten entdeckt – sie sind zwar kaputt, aber die Kufen sind noch gut, sie müssen nur etwas abgeschmirgelt und eingefettet werden. Und dann kann ich noch was von dem Sperrholz herneh-

men, das hinten an der Wand lehnt. Ich will es gelb anmalen. Bübchen wird das bestimmt gefallen.«
»Ich wußte gar nicht, daß du so etwas bauen kannst.«
Lily nickte heftig. »Doch, Daddy hat mir das beigebracht, von ihm weiß ich auch alles über Autos. Hast du eigentlich den Eichhörnchenkäfig gesehen, den ich gebastelt habe?«
Paige schüttelte den Kopf und dachte, wie seltsam es war, daß dieses Ungeheuer Maynard offensichtlich auch eine produktive Seite gehabt hatte. Und er hatte eine Beziehung zu seiner Tochter gehabt, die nicht nur negativ gewesen war.
»Nein, den habe ich nie gesehen. Aber soweit ich mich erinnere, hast du ihn Jason gezeigt.«
»Ja. Na, warte lieber, bis du den Schlitten siehst. Ich werde auch Seitenwände und ein Dach bauen, damit ihm der Wind nicht ins Gesichtchen bläst.«
»Für so etwas ist Joshua in diesem Winter aber bestimmt noch zu klein.«
»Das glaube ich nicht, Paige. Warte nur, bis du den Schlitten siehst.«
Lily ging, und Paige blieb noch ein paar Minuten allein sitzen. Sie sah sich im Wohnzimmer um, wo sie ein paar Weihnachtspäckchen gestapelt hatte, die darauf warteten, unter den Baum gelegt zu werden. Heute abend würde Jason einen Baum aus dem Wald holen, und sie würden ihn alle gemeinsam dekorieren. Es waren noch zehn Tage bis Weihnachten, und Anna Parks' Verhandlung sollte am achtzehnten Dezember beginnen.
Obwohl Paige nicht ein Sterbenswörtchen zu Lily gesagt hatte, war es durchaus denkbar, daß Anna Parks schon an Weihnachten wieder ein freier Mensch sein würde. Die Chance war vermutlich nur gering, aber man mußte damit

rechnen... Auf jeden Fall hatte Paige kleine Geschenke für sie ausgesucht, Kleidung, Parfüm – Dinge eben, die eine Frau hinter Gittern vielleicht vermißte.
Dinge, die eine Tochter ihrer Mutter schenken könnte. Es war Zeit, daß Lily ihrer Mutter verzieh – was immer diese auch für Fehler haben mochte; und vor allem war es Zeit – und das fiel Paige am schwersten –, daß sie sich ernsthaft mit der Tatsache auseinandersetzte, ihr neues Heim wieder zu verlassen... Bald würde Paige mit ihr reden und versuchen, so etwas wie Vorfreude in ihr zu wecken, wieder mit ihrer Mutter zusammenzusein.
Unten hörte sie bereits die ersten Hammerschläge. Lily war wirklich ein bemerkenswertes kleines Mädchen.

An diesem Abend nahm Jason – wie er es versprochen hatte – Paige und Lily mit in den Wald hinaus, wo es mittlerweile leicht schneite, um einen geeigneten Baum zu suchen; er trug die Axt, die er kurz zuvor gekauft hatte. Paige hatte einen Fotoapparat dabei, weil sie meinte, daß dies trotz der Dunkelheit bestimmt ein hübscher Schnappschuß werden würde. Während Lily zuschaute, ließ Jason seine Axt auf den großen Nadelbaum niedersausen, und Paige drückte auf den Auslöser.
»Schade, daß uns das nicht schon vor ein paar Wochen eingefallen ist. Dann hätten wir das Foto als Weihnachtskarte verschicken können.«
»Ohne dich darauf?«
»Na, da wäre uns schon etwas eingefallen. Nicht wahr, Lily?«
»Ganz genau, Paige. Vielleicht nächstes –«
Schweigen, dann: »Wie kommst du denn mit deinem Schlitten voran? Jason, warte nur, bis du siehst, was für einen wunderschönen Schlitten Lily für Joshua baut.«

Als sie wieder im Haus waren, mußten sie zu dritt eine Dreiviertelstunde arbeiten, bis der Baum endlich gerade stand und die Lichter an den Ästen hingen und blinkten. Erschöpft ließ Jason sich in einen Sessel fallen.
»Mir reicht's.«
»O nein, erst machen wir den Baum ganz fertig«, sagte Lily und zog ihn wieder auf die Beine.
Sie schmückten den Baum und hängten Kiefernzapfen an die Tür. Und erst sehr viel später, nachdem sie Musik gehört und heiße Schokolade getrunken und selbstgebakkene Weihnachtsplätzchen gegessen hatten, ging Lily nach oben, und Paige setzte sich neben Jason.
»Hast du Ruthanne mal wieder gesehen?« fragte Jason und machte damit die schöne Stimmung kaputt.
»Wieso mußt du ausgerechnet jetzt von ihr reden?«
»Weil sie eine Freundin von dir war, so hat es jedenfalls ausgesehen.«
»Du sagst es ganz richtig, *war*. Die Dinge ändern sich.«
»Das muß nicht unbedingt so bleiben. Unternimm was dagegen. Gut, Roger und Lily spielen nicht mehr miteinander, das ist doch kein Beinbruch, sie werden andere Kinder finden. Aber das heißt doch noch lange nicht, daß du nicht ab und zu bei ihr vorbeischauen und sie besuchen kannst, während die Kinder in der Schule sind oder etwas anderes machen.«
»Nehmen wir doch nur einen Augenblick an, es würde bei der ganzen Geschichte nicht um Lily, sondern um Joshua gehen. Würdest du dann auch meinen, wir sollten weiterhin mit Leuten befreundet sein, die unseren Sohn für nicht gut genug halten, mit ihrem Sohn zu spielen?«
Schweigen.
»Das ist einfach nicht möglich, Jason. Die Spannung wäre mit bloßen Händen zu greifen. Und glaub bloß nicht, mir

würde Ruthanne nicht auch fehlen. Ich habe selbst schon daran gedacht.«

Plötzlich fuhr Jason hoch und schaute Richtung Küche.

»Was ist los?«

Er stand auf. »Wo ist die Axt, ich habe sie –«

Sie stellte sich neben ihn. »Keine Panik, ich weiß, wo du sie hingetan hast. Ich habe sie weggenommen und in den Keller hinuntergetragen.«

Er lief zur Kellertür. »Wo dort unten?«

»Neben dem Boiler, warum?«

»Ich möchte sie lieber auf dem Speicher haben.«

»Wo liegt da der Unterschied?«

»Da geht nie jemand hinauf, mir wäre wohler dabei.«

Er lief nach unten. Sie schüttelte ungläubig den Kopf, als ihr klar wurde... wieso war ihr das nicht schon eher aufgefallen? All die Wärme und Nähe und Feiertagsstimmung war nichts als eine Farce. Jason stand auf derselben Seite wie Ruthanne und Brooke und auch diese Sportlehrerin. Obwohl Lily keinem von ihnen etwas getan hatte, konnte keiner sich über die Sünden ihrer Eltern hinwegsetzen und ihr auch nur etwas Vertrauen schenken. Paige stand Lily näher als irgendeiner von ihnen, sie verbrachten soviel Zeit miteinander, die so intensiv war...

Das Telefon klingelte, und sie nahm noch fast mit dem ersten Läuten den Hörer ab, was Brooke sehr erschreckte.

»Hallo«, sagte sie.

»Paige, ich... hat es überhaupt geläutet?«

»Ja, einmal. Was gibt's?«

»Na ja, ich rufe an, um mich mal wieder zu melden. Ist es schon zu spät?«

»Ja, irgendwie schon.«

Wortlos legte sie den Hörer auf und schlug entsetzt beide Hände vor den Mund. *O Gott, was hatte sie nur getan?*

Kapitel 14

An dem Abend vor Annas Verhandlung setzte Paige sich zu Lily. »Wir haben etwas zu besprechen, junge Dame.«

»Was habe ich denn angestellt?«

»Gar nichts.«

»Was dann?«

»Morgen beginnt die Verhandlung deiner Mutter.«

Schweigen, dann: »Aber du hast doch gesagt, das geht nicht so schnell.«

»Ja, wenn Jason in Berufung hätte gehen müssen, aber das wird vielleicht gar nicht mehr nötig sein. Er könnte den Fall gleich jetzt gewinnen.«

»Und, wird er?«

»Ich weiß es nicht, aber er glaubt, daß er eine Chance hat.«

»Ich will nicht, daß er gewinnt.«

»Sag so etwas nicht.«

»Ich meine, ich will bei dir bleiben.«

»Wir sprechen hier über deine Mutter, Lily. Sie liebt dich.«

»Du mich doch auch.«

Paige spürte, wie der Kloß in ihrem Hals immer dicker wurde...

»Oder, das tust du doch?«

Paige schloß sie in die Arme. Sie durfte sich jetzt nicht gehenlassen und Lily ihre Tränen zeigen.

»Natürlich tue ich das«, sagte sie, und ihre Stimme klang dabei heiser und brüchig.

»Und trotzdem ist sie deine Mutter, Lily. Und du gehörst zu ihr, nicht zu mir.«

Lily riß sich los, stand auf und lief in ihr Zimmer. Als sie an diesem Abend im Bad war, hörte Paige wieder das Fluchen aus Lilys Schlafzimmer, wieder die Worte, die sie seit den ersten Tagen von Lilys Ankunft nicht mehr gehört hatte. Paige ging zu ihr hinein und kniete sich neben sie, aber Lily drehte sich zur Wand.

»Ich will doch nur, daß du glücklich bist, Schätzchen. Und wenn deine Mutter entlassen wird... Ich bin ja nicht einmal sicher, daß sie es wird. Aber so oder so, Lily –« Sie seufzte, hielt inne, stand schließlich auf und ging wieder hinaus.

»Was ist los?« fragte Jason, als sie ins Bett kam.

Sie drehte ihm den Rücken zu und tat so, als habe sie nichts gehört. Sie wollte nicht mit Jason diskutieren – wenigstens nicht, solange Lily noch so verletzt und wütend und sie emotional so aufgewühlt war.

»Ich habe den Wecker ein bißchen früher als üblich gestellt. Der Wetterbericht auf Kanal Vier hat fünfzehn Zentimeter Neuschnee vorhergesagt, und dann die Fahrt nach Laurel Canyon.«

»Dann nimm den Geländewagen.«

»Nein, den lasse ich lieber dir.«

»Es sind noch drei Wochen bis zu meinem Termin, Jason.«

»Man kann nie wissen, ich lasse ihn dir hier. Oh, und falls du mich aus irgendwelchen Gründen brauchen solltest –«

»Ich werde schon zurechtkommen.«

»Dann ruf einfach im Büro des Gerichtsdieners an.«

»Jason...«

Es geschah am nächsten Morgen – Jason war bereits weg –, daß Paige einen ziehenden Schmerz in ihrem Rükken verspürte. Sie trat ans Fenster und schaute hinaus: Er hatte den Geländewagen dagelassen, aber dem hellen, sonnigen Himmel nach zu urteilen, hatte der Wetterbericht sich mal wieder geirrt.

Als sie in die Küche ging, kam Lily gerade aus dem Keller herauf und wollte grußlos an ihr vorbeigehen.

»Was machst du so früh schon hier unten?« fragte Paige.

Sie wurde ignoriert.

»Lily?«

»Ich habe an dem Schlitten gearbeitet«, bekam sie schließlich zur Antwort.

Als Lily die Küche verließ, fiel Paige auf, daß sie irgend etwas in der Gesäßtasche ihrer Jeans stecken hatte.

»Hey, warte mal, was ist mit Frühstück?«

»Hab' schon was gegessen«, sagte Lily.

»Was hast du da in deiner Tasche?«

Wieder wurde sie ignoriert.

Paige goß sich Kaffee ein und aß ein Haferbrötchen. Lily verschwand in die Schule, ohne sich von ihr zu verabschieden – heute würde sie hinterher gleich zu ihrer Therapie bei Hillary gehen. Paige nahm sich noch ein Brötchen, dieses Mal eines mit Blaubeeren. Schließlich stand sie auf und ging ins Wohnzimmer, um den Baum zu bewundern. Sie schaute schnell auf das Telefon und dann wieder weg. Keine Freunde, mit Jason verstand sie sich nicht besonders gut, und Lily redete auch nicht mehr mit ihr.

Vielleicht würde sie später nach dem Aufräumen ins Einkaufszentrum fahren, dort zu Mittag essen, ein wenig in den Geschäften herumstöbern und sich die Weihnachtsdekoration anschauen. Sie hatte zwar schon tonnenweise

Geschenke für Jasons Familie in Illinois besorgt, dazu für Jason selbst ein halbes Dutzend Hemden, Pullover, Krawatten, einen Thermoanzug, eine Elektrosäge, zwei Bücher und den gesamten Neil Diamond auf CD, aber vielleicht würde ihm ja noch ein Funktelefon für das Auto gefallen?

Für das Baby hatte sie bereits ein Mobile für das Bettchen und eine Spieluhr gekauft, dazu genügend Stofftiere, um einen ganzen Zoo damit auszustatten ... und für Lily Dutzende von Geschenken, unter anderem ein duales Kassettendeck, das sie aber noch nicht eingepackt hatte. Trotzdem wäre eine Jeansjacke nicht schlecht für den Frühling. Als Paige in ihrem Alter war, waren Jeansjacken der letzte Schrei – sie hatte nur davon träumen können, eine zu besitzen.

Sie streckte den Rücken und massierte die Stelle über dem Steißbein.

Der kleine Sitzungssaal sah fast genauso aus wie beim ersten Mal, wieder waren dieselben Akteure anwesend, das heißt bis auf Sam Bender, den Pflichtverteidiger, der nicht mehr gebraucht wurde. Auch bestanden die Zuschauer dieses Mal nur aus den zwölf Männern und Frauen, die Jason und der Staatsanwalt für die Jury ausgewählt hatten.

Jason hatte Annas Krankenberichte aus dem Fieldings Hospital als Beweismittel angegeben, und ein Vertreter des Krankenhauses trat zusätzlich noch auf, bezeugte Annas häufiges Erscheinen in der Notaufnahme und las die entsprechenden Daten, die jeweilige Diagnose, Prognose und Behandlung vor. Erst am späten Vormittag wurde Anna selbst in den Zeugenstand gerufen.

Nachdem sie bereits eine Viertelstunde ausgesagt hatte,

lenkte Jason das Gespräch auf die kleine Holzhütte, die sich hinter dem Haus in Laurel Canyon befand.

»Können Sie dem Gericht genau sagen, was das war und wozu es benutzt wurde?«

»Der Boß hat die Strafbox gebaut...«

»Wie bitte?«

»Der Boß, ich habe meinen Mann immer Boß genannt.«

»Hat er Sie darum gebeten, ihn so zu nennen?«

Sie fuhr sich mit der Zunge über die trockenen Lippen und strich sich das Haar aus dem Gesicht, das ihr in die Stirn gefallen war.

»Das ging los, als wir anfingen, miteinander zu gehen. Ich weiß nicht mehr, ob er es mir gesagt hat oder ob ich ihn so genannt habe, weil er sich immer so herrisch benommen hat. Ist ja egal, es ist so geblieben.«

Jason schaute auf den Gerichtsstenographen. »Ich bitte, im Protokoll festzuhalten, daß die Namen Boß und Maynard abwechselnd von der Angeklagten verwendet werden.« Dann, wieder an Anna gewandt: »Nun, Sie erwähnten eben eine Strafbox. Würden Sie das dem Gericht bitte näher erläutern.«

»Er hat erst eine Skizze gemacht, die er mir auch gezeigt hat. Ganz oben stand dieser Name. Ich habe sogar dabei zugesehen, wie er die Hütte gebaut hat.« Es folgte eine längere Pause, in der sie unruhig auf ihrem Platz hin und her rutschte: »Er hat mich da immer hineingeschickt, und dann mußte ich so lange drin bleiben, bis es Zeit war, wieder herauszukommen.«

»Warum?«

Jetzt flossen die ersten Tränen – Jason reichte ihr ein Taschentuch.

»Weil ich etwas falsch gemacht hatte, sagte er«, fuhr sie fort. »Maynard erlaubte es nicht, daß ich ihm freche Antworten gab oder ihm widersprach. Er hatte bestimmte Regeln aufgestellt – wenn ich mich an die hielt, dann war er lammfromm. Aber wenn ich davon abwich, auch nur ganz wenig... nun, dann mußte er mir eine Lektion erteilen, sagte er.«

»Ich verstehe. Würden Sie so gut sein und dem Gericht diese Box näher beschreiben?«

»Ich kann nicht gut schätzen, aber sie war vielleicht doppelt so groß wie eine Hundehütte. Sie sah auch wie eine Hundehütte aus, mit einem kleinen Loch in der Mitte, durch das ich hinein- oder wieder herauskriechen konnte. Und sie war ohne Fenster.«

»Konnten Sie im Innern aufrecht stehen?«

»Nein, nur knien oder sitzen. Oder beten. Der Boß hat immer gemeint, daß das eine gute Gelegenheit zum Beten für mich sei.«

»Ich kann mir vorstellen, daß es ziemlich stickig –«

»Einspruch«, sagte der Staatsanwalt.

»Stattgegeben«, entschied Richter Kraft.

»Mrs. Parks«, begann Jason von neuem, »würden Sie dem Gericht freundlicherweise beschreiben, wie das war, wie Sie sich fühlten, in dieser Hundehütte eingesperrt zu sein. Pardon, Strafbox.«

»Na, es war dunkel und eng. Manchmal hätte ich am liebsten ganz laut geschrien und gar nicht mehr damit aufgehört, bloß um wieder ins Freie zu kommen, ans Tageslicht, wo man aufrecht stehen und normal atmen konnte. Und ganz egal, wie das Wetter auch war – heiß oder kalt –, dort drinnen war es hundertmal schlimmer als draußen.«

»Ist Maynard in der Nähe gewesen und hat aufgepaßt? Sie wissen schon, damit Sie auch ja nicht davonliefen?«

»O nein, das hat er nie getan. Manchmal war ich tagelang

da drin, wenn er der Meinung war, daß ich besonders büßen müßte.«

»Tagelang?«

Sie nickte.

»Ohne Pause, ohne Sie mal rauszulassen? Als ob Sie darin wohnten?«

»Ja.«

Jason machte eine lange Pause, damit das geschilderte Grauen mehr Zeit hatte, auf die Geschworenen einzuwirken, und fuhr dann fort: »Nun, wenn Maynard nicht aufgepaßt hat, dann hatten Sie vermutlich doch ab und zu Gelegenheit, kurz mal herauszukommen?«

»Nein.«

»Warum nicht? Was hat Sie davon abgehalten?«

Jetzt flossen die Tränen reichlicher – sie senkte den Kopf und versuchte, ihr Gesicht vor der Jury zu verbergen.

»Ich war an eine kurze Stahlkette gefesselt... die führte zu einem Hundehalsband, das um meinen Hals festgemacht war. Ich wurde nur für die Mahlzeiten losgebunden... und wenn ich auf die Toilette gehen durfte.«

Jason nickte. »Okay«, sagte er. »Beschreiben Sie dem Gericht bitte diese Mahlzeiten.«

»Der Boß brachte mir das Tablett normalerweise immer selbst. Dann machte er mein Halsband los, ließ mich hinauskriechen, und dann mußte ich immer zuschauen, wenn er das Essen abdeckte –«

Jason folgte Annas Blick in den hinteren Teil des Sitzungssaales. Eben war eine dünne Frau mit angegrautem Haar in einem dunkelblauen Kostüm hereingekommen. Sie setzte sich in die letzte Reihe. Er wandte sich wieder Anna zu.

»Bitte fahren Sie fort –«

Anna legte eine Hand über ihren Magen, die andere auf

die Brust. »Ich kann nicht, mir ist übel ... Bitte, lassen Sie mich aufhören.«

»Euer Ehren«, sagte Jason, an Kraft gewandt. »Könnten wir vielleicht ein kurze Unterbrechung haben?«

Der Richter schaute auf seine Uhr. »Es ist schon ziemlich spät. Die Sitzung wird bis nach dem Mittagessen vertagt.« Er hob seinen Hammer und klopfte damit laut auf die Richterbank. »Das Gericht tritt um zwei Uhr dreißig wieder zusammen.«

Eine Wachbeamtin kam und brachte Anna fort, und Jason drehte sich zu der Zuschauerin in der letzten Reihe um. Aber sie war nicht mehr da.

Die periodisch auftretenden Rückenschmerzen, die am frühen Morgen angefangen hatten, waren um zwei Uhr immer noch zu spüren, als Paige sich in einer kleinen Cafeteria auf eine Bank sinken ließ und sich Thunfischsalat und Tee bestellte. Sie schaute zum Fenster hinaus und stocherte lustlos in ihrem Essen herum – es schneite, aber es waren nur kleine, leichte Flocken, bestimmt nicht das, was laut Jason vorhergesagt worden war.

Sie aß einen Bissen Thunfisch und ließ die Gabel wieder sinken ... Sie hatte die beiden Geschenke gekauft, die sie gesucht hatte, also sollte sie eigentlich guter Laune sein. Ihre Mission war von Erfolg gekrönt gewesen, um es mal so auszudrücken. Aber warum war sie dann plötzlich so nervös und zittrig? Hatte das irgend etwas mit den Rükkenschmerzen zu tun? Oder vielleicht mit Anna Parks Verhandlung, die im Augenblick stattfand?

Sie stand auf, ging zum Telefon, warf ein paar Münzen ein und wählte Dr. Barrys Nummer, die sie vorher in ihrem Adreßbuch nachgeschaut hatte. Seine Sprechstundenhilfe meldete sich.

»Lenore, hier spricht Paige Bennett.«
»Hallo, Paige, was kann ich für Sie tun?«
»Ich habe seit heute morgen Rückenschmerzen und wollte mich nur vergewissern.«
»Beschreiben Sie die Schmerzen.«
»Nun, eigentlich ist es eher lästig als schmerzhaft. Ab und zu zieht es eben.«
»Können Sie mir sagen, wie oft?«
»Eigentlich nicht, das Ziehen kommt und geht.«
»Das klingt nicht so, als müßten Sie sich deswegen Gedanken machen. Aber der Doktor wird um drei Uhr wieder dasein, und ich werde ihm sagen, daß Sie etwas beunruhigt sind. Doch falls es in der Zwischenzeit schlimmer werden sollte oder noch andere Symptome hinzukommen, dann rufen Sie mich gleich wieder an, verstanden? Falls nötig, kann ich den Doktor auch unterwegs erreichen. Aber das klingt mir ganz nach den typischen Beschwerden und Schmerzen, unter denen die meisten werdenden Mütter leiden, vor allem im neunten Monat.«
»Gut, ich fühl' mich auch schon viel besser.«
Sie legte auf und kehrte an ihren Platz zurück. Wieder schaute sie aus dem Fenster auf die wirbelnden Schneeflocken hinaus, die jetzt bereits aber etwas dichter fielen. Sie hatte zwar zu Lenore gesagt, daß sie sich besser fühlte, aber das stimmte nicht so ganz. Eigentlich wäre sie am liebsten aus der Haut gefahren.
Es war dumm, aber sie wünschte sich, Jason wäre zu Hause.

Jason legte den Telefonhörer wieder auf. Das war sein vierter Versuch gewesen; offensichtlich war Paige aus dem Haus gegangen. Auf dem Weg zurück in den Sitzungssaal warf er durch die hohen Fenster im Foyer einen

Blick hinaus auf den Schnee, der bereits liegenblieb, und fragte sich, ob es in Briarwood auch schneite. Zum Glück hatte er Paige den Geländewagen dagelassen.
Er hatte vor Beginn der Pause noch kurz mit Anna gesprochen, aber sie schwor ihm, sie hätte die Frau, die in den Saal gekommen war, noch nie gesehen. Sein erster Gedanke war gewesen, daß es sich um ihre Schwester handelte, und das hatte er auch gesagt, aber Anna hatte dies rundweg als absurd verworfen. Da er sah, wie aufgewühlt sie immer noch war, ließ er sie von der Wachbeamtin in den Gefangenenraum bringen, wo sie etwas essen und sich ausruhen konnte, während er wartete, ob die Frau noch mal auftauchen würde.
Als er jetzt allein im Saal saß – ein Truthahnsandwich in der Hand, das er sich hatte bringen lassen –, ging er noch einmal die Liste der Zeugen durch, die er hoffentlich nach der Mittagspause befragen konnte. Als er die Tür hörte, drehte er sich um und stand genau in dem Moment auf, als die Frau sich wieder zurückzog.
»Hey, warten Sie, gehen Sie nicht weg«, rief er und lief ihr schnell hinterher.
Im Foyer holte er sie schließlich ein und legte ihr die Hand auf die Schulter, damit sie stehenblieb.
»Hören Sie, ich würde mich gern ein paar Minuten mit Ihnen unterhalten. Ich bin Jason Bennett, der Verteidiger der Angeklagten.«
Sie nickte. »Ich weiß, wer Sie sind.«
»Dann haben Sie mir ja einiges voraus. Kommen Sie doch herein, setzen wir uns und unterhalten uns ein bißchen.«
»Ich weiß nicht, ich glaube nicht –«
»Bitte.«
Sie folgte ihm; er führte sie zu dem vorderen Tisch, und

sie setzten sich. Die Frau war klein, dünn und sah aus, als sei sie Mitte vierzig.
»Woher kennen Sie Anna Parks?«
»Wie kommen Sie auf die Idee, ich würde sie kennen?«
»Ihre Reaktion, als Sie hereinkamen. Sie war ziemlich erregt, als sie Sie sah.«
»Ja, das kann ich mir vorstellen. Ich bin Nora Kalish, Annas ältere Schwester.«
Er antwortete nicht gleich, sagte aber dann: »Ich habe die ganze Zeit über versucht, Sie zu finden.«
Sie hob kurz die schmalen Schultern. »Anna wollte mich weg haben, sie flehte mich an, mich nirgends blicken zu lassen. Ich konnte ihr noch nie was abschlagen... Aber jetzt, als ich in der Zeitung von der Verhandlung las, da dachte ich mir, vielleicht ist das ja eine Chance für sie, ein neues Leben anzufangen.«
»Warum wollte sie denn unbedingt, daß Sie gingen?«
»Weil ich über das Kind Bescheid weiß.«
»Lily? Was ist mit Lily?«
»Sie war Teil des Ganzen, ich meine, der Mißhandlungen und all dem. Anna erzählt Ihnen zwar, daß Maynard sie in diese Hütte gesperrt hat, in der sie nur ein winziges Loch zum Atmen hatte, aber sie erzählt Ihnen nicht, daß Lily diejenige war, die das Halsband um ihren Hals befestigt hat.«

Hillary hatte ab und zu mal einen Blick aus dem vorderen Fenster geworfen und bemerkt, wie der Schnee immer dichter wurde... und so sah sie Lily dieses Mal auch draußen an der Gartentür stehen. Während sie die eine Hand wie einen Schutzschild vor die Stirn hielt, winkte sie mit der anderen Hand zu einem Fenster im oberen Stock hinauf.

Hillary schloß die Eingangstür auf, ging trotz der Kälte hinaus und stieg die Stufen hinunter, um zu Vaters Fenster hochzuschauen. Da sie wußte, wie sehr er die Natur liebte – besonders gern sah er es, wenn es schneite –, hatte sie sein Bett bereits näher ans Fenster geschoben. Doch in den Augen, die ihr von dort entgegenstarrten, lag nichts als panische Angst.

Hillary winkte Lily. »Komm lieber rein, ich fürchte, Vater macht es immer noch nervös, einen Fremden in der Nähe des Hauses zu sehen.«

Lily kam ins Haus und streifte sich ihre schneebedeckten Schuhe auf der Fußmatte ab.

»Du meine Güte, das scheint ja ziemlich schlimm zu werden da draußen. Ich war mir gar nicht sicher, ob du kommen würdest.«

»Ich mußte doch.«

»So?«

»Ja, heute ist ein ganz besonderer Tag. Ich muß dir nämlich etwas erzählen.«

Hillary lächelte, froh, daß die katastrophale Sitzung vom letzten Mal die Beziehung, an der sie so hart gearbeitet hatte, nicht zerstört hatte.

»Ich gehe nur kurz nach oben, um Vater zu beruhigen. Ich bin gleich wieder da.«

»Aber natürlich.«

Hillary ging rasch nach oben, und Lily steckte die Hand in die Gesäßtasche ihrer Jeans und holte eine Schachtel Streichhölzer heraus. Sie zündete eines an, hielt es hoch und schaute zu, wie es herunterbrannte, bis der Schwefel ihre Finger verfärbte, und blies es dann erst aus. Als sie Hillarys Schritte näherkommen hörte, ließ sie das abgebrannte Streichholz und die Schachtel wieder in ihrer Tasche verschwinden.

Nora und Jason hatten sich in die Cafeteria des Gerichts gesetzt, wo er sie über Lily befragte. Laut ihrer Aussage war Lily seit ihrem fünften Lebensjahr an den Mißhandlungen beteiligt.

»Es hat wahrscheinlich alles ziemlich harmlos angefangen, vermute ich«, sagte Nora. »Ich meine, das Kind hat nur versucht, die eigene Haut zu retten. Sonst war ja keiner für sie da, am allerwenigsten meine Schwester. Und dann mußte das auch etwas gewesen sein, was ihr Vergnügen bereitete.«

»Woher wissen Sie das?«

»Das tue ich ja gar nicht. Anna und ich haben deswegen viel gestritten, sie haßte mich dafür, wenn ich so etwas zu ihr sagte. Ich glaube, sie hatte vor Lily fast genausoviel Angst wie vor Maynard. Ich weiß, das klingt verrückt, sie ist doch noch ein Kind. Aber einmal habe ich gesehen, wie Lily auf Maynards Anweisungen hin Anna an einen Stuhl fesselte. Sie hat die Fesseln so stark angezogen, daß sie ihr fast das Blut abschnitten... Und dabei war ein Glänzen in ihren Augen... Derselbe Glanz wie in den seinen.«

»Wie konnten Sie dabei nur zusehen und nichts dagegen unternehmen?«

»Wie ich vorher schon sagte, es war nicht leicht für mich, meiner Schwester etwas abzuschlagen. Ich habe sie fast allein großgezogen, da meine Mutter krank war und mein Vater uns verlassen hatte, bevor Anna auf die Welt kam. Als Anna dann durchbrannte und heiratete, da war sie im zweiten Jahr an der High-School, und mich traf fast der Schlag.

Ich mochte Maynard nicht, er war viel zu alt für sie. Welcher Dreißigjährige macht schon mit einem Kind herum, das erst sechzehn ist. Aber meine Schwester war regelrecht hypnotisiert von ihm, alles, was er tat oder sagte, war richtig. Sie hat mir sogar vorgeworfen, ich sei eifersüchtig, weil sie einen Mann hatte und ich nicht. Ich bin nie viel ausgegangen; früher hat mir das, glaube ich, schon etwas ausgemacht, aber als ich dann sah, was für ein Leben Anna nach ihrer Heirat führte, da konnte ich mich nur glücklich schätzen.«

»Das erklärt aber immer noch nicht, wie Sie es zulassen konnten, daß das auch so weiterging.«

»Das ist ganz einfach: Anna hat mich vor die Wahl gestellt, entweder ich hielte meinen Mund über das, was zwischen ihr und ihrem Mann vor sich ging, oder ich könnte vergessen, daß ich eine Schwester hatte. Also habe ich jedesmal, sobald sie wieder zu streiten anfingen, meine Tasche genommen und bin gegangen. Manchmal habe ich allerdings mehr gesehen, als mir lieb war, und dann habe ich den ganzen Weg nach Hause nur noch geheult.« Ihre Stimme war jetzt nur noch ein Flüstern; sie hielt sich die geballte Faust vor den Mund und drehte sie hin und her... »Aber meinen Mund, den habe ich gehalten.«

»Und jetzt, was hat Sie veranlaßt, ausgerechnet jetzt den Mund aufzumachen?«

»Ihre Drohungen bedeuten mir jetzt nicht mehr viel. Sie ist im Gefängnis, ich könnte ebensogut überhaupt keine Schwester haben.«

Jason entschuldigte sich kurz und ging zum Telefon – das war nun der dritte Versuch, seit sie hier saßen, aber immer noch keine Antwort. Paige wußte ja, wie sie ihn erreichen konnte, falls nötig... Er schaute auf seine Uhr: Es war fast Zeit, wieder in den Sitzungssaal zu gehen, also kehrte er zu Nora zurück. Er ließ ein paar Banknoten auf dem Tisch liegen und deutete ihr an, mit ihm zu kommen.

»Wollen Sie, daß ich aussage und dem Gericht bestätige, was ich über Lily weiß?« fragte sie ihn.
»Ich weiß nicht, ob uns das weiterhelfen wird. Brauchen wir unbedingt zwei Sadisten, reicht einer nicht aus? Werden die Tränen deshalb doppelt so reichlich fließen, oder werden die Geschworenen nur zu dem Schluß kommen, daß dies ein Haus voller Wahnsinniger war, und völlig abschalten? Ich weiß es nicht, ich brauche etwas Zeit, um darüber nachzudenken. Um ganz ehrlich zu sein, am liebsten wäre mir für heute ein Aufschub, und dann möchte ich so schnell wie möglich nach Hause.«
»Sie sind derjenige, der das Kind jetzt hat, richtig?«
»Ja, der bin ich.« Er nahm sie am Arm und kehrte mit ihr in den Sitzungssaal zurück.

Jason hatte von Anfang an recht gehabt – der Geländewagen benahm sich wunderbar im Schnee und überholte mühelos andere Autos, deren Räder durchdrehten. Und der Schneefall schien tatsächlich immer dichter zu werden. Die Vorstellung, daß Lily bei dem Wetter zu Fuß von Hillary nach Hause gehen sollte, gefiel ihr gar nicht...
Was wäre wohl, wenn Jason Anna freibekäme und diese sich weigerte, Lily über Weihnachten bei ihnen zu lassen? Würde Paige dann alle ihre Geschenke einpacken, sie zusammen mit Lily wegschicken und auf die Gelegenheit verzichten müssen, ihre Aufregung und die Freude auf ihrem Gesicht zu sehen, wenn sie sie auspackte?
Kaum zu Hause angekommen, trank sie ein Glas Milch und versuchte so, ihre wirren Gedanken zu beruhigen, die in alle Richtungen davonflitzten. Sie ging zum Telefon, nahm den Hörer ab, schaute auf die Uhr, legte den Hörer wieder auf die Gabel. Die Therapiesitzung hatte bereits begonnen, sie wollte nur ungern stören. Sie würde

um vier Uhr wieder anrufen, sobald die Stunde vorbei war, und Lily sagen, daß sie warten solle, bis sie kam, um sie abzuholen.

Sie stellte sich ans Fenster und schaute zu, wie der Schnee vom Himmel fiel. Es hätte ein schöner Anblick sein können, wenn sie dabei nicht an Jason hätte denken müssen, der diese lange Heimfahrt vor sich hatte.

Nachdem sie lange mit sich gerungen hatte, hatte Hillary beschlossen, die Tonbänder nicht zu erwähnen, es sei denn, Lily käme selbst auf das Thema zu sprechen. Es bestand immerhin die Möglichkeit, daß Lily den braunen Umschlag mit den Mitschnitten der Therapiesitzungen und Hillarys Beurteilungen nicht gesehen hatte. Schließlich war der Umschlag nicht verschlossen, wenn sie ihn also nicht aufgemacht und hineingeschaut hatte, dann konnte sie auch nicht wissen, daß er Bänder enthielt oder daß diese etwas mit ihr zu tun hatten. Und selbst wenn man einmal das Schlimmste annahm und sie sich die Bänder in den fünf oder zehn Minuten, die sie normalerweise vor den Sitzungen allein im Zimmer war, tatsächlich angehört hatte, wieviel konnte sie dann schon gehört oder gar begriffen haben?

Aber Hillary hatte den Aktenschrank abgeschlossen. Wenn es also noch eines aussagekräftigen Hinweises über Lilys Fehlverhalten bei ihrem letzten Treffen bedurfte, dann drückte diese Handlung das mehr als genug aus. Lily wußte das auch, und wenn sie das Wort »Privatsphäre« eingehender diskutieren wollte, dann wäre ihre Therapeutin – wie immer – gern bereit, mit ihr darüber zu diskutieren. Hillary hatte die Testreihen inzwischen neu bestellt, die dieses Mal hoffentlich nicht wieder so lange auf sich warten lassen würden.

Die ersten zehn Minuten saß das Mädchen schweigend da, und obwohl Hillary es kaum erwarten konnte, mehr über das zu erfahren, was Lily vorher angedeutet hatte, wagte sie nicht, sich die Kontrolle der Situation wieder aus der Hand nehmen zu lassen, indem sie zu neugierig erschien. Doch plötzlich – es war das erste Mal – nahm Lily eine der Handpuppen, steckte ihre Hand in den Körper, brachte Arme und Kopf mit den Fingern in Bewegung und sagte mit tiefer, sonorer Stimme: »Hallo, Hillary.« Und Hillary wußte sofort, daß dies die Art war, mit der Lily ihr ihre besondere Neuigkeit erzählen würde.
»Hallo, wie heißt du denn?« fragte Hillary.
»Boß.«
»Nett, dich kennenzulernen, Boß. Bist du ein Freund von Lily?«
»Nein, Lily hat keine Freunde.«
»Tatsächlich? Was ist mit Paige?«
»Die auch nicht. Sie wäre vielleicht ihre Freundin, wenn nicht dauernd dieser doofe alte Jason hinter ihr herschnüffeln und böse Dinge über Lily erzählen würde, damit sie sie hinauswirft.«
»Ich verstehe nicht ganz. Ist denn geplant, daß Lily die Bennetts verläßt?«
»Jetzt noch nicht.«
»Ich verstehe, du machst dir also Sorgen um ihre Zukunft. Vielleicht wäre es besser, wenn sie einfach abwartet – Paige scheint Lily wirklich gern bei sich zu haben. Und sie scheint mir auch eine Frau zu sein, die ihren eigenen Kopf hat.«
»Bestimmt nicht. Er schreit sie immer an, schlägt sie und zwingt sie dazu, das zu tun, was er will.«
»Es fällt mir schwer, das zu glauben.«
»Es ist mir ganz gleich, was du glaubst, du Miststück. Du

mußt mir zuhören, weil ich der Boß bin!« Lily beugte sich vor und preßte die Hände der Handpuppe gegen deren Magen. »Uh, uh.«
»Was ist los?«
»Ich muß scheißen.«
»Wer, Lily oder Boß?«
»Beide.«
Hillary nickte. »Dann geht ihr zwei mal, ich warte hier.«
Lily kam ein paar Minuten später zurück und hielt Boß wieder in die Höhe.
»Auf die Plätze, fertig, los«, sagte die Puppe, und Hillary schenkte ihr wieder ihre ganze Aufmerksamkeit.
Lily betrachtete jedoch nachdenklich die Handpuppe und sagte in ihrer eigenen Stimme, die dabei so traurig klang, wie Hillary sie noch nie gehört hatte: »Mir fehlt mein Daddy.«
Hillary schaute dem Kind in die Augen – sie waren tatsächlich voller Tränen; das war die erste echte Gefühlsregung, die sie miterlebte, aber Hillary wußte, daß sie nicht lange anhalten würde. Und trotzdem empfand Hillary in diesem einen Augenblick das, was Paige Bennett die ganze Zeit über empfunden haben mußte: Sie wünschte sich, sie wäre imstande, das Bewußtsein dieses Kindes auszulöschen, alles Böse auszuradieren und am Tag Null wieder anzufangen – ein neues Leben zu beginnen. Aber so funktionierte das nicht.
Lily legte die Handpuppe weg. »Hillary?«
»Ja, meine Liebe?«
»Ich glaube, hier riecht's nach Rauch.«
Hillary hob den Kopf, sog die Luft ein und sprang aus ihrem Stuhl hoch. Nichts wie hinauf in Vaters Zimmer!

Warum dauerte das nur so lange? Es war schon nach drei Uhr, mehr als eine halbe Stunde war seit Beginn der Sitzung vergangen. Obwohl die Geschworenen wieder auf ihren Plätzen saßen, gelangweilt und genervt vor sich hinschauend, waren der Richter, der Gerichtsdiener und auch Jasons Mandantin immer noch nicht da. Jason wandte sich an den Justizwachtmeister.

»Können Sie mir sagen, was da vor sich geht?«

Der zuckte nur mit den Achseln. »Der Richter ist noch im Richterzimmer. Das letzte, was ich gehört habe, war, daß er jeden Moment kommen kann, aber das ist auch schon wieder zehn Minuten her. Er hat jedoch angeordnet, daß niemand den Saal verlassen darf.«

»Hören Sie, ich geh' nur schnell ins Foyer, um einen Anruf zu erledigen. Geben Sie mir gleich Bescheid, wenn er kommt?« Er nickte, und Jason lief schnell zum Telefon und wählte rasch seine eigene Nummer. Paige meldete sich sofort.

»Wo warst du nur die ganze Zeit?«

»Jason, ist was passiert?«

»Nein, nichts. Ich habe nur ein dutzendmal versucht, dich zu erreichen, und habe mir allmählich Sorgen gemacht, das ist alles.«

»Und ich habe mir deinetwegen Sorgen gemacht. Der Schnee bleibt immer mehr liegen, jetzt sind es schon fast zehn Zentimeter. Und dann der starke Wind. Mir gefällt es gar nicht, daß du bei diesem Wetter unterwegs bist. Ich wünschte, du hättest den Geländewagen genommen.«

»Wo warst du vorhin eigentlich?«

»Im Einkaufszentrum.«

»In dem Fall ist es gut, daß ich ihn nicht genommen habe. Wie bist du mit dem Wagen zurechtgekommen?«

»Wunderbar, obwohl ich das nur ungern zugebe. Jason, wie steht dein Fall?«
»Das erzähle ich dir, wenn ich zu Hause bin. Paige, dir geht es doch gut, oder?«
»Mir geht es gut. Ich habe ein wenig Rückenschmerzen, aber sonst –«
»Rückenschmerzen?«
»Ja, aber es ist nichts. Ich habe deswegen schon beim Arzt angerufen und mit Barrys Sprechstundenhilfe gesprochen. Sie hat mir versichert, daß das ganz normal ist.«
»Ich würde mich trotzdem wohler fühlen, wenn du ins Krankenhaus gingst.«
»Das ist wirklich etwas übertrieben, Jason. So schlimm ist es auch wieder nicht. Im Ernst.«
»Versprichst du mir aber, daß du gleich hinfahren wirst, falls es auch nur ein bißchen schlechter wird? Auch wenn du denkst, es ist umsonst... Dann bleibst du eben die Nacht dort, das ist doch nicht so schlimm, oder? Ich schicke dir einen Strauß gelbe Rosen. Und morgen nehme ich mir einen Tag frei und – Mist!«
»Was ist los, Jason?«
»Er ruft mich.«
»Wer?«
»Der Justizwachtmeister, ich muß wieder zurück. Versprich mir, wenn sich dein Zustand verschlechtert, dann fährst du.«
»Jason, ich bin überzeugt, daß es nicht –«
»Bitte, Paige, das ist wichtig für mich!«
Schweigen, dann: »Okay, ich verspreche es dir.«

Als Hillary den ersten Stock erreichte, drang dicker Qualm unter Vaters Tür hervor. Sie lief zu ihrer Handtasche, zerrte sie vom Knauf ihrer Schlafzimmertür und durchwühlte sie nach dem Schlüsselring. Als sie ihn nicht finden konnte, stülpte sie die Tasche um, schüttelte sie, warf sich auf die Knie und durchwühlte mit zitternden Händen den auf dem Boden verstreuten Inhalt. Da waren keine Schlüssel!

Sie rannte zur Tür, legte die Hand auf den heißen Türknauf und drehte – nichts tat sich. Aber natürlich, was hatte sie erwartet? Sie warf sich mit dem Gewicht ihres ganzen Körpers gegen die Tür, hämmerte mit den Fäusten dagegen...

»Warum machst du die Tür nicht auf?«

Hillary drehte sich um und sah Lily da stehen.

»Sie ist zu.«

»Dann sperr sie auf.«

»Ich kann den Schlüssel nicht finden. Oh, großer Gott«, schrie sie. »Ich kann den Schlüssel nicht finden!«

»Soll ich mal nachsehen?«

»Ja, bitte!« Allmählich fing Hillary sich wieder, überlegte kurz, rannte zum Telefon und rief das Fräulein vom Amt an. »Es brennt in der Hoppington Road 22«, rief sie. »Im Schlafzimmer im ersten Stock ist ein bettlägriger Mann eingeschlossen. Bitte beeilen Sie sich!«

Obwohl der Rauch schon langsam in die anderen Räume vordrang, rutschte Hillary auf Knien vor ihrer Schlafzimmertür hin und her und tastete den Boden ab, als Lily plötzlich angerannt kam.

»Hillary, ich habe sie gefunden!« sagte sie.

Hillary rappelte sich hoch, riß ihr den Schlüsselring aus der Hand und raste zu Vaters Tür. Mit zitternden Händen schloß sie die Tür auf und stürzte hinein in das Inferno... die Augen auf Vater gerichtet, der aufrecht im Bett saß, als ob er immer noch in den Schnee hinausschaute. Nur daß sich an Stelle seiner Augen jetzt leere Höhlen befanden!

Das Telefon klingelte und klingelte... Sie hörte jemanden schreien. War sie das?

Jason schwitzte, als er in den Sitzungssaal zurücklief. Er würde entweder eine Vertagung beantragen, sich krank melden oder aber einfach die Verhandlung verlassen, wenn es sein mußte. Doch so oder so, er würde bald auf dem Nachhauseweg sein.

Aber die Frage war, würde Paige ihm das über Lily überhaupt glauben, oder würde Lily es wieder mal schaffen, sich da herauszureden? Als er seinen Platz im Saal wieder einnahm, fiel ihm der merkwürdige Blick auf, den der Staatsanwalt und Richter Kraft wechselten. Was war jetzt wieder los?

Und wo, zum Teufel, war seine Mandantin? Er stand auf –

»Einen Augenblick, Mr. Bennett«, sagte der Richter. »Wenn Sie bitte noch kurz sitzenbleiben könnten.«

Er setzte sich wieder.

»Meine Damen und Herren, bitte entschuldigen Sie die Verzögerung. Aber ich muß Ihnen leider mitteilen, daß sich hier ein Zwischenfall ereignet hat. Um zwei Uhr fünfundvierzig heute nachmittag konnte der County-Coroner nur noch den Tod von Anna Parks feststellen.«

Jason hielt entsetzt den Atem an, ebenso Nora, die neben ihm saß. Die Geschworenen fingen unruhig zu flüstern an.

»Bitte lassen Sie mich zu Ende sprechen«, sagte der Richter an die Jury gewandt, die auch sofort verstummte.

»Der Tod trat durch Ersticken ein. Man hat sie gegen zwei Uhr zwanzig im Waschraum des Ruheraums der

Angeklagten an einer Duschstange hängend aufgefunden. Um ihren Hals befand sich eine Schlinge, die aus einem zerrissenen Bettlaken geknüpft war.«

Sheriff Bulldoon war der erste am Schauplatz, noch vor der Freiwilligen Feuerwehr. Bis auf eine Brandwunde an der Hand, die bereits versorgt war, hatte Hillary keine Verletzungen davongetragen. Jetzt saß sie auf dem Rücksitz des Polizeiwagens, Lily neben sich, die sie fragend ansah. Hillary schaute sich um; die Erinnerung daran, wie oder wann sie in den Polizeiwagen gekommen war, war so unklar wie ihre Vorstellung, warum ihre Hand plötzlich bandagiert war.

»Warum hast du sie abgesperrt?« fragte Lily und deutete auf den Schlüsselring mit dem Silberdollar, den Hillary immer noch mit ihrer gesunden Hand umklammert hielt.

Hillary sah sie verständnislos an. »Was meinst du damit?«

»Daß du deinen Vater eingesperrt hast. Ich habe dem Sheriff nichts davon erzählt.«

»Hast du nicht?«

»Natürlich nicht. Du willst doch nicht ins Gefängnis, oder?«

Hillary schluckte schwer, und plötzlich löste sich irgendwo tief in ihr ein Schluchzen; sie hielt sich die Hand vor den Mund, um es noch im Keim zu ersticken.

»Was hast du ihm gesagt?« flüsterte sie.

»Nur, daß die Schlafzimmertür geklemmt hat.«

Schweigen, dann: »Die Schlüssel, Lily. Wo hast du sie gefunden?«

»Neben der Waschmaschine im Keller.«

O Gott, sie war *tatsächlich* vor Lilys Ankunft dort gewesen, sie hatte tatsächlich, wie fast jeden Tag um diese Zeit, gewaschen. War es wirklich möglich, daß sie die Schlüssel mitgenommen hatte? Aber warum, da sie sie doch immer in ihrer Handtasche aufbewahrte? Sie konnte sich nicht erinnern... Aber was machte das schon für einen Unterschied: Vater war verbrannt, war eines schrecklichen, schmerzhaften, entsetzlichen Todes gestorben, und daran war sie schuld. Sie beugte sich vor und öffnete die Wagentür.

»Wo willst du hin?« fragte Lily.

»Ich muß... allein sein.« Sie verließ den Wagen und stieg, ohne die Aufmerksamkeit des Sheriffs oder der Feuerwehrleute zu erregen, in ihren grünen Kombi. Als sie wegfuhr und dabei an dem Polizeiauto vorbeikam, sah sie aus den Augenwinkeln, daß Lily sie noch immer beobachtete.

Als sie die Route 9 erreichte, wurde sie von heftigem Schluchzen geschüttelt.

Paige hatte es seit vier Uhr bestimmt schon an die fünfzig Mal klingeln lassen, und immer noch meldete sich niemand. Wo, um alles in der Welt, konnten sie nur stecken? War Lily wegen des starken Schneefalls nicht so lange wie sonst geblieben? Aber selbst wenn es so wäre, wo war sie dann jetzt? So lange dauerte ihr Nachhauseweg auch wieder nicht. Außerdem würde Hillary bei diesem Wetter mit ihrem invaliden Vater bestimmt nicht das Haus verlassen... Es sei denn, er war plötzlich krank geworden.

Sie holte Lilys Stiefel aus dem Wandschrank, zog schnell Mantel, Mütze und Handschuhe an und lief aus dem Haus. Als sie zum Auto kam, spürte sie ein weiteres Ziehen – sie machte den Rücken krumm, worauf es sofort nachließ und sie in den Wagen steigen konnte. Plötzlich fiel ihr Lilys Wutausbruch von vergangener Nacht wieder ein, dann ihr Benehmen heute morgen... Sie würde mit ihr reden, es ihr irgendwie verständlich machen müssen. Und wenn die Rückenschmerzen tatsächlich schlimmer wurden, würde sie ins Krankenhaus fahren und Lily eben mitnehmen. Aber sie würde sich an das Versprechen halten, das sie Jason gegeben hatte, auch wenn sie sich noch so albern dabei vorkam.

Eine Sache war ganz bestimmt kein Fehler gewesen – diesen Wagen mit Vierradantrieb zu kaufen; wieder einmal konnte sie sich nur über seine Robustheit wundern, als sie zwei Autos überholte, die nur so über die Straße schlingerten und schlitterten. Vielleicht sollte Jason doch lieber in Laurel Canyon übernachten, statt darauf zu hoffen, daß sich dieses schreckliche Wetter änderte. Wenn sie wieder zu Hause war, würde sie gleich im Gericht anrufen.

Das war ihr letzter Gedanke, bevor sie Hillarys Straße erreichte und den Rauch roch...

Immer noch völlig mitgenommen von der Nachricht von Annas Selbstmord, versuchte Jason erneut, Paige anzurufen. Aber wieder meldete sich niemand. War sie ins Krankenhaus gefahren? Er schaute auf die Uhr – wenn das stimmte, dann konnte sie jetzt noch nicht dort sein. Er ließ sich von der Auskunft Dr. Barrys Nummer geben und rief dort an.

»Lenore, hier ist Jason Bennett. Der Mann von Paige –«

»O ja, natürlich. Wie geht es Paige?«

»Ich dachte mir, daß Sie mir das vielleicht sagen könnten. Ich bin noch unterwegs, und zu Hause meldet sich niemand.«

»Nun, ich habe vor einiger Zeit mit ihr gesprochen, da hatte sie Rückenschmerzen. Nichts Spezifisches, auch nicht in regelmäßigen Abständen, mit anderen Worten, nichts, was nach Wehen klang. Ich habe das auch Dr. Barry erzählt, und er war derselben Meinung wie ich. Vergessen Sie nicht, sie hat schließlich noch drei Wochen bis zu ihrem Termin. Als der Doktor sie das letzte Mal untersucht hat – das ist noch keine Woche her –, war das Kind noch nicht annähernd in der richtigen Position. Normalerweise sind Erstgebärende immer zu spät dran, nicht zu früh.«

»Ja, das habe ich auch gehört.«

»Dann hören Sie auf, sich Sorgen zu machen. Ich bin überzeugt, daß sie sofort hier anrufen wird, wenn die Wehen losgehen. Vielleicht wollte sie bloß nicht allein sein und ist zu einer Freundin oder in den Supermarkt gefahren, um noch ein paar Vorräte einzukaufen. Da draußen sieht es nicht so aus, als ob es bald wieder zu schneien aufhören würde.«

»Wahrscheinlich haben Sie recht. Okay, vielen Dank.« Er legte auf.

Zu einer Freundin wahrscheinlich nicht, aber in den Supermarkt, das war eine Möglichkeit... Ihr Hunger nach Süßem hatte sie wahrscheinlich aus dem Haus getrieben. Er lief zum Wagen, holte die Bürste vom Rücksitz und fegte den Schnee von dem Volvo. Dann schaute er auf die Uhr: Viertel nach vier. Bei normalem Wetter dauerte die Fahrt zwei Stunden. Jetzt lag der Schnee bereits fünfzehn Zentimeter hoch, und hell war es vielleicht noch eine Viertelstunde; aber der Highway sollte eigentlich in einem besseren Zustand sein, es waren bestimmt schon Schneepflüge unterwegs...

Also drei, höchstens vier Stunden, schätzte er.

Als Paige das Haus in Flammen stehen sah – dazu einen Löschzug, ein Dutzend andere Wagen und mindestens

dreißig Leute, die das Feuer bekämpften, unter ihnen auch Charlie Beeder –, wollte sie darauf zu laufen. Doch der Sheriff trat ihr in den Weg und hielt sie auf.
»Lily!« rief Paige, während eine riesige Faust nach ihren Eingeweiden griff und sich um ihren Magen krallte. Sie hätte nicht zu sagen gewußt, was die Ursache dafür war – das Baby oder die Angst.
»Ihr geht es gut, sie sitzt dort drüben in dem Streifenwagen.« Als ihm auffiel, wie gekrümmt sie dastand, fragte er: »Hey, ist mit Ihnen alles in Ordnung?«
Paige seufzte, nickte – Lily war unverletzt, und das unangenehm beklemmende Gefühl war auch schon fast wieder verschwunden, als sie das erfahren hatte. Trotzdem nahm er sie am Arm und führte sie durch den Schnee.
»Ich wollte sie gerade nach Hause fahren«, sagte er. »Aber da der Wind immer heftiger weht, wollte ich zuerst mal sehen, ob wir nicht dieses qualmende Inferno unter Kontrolle bringen.«
»Hillary, ist ihr nichts passiert?«
»Ihr wird es auch bald wieder gutgehen, aber ich fürchte, ihr Vater hat es nicht geschafft.«
»O nein!«
Der Sheriff öffnete die hintere Wagentür, und Lily warf sich weinend in Paiges Arme. Paige drückte sie fest an sich, während der Sheriff sich in den Wagen beugte.
»Wo ist Hillary?« wollte er wissen.
»Ich hatte solche Angst«, schluchzte Lily, und Paige, die viel zu schockiert war, um ein Wort herauszubringen, vergrub ihr Gesicht in Lilys Haaren.
»Wo ist Hillary?« rief der Sheriff.
Paige hob den Kopf und schaute ihn fragend an.
»Soweit ich weiß, war Hillary hier bei Lily. Ich wollte sie in den Ort bringen...«

Paige schaute Lily an.
»Sie ist weg.«
»Wohin?« fragte er.
Lily zuckte nur mit den Achseln. »Ich weiß nicht, sie hat nichts gesagt. Sie ist einfach in ihrem Wagen weggefahren.«
Der Sheriff machte die Fahrertür des Streifenwagens auf, stieg ein und nahm den Hörer seines Funkgerätes, um seinen Deputy zu verständigen.
»Merv, hier ist Bulldoon. Ich brauche die Autonummer von Hillary Egan, es ist ein grüner Kombi. Dann setzt du dich in Bewegung und machst dich auf die Suche nach ihr.«
»Wozu das Ganze?«
»Der alte Mann ist in dem Feuer hier umgekommen. Und sie kurvt irgendwo da draußen in diesem verdammten Schneesturm herum und weiß vor Kummer wahrscheinlich nicht einmal mehr ihren Namen.«

Obwohl tatsächlich Schneepflüge auf dem Highway unterwegs waren, kamen die Autos nur schwer vorwärts, ein paar von ihnen waren liegengeblieben und von ihren Besitzern verlassen worden, so daß ein Durchkommen der Schneepflüge immer schwieriger wurde. Jason bemühte sich, nicht zu schnell zu fahren; in einer Schneewehe steckenzubleiben war das letzte, was er jetzt brauchen konnte...
Immer wieder ging ihm Annas Selbstmord durch den Kopf, er stellte ihn vor ein Rätsel. Sie wäre vielleicht freigekommen, wer weiß? Offensichtlich hatte sie das nicht gewollt. Aber sie war doch einverstanden gewesen, warum hatte sie sich also ausgerechnet jetzt umgebracht? Weil ihre Schwester aufgetaucht war, deswegen.

Besser tot, als daß ihr Geheimnis bekannt wurde, war es das?
Was hatte das zu bedeuten? Was war das für ein Geheimnis? Daß sie ihrem eigenen Kind völlig egal war? Daß er und Paige Lily aus dem Haus werfen würden, wenn sie von Lilys bösartiger Veranlagung erfuhren? Daß die Welt erfahren könnte, sie habe Angst vor ihrem eigenen Kind gehabt?
Angst vor dem eigenen Kind zu haben, das ging schon unter die Haut... Und was sollte man von einem Kind sagen, das die eigene Mutter einsperrt, ihr Schmerzen zufügt? Was mußte man für eine sadistische Ader haben, um so etwas zu tun? Und schlimmer noch: Wozu wäre ein solches Kind wohl sonst noch fähig?
Unvermittelt riß er das Steuer herum, und der Wagen schlingerte nach links; Jason wurde gegen die Tür geschleudert und trat verzweifelt auf die Bremsen; als er spürte, daß sie griffen, riß er das Steuer nach rechts herum – gerade noch rechtzeitig. Nur Zentimeter vor der Leitplanke kam der Wagen zum Stehen. Die Hände zu Fäusten geballt, holte Jason tief Luft, um anschließend erschöpft Oberkörper, Arme und Stirn auf das Steuer sinken zu lassen.
Wieso hatte er so lange dazu gebraucht? Es war nicht Anna gewesen, die Maynard getötet hatte... Es war Lily gewesen!

Hillary! Hillary! Hillary!
Sag das nicht so...
Böses Mädchen, häßliches Mädchen, was hast du getan?
Daddy, sprich nicht so mit mir.
Hast deinen Daddy in ein Zimmer gesperrt, obwohl er sich nicht mehr bewegen konnte.

Oh, Daddy, es tut mir leid, ich wollte doch nicht, daß dir was geschieht, daß du stirbst.
Hast du schon, sonst hättest du es nicht getan.
Nein, nein, ich habe die Tür doch nur abgesperrt, weil ich dich retten wollte.
Vor wem?
Vor wem, vor wem, sie konnte sich nicht mehr erinnern, vor wem. Plötzlich drehte sich ihr ganzer Körper... Herum und herum und herum...
Lily!

»Elf Fahrzeuge sind in den Unfall verwickelt«, erklärte Merv Bulldoon über Funk. »Nie in meinem Leben habe ich so einen Blechhaufen gesehen. Bis jetzt sind drei Ambulanzen aus Poughkeepsie da und transportieren Verletzte ab. Mehr sind unterwegs. Ich würde sagen, ungefähr fünfundzwanzig bis dreißig Verletzte. Angefangen hat das alles mit einem grünen Kombi, der sich dreimal um die eigene Achse gedreht hat, dann quer über die Fahrbahn geschossen ist, direkt in den Gegenverkehr hinein, wo er frontal mit diesem Sattelschlepper zusammengestoßen ist. Die Egan wurde regelrecht zermalmt. Sie war auf der Stelle tot.«

Kapitel 15

Lily zog ihre Schuhe aus und die Wildlederstiefel an, die Paige für sie mitgebracht hatte.

»Ich zittere immer noch am ganzen Körper«, sagte Paige, als sie nach Hause fuhren. »Der arme Mr. Egan, was für eine schreckliche Art zu sterben. Und Hillary, was sie durchmachen muß. Ich hoffe, sie finden sie bald.«

»Ich auch.«

»Wie hat das Feuer angefangen, Lily?«

»Ich weiß nicht, wie, aber es kam aus dem Schlafzimmer des alten Mannes. Vielleicht hat er heimlich geraucht.«

»Wie kommst du darauf?«

»Ich bin einmal hinauf in sein Zimmer, um ihn zu besuchen, und dabei habe ich seinen Pfeifenständer gesehen. Und bevor ich gegangen bin, habe ich noch bemerkt, daß ein Tabaksbeutel unter seiner Matratze steckte.«

»Hast du denn auch gesehen, daß er geraucht hat?«

»Nein, aber ich habe mir dabei gedacht, daß er es vielleicht manchmal getan hat, wenn ihn niemand beobachtet hat.«

»Hast du Hillary davon erzählt?«

»Nein, ich wollte ja nicht petzen. Hätte ich das tun sollen?«

»Ich weiß, Kinder petzen nicht gern. Aber wenn die Umstände es verlangen, wenn es um Dinge geht, die vielleicht gefährlich werden könnten, dann ist es schon wichtig, daß man den Mund aufmacht.«

»Ich wußte doch nicht, daß er sich selbst schaden würde.«

Paige schaute sie zärtlich an, tätschelte Lilys Hand und drückte sie. »Selbstverständlich konntest du das nicht wissen.«
»Bist du wütend auf mich?«
Sie schüttelte den Kopf. »Ich bin heilfroh, daß dir nichts passiert ist. Aber weil wir gerade davon reden, was ist mit dir? Du warst ja heute früh nicht gerade bester Laune, als du in die Schule bist.«
»Das war heute morgen, aber das ist jetzt wieder vorbei.«
»Solche tragischen Ereignisse haben die merkwürdige Angewohnheit, einem vor Augen zu führen, was wirklich wichtig ist und was nicht, findest du nicht auch?« sagte sie und stellte sich erneut vor, welch entsetzliches Ende Mr. Egan genommen hatte...
Lily schaute sie wortlos mit strahlenden Augen an, in denen merkwürdigerweise keine Spur der Angst lag, die sie doch eben erst durchgemacht hatte. »Auf jeden Fall«, fuhr Paige fort, »möchte ich, daß du dich in Zukunft nur noch auf schöne Dinge konzentrierst. Denn gleichgültig, was mit deiner Mutter geschieht oder wo du letztendlich leben wirst, ich werde immer irgendwo im Hintergrund sein und dafür sorgen, daß es noch viel Schönes in deinem Leben geben wird.«
Paige lenkte den Geländewagen in die Auffahrt, und sie blieben schweigend noch einen Augenblick nebeneinander sitzen und schauten sich an.
»Wir zwei, wir sind schon ein Paar, findest du nicht auch?« meinte Paige lächelnd. »Aber jetzt komm rein. Was hältst du davon, wenn wir uns etwas aufwärmen... mit heißer Schokolade und diesen Mini-Marshmallows?«
»Hervorragend«, sagte Lily und stieß die Tür auf. Sie sprang aus dem Wagen, hinein in den Schnee, daß es nur so staubte, als sie voranlief. Gerade als Paige die erste

Stufe zur Veranda hochsteigen wollte, stieß sie ein Keuchen aus. Mit der einen Hand packte sie das Geländer, mit der anderen griff sie sich an den Bauch.

Lily lief zurück zu ihr hin und nahm sie am Arm. »Ist es Bübchen, Paige? Aber ist das nicht noch zu früh?«

»Ja, aber...« Die Intensität des Schmerzes verblüffte Paige, aber nach zwanzig, dreißig Sekunden war alles schon wieder vorbei. »Lily, ich glaube zwar, daß es nur Vorwehen sind, da ich seit heute morgen schon Rückenschmerzen habe. Aber ich habe Jason versprochen, ins Krankenhaus zu gehen, falls es schlimmer wird.«

»Aber wenn es wirklich nur Vorwehen sind...«

»Ich weiß, es klingt lächerlich, aber ich habe es Jason versprochen.«

»Was ist mit der heißen Schokolade?«

»Die wird eben warten müssen.«

»Es ist aber zu früh, Paige. Wir dürfen ihn jetzt noch nicht kommen lassen.«

»Lily, ich glaube eigentlich nicht, daß er jetzt schon kommt, aber wenn ich mich täusche, dann wären das Baby und ich doch am besten in einem Krankenhaus aufgehoben, meinst du nicht auch?«

»Ich will, daß du hierbleibst«, jammerte Lily.

»Das reicht jetzt, Lily. Ich gehe jetzt ins Haus, rufe Dr. Barry an und versuche, Jason zu erreichen. In der Zwischenzeit mach bitte meine Tasche fertig. Pack ein Nachthemd, Bademantel, Hausschuhe und eine Zahnbürste ein. Okay?«

Paige ging ins Haus, wählte die Nummer des Arztes, die jedoch belegt war; sie probierte es noch mehrmals, aber immer mit demselben Resultat. Hatten die denn keine Telefonzentrale? Sie versuchte es bei der Auskunft, aber auch dort war belegt. Schließlich wählte sie die Null, worauf sich das Fräulein vom Amt meldete.

»Die Nummer ist ständig besetzt, obwohl ich weiß, daß es nicht so sein dürfte. Könnten Sie diese Nummer bitte mal überprüfen?« sagte Paige und nannte ihr die Telefonnummer.

»Da brauche ich gar nicht nachzusehen. Das ist das Amt von Briarwood-Waring. Dort oben ist der Teufel los. Entweder ist belegt, oder es rauscht, oder die Leitung ist ganz tot. Sie haben Glück, daß Ihr Telefon überhaupt noch funktioniert.«

»Liegt das an dem Sturm?«

»Eigentlich nicht. Auf der Route 9 hat es einen schweren Unfall gegeben. Einige Telefonleitungen sind –«

Plötzlich war nur noch ein Knacken zu hören.

Er hatte eine halbe Stunde gebraucht, um zur nächsten Tankstelle durchzukommen. Während der Wagen vollgetankt wurde, lief Jason zum nächsten Telefon, wählte Sheriff Bulldoons Nummer und ließ es mindestens zwanzigmal läuten. Niemand meldete sich. Schließlich rief er bei Paige an ... dort war besetzt.

Er wartete ein paar Minuten, versuchte es noch mal, dann noch mal. Als immer noch belegt war, rief er das Amt an.

»Hören Sie, das hier ist ein Notfall. Könnten Sie bitte ein Gespräch unterbrechen?«

»Welche Nummer, Sir?«

»914-555-3548.«

»Einen Augenblick.« Die Dame vom Amt war in ein paar Minuten wieder am Apparat. »Tut mir leid, Sir, aber da spricht niemand. Die Leitung ist momentan außer Betrieb.«

»Aber ich habe ständig das Besetzt–«

»Es ist außer Betrieb, Sir.«

Er seufzte und meinte dann: »Liegt das an dem Sturm?«

»Ich vermute. Außerdem haben wir eben von einem schweren Unfall dort oben erfahren, in den sehr viele Fahrzeuge verwickelt sind. Es würde mich nicht überraschen, wenn das die Ursache für die Störung wäre.«
Jason legte den Hörer auf und blieb reglos stehen... Ganz ruhig, Jason, laß deine Phantasie nicht mir dir durchgehen – Paige ist nicht Anna, sie würde sich von dem Kind nichts sagen lassen. Außerdem benimmt sich Lily Paige gegenüber immer korrekt, im Gegenteil, sie überschlägt sich geradezu in ihrer Fürsorge für sie und das Baby... Sie würde ihr nie und nimmer weh tun...
Er bezahlte den Tankwart und stieg wieder in den Wagen. Das beste war, nach Hause zu fahren.

Nachdem sie von dem Unfall auf der Route 9 erfahren hatte, blieb Paige neben dem Telefon in der Küche sitzen und überlegte noch einmal ihren Plan; wenn es dort draußen wirklich so schlimm aussah, wäre es dann nicht ausgesprochen dumm – Vierradantrieb hin oder her –, sich über irgendwelche Nebenstraßen zu wagen? Es sei denn, die Wehen setzten tatsächlich ein, und ihr blieb gar nichts anderes übrig...
Doch diese Unsicherheit fand ein rasches Ende, als sie von einer weiteren Kontraktion überrascht wurde, die dieses Mal noch stärker war als die erste, die noch keine zwölf Minuten zurücklag... Es war doch nicht normal, daß die Wehen am Anfang schon so stark waren, oder? Nicht beim ersten Mal. Aber vielleicht mit der ganzen Anspannung und Aufregung, die sie im Augenblick durchmachte... Die große Frage war jetzt nur, ob sie überhaupt noch fahren sollte?
Ruthanne. Sie könnte sich doch von Charlie hinfahren lassen... aber nein, Charlie half ja beim Löschen des Bran-

des. Sie könnte auch an die Brandstelle zurückfahren und den Sheriff um Hilfe bitten. Paige stand auf, ging zum Treppenabsatz und umklammerte mit beiden Händen das Geländer, da ihr plötzlich schwindlig wurde und Angst in ihr hochstieg. Was machte Lily oben nur so lange?

»Lily«, rief sie.

»Ich komme.« Es dauerte noch fast eine ganze Minute, ehe Lily die Treppen heruntergerannt kam, Paiges Reisetasche in der Hand. Als sie Paiges Gesichtsausdruck sah, blieb sie abrupt stehen. »Was ist los?«

»Ich hatte wieder eine Wehe, dieses Mal eine noch stärkere. Und das Telefon funktioniert auch nicht. Ich habe vor, zu Hillarys Haus zurückzufahren, damit der Sheriff mir jemanden besorgt, der mich ins Krankenhaus fährt. Und dich soll er für kurze Zeit irgendwo im Ort unterbringen. Ich will nicht, daß du bei diesem Sturm allein bist.«

Eigentlich hatte Paige erwartet, daß sie sich über diesen neuen Plan beschweren würde, aber sie hatte sich offensichtlich getäuscht. Lily unterließ es nicht nur, sich zu beklagen, sondern sie machte sich statt dessen gleich an die Arbeit, ergriff Paige am Arm und half ihr durch den Schnee hinaus zu dem Geländewagen. Paige setzte sich hinter das Steuer und schaltete die Zündung ein. Der Motor startete, lief auch ein paar Sekunden, starb dann aber ab. Paige versuchte es erneut – dieses Mal tat sich gar nichts.

»O nein. Nein, nein, bitte nicht.« Sie holte tief und fest Luft und probierte es noch mal. Nichts. Verwirrt schaute sie Lily an. »Ich verstehe das nicht, was kann da nicht in Ordnung sein? Wir sind doch noch vor einer Viertelstunde damit gefahren. Und da war alles in Ordnung.«

»Laß mich mal nachschauen«, sagte Lily. Paige löste die Verriegelung der Motorhaube, und Lily stieg aus, hob die

Haube und betrachtete prüfend den Motor. Nachdem sie sich alles angeschaut hatte, trat sie einen Schritt zurück, kniete sich in den Schnee und schaute unter den Wagen – eine besorgte Miene machte sich auf ihrem Gesicht breit.
Paige öffnete die Tür und beugte sich hinaus, wobei der Schnee ins Wageninnere wehte.
»Was ist los, Lily?«
»Die Benzinleitung, Paige«, rief sie. »Sieht aus, als sei sie gebrochen.«

Evelyn Gear war mit ihren sechsundsechzig Jahren noch so munter wie eine Fünfzigjährige, das heißt, eigentlich war sie noch so munter wie ihre Tochter Ruthanne. Obwohl sie anfangs mit Charlie regelrecht gestritten hatte, als der darauf bestand, daß sie ihr Haus für die Dauer des Schneesturms verließ, war ihr letzten Endes dann doch keine andere Wahl geblieben: Ihr Haus stand zwar weit genug von dem angrenzenden Grundstück der Egans entfernt, so daß die sich ausbreitenden Flammen keine Gefahr darstellten, aber im Zuge der Löscharbeiten war eine der elektrischen Leitungen in Mitleidenschaft gezogen worden, so daß es im ganzen Viertel keinen Strom mehr gab.
Im Augenblick schilderte Charlie – während er sich im Zimmer nebenan trockene Kleidung anzog, um gleich wieder an den Brandherd zu eilen – Ruthanne gerade Hillarys Autounfall in allen schrecklichen Einzelheiten. Als ob das, was dem armen Lester Egan zugestoßen war, nicht schon schlimm genug gewesen wäre. Evelyn blieb unterdessen in der Küche und versuchte, alle Gedanken an die tragischen Ereignisse dieses Tages aus ihrem Kopf zu verbannen, indem sie ein Sandwich nach dem ande-

ren machte, die Charlie den Männern der Freiwilligen Feuerwehr mitbringen sollte.

Ruthanne im Zimmer nebenan umklammerte mit einer Hand den Bettpfosten.

»Ich sage es mir immer und immer wieder und kann es einfach nicht glauben. Hillary tot, Lester tot, all diese unschuldigen Menschen verletzt... Als ob ein Alptraum Besitz von unserer Stadt ergriffen hätte.«

»Funktioniert unser Telefon eigentlich?« fragte er.

»Im Prinzip ja, aber es rauscht sehr stark, man kann nicht viel damit anfangen. Ich habe schon versucht, Paige anzurufen. Zuerst war besetzt, dann ging niemand ran.«

»Warum kümmerst du dich überhaupt um sie, obwohl sie nicht einmal mit dir sprechen will?«

»Weil ich mir eben Sorgen mache, deshalb.«

»Jetzt sei nicht wieder sauer auf mich, Ruthanne. Wir haben das Richtige getan.«

»Ich weiß, aber das ändert noch lange nichts an meinen Gefühlen für Paige. Außerdem war Lily bis jetzt immer am Montag bei Hillary, und ich wollte mich nur erkundigen, ob ihr auch nichts passiert ist. Gott, ich kann es einfach nicht glauben, daß Hillary tot sein soll...«

»Das Mädchen hat nicht einen Kratzer abbekommen. Paige war vorhin da und hat sie abgeholt.«

»Woher wußte sie von dem Feuer?«

»Ich glaube nicht, daß sie das gewußt hat. Sie ist einfach gekommen, um Lily abzuholen, damit sie nicht durch den Schneesturm nach Hause laufen muß, schätze ich.«

»Hat Paige sich sehr aufgeregt?«

»Ich nehme an. Wer würde das nicht, wenn er dieses Feuer sieht und von dem Tod des alten Mannes erfährt?«

»Das ist nicht gut für sie, Charlie, ich meine, diese Art von Angst. Als sie hierherzogen, hatte sie einen extrem hohen

Blutdruck und war hypernervös. Sie weiß doch noch nichts von Hillary, oder?«
Er zuckte mit den Achseln. »Ich wüßte nicht, wie sie es hätte erfahren sollen.«
»Gut, das würde sie nur noch mehr aufregen. Ist Jason eigentlich schon zu Hause?«
»Als ich vor einer Weile an ihrem Haus vorbeikam, stand nur ihr Wagen vor der Tür.«
Ruthanne seufzte.
»Du mußt endlich aufhören, dir Sorgen zu machen. Auch wenn du es möchtest, du kannst dich nicht um die ganze Welt kümmern, Ruthanne. Es ist heutzutage schon schwer genug, auf sich selbst aufzupassen.«
»Ich wünschte nur, Jason wäre zu Hause, damit sie nicht so allein ist.«
»Sie hat doch das kleine Mädchen...«
»Sicher.«
Als er ging, nahm Charlie die große braune Tüte mit den Sandwiches und zwei Gallonen Kaffee mit, die Evelyn frisch aufgebrüht hatte.
»Wann kommst du wieder heim?« rief Ruthanne ihm nach.
»Braucht ihr zwei noch irgend etwas? Habt ihr genügend Kerzen, Batterien?«
»Danke, alles in Ordnung, Mom, die Kinder und ich, wir werden schon zurechtkommen.«
»Wenn der Brand gelöscht ist, muß ich vielleicht noch an die Unfallstelle, die werden dort sicher auch noch Helfer benötigen.«
Charlie fuhr davon – es wurde gerade dunkel –, und Ruthanne spähte von der Küchentür hinaus in den Sturm. Im Herbst und im Winter, wenn die Bäume kahl waren, konnte sie den Kamin von Paiges Haus sehen.
Doch heute nicht.

Zwei weitere Male war Paige von Wehen überrascht worden, bis sie es wieder ins Haus zurück geschafft hatte. Lily half ihr nach oben, aus den Kleidern und ins Bett.
»Vielleicht solltest du dich warm einpacken und Ruthanne herüberholen«, sagte Paige.
»Es ist aber draußen schon dunkel, und der Schnee liegt so hoch. Außerdem brauchst du mich hier.«
»Wahrscheinlich hast du recht. Oh, ich wünschte, Jason wäre hier.«
»Keine Angst, Paige, ich werde mich gut um dich kümmern.«
»Aber es gibt Dinge, die du von Babys nicht weißt, Dinge, die du wahrscheinlich nicht tun kannst.«
»Doch, das kann ich alles, ich habe doch den Doktor gefragt, weißt du nicht mehr? Warte nur, du wirst schon sehen.«
»Vielleicht ist es ja gar nicht –« Paige hielt mitten im Satz inne, als eine weitere Wehe sie packte und laut aufschreien ließ.
Lily schob ihr ein Kissen in die Seite, damit sie sich darauf abstützen konnte.
»Konzentriere dich auf den Lampenschirm, Paige. Und atme tief ein, halte die Luft an, atme wieder aus. Komm schon, mach es so, wie du es in deinem Kurs gelernt hast.«
»Ich bin so verkrampft, ich habe Angst.«
Lily massierte ihr die Füße. »Du brauchst keine Angst zu haben, Paige, ich bin doch bei dir. Hilft das?«
»Ein wenig. Danke dir, Lily.«
»Ich bin nicht Lily, ich bin Boß.«
»Was?«
»Du sollst mich Boß nennen.«
»Ich verstehe nicht ganz... Oh!« Wieder eine Wehe, und

von neuem fing sie an... einatmen, ausatmen, einatmen, ausatmen... Langsam, ganz langsam... Sie konzentrierte sich auf den Lampenschirm und fing zu zählen an...
»Siehst du, was ich meine«, sagte Lily. »Ist das nicht viel besser als in irgendeinem dummen Krankenhaus?«

Die Lamaze-Methode funktionierte nicht, jedenfalls bei ihr nicht. Das einzige, was ihr bewußt war, war intensiver Schmerz – als ob irgend jemand immer wieder stählerne Fässer gegen die Innenwände ihres Bauches rollen ließ. Waren das bereits die sogenannten Hauptwehen, oder war das nur der Anfang, auf den noch mehr folgte?
Sie hörte eine Stimme sprechen, ununterbrochen sprechen, die eine Menge dummer Sachen sagte, Worte, die Paige in keinen logischen Zusammenhang bringen konnte. Und starke kleine Hände hörten nicht auf, ihre Füße zu massieren, als ob das den Schmerz vertreiben würde. Sie schrie auf, aber noch in dem Moment, in dem sie den Klang ihrer eigenen Schreie hörte, wußte sie, daß es nichts nützte.
»Hör auf damit, Paige.« Lily schüttelte sie und versuchte, sie dazu zu bringen, mit dem Schreien aufzuhören. »Das macht alles nur noch schlimmer.«
Verblüfft schaute Paige Lily an, und plötzlich brach die volle Realität über sie herein. »O Gott, nein! Bitte hol einen Arzt!«
»Es ist alles okay, Paige, es wird alles gut werden.«
»Wie kannst du da so sicher sein?«
»Boß weiß es.«
Sie versuchte sich aufzusetzen, schaffte es auch fast, fiel dann aber wieder auf das Bett zurück. Sie versuchte es noch einmal – dieses Mal bemerkte sie, daß ihre Hände festgebunden waren. Woher kam das? Lily! Aber warum

sollte sie so etwas tun? Streng dich an, Paige, *denke nach.* Was hatte Lily vorher gesagt? Eine ganz verrückte Sache, so verrückt, daß Paige sich nicht mehr erinnern konnte, erinnern wollte. So seltsam, merkwürdig, ausgefallen, bizarr, ha, was für ein Witz ... O Gott, aber wenn es ein Witz war, warum tat es dann so weh? Schließlich zwang sie sich, den Mund aufzumachen: »Lily!«

»Ich bin hier, Paige.« Sie stand über einen großen Pappkarton gebeugt. Darin waren ein Strick, Handtücher, Messer, Kerzen, Zündhölzer, eine Taschenlampe, Jasons batteriegetriebenes Radio und Dutzende anderer Dinge.

»Meine Hände«, sagte Paige. Sie schaute rechts und links an sich herunter – um jedes Handgelenk lag ein Strick, und dieser Strick wiederum war straffgezogen und irgendwo unter dem Bett festgezurrt. »Wieso? Binde meine Hände los!«

»Nein, es ist besser so.«

»Ich sagte, du sollst sofort meine Hände losbinden!«

»Ich bin Boß, Paige.«

»Ich will, daß du aufhörst, so zu reden –«

Wieder durchbohrte sie ein so scharfer Schmerz, daß es sie würgte. Würde sie sich übergeben müssen und an ihrem Erbrochenen ersticken? Lily legte eine Hand auf Paiges Bauch und machte kreisende Bewegungen. »Hol mal ganz tief Luft«, wies Lily sie an. »Aber wenn du wirklich brechen mußt, dann dreh den Kopf einfach auf die Seite.«

Die Krämpfe wurden immer stärker ... Paige spürte, wie ihr der Schweiß über das Gesicht und in die Augen lief, die juckten und brannten. Was geschah mit ihr, war sie gefangen in einem Alptraum?

Ruthanne hatte ihre Versuche noch nicht aufgegeben. Eine Stunde später bekam sie eine Verbindung und erkannte durch das Rauschen hindurch Lilys Stimme.
»Kann ich bitte mit Paige sprechen, Lily?«
»Was?«
»Bitte hol Paige an den Apparat«, überschrie sie die störenden Nebengeräusche.
»Eine Minute.« Ruthanne wartete ein paar Minuten und glaubte, einmal sogar Paiges Stimme zu hören, aber dann war Lily wieder am Telefon und sagte: »Sie will nicht mit dir reden. Du sollst überhaupt nicht mehr anrufen!«
Ruthanne wollte noch etwas sagen, aber da verstärkte sich das Knacken. Außerdem, wenn Paige so dachte, was konnte sie da schon sagen, um ihre Meinung zu ändern? Sie legte auf. Das Licht flackerte – sie hatte bereits überall Kerzen auf Untertellern verteilt –, aber zum Glück funktionierte der Strom wieder.

Lily legte den Hörer auf. In der einen Hand hielt sie ein kleines, scharfes Gemüsemesser, das sie langsam und zärtlich über Paiges Bauch führte, was eine dünne, weiße Linie auf der Haut hinterließ.
»Erste Lektion, Paige: Wenn ich telefoniere, wird nicht geschrien. Das ist sehr unhöflich, schrecklich unhöflich.«
Paiges Zähne fingen so laut zu klappern an, daß sie das scheppernde Geräusch tatsächlich hören konnte. »Warum«, sagte sie und zwang sich zu sprechen, »warum tust du das?«
»Ich tue dir doch nichts Böses an, Paige, ehrlich. Ich helfe dir doch nur, aber du mußt schon aufpassen und auf mich hören. Wenn mir nicht soviel an dir und meinem Bübchen liegen würde, wäre mir das gleichgültig. Also, wenn das Telefon wieder klingelt, dann verhalte dich brav und ru-

hig. Okay? Und wenn du auf mich hörst, dann muß ich auch nicht mehr das Messer nehmen.«
Ein paar Minuten herrschte Schweigen, dann: »Paige?«
Sie schaute sie an.
»Sei nicht wütend, okay?«
Déjà-vu ... Eine Wiederholung der Szene aus der Stadt – das Kind, das das Messer an ihren Bauch hielt. Aber dieses brutale Wesen war nur ein kleines Mädchen, dasselbe kleine Mädchen, das ihr so ans Herz gewachsen war ... Das letzte Mal hatte Paige um sich getreten, geschrien, sich irgendwie aus dieser mißlichen Lage befreien können und war schließlich davongelaufen. Doch jetzt war sie viel zu schwach, um sich zu wehren, und hatte zuviel Angst, um zu schreien.

Jason vermutete, daß er ungefähr, zehn, fünfzehn Meilen in der vergangenen Stunde zurückgelegt hatte – er kam wesentlich langsamer vorwärts, als er erwartet hatte. Er fuhr an die nächste Tankstelle und ging zum Telefon. Er probierte es bei vier Polizeistationen, ehe er endlich nach Tuckertown durchkam, das ungefähr zwanzig Meilen südöstlich von Briarwood lag. Dort fragte er nach dem diensthabenden Ranghöchsten und versuchte, diesem so knapp wie möglich seine Zwangslage zu schildern.
»Hören Sie«, sagte der Officer schließlich, »klingt mir ganz so, als würden Sie etwas überreagieren. Die Rede ist doch hier von einem Kind, das jetzt schon ein paar Monate bei Ihnen und Ihrer Frau wohnt. Okay, sie macht seltsame Sachen, aber Kinder sind heutzutage nun mal ziemlich seltsam, glauben Sie mir das. Das muß noch lange nicht heißen, daß sie psychotisch sind.«
»Aber meine Frau ist schwanger.«
»Ich verstehe ja, warum Sie so nervös sind. Aber hören Sie auf mich, ihr wird nichts geschehen. Nur, die Sache ist

doch die, Mann, daß ich nicht einmal dorthin könnte, selbst wenn mein Leben davon abhinge. Ich habe alle Hände voll zu tun mit dem Chaos, das hier bei uns herrscht. Drei unserer Schneepflüge sind ausgefallen, und unsere Hauptstraßen sind nicht passierbar. Und zu allem Überfluß bekommen wir auch noch einen Anruf aus Briarwood rein, die uns darum bitten, daß wir ihnen freiwillige Helfer rüberschicken. Es gibt bloß überhaupt keine Möglichkeit, wie wir unsere Leute dorthin –«

»Meinen Sie den Unfall auf der Route 9?«

»Ja, den und den Brand.«

»Welchen Brand?«

»Ich weiß nicht genau, irgendein Haus ist in Flammen aufgegangen, und ein alter Mann war dort eingeschlossen und ist dabei verbrannt. Und wie es sich herausgestellt hat, war es die Tochter von dem alten Knaben, die den Auffahrunfall auf dem Highway verursacht hat – elf Wagen haben sich ineinander verkeilt, können Sie sich so was vorstellen? Ich muß schon sagen, für so ein kleines Nest haben die ganz schöne Probleme.«

Jason wollte schon wieder weiterfahren, als er auf eine vage Hoffnung hin noch einmal bei sich zu Hause anrief. Lily nahm beim elften Läuten ab. Es knackte zwar sehr laut in der Leitung, aber er verstand sie trotzdem.

»Lily, gib mir bitte Paige.«

»Sie schläft.«

»Du mußt etwas lauter reden!«

»Sie schläft!«

»Geht es ihr gut?«

»Ja.«

»Lily, weißt du etwas über das Haus, das abgebrannt ist?«

»Es war Hillarys Haus.«
An seinem Hals fing eine Ader zu pochen an. »Deine Therapeutin Hillary?«
»Ja.«
»Dann ist sie es, die bei dem Unfall auf der Route 9 ums Leben gekommen ist, in den elf Wagen verwickelt sind?«
Schweigen.
»Lily?«
»Ja, ich bin noch da.«
»Weck Paige auf, Lily.«
»Lieber nicht.«
»Warum?«
»Weil sie mich darum gebeten hat.«
»Lily, es ist mir ganz egal, was sie gesagt hat. Ich will, daß du sie weckst!«
»Nein!« Lily legte den Hörer auf.
Jason probierte es noch einmal in Bulldoons Büro, aber dort ging immer noch niemand ran. Wieder versuchte er es zu Hause – jetzt war belegt. Schließlich rief er bei Ruthanne an, und obwohl es auch hier in der Leitung rauschte und knackte, kam er durch.
»Ruthanne, hier ist Jason Bennett.«
»Oh, Jason, hallo! Ist mit Paige alles in Ordnung?«
»Aus diesem Grund rufe ich an, ich weiß es nicht.«
»Was? Sprich lauter!«
»Ich sagte, ich weiß es nicht«, rief er. »Ich bin noch unterwegs... Ich bin einmal nach Hause durchgekommen – Lily hat sich gemeldet und gesagt, daß Paige schläft. Sie wollte mich nicht mit ihr reden lassen.«
»Als ich angerufen habe, hat Lily gesagt, Paige würde sich weigern, mit mir zu reden. Sie hat auch noch gemeint, daß ich nicht mehr anrufen soll.«

»Das gefällt mir ganz und gar nicht. Könnte Charlie vielleicht mal kurz rüberfahren?«

»Er ist nicht hier, Jason. Er ist beim Löschen.«

»Scheiße.«

»Wenn ich den Jeep hätte, dann würde ich –«

»Nein, das verstehe ich doch. Aber hör mal, sobald er kommt –«

»Aber natürlich, ich verspreche es dir, Jason.«

Jetzt, da die Übelkeit fast vorüber war, spürte Paige, daß Lily ihr einen kühlen, feuchten Lappen auf die Stirn drückte. Sie hatte die ganze Zeit über an die Wand gegenüber gestarrt und sich bemüht, jede einzelne Lilie auf der Tapete zu zählen; sie hatte sich bemüht, alles zu tun, um sich von dem abzulenken, was mit ihr geschah. Jeder Muskel ihres Körpers schien so fest angespannt zu sein, daß er schmerzte; sie mußte irgendeine Methode finden, sich zu entspannen.

Jetzt schaute sie zu Lily hinüber, deren Gesicht Besorgnis auszudrücken schien. War das wirklich dasselbe Mädchen, das sie mit Stricken gefesselt und sie noch vor einer halben Stunde mit einem Messer bedroht hatte?

»Hat da eben das Telefon geläutet?« fragte sie Lily.

»Ja, Jason hat angerufen.«

»Warum hast du mich nicht mit ihm reden lassen?«

»Du weißt doch, daß ich das nicht kann.«

»Was hat er denn –« Wieder traf sie eine Schmerzwelle, und ihr Blick wanderte zu den Lilien zurück, um wieder von vorn mit dem Zählen anzufangen. Lily war irgendwo im Zimmer, massierte ihre Arme, ihre Beine, ihre Füße und plapperte irgendwelchen Unsinn. »Jason«, wiederholte Paige, als der Schmerz langsam nachließ, »was hat er gesagt?«

»Nichts Wichtiges, nur etwas über Hillary.«
»Woher wußte er von dem Feuer?«
»Nicht über das Feuer, Paige, über Hillary. Sie war in den Unfall mit den elf Autos auf der Route 9 verwickelt. Sie ist tot.«
Paige hatte das Gefühl, als würde ihr jedes Quentchen Luft aus den Lungen gepreßt. »O mein Gott«, sagte sie mit einer Stimme, die so unnatürlich klang, daß sie nicht sicher war, ob es tatsächlich die ihre war. »Sie muß vor Kummer ganz außer sich gewesen sein. Und dann hat sie nicht mehr gewußt, was sie tat... Und so viele andere sind dabei verletzt worden...«
»Ich möchte wetten, das war alles ihre Schuld.«
Sie starrte Lily ungläubig an – ihre Wangen waren tief gerötet, als wären sie frisch geschrubbt, und ihre Augen glänzten fiebrig, so daß sie fast purpurrot erschienen. War das Erregung?
»Wie kommst du dazu, so etwas zu sagen... oh!«
Wieder eine Wehe; Lily legte ihr die Hand auf die Stirn und strich ihr das Haar zurück, während Paige sich so fest auf die Lippen biß, bis sie den Geschmack von Blut im Mund spürte.
»Wieder besser?« fragte Lily.
»Ich habe Angst, Lily, bitte, ruf den Arzt.«
»Das Telefon funktioniert nicht.«
»Aber Jason hat doch angerufen, Ruthanne auch.«
»Dauernd knackt und rauscht es, man kann kaum etwas verstehen.«
»Bitte, Lily!«
»Nein! Hör endlich auf mit deinem Gejammer!«
Paige schloß den Mund, und Lily strich ihr übers Gesicht. »Ich versuche doch nur, dir zu helfen. Und je eher du das begreifst, desto besser wird es dir gehen. Uns allen – dir, mir, Bübchen.«

»Was ist mit Jason, der muß bald zu Hause sein. Was wirst du dann tun?«
»Ich weiß es noch nicht, aber ich werde mir etwas einfallen lassen. Doch er wird dir auf keinen Fall jemals wieder weh tun, Paige. Nicht, wenn Boß da ist und auf dich aufpaßt.«
»Jason hat mir noch nie weh getan, das weißt du doch.«
»O doch, das hat er. Du hast nur viel zuviel Angst, um es zuzugeben.«
Paige schluckte hart, ihr Hals war völlig ausgedörrt. »Wovon redest du überhaupt?«
»Als Brooke zu Besuch kam – die vielen schmutzigen Dinge, die sie und Jason getan haben. Und das haben sie direkt vor deiner Nase getrieben.«
Sie starrte Lily an und schüttelte nur den Kopf. »Nein, ich glaube dir nicht, was du da sagst.«
»Du mußt es mir glauben, weil ich es mit eigenen Augen mit angesehen habe. Unten am Fluß. Soll ich dir ihre nackten Brüste beschreiben? Warte mal, sie hat so ein rundes, dunkles Muttermal genau hier.« Lily deutete auf eine Stelle zwischen ihren eigenen, noch unentwickelten Brüsten.
Paige machte den Mund auf...
»Dann hast du Brooke also auch nackt gesehen? Siehst du, und deswegen habe ich diesen Ast durchsägen müssen, damit er bricht, wenn sie hinaufklettert. Um sie dafür zu bestrafen, was sie dir angetan hat...«
Entsetztes Schweigen...
»Paige, wenn Bübchen da ist und es dir wieder besser geht, krieg' ich dann schon mal eines von meinen Weihnachtsgeschenken? Nur eines?«
Paiges Lippen bewegten sich, aber kein Laut kam heraus... Sie hatte das Gefühl, gleich sterben zu müssen, als sich die nächste Wehe ankündigte und ihren Körper über-

rollte... Bitte nicht, sie konnte das Baby jetzt nicht bekommen, noch nicht; nicht, während sie hilflos, mit gefesselten Händen und unfähig, sich zu bewegen, dalag; sie konnte es erst bekommen, wenn endlich jemand kam und ihren Sohn vor *ihr* in Schutz nahm. *Du da, wer immer du auch sein magst, hörst du mein Rufen?*
Jason und Brooke. *Oh, Jason, wie konntest du nur?*

Es war bereits dunkel, und obwohl Ruthanne außer Schnee nichts erkennen konnte, als sie zum Fenster hinaussah, blieb sie zwanzig Minuten reglos am selben Fleck stehen. Schließlich ging sie zum Garderobenschrank und holte entschlossen Stiefel, Mütze, Mantel, Handschuhe und Schal heraus.
»Was, um alles in der Welt, treibst du da, Ruthanne?« fragte Evelyn, als sie von Rogers Hemd aufblickte, das sie gerade flickte.
»Ich gehe zu Paige hinüber.«
»Hat Charlie nicht den Jeep?«
»Hat er, aber ich gehe zu Fuß.«
»Bei diesem Wetter? Das ist doch verrückt.«
Ruthanne schlüpfte in den ersten Stiefel. »Vielleicht ist es das, aber ich gehe trotzdem.«
»Wenn Charlie das wüßte, dann würde er –«
»Würde er was? Er ist nicht mein Aufpasser, weißt du.«
»Da draußen ist es kalt, dunkel und gefährlich. Du läufst mindestens eine Viertelmeile bis zu ihrem Haus. Und ich möchte wetten, daß da draußen bestimmt schon dreißig Zentimeter Neuschnee liegen.«
»Ich gehe trotzdem, Ma.«
»Was ist mit den Kindern?«
»Seit wann kann ich sie dir nicht mehr anvertrauen?«

Evelyn legte das Hemd beiseite und stand auf, als Ruthanne den zweiten Stiefel anzog.
»Warum probierst du nicht noch mal, bei ihr anzurufen?«
»Weil ich dann entweder Lily oder ein Knacken oder ein Besetztzeichen oder gar nichts zu hören bekomme. Und selbst wenn Paige sich meldet, weiß ich noch lange nicht, ob sie mit mir sprechen will. Nein.«
»Warum gehst du dann überhaupt hinüber?«
Ruthanne zog ihren Mantel und die Handschuhe an und wickelte sich den Schal um den Hals.
»Weil ich weiß, daß sie sich ganz allein dort drüben wahrscheinlich zu Tode fürchtet, da es nur noch drei Wochen bis zu ihrem errechneten Termin sind. Und wenn sie wirklich solche Angst hat, dann – wer weiß – bekommt sie vielleicht auch schon Wehen. Außerdem, wenn ich erst mal vor ihrer Tür stehe, kann sie mich auf keinen Fall wieder fortschicken.«
»Du hast einen unglaublichen Sturschädel, Ruthanne. Genau wie dein Vater, ich schwöre es dir.«

Während ihrer letzten schweren Wehe mußte Paige sich übergeben, aber Lily putzte schnell wieder alles weg und wusch ihr Arme, Brust und all die anderen Stellen ab, wohin sich ihr Mageninhalt ergossen hatte. Als sie damit fertig war, holte sie einen Strick aus dem Pappkarton und schlang ihn um Paiges Knöchel.
»Was machst du da?«
»Ich bringe deine Beine in Position.«
»O Gott, du willst sie festbinden?«
»Hab keine Angst, ich werde deine Beine aufstellen, du mußt sie dann nur noch ganz weit spreizen, damit Bübchen da unten leichter herausschlüpfen kann.«

»Aber er ist noch nicht soweit, ich weiß, daß er noch nicht soweit ist.«

»Das ist doch egal. Es tut dir doch nicht weh, wenn du wenigstens bereit bist, oder?«

»Bitte, binde meine Beine nicht fest, Lily. Bitte –«

Doch noch während sie sie anflehte, hatte Lily den Stuhl genommen, den sie an die Wand rückte, und ebenso den Strick, der um das linke Bein geschlungen war. Sie zog an dem Strick, brachte so das Bein in eine – wie es schien – völlig unbewegliche Position und band das Ende des Seiles an der Vorhangstange fest. Von der gegenüberliegenden Wand entfernte sie ein Bild und befestigte an dem nun leeren Bilderhaken den Strick, der um das rechte Bein geschlungen war. Schlagartig verkrampften sich Paiges Beine.

»Ich werde gleich ohnmächtig.«

»Lieber nicht, Paige. Wenn es soweit ist, dann brauche ich deine Hilfe, du mußt pressen. Du kannst dich doch daran erinnern, oder?«

»O Gott, meine Beine...«

»Gib mir eine Antwort, Paige. Weißt du noch, wie man preßt?«

Paige sah das Gesicht näherkommen, sah die grotesken, wie von einem Spiegelkabinett verzerrten Züge. Sie hörte auch die Stimme, die jedoch von weit her zu kommen schien. Sie zwang ihr Gehirn, die Worte aufzunehmen, die diese Stimme sagte, und nickte.

Zufrieden zog sich Lily ans Fußende des Bettes zurück.

»Ich kann seinen Kopf noch nicht sehen... wenn ich ihn sehe, sage ich es dir. In der Zwischenzeit unterhalten wir uns, damit du den Schmerz nicht so spürst.«

Leises Schluchzen.

»Okay, dann rede ich, und du hörst nur zu.«

Keine Antwort.
»Weißt du noch, wie du mir immer gesagt hast, ich soll über mich erzählen und daß du mir zuhören wirst, wenn ich dazu bereit bin? Na, dann rate mal, Paige, jetzt bin ich soweit.«

Ruthanne war schon fast zehn Minuten weg, als Roger in die Küche kam, wo seine Großmutter einen Knopf an sein Hemd nähte. Er kletterte auf die Küchentheke und steckte die Hand in eine Schachtel mit Schokoladenplätzchen.
»Wo ist Mommy, Großmama?«
»Sie macht einen Besuch.«
»Mit Daddy?«
»Ich wünschte, sie wäre mit Daddy unterwegs. Nein, sie ist leider allein weg. Und ich habe den Verdacht, daß dein Daddy nicht sehr froh sein wird über diesen Besuch. Sie hat sich nun mal in den Kopf gesetzt, daß ihre Freundin ihre Hilfe braucht.«
»Welche Freundin?«
»Paige Bennett, eure Nachbarin.«
»Ist sie dorthin gegangen?«
Evelyn nickte, während sie die Nadel durch die Schlinge im Faden schob und einen Knoten machte. Dann nahm sie das Hemd und biß den überstehenden Faden ab.
Roger sprang von der Küchentheke, rannte zur Tür, riß sie auf, legte die Hände wie einen Trichter vor den Mund und schrie:
»Mommy, komm zurück!«
»Du kommst besser selbst wieder ins Haus und machst diese Tür zu, ehe wir noch alle erfrieren!« Evelyn stand auf, zog Roger von der Tür weg und warf sie zu. »Was ist bloß in dich gefahren, junger Mann, der Schnee bläst bis in die Küche herein. Und wenn du mit deinem Geschrei

deine Schwester aufgeweckt hast, dann wirst du mich kennenlernen!«
»Ich muß Mommy unbedingt zurückholen!«
»Es ist zu spät, sie ist schon weg. Hoffentlich ist sie schon drüben.«
»Nein, sag das nicht, ihr wird etwas passieren.«
»Sie ist schon ein großes Mädchen, deine Mutter, und stark ist sie auch. Ihr passiert schon nichts im Schnee.«
»Es ist nicht der Schnee, um den ich mir Sorgen mache, es ist Lily.«
»Von wem redest du überhaupt, von dem hübschen kleinen Mädchen, mit dem du immer spielst?«
»Jetzt nicht mehr. Mommy und Daddy lassen mich nicht mehr mit ihr spielen. Und ich möchte wetten, daß sie fürchterlich wütend auf sie ist, weil sie es mir verboten haben.« Die Tränen schossen ihm in die Augen. »Und wenn sie so wütend ist, Großmama, dann bringt sie Mommy vielleicht um.«
»Roger Beeder, ich sollte dir den Hintern versohlen. So ein nettes kleines Mädchen! Wie kannst du dir nur eine so schreckliche Geschichte ausdenken?«
»Sie hat ihren Vater umgebracht.«
»Wie bitte? Wer hat das gesagt?«
»Sie hat es mir gleich beim ersten Mal erzählt. Sie hat ihn mit einer Sichel in kleine Stücke geschnitten. Und sie hat gesagt, sie würde mit Mommy und Daddy das gleiche tun, wenn ich sie verrate.«

Kapitel 16

Lily hielt die Stoppuhr in der einen Hand, während sie mit der anderen über Paiges Stirn strich.

»Ich habe dir doch gesagt, wie ich bin, Paige, weißt du noch? Aber du hast mir nie geglaubt. Manchmal bist du einfach *so* stur. Was soll ich nur mit dir machen.«

Paige unterdrückte ein Schluchzen. Wieder begann eine Wehe, und Lily unterbrach ihren Monolog fürs erste, um die Zeit zu stoppen, Paige beruhigende Worte zuzuflüstern, sie zu streicheln und sie in ihrer Atmung anzuweisen. In der Stellung, in der sie sich befand, hatte Paige keine andere Wahl, als zu kooperieren.

»Braves Mädchen, Paige. Pah, die letzte hat schon fast zwei Minuten gedauert«, sagte Lily, als der Schmerz wieder abebbte. »Weißt du, manchmal hat Daddy mir erlaubt, Mommy ganz allein zu bestrafen, und da habe ich dann gewußt, daß er mir vertraut. Es ist eine große Verantwortung, der Boß zu sein, besonders bei Leuten, die man mag. Man will ihnen ja nicht weh tun, sondern muß ihnen etwas beibringen.

Daddy hat Mommy geliebt, das hat er *wirklich*. Das sah man, wenn sie Schmerzen hatte und er mit ihr litt. Und sie liebte ihn auch sehr – je mehr Vorschriften er ihr machte, desto mehr liebte sie ihn. Seltsam, hmm? Nun, die Leute sind seltsam. Sogar Kinder.« Mit den Fingerspitzen fuhr sie in kreisenden Bewegungen über Paiges Beine.

»Oh, weißt du noch, dieses Mädchen, Sandy, das aus der Schule, dem ich den Zopf abgeschnitten habe? Nun, nach einer Weile hat sie mich direkt gemocht, und weißt du,

warum? Weil sie sich mit ihrem dummen roten Zopf immer so stark gefühlt hat. Aber als ich ihn ihr abgeschnitten hatte, war das nicht mehr so. Und da hat sie dann eine Freundin gebraucht, die auf sie aufpaßt.
Und dann bei dem Barbecue, diese blöden, pickelgesichtigen Jungen, die mich so beschimpft haben? Ich möchte wetten, die werden nie das Geräusch vergessen, als ich diesem Huhn den Hals umdrehte. Wenn sie nicht so schnell davongerannt wären, hätte ich als nächstes vielleicht *ihren* Hals umgedreht.«
Paige holte tief Luft.
Lily nickte. »Und dann dieser alte Egan... ich habe ihm und Hillary den größten Gefallen von allen getan. Immer wenn er versucht hat zu lächeln, hat er gesabbert, und dann hat er gefurzt und sich in die Hosen geschissen und gepinkelt, und die arme alte Hillary, die nur davon träumte, irgendwelche Irren zu behandeln, hatte das Nachsehen. Jeden Tag mußte sie ihn saubermachen und seine stinkenden Hosen wechseln. Was war das schon für ein Leben für eine kluge Frau wie sie? Wer hätte schon so leben wollen?«
Paige schluckte hart. Wer war dieses Ungeheuer, das da sprach? War es jemand, den sie kannte? Lily hielt Jasons Stoppuhr in der einen Hand und streichelte jetzt mit der anderen Paiges Rücken, ihre Stirn, ihren Bauch; wenn der Schmerz gar zu schrecklich wurde, drückte sie ihr sogar aufmunternd die Hand.
Okay, die Schmerzen reichten ihr jetzt, durfte sie jetzt bitte sterben? Nein, nein, da war dieser kleine Junge, der geboren werden wollte, und sie mußte darauf aufpassen, daß dieses streichelnde Ungeheuer ihn nicht in die Finger bekam. Sie konnte jetzt nicht einfach sterben, jetzt noch nicht.

O Gott, Jason, was hast du nur getan? Was habe ich getan?

Jason war nur fünfzehn Meilen weitergekommen, als der Wagen sich zweimal um die eigene Achse drehte und rückwärts in eine Schneewehe schlitterte. Jason stieg aus und versuchte, ihn wieder herauszuschieben; auf Knien rutschend, befreite er mit bloßen Händen die Reifen vom Schnee. Schließlich holte er aus dem Kofferraum ein halbes Dutzend New York Law Journals, riß sie entzwei, schob die einzelnen Seiten unter die Hinterreifen, setzte sich wieder hinter das Steuer...

Und betete.

Langsam, ganz langsam... Zündung, ein bißchen Gas. Die hinteren Reifen griffen, und der Volvo setzte sich in Bewegung.

Für eine Strecke, die sie normalerweise in sieben, höchstens acht Minuten zurückgelegt hätte, hatte sie jetzt schon fast fünfundzwanzig Minuten gebraucht; Ruthannes Füße waren trotz der pelzgefütterten Stiefel schon fast taub, und ihr Gesicht war rot und juckte vor Kälte, aber sie hatte noch knappe dreihundert Meter bis zum Haus der Bennetts. Sie blieb stehen, holte tief Luft und hielt sich dabei ihre behandschuhten Hände vor den Mund, um den stürmischen Wind abzuwehren.

Paiges Wagen stand in der Auffahrt; das war auch nicht weiter verwunderlich, wo hätte sie schon hinfahren sollen? Ruthanne betrachtete das Haus – etwas Merkwürdiges war damit. Obwohl es erst sieben Uhr war, die Zeit, um die Paige normalerweise das Abendessen auf den Tisch stellte, war das Haus dunkel.

Bis auf die hellerleuchteten Fenster im Elternschlafzimmer.

Paige hatte gerade aufgehört, sich auf eine Wehe zu konzentrieren, als sie das Geräusch hörte. Lily hörte es ebenfalls.
Eine Tür ging. Waren das Schritte? Endlich: »Paige, ich bin's, Ruthanne.«
»Ruth –« war alles, was sie hervorbrachte, ehe sich die Hand über ihren Mund legte. Dann wurde ihr ein Frottiertuch in den Mund gestopft. Lily nahm das Messer, ging zur Tür und stellte sich hinter sie.
»Bist du dort oben, Paige?«
Die Schritte kamen näher. *Geh weg, Ruthanne, bitte geh weg!*
»Ich habe mich unter Mühen durch diesen Schneesturm gekämpft, also wirst du mich jetzt nicht wieder wegschikken –« Als sie an der Tür auftauchte, schlug sie die Hände vor den Mund. »Oh, Herr im Himmel!«
Ihr Verstand war unfähig, so schnell zu begreifen und auf den schrecklichen Anblick zu reagieren, der sich ihr bot, und so sah sie nicht, wie Lily sich mit dem Messer auf sie stürzte. Auf Ruthannes Gesicht spiegelte sich der Schock wider, und sie schlug mit den Armen nach Lily, aber diese stieß schnell das Messer in Ruthannes Seite und trat sofort wieder zurück. Ruthanne fiel zu Boden, und eine Blutlache breitete sich unter ihr aus.
Lieber Gott, ich heiße Paige, bitte laß mich auch sterben. Und das Baby, das laß mich bitte auch mitnehmen …
Aber nein, so einfach ging das nicht – plötzlich verkrampfte sich ihr ganzer Körper. Wie eine Ampel, die am Tunneleingang aufleuchtet und dem Verkehr grünes Licht zur Durchfahrt gibt, so gab ihr Körper diesem Kind zu verstehen, was es zu tun hatte. Und obwohl Paige noch nie zuvor ein Kind geboren hatte, wußte sie sofort, daß es jetzt soweit war.

Lily zog Paige gerade noch rechtzeitig das Handtuch aus dem Mund, um zu hören, wie sie schrie: »Das Baby!«
»Ich bin hier, Paige, hab keine Angst.«
Lily rannte zum Fußende des Bettes, und ihre Augen leuchteten auf.
»Ja, Paige, der Kopf von Bübchen, ich kann ihn sehen!«

Zwanzig Meilen lang war alles gutgegangen... aber er hatte immer noch weitere vierzig zurückzulegen, als der Wagen vor ihm seitwärts ausbrach, eine zwei Meter tiefe Böschung hinunterrutschte, in einer Schneewehe landete und der Volvo ihm folgte.
Jason stieg aus und schaute sich die Bescherung an; es schneite immer noch so stark wie vorher, aber dieses Mal war wirklich nichts mehr zu machen. Er holte die Taschenlampe aus dem Handschuhfach, knallte die Wagentür zu, klappte den Mantelkragen hoch, um den Wind abzuhalten, und fing zu laufen an. Mehrere Wagen kamen hinter ihm her; er versuchte sie anzuhalten, aber sie fuhren vorbei. Auch gut, wenn er schon auf einen fremden Wagen angewiesen war, dann würde er sich auch den richtigen aussuchen.
Als der Schneepflug kam, stellte er sich mitten auf den Highway und schwenkte die Arme. Der Lastwagen hielt an, und der Fahrer kurbelte sein Fenster hinunter.
»Hey Sie, Kumpel, das ist der beste Weg, um über den Haufen gefahren zu werden.«
Jason stellte sich ans Wagenfenster. »Sie müssen mich mitnehmen.«
»Tut mir leid, das ist kein Taxiunternehmen.«
»Meine Frau ist schwanger, sie liegt in den Wehen.«
Der Mann zuckte nur mit den Achseln. »Mein Mitgefühl ist Ihnen sicher, aber wie Sie sehen, habe ich zu tun.«

Jason holte seine Brieftasche heraus und zählte zweihundert Dollar ab.
»Wo soll's denn hingehen?«
»Nach Briarwood.«
Der Mann schüttelte den Kopf. »Wenn man mich außerhalb von meinem Bezirk erwischt, bin ich meine Lizenz los.«
»Wieviel verdienen Sie?«
»Bei einem Sturm wie diesem leicht acht-, neunhundert Dollar.«
»Wie viele pro Winter gibt's?«
»In der Größenordnung vielleicht drei, vier.«
Jason zog sein Scheckbuch und einen Kugelschreiber heraus. »Wie heißen Sie?«
»Syd Crueger, wieso?«
Jason füllte den Scheck aus, nur die Unterschrift ließ er noch weg. Dann klappte er das Heft auf und zeigte es dem Fahrer.
»Fünftausend Dollar, nicht übel für zwei Stunden Arbeit, hmm? In drei Stunden sind Sie schon wieder hier und beackern die Straße, um fünftausend Dollar reicher, und keiner hat was gemerkt.«
Der Mann starrte auf den Scheck. »Woher soll ich wissen, daß der gedeckt ist?«
Jason holte wieder seine Brieftasche heraus und präsentierte seine Kreditkarten in den jeweiligen Fächern.
»Sie können nicht viel falsch machen bei mir. Hey, warten Sie, schauen Sie sich das mal an.« Er zeigte ihm seinen Mitgliedsausweis der New Yorker Anwaltskammer. »Ich bin Anwalt im Staat New York. Wenn mein Scheck platzt, können Sie mich bei der Kammer anzeigen. Die sind schlimmer als der CIA, wenn es jemand schafft, einen kleinzukriegen, dann die.«

»Wie war das noch mal – Briarwood?«
»Skidder Bay Road 44, zwei Meilen ab von der Route 9.«
Der Mann holte tief Luft. »Okay, Kumpel, hüpfen Sie rein. Ich muß verrückt sein, aber Sie auch.«

Gegen acht Uhr an diesem Abend brachte Paige einen Jungen zur Welt – laut Lily acht Pfund, sechsundfünfzig Gramm schwer und fünfundvierzig Zentimeter lang –, der dunkelblaue Augen, jede Menge glatter, brauner Haare und ein rotes Gesicht hatte. Ruhig und präzise schnitt Lily die Nabelschnur durch, band sie ab und drückte sogar noch fest auf Paiges Bauch, damit sie die Nachgeburt leichter ausstoßen konnte. Anschließend brachte sie das Neugeborene sofort ins Badezimmer; als sie wieder herauskam, hatte sie das Baby nicht mehr bei sich.
»Wo ist er?« fragte Paige, halb verrückt vor Angst, ihre Antwort zu hören.
»Keine Angst, Paige, Bübchen geht es gut. Ich passe schon gut auf ihn auf.«
»Ich möchte ihn im Arm halten, bitte bring ihn mir.«
»Selbstverständlich. Aber erst müssen wir dich saubermachen.«
»Ruthanne«, sagte Paige gepreßt. »Willst du ihr nicht helfen, Lily?«
Lily ging zu Ruthanne, kniete sich neben sie, legte ihr Ohr auf ihre Brust, stand wieder auf und kam zurück.
»Sie ist nicht tot.«
»Dann können wir ihr doch helfen.«
Lily schüttelte den Kopf. »Sie verdient, was sie bekommen hat, und wenn sie mit uns reden könnte, würde sie das auch zugeben. Was haben sie sich denn eingebildet,

sie und ihr lausiger Mann Charlie, als sie Roger nicht mehr mit mir spielen ließen?«
»Das war ein Mißverständnis, Lily. Sie haben gedacht, du seist verantwortlich dafür, daß Roger dieses Kissen auf Carolyns Gesicht –«
»Ich weiß ja, daß du dumm bist, Paige, aber selbst du kannst nicht ganz so dämlich sein. Inzwischen weißt du doch, daß ich es war, die Roger das gesagt hat. Aber er sollte das Baby ja nicht umbringen, ihr nur ein bißchen die Luft wegnehmen, damit sie ganz schnell begreift, wem sie diese Luft zum Atmen zu verdanken hat.«
Die Vorstellung war so schrecklich, daß Paige aufstöhnte. Würde sie das auch mit Joshua machen? Aber natürlich würde sie das tun. Lily lächelte – eines jener seltenen Lächeln – und machte sich dann daran, Paiges Beine loszubinden, sie zu waschen, die Bettwäsche zu wechseln – wobei sie die schmutzige auf den Boden warf –, Paige in einen sauberen Pyjama zu helfen und dann endlich einen ihrer Arme loszubinden.
»Was ist mit dem anderen Arm?«
»Willst du dich nicht bei mir bedanken für alles, was ich für dich getan habe? Daß ich dich gewaschen, saubergemacht und mich um Bübchen gekümmert habe?«
»Ja, natürlich... vielen Dank«, sagte sie, und angesichts der großen Erleichterung, die sie verspürte, wieder bequemer zu liegen und relativ schmerzfrei zu sein, glaubte sie fast, was sie sagte. Aber dann dachte sie an Ruthanne auf dem Fußboden, an Joshua – der hoffentlich in seiner Wiege im Kinderzimmer lag – und erschauderte. »Was ist mit meinem anderen Arm?«
»Nein, Paige, du bist mir viel zu aufmüpfig, als daß ich dich freilassen könnte. Eines Tages vielleicht, kommt ganz darauf an, wie schnell du lernst. Aber das kann noch

eine Weile dauern. Mein Daddy hat mich immer aufmüpfig genannt, wenn ich wieder mal nicht folgen wollte.«
»Was hat er damit gemeint?«
»Jemand, der aufmüpfig ist, will selber Boß sein, aber es ist doch logisch, daß es in einer Familie nur einen geben kann, der das ist. Daddy war der Boß in unserer Familie, jedenfalls war er das sehr lange Zeit. Und das war auch gut so, weil er mir alles beigebracht hat, was ich weiß.«
»Und dann?«
Sie fing zu kichern an – das erste Mal, daß Paige sie so lachen hörte. Schließlich holte sie tief Luft: »Und dann wollte ich der Boß sein. Also mußte ich ihn töten.«
Endlich, nach einem minutenlangen Schweigen, fand Paige ihre Stimme wieder.
»Dann hat es also nie einen Streit zwischen Anna und deinem Vater gegeben?«
Sie schüttelte den Kopf.
»Lily, glaubst du, daß ich Boß sein will?«
»Eigentlich nicht. Du möchtest nur manchmal so tun, als ob, und mit meiner Hilfe ist dir das auch ganz ausgezeichnet gelungen. Aber der wirkliche Boß in dieser Familie ist Jason, und deswegen muß er auch sterben.«
»Lily, nein! Du darfst Jason nichts antun!«
Ohne auf ihr Protestgeschrei zu achten, ging Lily aus dem Zimmer, kam aber gleich wieder zurück, das Baby im Arm, das in feuchte Tücher gewickelt war. Sie legte den Jungen in Paiges freien Arm. »Willst du ihn jetzt sehen?«
Paige hielt den Atem an, und Tränen strömten über ihre Wangen; sie legte das Kind neben sich, wischte die Tränen mit dem Ärmel fort und fuhr mit den Fingern die feinen Züge des kleinen Gesichtes nach: Nase, Kinn, Lippen, Kieferknochen. Wie Jason, ganz wie Jason.
Als sie aufblickte, sah sie, wie Lily ihre Stiefel anzog.

»Wo gehst du hin?«
»Ich bringe Bübchen heim.«
»Wohin, was soll das heißen?«
Schweigen.
»Da draußen tobt ein Sturm. Er ist doch noch viel zu klein, um hinauszugehen.«
»Hast du den Schlitten schon ganz vergessen, den ich für ihn gebaut habe?«
»Aber du kannst doch nicht, wo willst du hin –« Sie hielt inne und biß sich auf die Lippen. Schließlich sagte sie: »Kann ich mitkommen, Lily, wenn ich dir verspreche, daß ich nur das tue, was du sagst?«
»Ich weiß nicht, ob du schon kräftig genug bist. Ich wollte eigentlich noch warten und dich später nachholen.«
»Oh, nein, mir geht es gut. Ich will gleich mit dir kommen.«
Lily stand lange da, überlegte und seufzte schließlich. Sie nahm Paige das Kind aus dem Arm, legte es neben sich auf den Boden, sammelte Paiges Stiefel dort ein, wo sie sie vorher hatte fallen lassen, und half ihr hinein. Dann band sie ihre Hand los, und in diesem Augenblick holte Paige aus und schlug Lily voll ins Gesicht.
Den Schmerz ignorierend, hob Lily das Messer, sprang auf Paige zu und stieß es ihr durch den Ärmel des Pyjamas in den Arm. Paige schrie auf, und als das Blut hervorspritzte und ihr plötzlich schwindlig wurde, fiel sie rückwärts wieder auf das Bett zurück. Lily riß die Taschenlampe vom Nachttisch und ließ den Griff mehrere Male auf Paiges Kopf niedersausen. Dann verband sie ihren Arm und zog ihr den Mantel darüber.
Zum Schluß band Lily Paiges Hände an den Handgelenken zusammen.
Nachdem sie sich selbst dick eingepackt hatte, steckte Lily

das Baby in einen hellroten Schneeanzug ohne Beine, den sie im Kinderzimmer gefunden hatte.

»Okay, gehen wir«, sagte sie.

Paige setzte sich auf; sie spürte den Schmerz hinter ihren Lidern pochen, spürte ihre geschwollenen Lippen...

»Wo ist der Schlitten?«

»Wann wirst du endlich lernen, mir keine Fragen zu stellen? Der steht schon fertig gepackt draußen und wartet, wie eine goldene Kutsche.«

Und so war es auch: Da stand er, der gelbe Schlitten mit den vier Kufen, den sie aus einem großen Stück Sperrholz gebaut hatte, mit hölzernen Rücken- und Seitenteilen, die ungefähr dreißig Zentimeter hoch waren. Vier Pfosten dienten als Halterung für eine Plane, die hinten, seitlich und oben den Wind abhielt. Das Innere des Schlittens war durch ein Brett zweigeteilt; die größere Seite, mit Steppdecken ausgepolstert, war gerade groß genug für Paige und das Baby, die kleinere enthielt Vorräte. Obwohl allerhand Dinge dort untergebracht waren, gab es doch einen Gegenstand, der besonders hervorstach: Jasons Axt.

Es waren schon fast zwei Stunden vergangen, seit Ruthanne weg war, und eigentlich war Evelyn darauf eingestellt, daß sie bei Paige bleiben und dort warten würde, bis Charlie kam und sie mit dem Jeep abholte. Aber dann hatte Roger sie mit seiner Aufregung und mit diesem verrückten Gerede über das kleine Mädchen so nervös gemacht, daß Evelyn sich nur noch wünschte, Charlie möge endlich heimkommen und sich um seine eigene Familie kümmern.

Als sie nun endlich den Jeep vorfahren hörte, lief sie ihm schon an die Tür entgegen und ließ ihm gar keine Gelegenheit mehr, erst mal zu Atem zu kommen.

»Was soll dieses Gerede über dieses Mädchen, diese Lily?« fragte sie.

»Hast du vielleicht etwas dagegen, wenn ich erst mal ins Haus komme und meinen Mantel ausziehe?«

»Ja, ich habe etwas dagegen, es wird allmählich höchste Zeit, daß du heimkommst.«

»Was ist denn hier los?«

»Deine Frau ist das Problem. Ruthanne ist nämlich losgezogen, um eure Nachbarin zu besuchen, diese Paige.«

»Ist sie zu Fuß unterwegs?«

»Weißt du vielleicht irgendeinen Wagen hier, den sie hätte benutzen können?«

»Warum hast du sie gehen lassen?«

»Warum ich sie habe gehen lassen? Ich bin nur ihre Mutter, und auf mich hört sie ja nicht. Wenn du dich noch an die High-School erinnern kannst – schon damals hat sie nicht auf mich gehört. Also, was soll diese verrückte Geschichte mit diesem Mädchen Lily, mit der mir mein Enkel seit Stunden in den Ohren liegt?«

»Was hat er denn gesagt?«

»Nur, daß du und Ruthanne den Kindern verboten habt, weiterhin miteinander zu spielen. Und daß Lily sehr wütend ist, so wütend, daß sie Ruthanne etwas antun könnte.«

»Kinder neigen nun mal zu Übertreibungen.«

»Das mag schon sein, aber laut Roger ist das Mädchen fähig dazu.«

»Liegt Ihre Frau wirklich in den Wehen?«

»Ich weiß es nicht, ich weiß nur, daß sie heute im Laufe des Tages schon Rückenschmerzen hatte. Aber am meisten mache ich mir Sorgen, daß sie vielleicht in Gefahr ist.«

»Wer bedroht sie denn?«
»Würden Sie mir glauben, wenn ich sage, ein elfjähriges Mädchen?«
Der Mann zuckte nur mit den Achseln.
»Sie halten mich wohl für verrückt, wie?«
»Hey, Mister, ich weiß doch schon länger, daß Sie verrückt sind. Sie haben mir schließlich fünftausend Dollar für eine zweistündige Rundfahrt bezahlt. Aber das ist Ihre Fahrt und Ihre Zeit, also können Sie auch sagen, was Ihnen in den Kopf kommt. Und ich, ich werde einfach dahinbrausen, brav meinen Mund halten und immer mit dem Kopf nicken.«
Jason schaute auf die Uhr... bei dieser Geschwindigkeit würden sie noch zwanzig Minuten brauchen, schätzte er.

Es war ziemlich schwierig, mit gefesselten Händen in den Iglu zu kriechen, aber Lily half Paige hinein und auf die Plane. Das Baby lag bereits in einem improvisierten Bettchen an einer Seitenwand des über einen Meter hohen Rundbaus, der einen Durchmesser von mehr als zwei Metern hatte. Paige schaute sich um, erstaunt, hier Windeln, Kerzen, Decken und noch viele andere Vorräte zu sehen. In einer Schachtel lagen zwei Armreifen, eine rosa Plastikgeldbörse, ein schwarzer Stretchgürtel – die aus der Schule gestohlenen Gegenstände. Im Eimer daneben ein totes Eichhörnchen und zwei tote Ratten. Plötzlich fing Paige so heftig zu zittern an, daß sie gar nicht mehr aufhören konnte.
»Was ist los, Paige?«
Erstickte Geräusche kamen irgendwo tief aus ihrem Innern...
Lily knöpfte den Mantel für sie auf, legte sie auf ein Kissen und breitete eine Steppdecke über sie. Dann setzte sie sich

daneben und streichelte ihren Nacken. »Es ist alles gut, Paige, hab keine Angst.«

»Bitte, Lily, laß mich das Baby füttern.«

Lily knöpfte Paige das Pyjamaoberteil auf, hob das Baby aus dem Bettchen und legte es Paige an die Brust.

»Meine Hände, willst du meine Hände nicht losbinden?«

»Nein.«

Ein Ungeheuer, eine Mörderin hatte ihr Baby in den Klauen... O Gott, es tat so weh, daß sie spürte, wie sich die Tränen hinter ihren verquollenen Augen sammelten, aber nicht wagten zu fließen. Und so müde war sie. Aber konnte sie es wagen, Joshua allein zu lassen? Ich brauche dich jetzt, Jason, Joshua braucht dich... Und Ruthanne, lag sie immer noch dort und verblutete?

Charlie war fünf Minuten später im Haus, wo er zunächst die Zimmer im Erdgeschoß durchsuchte und laut Ruthannes und Paiges Namen rief. Schließlich ging er nach oben ins Elternschlafzimmer, wo er Ruthanne hinter der Tür auf dem Fußboden fand. Überall auf dem Boden, auf dem Bett war Blut... *Oh, Herr im Himmel, was ist hier passiert?* Er bückte sich, drückte das Ohr auf Ruthannes Brust, und, Gott sei Dank, es schlug noch, ihr Herz...

Er lief ans Telefon, rief das Amt an – besetzt. Auch der Notruf 911 war besetzt. Gereizt warf er den Hörer auf die Gabel, bückte sich, hob Ruthanne auf und trug sie nach unten. Gerade als er sie auf die Rückbank des Jeeps legen wollte, fuhr der Schneepflug vor.

Jason kam angerannt und sah, daß es Ruthanne war. »Was ist passiert?«

»Ich weiß es nicht, ich habe sie so auf dem Fußboden gefunden. Man hat sie niedergestochen.« Er sprang auf den Fahrersitz.

»Und Paige, wo ist Paige?«
Charlie schüttelte nur den Kopf, als er den Wagen startete.
»Ich habe sie nicht gesehen. Ich weiß nur, daß dort drinnen eine Menge Blut ist... Ich schicke euch so schnell wie möglich Hilfe.«
Charlie fuhr davon, und Syd, der inzwischen hinter Jason getreten war, legte ihm die Hand auf die Schulter.
»Hey, hören Sie, für das viele Geld, das Sie mir zahlen, ist auch noch mehr Zeit drin.«

Dem blutbesudelten Zustand des Elternschlafzimmers und des Kinderzimmers nach zu schließen, war Jason klar, daß sein Sohn geboren worden war. In dem Augenblick verlor er die Fassung, aber zum Glück war Syd da, der ihn bei den Schultern packte, ihn schüttelte und ihn gegen die Wand schleuderte, damit er wieder zu sich kam.
»Hey, Kumpel, ganz locker, so werden Sie keinem von beiden helfen. Mal der Reihe nach: Also, das Baby ist da, was heißt das für die Kleine?«
Jason starrte ihn an, schluckte und meinte dann: »Ihr gefiel die Vorstellung, ein Baby zu haben, sie hat ihn sogar Bübchen genannt. Sie mochte auch Paige, sie liebte sie richtig, ich war derjenige, den sie nicht ausstehen konnte.«
»Okay, das bringt uns schon einen Schritt weiter. Dann ist ihre Absicht also, sie von Ihnen wegzubringen. Die Frage ist jetzt, wo würde sie sich verstecken?«
Jason und Syd durchsuchten den Keller, die unteren Räume und schließlich noch den Dachboden.
»O Jesus«, sagte Jason.
»Was ist?«

»Ich hatte hier oben eine Axt liegen. Sie ist weg.«
Schweigen, dann: »Denken Sie nach, es muß doch noch einen anderen Ort geben, an den sich das Kind flüchten würde«, drängte Syd.
Es dauerte nur einen Sekundenbruchteil, aber dann fiel es ihm ein.
»Sie haben recht, den gibt es. Eine Art Festung, eigentlich mehr ein Iglu, den ich vor Wochen für sie gebaut habe. Unten am Fluß.« Er schaute sich auf dem Speicher suchend nach Werkzeug um. »Das ist eine ziemlich stabile Angelegenheit, mit Wellpappe als Verstärkung, die mindestens einmal vereist worden ist, soweit ich weiß.«
Er entschied sich für eine schmutzige Schaufel und einen Spaten, der wie ein Eispickel aussah...
»Wie wäre es mit einem Lötkolben?« fragte Crueger.
Jason drehte sich zu ihm um. »Haben Sie vielleicht einen?«
»Ja, mit Propangas. Wenn die Mechanik im Schneepflug einfriert, dann nehme ich ihn immer her, um sie damit wieder aufzutauen.«

Es war überraschend warm, oder hatte sie vielleicht Fieber? Paige schlief ein wenig, und als sie aufwachte, bemerkte sie, daß Lily ihr in der Zwischenzeit die Hände losgebunden und den Mantel ausgezogen hatte; anschließend hatte sie erneut ein Seil um ihr Handgelenk geschlungen und es an einem im Boden festgefrorenen Pflock festgebunden, der aussah wie ein Fleischspieß. Ihr Pyjamaoberteil war zugeknöpft... oh, nein, das Baby!
»Bübchen ist hier«, sagte Lily.
Paige schaute hoch – Lily wiegte ihn in ihren Armen. »Ich sollte ihn jetzt wieder füttern, Lily.«
»Jetzt noch nicht. Du hast eine Weile geschlafen und so

verschwitzt ausgesehen, daß ich dir den Mantel ausgezogen habe.«
Sie hatte wieder zu zittern angefangen. »Mir war auch heiß, aber jetzt wird mir wieder kalt.«
Lily legte das Baby in seine improvisierte Wiege, nahm eine zweite Wolldecke vom Stapel und breitete sie über Paige, was aber nicht gegen das Zittern half.
»Du brauchst etwas zu essen, um neue Kraft zu tanken«, sagte Lily.
»Das ist eine gute Idee. Vielleicht könntest du zum Haus zurück und ein paar Sachen holen...«
Lily steckte die Hand in den Eimer und zog eine Ratte heraus.
Paige wich angeekelt zurück, den Geschmack von fauligem Speichel auf der Zunge.
»Was fürchtest du dich denn davor, Paige, sie ist doch tot.« Sie legte das Nagetier auf ein Brett, schnitt den Kopf ab, warf ihn zur Seite und fing an, das Tier in dünne Scheiben zu schneiden.
»Ich werde das nicht essen, Lily. Ich kann nicht, ich will nicht!«
Lily schnitt ein Stück blasses Fleisch ab, spießte es auf eine Gabel und hielt es an Paiges Lippen.
»Nur ein kleines bißchen«, sagte sie.
Plötzlich war da ein Geräusch... Erst blickte Lily, dann Paige zu der niedrigen Öffnung in der Seitenwand des Iglus. Nur der obere Teil von Jasons Kopf...
Lily griff nach der Axt.
»Nein! Paß auf, Jason!« schrie Paige.
Jason zog den Kopf gerade noch rechtzeitig zurück, als die Axt auf den Schnee herniedersauste.

Sie waren mit dem Schneepflug hinuntergefahren und hatten bei dem mittlerweile einen halben Meter hoch liegenden Schnee einen weiten Umweg machen müssen, um zwischen den Bäumen durchzukommen, aber der Anblick des Iglus, der im Licht der Scheinwerfer auftauchte, war Entschädigung genug. Jason nahm Syd beiseite.
»Ich komme auf keinen Fall dort hinein, ohne daß sie mir vorher den Kopf abschlägt. Wenn Sie sich die Nordwand des Iglus vornehmen und sie mit Ihrem Lötkolben bearbeiten, dann könnten wir dort durchbrechen.«
»Wieso ausgerechnet diese Wand?«
»So wie ich den Iglu gebaut habe, wird die Wand wahrscheinlich genau dort einstürzen, wo das Kind sitzt.«
»Haben Sie sie gesehen?«
»Ich bin nicht weit genug gekommen, um jemanden zu sehen. Aber ich stelle mir vor, wenn der eine da sitzt, kann der andere nicht ebenfalls dort sein ... Paiges Stimme kam von der südlichen Seite, also möchte ich wetten, daß das Kind ihr genau gegenübersitzt.«
»Was passiert, wenn sie den Lötkolben hört?«
»Das glaube ich nicht, nicht bei dem starken Wind. Außerdem werde ich mit ihr reden und sie, so gut es geht, ablenken.«
»Aber stecken Sie Ihren Kopf ja nicht zu weit hinein.«

Lily stand über ihr, die Axt immer noch in der Hand.
»Du hättest ihn nicht warnen sollen, Paige!«
»Ich weiß, du hast recht, und es tut mir auch leid. Die Worte sind einfach so aus mir herausgesprudelt, ohne daß ich es überhaupt wußte.«
»Ich will dich nicht knebeln müssen, aber wenn du mir die Sache schwer machst –«
»Das werde ich nicht, ehrlich, keine Angst. Ich habe nur

gerade überlegt, ob wir ihn wirklich töten müssen. Warum sagen wir ihm nicht einfach, daß er wieder weggehen soll und daß das Baby und ich hier bei dir bleiben wollen?«
»Hältst du mich wirklich für so dumm?«
»Genau, Paige«, ertönte Jasons Stimme von außerhalb der Öffnung, »hältst du sie wirklich für dumm genug, daß sie dir diese Geschichte abkauft? Himmel, sie weiß genau, daß ich hier nicht weggehe, wenigstens nicht ohne meinen Sohn. Du, nun, mit dir ist das was anderes. Es gibt noch andere Frauen. Lily weiß, wovon ich rede, richtig, Lily?«
Ein paar Minuten herrschte Schweigen. »Na ja, so oder so, ich werde Bübchen nicht hergeben.«
»Das habe ich auch gar nicht erwartet. Weißt du, diese Konstellation hier ist eigentlich ziemlich interessant.«
»Wie meinst du das?«
»Ich meine diesen Iglu hier. Ich weiß zwar, daß es meine Idee war, ihn zu bauen, aber du warst es, die mir diese Idee erst in den Kopf gesetzt hat.«
»Wieso?«
»Na, schau dich doch um. Natürlich ist der Iglu aus Eis und so, aber wenn du mich fragst, dann ist er eine ziemlich genaue Kopie der Strafbox.«
Schweigen.
Jason schaute zu Syd hinüber. Syd streckte den Daumen in die Höhe.
»Lily, bist du noch da?« fragte Jason.
»Ja.«
»Ich meine, es ist ein Ort, an dem man ganz leicht jemanden bestrafen kann, jedenfalls im Winter. Ich verstehe nur nicht, was du und das Baby dort drin zu suchen habt. Ich meine, Paige ist eine Sache, sie macht täglich mindestens

ein halbes Dutzend Dinge, die eine Bestrafung verdienen. Und vielleicht war ich in der Beziehung wirklich etwas lasch. Aber ich schätze, du bist ohnehin ein besserer Boß als ich. Oder täusche ich mich?«

Wieder herrschte langes Schweigen, dann: »Nein, tust du nicht.«

»Na, wie wär's dann, wenn wir uns auf einen Handel einigen?«

»Was für einen Handel?«

Syd winkte, bis er Jasons Aufmerksamkeit auf sich gezogen hatte, deutete dann auf den Iglu und nickte heftig.

»Ich weiß nicht«, sagte Jason und zog sich langsam etwas zurück. »Was schlägst du vor?«

»Du solltest Anna klarmachen, daß sie ihren Mund halten soll, sonst komme ich und stopfe ihn ihr.«

»Das kann ich nicht.«

»Warum nicht?«

»Sie ist tot, sie hat sich heute nachmittag erhängt.«

Jason und Syd waren nun zurückgetreten und zum Angriff bereit – die Scheinwerfer des Schneepflugs waren auf den Iglu gerichtet. Jason nahm Anlauf, und gemeinsam stürmten sie vorwärts und warfen ihr ganzes Gewicht gegen die Nordwand.

Paige beobachtete Lily: Ihr Mund öffnete sich, schloß sich, öffnete sich wieder – ihre Mutter hatte sich umgebracht, und *sie* reagierte tatsächlich darauf. Und dann kam eine Wand aus Schnee und Eis auf sie nieder; sie prasselte und regnete auf sie herab wie ein Haufen nasser Sand ... zuerst auf Lilys Schoß, dann auf ihre Brust und Schultern, bis sie sie völlig unter sich begrub ... Paige wollte mit dem freien Arm das Baby zu sich holen, wurde aber nach hinten gerissen, als die Lawine sie ergriff.

Der hellrote Schneeanzug, der Junge! Jason hatte in dem Augenblick, in dem sie durch die Wand brachen, noch kurz gesehen, wo er und Paige lagen. Mit einem Satz sprang er zu seinem Kind, tauchte in den Schnee und kam mit ihm wieder hoch. Er reichte ihn schnell an Syd weiter, damit er ihn in den warmen Lastwagen brachte, und übernahm es an Syds Stelle, nach Paige zu graben. Wie ein Rasender schaufelte er mit bloßen Händen und Armen. Schließlich fand er sie und säuberte zuerst einmal Mund, Nase und den Rest des Gesichtes von Schnee, damit sie wieder Luft bekam, ehe er ihre Schultern und Arme abklopfte und versuchte, sie hochzuheben...

»Meine Hand«, sagte sie.

Mit bebenden Fingern nahm er ein Messer, schnitt den Strick an ihrem Handgelenk durch und hob sie schließlich aus dem tiefen Schnee. Sie schlang ihre Arme um ihn, weinte und zitterte, und ihre Tränen vermischten sich mit den seinen, als sie sich wieder von ihm losriß.

»Lily«, flüsterte sie.

Jason stand da und starrte mit feuchten Augen auf den großen Hügel aus Schnee und Eis.

»Bitte, Jason, sie bekommt keine Luft, sie wird sterben.«

Eine, zwei, drei, vier, fünf, sechs, sieben, acht Sekunden vergingen, der Wind heulte... Schließlich bückte Jason sich, bahnte sich einen Weg durch den Schnee, ging auf die Knie und hob Lily heraus.

Epilog

Es war August, Jason hatte sich ein langes Wochenende freigenommen, und es war das erste Mal, daß Paige und Jason wieder nach Briarwood zurückgekehrt waren, seit sie das Haus nach dem Schneesturm verlassen hatten. Sie hatten an diesem Abend die Beeders auf Käse und Wein zu sich eingeladen; denn obwohl sie Ruthanne seit ihrem zweiwöchigen Aufenthalt im Krankenhaus nicht mehr gesehen hatten, waren sie doch in ständiger Verbindung geblieben. Zuerst war der Zustand von Ruthannes Lunge lange unklar gewesen, aber bis auf eine gelegentliche Kurzatmigkeit heilte die Verletzung nun gut aus.

Alle Verletzungen heilten – zumindest bis zu einem gewissen Grad. Ganz würden sie nie verheilen, wie Paige vermutete. Obwohl die flüchtige Beziehung zwischen Brooke und Jason bereits zu Ende war, ehe Paige überhaupt davon erfahren hatte, hatte ihr Vertrauen in ihn doch großen Schaden genommen, und es würde viel Zeit und Mühe kosten, es wieder aufzubauen. Und was Brooke anging, ihre Freundschaft war vorüber – jetzt bestand sie nur noch aus einem höflichen, knappen »Hallo«, wenn sie sich zufälligerweise auf der Straße begegneten.

»Paige, hast du dich schon entschieden, ob du im Herbst wieder zu unterrichten anfangen willst?« fragte Ruthanne.

»Noch nicht. Das ist so eine Sache mit der Karriere, erst investiert man Unmengen an Zeit, um sie aufzubauen, und wozu das Ganze? Um dann alles wieder zu vernachlässi-

gen? Trotzdem, schon der bloße Gedanke, Joshua allein zu lassen, macht mich ziemlich unglücklich.«
»Siehst du, vielleicht habe ich es doch nicht so dumm angefangen... Vielleicht baue ich mir eine Karriere auf, wenn die Kinder mal aus dem Haus sind.«
»Ich bin deine Karriere«, sagte Charlie schmunzelnd.
»Hört, hört, ganz schön eingebildet«, sagte Jason.
Paige warf ihm von der Seite einen Blick zu und dachte nur: »Du Macho, du.«
Jason legte den Arm um sie. »Was ist, habe ich etwas Falsches gesagt?«
»Nein, nichts. Mir ist nur was Dummes dabei eingefallen...«
An allen Ecken und Enden schienen Erinnerungen aufzutauchen, was mit Sicherheit nicht so schnell vorbei sein würde. Obwohl Lily eine Familie hatte, wollte Nora Kalish keinen Anteil am Leben ihrer Nichte nehmen. Und obwohl es weder Paige noch Jason wollten, fühlten sie sich seltsamerweise doch verpflichtet. Entweder sie erklärten sich bereit, die Rechnung für eine Privatklinik zu übernehmen – sie entschieden sich für die Credemore-Kinderklinik in Buffalo –, wo Lily qualifizierte psychiatrische Hilfe bekäme, oder sie würden mit ansehen müssen, wie sie in einer staatlichen Anstalt dahinvegetierte.
Die Initiative dazu war von Jason ausgegangen, der mit allem Nachdruck darauf bestanden hatte.
»Es ist nämlich so«, erklärte er, »daß ich sie irgendwann einmal verstanden habe. Einen kurzen Augenblick ist es mir gelungen, in ihren Kopf zu sehen, und dabei ist mir angst und bange geworden. Diese unglaubliche Wut, dieser Haß, den ich verspürte, als ich die Möglichkeit hatte, sie in den Schneemassen ersticken zu lassen, sie dort lebendig begraben zu sehen – und was das Schlimmste

daran war, es vielleicht sogar noch zu genießen... Erst elf Jahre alt zu sein und sich schon so verzweifelt zu wünschen, einem anderen Menschen Schmerzen zuzufügen.«

Und bei all der Sympathie, die Paige für das kleine Mädchen empfunden hatte, hatte sie sich die Sache doch etwas zu einfach gemacht und Lily zu dem phantasiert, was sie in ihr sehen wollte, ohne dabei bereit zu sein oder gar den Mut aufzubringen, die dunklere Seite zu sehen, die in dem Kind existierte. Nein, Paige verstand diese Art von Haß nicht, und wenn sie hundert Jahre alt geworden wäre, hätte sie es nie und nimmer verstanden, davon war sie überzeugt.

Seit Februar befand sich Paige selbst in Therapie. In erster Linie wegen der traumatischen Ereignisse, die so kurz hintereinander ihr Leben erschüttert hatten. Dann, um zu begreifen, warum sie sich so stark zu Lily hingezogen fühlte und woher ihr Bedürfnis kam, einem verletzten Kind zu helfen, es zu bemuttern. Und schließlich wegen des Gedankenkarussells, das mit dem Überfall in Gang gesetzt worden war und durch Lilys Fragen weiteren Auftrieb bekommen hatte. Zweifellos würden noch mehr Erinnerungen an die Oberfläche steigen...

Auf jeden Fall würden sie und Jason als stille Wohltäter im Hintergrund bleiben. Falls Lily jemals gesunden sollte – wenn so etwas überhaupt möglich war –, würde sie nie erfahren, welchen Anteil die beiden an ihrer Behandlung in Credemore hatten. Daß sie es nicht wollten, lag daran, daß nichts, was ein Arzt ihnen jemals erklären mochte, ihre Angst vor Lily vertreiben konnte – das hatten sie einander gestanden, als sie nachts wach im Bett lagen und sich in den Armen hielten.

Es war am nächsten Morgen, als Joshua, der mittlerweile acht Monate alt war und bereits lief, das Postauto von Briarwood am Straßenrand halten sah. Entschlossen wakkelte er darauf zu. Normalerweise lag die Post der Bennetts – in erster Linie Reklamesendungen – für sie im Postamt bereit, und sie holten sie ab, wenn sie in den Ort kamen.

»Ach Gottchen, bist du aber ein netter kleiner Kerl«, sagte der Postbote. »Du bist doch nicht zufälligerweise Joshua Bennett, oder?« Joshua blähte seine dicken rosa Backen noch mehr auf.

»Höchstpersönlich«, antwortete Paige, die hinter ihrem Sohn herlief.

Der Postbote holte ein kleines, unauffälliges Päckchen ohne Absender aus dem Wagen und gab es ihm.

»Sieht aus wie ein Geschenk, und dabei ist doch noch gar nicht Weihnachten.« Dann, an Paige und Jason gewandt: »Ich dachte mir, ich bringe es gleich vorbei, da ich euch zwei hier gesehen habe.«

»Danke«, sagte Jason, kniete sich neben Joshua und nahm ihm das Päckchen aus der Hand. Das Postauto fuhr weiter, und Jason riß das Packpapier auf, öffnete die Schachtel und holte ein gelbes Holzauto heraus.

»Das ist ja hübsch, sieht handgemacht aus«, sagte Paige. »Ist keine Karte dabei?«

»Vielleicht von meinem Bruder Neil. Der hat früher immer solche Sachen geschnitzt.«

»Das sieht aber gar nicht geschnitzt aus.«

»Nein, aber es ist dieselbe Art Spielzeug ... Ich werde ihn gleich heute abend anrufen und danach fragen.« Er untersuchte das Auto nach irgendwelchen losen Teilen und gab es schließlich Joshua, nachdem er sich den Jungen auf die Schultern gesetzt hatte.

»Auf geht's, Sohnemann.«

Glücklich liefen sie auf das Haus zu, während Joshuas starke kleine Hände das Auto hin und her drehten und es schließlich an der Unterseite festhielten, wo winzige Buchstaben in das Holz geritzt waren.

Winzige Buchstaben, die ein Wort bildeten – *Bübchen*.